KB050632

그녀에겐
뭔가
특별한 것이
있다

§ 그녀에겐 뭔가 특별한 것이 있다 §

2014년 1월 21일 초판 1쇄 인쇄
2014년 1월 23일 초판 1쇄 발행

지은이 § 신경희
발행인 § 곽중열
기획&편집디자인 § 신연제, 이윤아
발행처 § (주)조은세상

등록 § 2002-23호(1998년 01월 20일)
주소 § 경기도 고양시 일산동구 장항동 558번지 6호
Tel § 편집부(02)587-2977
영업부(031)906-0890
e-mail romance@comics21c.co.kr
값 9,000원

ISBN 979-11-5512-329-4

CIP제어번호 : CIP2014002049

이 도서의 국립중앙도서관 출판시도서목록(CIP)은 e-CIP홈페이지(http://www.nl.go.kr/ecip)와
국가자료공동목록시스템(http://www.nl.go.kr/kolisnet)에서 이용하실 수 있습니다.

GOOD WORLD ROMANCE NOVEL

신 경 희
장편소설

그녀에겐 뭔가 특별한 것이 있다

(주)조은세상

목 차

　창밖으로 추적추적 가을비가 내리는 것을 쓸쓸하게 한참을 바라보던 성준은 인테리어가 중단이 된 카페로 시선을 돌렸다. 오랫동안 눈독을 들이던 곳에 운 좋게 자리가 나, 바로 계약한 지 이제 겨우 한 달 남짓이었다.

　인테리어를 시작하며 성준은 한동안 기대감에 부풀어 있었다. 하지만 그것도 잠시, 모든 것을 다 포기하고 떠나기로 마음을 먹은 지 이제 겨우 보름이었다. 떠날 날이 가까워 올수록 가슴 한구석에 난 구멍이 더 커지는 것만 같았다. 이곳을 떠난다는 것은 곧 해주를 내려놓겠다는 의미이기도 했다.

　떠난다고 과연 해주를 잊을 수 있을까? 솔직히 자신은 없었다. 하지만 곁에서 자꾸 얼굴을 보게 된다면 절대 놓을 수 없을 것이다.

　담배 생각이 나 주머니를 뒤지던 성준은 빈 담뱃갑을 보며, 실소를 흘렸다. 뭐 하나 뜻대로 되는 것이 없는 것 같았다. 답답함에 어쩌지 못하고 있던 성준은 주머니에서 울리는 휴대폰을 꺼내 전화를 받았다.

-어디냐?

휴대폰 너머로 시끄러운 음악 소리와 함께 해진의 목소리가 흘러나왔다. 친구들과 함께 있는지 곁에서 익숙한 목소리들이 들렸다.

"카페, 왜?"

-거긴 왜 가 있는데? 넘긴다는 놈이. 너 떠나기 전에 애들이랑 거하게 한잔하게 넘어와라. 여기 아지트야.

"생각해봐서."

-인마, 튕기지 말고.

"귀찮다. 끊어."

휴대폰 너머로 말을 마치지 못한 해진의 목소리가 들려왔지만, 성준은 망설임 없이 전화를 끊어버렸다. 지금은 친구들과 술을 마실 기분도 아니었지만, 이런 상태에서 술을 마시면 폭음할 것 같았다. 그래서 될 수 있으면 오늘 같은 날은 술을 마시고 싶지 않았다. 포기하지 않고 또다시 전화를 걸어오는 해진 때문에 성준은 그대로 휴대폰 전원을 꺼버렸다.

해진과 통화를 마친 성준은 낮에 남자친구와 함께 있던 해주를 떠올렸다. 언제나 그렇듯 이번 만남도 짧게 끝날 것이라는 그의 기대와는 달리 해주는 이번 남자와는 일 년이 넘도록 만남을 유지하고 있었다. 우연히 그 남자와 함께 있는 해주의 모습을 보며, 성준은 이곳을 떠나기로 마음을 먹었다.

그녀에겐
뭔가 특별한 것이
있다

아는 것과 직접 눈으로 확인하는 것은 천지 차이였다. 그래서 가슴이 뻥 뚫린 것처럼 아팠다. 그 남자와 함께 있는 해주는 세상 누구보다 행복해 보였다. 조금만 힘든 모습을 보였다면, 빼앗아 오겠다는 욕심이라도 부려볼 텐데, 해주는 그런 여지도 주지 않았다.

"병신 같은 새끼."

스스로 한심해 낮게 욕을 읊조린 성준은 자리를 박차고 일어났다. 차라리 해진의 부름에 못 이기는 척 나가, 진탕 술이라도 마시는 것이 나을 뻔했다. 이렇게 맨정신으로 있기가 오늘은 참 힘이 들었다.

잠시도 머릿속을 떠나지 않는 해주의 생각을 애써 떨쳐내며 카페를 나온 성준은 우산을 쓸 생각도 하지 않고, 내리는 비를 그대로 맞으며 눈을 감았다. 이 비로 해주를 향한 마음도 모두 흘러내린다면 얼마나 좋을까. 잊을 것이다. 이 미련한 사랑을 모두 떨쳐내고 돌아올 것이라고 성준은 다시 한 번 마음을 다잡았다.

"어떠냐? 오랜만에 돌아온 소감이."

공항으로 마중 나온 해진의 차에 짐을 싣던 성준은 웃음으로 대답을 대신했다. 솔직히 돌아오기 전날까지 성준은 많은 고민은 했었다. 계획보다 1년 이른 귀국이었고, 아직 해주를 조금도 지우지 못한 채였다.

보조석에 오르며 성준은 창문을 열었다. 공항을 벗어난 지 얼마 되지 않아 뻥 뚫린 도로가 시선을 사로잡았다. 평일 정오라 그런지 도로는 한산한 편이었다.

"카페는 가봤어?"

"응. 죽이던데? 너는 미국에서 어떻게 그런 곳을 잡았냐?"

그를 일찍 귀국하게 한 것은 대학로에 있는 카페 때문이었다. 떠나기 전, 카페 자리로 대학로와 삼청동 두 곳을 탐을 냈었다. 그때 대학로는 주인이 절대 가게를 팔 생각이 없어서 삼청동을 택했었지만, 우연히 그곳이 매물로 나온 사실을 알게 되었다. 어차피 돌아와서도 카페를 차릴 생각이었기에 기왕이면 원하는 자리가 나왔을 때 돌아오고 싶었다.

"예전부터 눈독 들이고 있던 곳이야. 인테리어는 잘 되어가고 있어?"

"응. 어차피 네가 미국에서 다 설계도 본 거 아니야?"

"맞아. 나 없는 동안 신경 써 주느라 고생 많았다."

"별소리를 다 한다."

해진의 어깨를 살짝 친 성준은 일단은 집이 아닌 카페 먼저 가기로 했다. 집에 알리지 않고 나왔기에 귀찮은 일은 뒤로 미루고 싶었다. 나오자마자 카페 일을 한다고 하면 아버지가 불같이 화를 낼 것이 자명하기에 그것도 해결해야 할 일이었다.

"피곤할 텐데 집에 가서 좀 쉬지, 뭘 바로 카페를 간다고 그러냐."

"한 번 둘러보고 쉬어도 늦지 않아."

"그렇기야 하지만, 너도 참 유별나다."

고개를 절레절레 저으며 질렸다는 듯이 말하는 해진의 얼굴을 보자, 2년 동안 잊으려 애쓰던 사람이 떠올랐다. 묘하게 누나와 닮은 해진은 언제나 그녀를 떠오르게 했다. 미국에서 지내면서 성준

은 해주가 어떻게 살고 있는지 미치도록 궁금했지만, 이를 악물고
참아냈다. 잊으려고 떠나왔는데, 그곳에서 해주의 안부를 묻는다
는 것이 모순이 아니던가. 그런데 막상 돌아오니, 그녀의 소식이
제일 궁금했다. 성준은 결국에는 궁금증을 참지 못하고 힘겹게 입
을 열었다.

"누나는 잘 지내?"

"여전하지 뭐."

해진과 눈도 맞추지 않고 창밖을 바라보며 이야기하던 성준은
해진의 말에 대답 대신 고개를 살짝 주억였다. 묻고 싶은 말은 너
무도 많지만, 소식이 궁금한 마음 이상으로 두려움도 컸다. 혹시나
결혼 소식이라도 듣게 된다면 감당할 수 있을까? 한국에 돌아오기
무섭게 휘몰아치는 많은 생각에 성준은 헛웃음이 나왔다. 미국에
다녀온 보람이 전혀 없었다.

해주를 만나지 않은지 2년이나 되었는데도 눈만 감으면 바로
앞에 있는 것처럼 말간 얼굴이 생생하게 떠올랐다. 한국에 돌아오
기 무섭게 보고 싶어 미칠 것만 같았다. 보고 싶었다, 해주가.

"수고들 하셨습니다."

정리를 하고 퇴근을 하는 인부들에게 인사를 한 성준은 인테리
어가 한참 진행 중인 카페를 쭉 둘러보았다. 지인에게 부탁을 한
공사라서 그런지 자신이 이곳에 없었음에도 문제없이 잘 진행이
되어가고 있었다. 만족스럽게 카페를 둘러본 성준은 카페 주차장
에 주차되어 있는 자신의 차로 향했다.

'어머니 난리 났으니까, 오늘 일찍 들어와.'

    그의 차를 가져다주기 위해 카페까지 찾아온 형이 집에 일찍 들어오라 신신당부를 하고 갔지만, 성준이 향한 곳은 집이 아니었다. 집에 가기 전에 꼭 들르고 싶은 곳이 있었다. 차로 10분 정도 가면 해주가 잘 가는 놀이터가 있었다. 그녀가 그곳에 있을 리 없지만, 왠지 한번 둘러보고 싶었다.

    "여기는 하나도 변한 것이 없네."

    늦은 밤이라 그런지 놀이터는 한산했다. 사람 한 명 없는 그곳을 조용히 둘러보며, 사색이 잠겨 있던 성준은 날카로운 고함소리에 발걸음을 멈추었다. 소리가 나는 쪽으로 고개를 돌린 성준은 그대로 발걸음을 멈추었다.

    해주, 그녀였다.

    "이거 놔!"

    "해주야, 제발."

    해주의 손목을 잡고 애원하는 사람의 주인공은 자신을 미국으로 가게 만든 바로 그 남자였다. 그녀를 세상에서 가장 행복하게 웃게 만들어주던 그 사람.

    "젠장, 내가 잘못한 거 아는데 그래도 얘기를 좀 들어봐야 할 것 아니야!"

    "무슨 말? 듣고 싶지 않아. 네 얼굴 보는 것도 역겨워. 그러니까 제발 내 눈앞에서 꺼져줄래?"

    남자를 향해 독한 말을 쏟아내는 해주의 몸이 떨리는 것이 어둠 속에서도 그대로 보였다. 무슨 일인지 모르겠지만 단단히 화가 나 보이는 그녀는 분노에 차 있는 것 같았다.

"너, 후회 안 할 자신 있어?"

"하! 후회? 웃기고 있다. 너 같은 놈을 사랑한 지난 시간이 아까울 뿐이야. 그러니까, 제발 내 눈 앞에서 사라져 줄래?"

해주의 독한 말에도 불구하고 남자는 포기하지 않고 그녀를 설득했다. 하지만 무엇엔가 마음이 단단히 상했는지 무릎까지 꿇는 남자에서 해주는 눈길도 주지 않았다.

"난 분명히 변명하려 했어. 듣지 않으려 한 것은 너야."

한참을 바닥에 무릎을 꿇고 해주에게 애원하던 남자가 자리를 털고 일어나며 말했다. 그럼에도 해주는 남자를 보지 않았다.

"일단 오늘은 이만 갈게. 전화 받아라."

"번호 바꿀 거야. 두 번 다시 나한테 연락하지 마. 너 같은 놈 기억 속에서 지워버릴 거야! 너도 제발 그래 주길 바라."

돌아서는 남자를 향해 표독스럽게 소리친 해주는 시야에서 남자가 온전히 사라지기 무섭게 그대로 바닥에 주저앉았다. 지금 자신이 무엇을 본 것일까?

어쩌면 결혼을 했을지도 모른다는 두려움에 해진에게 그녀의 소식도 제대로 묻지 못했었다. 당연히 행복할 거라 생각했던 그녀가 왜 차가운 놀이터 바닥에 주저앉아 울고 있는 것일까? 당장이라도 달려가 해주를 울게 만든 남자의 멱살을 잡고 싶은 것을 성준은 간신히 참아냈다.

남자를 향한 분노에 세게 쥔 주먹을 가늘게 떨고 있던 성준에게 옅은 오렌지향이 바람을 타고 곁으로 날아들었다. 시간이 많이 흘렀는데도 그녀에게 나는 달콤한 향기는 변함이 없었다. 남자 앞에서는 그저 독하게만 굴던 해주가 무너지는 모습에 성준은 곁으로 다가가 안아주고 싶었지만, 그럴 수가 없었다. 아마도 해주는 이런 모습을 아무에게도 들키고 싶어 하지 않을 것이다.

손만 뻗으면 닿을 수 있는 곳에서 사랑하는 여자가 아프게 울고 있는데 곁으로 다가갈 수조차 없는 것이 안타까웠지만, 지금 그가 해줄 수 있는 일은 아무것도 없었다. 그저 이렇게 멀리서 바라보는 것밖에.

그녀는 웃는 모습이 제일 아름다운 여자였다. 그렇기에 서럽게 우는 모습에 가슴이 찢기듯 아팠다. 두 사람 사이에 무슨 일이 있었는지 알 수는 없지만, 그녀가 조금만 아프기를 빌었다. 대신 아파 줄 수 있다면 그렇게 해주고 싶었다.

성준은 조금 멀리 떨어져 해주의 눈에 띄지 않게 모랫바닥에 주저앉았다. 그리고 멀리서 그녀의 눈물이 잦아들길 기다리고 또 기다렸다. 눈물을 닦아줄 수는 없지만, 이런 곳에서 혼자 울게 하고 싶지 않았다.

'아, 아! 아프다고!'

자신보다 키가 훨씬 큰 해진의 귀를 잡아당겨 당당하게 남자화장실로 끌고 들어가는 해주의 등장에 성준은 너무 놀라 입을 다물 수가 없었다.

'뭘 봐! 네들은 여자 처음 봐? 볼일 다 봤으면 눈 깔고 그냥 나가지 좀?'

볼일을 보던 아이들이 갑작스러운 해주의 등장에 놀라 일제히 시선을 집중하자, 그게 마음에 들지 않았는지 앙칼지게 소리치는 모습에 성준은 한 번 더 놀랐다. 해진에게 누나가 악마 같다는 말은 익히 들었지만, 사상 그 이상이었다.

'야 이 자식아! 너 미쳤어? 어디서 땡땡이친 것으로도 모자라 학교에서 담배를 쳐 물어, 물길!'

'아, 좀 놓고 얘기해!'

'이게 뭘 잘했다고, 큰 소리야!'

학교에서도 선생님들이 두 손을 놓아버린 최고의 문제아 해진의 뒤통수를 망설임 없이 내리치는 해주에게서 성준은 눈을 뗄 수가 없었다.

'야 이 잘근잘근 씹어 먹을 놈아, 내가 경고했지? 담배는 집에서만 피우라고. 어디 집에 전화 오게 만들어, 만들길! 바빠 죽겠는데, 여기까지 꼭 오게 만들어야겠어?'

밀가루로 빚은 것처럼 예쁘장한 얼굴에서 서슴없이 흘러나오는 거친 말도 놀랍지만, 그 내용은 더 기가 막혔다. 그러니까 해진이 학교에서 담배를 피운 것에 화가 난 것이 아니라, 학교에 오게 한 것에 더 화가 난 듯 보였다.

'엄마한테 전화했는데 왜 누나가 와, 그러니까!'

'전화를 내가 받았거든? 너 때문에 소개팅도 취소했잖아! 한 번만 더 날 학교로 오게 만들어봐. 그때는 확 포를 떠버릴 테니까. 그리고 너!'

해진의 뒤통수를 한 번 때린 해주가 고개를 돌려 앙칼지게 성준을 불렀다. 한참 뒤에 서서 두 사람을 지켜보던 성준은 점점 가까워져 오는 해주의 모습에 마른침을 삼켰다.

'너, 정말 잘생겼다! 해진이 친구야? 그동안 우리 집에 왜 안 놀러왔어? 이렇게 바람직한 외모로. 앞으로 자주 놀러와야 한다. 아! 너도 담배는 집에서! 알았지?'

뭔가 화를 낼 것이라는 예상과는 전혀 다른 말을 쏟아낸 해주가 어깨를 살짝 치고 교무실로 향하는 모습에 성준은 그 자리에서 박장대소를 했다. 세상에 저런 여자는 정말 처음이었다.

'아우, 저 악마. 미안하다, 성준아. 저게 학교 와서도 주책이네.'

'야, 네 누나 정말 매력 있다!'

해주를 처음 만나던 날을 성준은 아직도 잊을 수가 없었다. 짧은 미니스커트를 입고 당당하게 남자화장실에 들어가 해진을 혼내주는 모습도 그러했지만, 인형처럼 예쁜 얼굴로 서슴없이 거친 말을 쏟아내는 것도 신기했었다.

무엇보다 환하게 웃으며 집에 자주 놀러오라던 그 얼굴은 천사처럼 반짝반짝 빛이 났다. 성준은 그때 그 얼굴을 지금까지도 잊지 않고 기억하고 있었다.

"나, 이젠 안 기다릴래."

우는 해주를 보며 그녀를 처음 만나던 날을 떠올린 성준은 마음속으로 결심했다. 두 사람이 이번 일로 헤어지든, 다시 만나든 그것은 상관하지 않을 생각이었다. 이렇게 아무도 없는 곳에서 혼자 울게 하는 남자라면, 해주 곁에 두고 싶지 않았다. 빼앗아서라도 해주를 자신의 곁에 두고 말 것이다.

1. 나는야 강해주!

전력질주를 했음에도 지각을 한 해주는 조용히 문을 열고 살금살금 사무실 안으로 들어갔다. 하지만 그런 그녀의 노력은 10센티를 자랑하는 킬힐을 견디지 못하고 꺾여버린 발목 탓에 가차 없이 무너져버렸다.

"강 팀장! 나 좀 봅시다, 으흠!"

바닥에 주저앉아 발목을 쥐고 있던 해주는 번들거리는 이마를 손으로 쓰윽 닦으며, 자신을 매섭게 노려보는 양 부장의 모습에 힘겹게 바닥에서 일어났다. 상큼하게 시작해야 할 금요일 아침이 보기 좋게 무너지는 순간이었다. 자리로 돌아가 매번 그녀의 발목을 다치게 하는 빌어먹을 킬힐을 벗어던지고 슬리퍼를 갈아 신은 해주는 천천히 양 부장 자리로 향했다.

"도대체 정신이 있어, 없어?"

"앞으로는 절대 지각하는 일 없을 겁니다."

탁, 탁!

손바닥으로 책상을 두들긴 양 부장이 못마땅한 얼굴로 한껏 비아냥거렸다.

"내가 강 팀장한테 그 소리를 백번을 넘게 들었어! 팀장이라는 사람이 모범이 되지는 못할망정, 어떻게 매번 지각이야!"

"그러게 말이에요."

폭포수가 떨어지는 것처럼 한껏 침을 튀기며 소리치는 양 부장을 보며, 해주는 속으로 이를 바득바득 갈았다. 반들거리는 저 이마를 한 대 탁 치고 나면 속이 시원할 것 같았다. 하지만 마음만 그럴 뿐, 윤 여사의 말마따나 회사까지 잘리고 나면 정말 별 볼일 없는 노처녀가 되고 말 현실에 이를 악물었다.

"회사 돈 공으로 먹으려고 하지 말고, 일이나 잘해! 알겠어?"

"어찌나 옳은 말씀만 하시는지, 몸 둘 바를 모르겠네요."

"뭐?"

욱한 마음에 자신도 모르게 비아냥거리는 말이 나온 해주는 매섭게 노려보는 양 부장의 눈빛에 입술을 꼭 깨물었다. 매사 이놈의 입이 문제였다. 언젠가 사달을 내도 단단히 내고 말 이놈의 주둥이를 조만간에 대바늘로 꿰매기라도 해야 할 것 같았다.

"잘못했다고요."

"으흠! 그건 그렇고 사장님 따님 청첩장은 잘돼 가고 있어?"

"물론이지요. 제가 지각만 좀 하지, 일은 제대로 하잖아요."

"가봐, 그만."

의자를 획 돌려 앉는 양 부장의 뒤통수를 향해 주먹을 쥐어 허공에 날린 후에야 자리로 돌아온 해주는 의자에 앉으며 컴퓨터 전원을 켰다. 지각을 모면하기 위해서 큰 소리를 치기는 했지만, 아직 제대로 된 신상 디자인이 하나도 나온 것이 없었다. 양 부장이 그 사실까지 알고 나면 분명 자신을 잡아먹으려 달려들 것이 뻔했다. 어떻게 된 것이 이놈의 인생은 제대로 풀리는 것이 하나도 없었다.

당장에라도 죽을 것처럼 기운을 쭉 빼고 있던 해주는 모니터 화면을 가득 채우고 있는 짐승돌 사진에 입술이 헤벌쭉 벌어졌다. 어린 나이답지 않게 바람직한 바디를 자랑하고 있는 요 짐승돌은 요즘 그녀가 살아가는 활력소 중 하나였다.

"진짜 내가 한 5년만 젊었어도."

손으로 모니터 화면을 어루만지던 해주는 책상 위에서 윙윙거리는 휴대폰으로 시선을 돌렸다. 액정화면에 이정의 이름이 뜨는 것을 보며, 사무실을 빠져나와 화장실로 향했다. 전화 통화를 하는 데 화장실보다 최적의 장소는 없었다.

"네가 아침부터 웬일이야? 한참 잘 시간 아니야?"

-밤새웠어. 회사야?

"그럼 이 시간에 회사 아니면 어디겠니. 내가 너처럼 일을 프리하게 하는 사람도 아니고 말이야."

-아침부터 목소리가 왜 그래? 또 그 대머리 부장한테 한소리 들었어?

넘어진 여파인지 욱신거리는 발목을 살짝 돌린 해주는 거울로 시선을 옮기며 말했다.

"말해 뭐해, 입만 아프지. 근데 정말 아침부터 웬일이야?"

-그냥 잠이 안 와서. 그림도 안 풀리고.

잠을 자지 못해 반 수면상태인 이정의 모습이 눈에 선했다.

"한가한 소리 하고 있다. 나는 잠이 쏟아져서 환장하겠는데."

-그건 그렇고 오늘 뭐해? 약속 있어?

"지금 그거 나한테 묻는 거니? 설마, 나한테 약속이 있을 거라고 생각하는 거야?"

지각을 면하려고 바람을 가르고 달리느라 망가진 머리를 정돈하던 해주는 이정을 향해 진심으로 의문이 가득 찬 목소리로 물었다. 서른이 넘은 노처녀에게 주말은 아무것도 할 일이 없는 죽어 있는 시간이나 마찬가지였다. 그건 해주에게도 적용되고 있었다.

-요즘 선보러 다니느라 바쁘잖아. 혹시나 해서 물어봤지.

"그놈의 선 이야기는 하지도 마. 내가 저번에 선봤던 자식 생각만 하면 10년 전에 먹었던 삼겹살이 넘어오려는 사람이니까."

-어쨌든 만나서 술이나 한잔하자. 서영이한테는 내가 전화해볼게.

"고게 서울로 나오겠어?"

-안 나오면 우리가 가면 되지.

"알았어."

이정과 통화를 마치고 거울을 보던 해주는 어느새 눈가에 자리 잡은 주름을 보며, 화장실 천장이 무너져 내릴 듯한 한숨을 내쉬었다. 나이를 먹을수록 늘어가는 것은 주름이고, 줄어드는 것은 남자와 돈이었다.

"강해주, 너도 좋은 시절은 다 갔지."

조만간 피부과에 꼭 한 번 방문해야겠다고 다짐하며, 해주는 안타까운 눈빛으로 눈가의 주름을 손으로 어루만지고 사무실로 돌아갔다. 발로 꾹꾹 밟고, 어구적어구적 씹어 먹어도 속이 풀리지 않을 것 같은 양 부장에게 또 깨지고 싶지 않으면, 얼른 자리로 돌아가 제대로 된 디자인을 뽑아내야 했다.

"정말 논다, 놀아. 아주 쌩지랄을 하네."

자리로 돌아와 포토샵과 일러스트 화면이 열리기를 기다리던 해주는 사장님 딸이 요구한 청첩장 디자인 요구 사항을 보며 절로 욕이 흘러나왔다.

"나 참, 내가 무슨 자기 전용 디자이너야? 회사 제품 널리고 널렸는데, 특별 주문은 무슨 얼어 죽을. 적당히 골라 쓰면 될 것을 가지고! 양 부장 같으니라고."

노처녀가 청첩장 디자이너로 일하는 것도 서러운데, 머리에 피도 안 마른 23살짜리 핏덩이의 청첩장을 디자인하려니 해주는 속이 뒤틀렸다. 아버지 잘 만나서 유학을 다녀오자마자, 잘나고 잘났다는 판사님과 결혼을 한다는 핏덩이는 요구 사항도 많았다.

금박도 넣어 달라, 리본도 달아 달라, 사진도 넣어 달라! 온갖 장식은 다 해달라면서 심플하고 고급스럽게 만들어 달라는 당부까지 하시니, 정말 환장할 노릇이었다. 그래도 어쩌랴! 나이 먹어 회사까지 잘리고 싶지 않으면, 위대하신 사장님의 따님이 원하는 대로 청첩장을 만들어 드려야지.

"혹시 알아. 보너스라도 줄지."

하기 싫어도 해야 하는 일이기에 해주는 한껏 입을 내밀면서도 열심히 스케치를 했다. 이러니저러니 해도 뷰디풀 카드에서 청첩장 디자이너로는 그녀가 단연 최고였다.—물론 철저히 주관적인 생각이지만—이번 기회에 제대로 실력을 뽐내볼 생각이었다. 32살이 되도록 결코 나이만 먹은 것은 아니라는 것을 증명하고 싶었다. 마음을 단단히 먹은 해주는 눈을 반짝반짝 빛내며, 연필을 든 손을 바삐 움직였다.

간신히 양 부장에게 벗어나 사무실을 탈출한 해주는 방앗간에 드나드는 참새처럼 카페 단으로 향했다. 아침에 바쁘게 출근을 하느라 단에 들르지 못했더니, 뭔가 하나 빠진 것처럼 종일 허전했었다. 아침에 들르지 못하면 점심때라도 들러 꼭 커피를 마시던 해주는 종일 밀린 업무에 점심도 제대로 챙겨 먹지 못한 터였다. 평소라면 사무실에서 10분도 걸리지 않는 단에 뛰어가 허기진 배를 채웠을 해주지만, 아침에 발목을 삐끗한 탓에 그럴 수도 없었다. 아쉬운 마음으로 천천히 단으로 향하며, 해주는 휴대폰을 꺼내 익숙한 번호로 전화를 걸었다.

"나다."

―근데.

"이 싸가지! 전화 받는 태도가 아주 바람직하고 좋다?"

―까칠한 것이 뱃속이 빈 모양이네.

"눈치 빠른 녀석. 지금 가는 길이니까, 와플 하나 구워라. 생크림 듬뿍 얹어서."

－집에 안 가고 여기 오게? 그냥 집에 가서 밥 먹지?

"닥치고 와플이나 구워라, 오버!"

휴대폰 너머로 뭔가를 말하는 해진의 목소리가 들렸지만, 해주는 그대로 전화를 끊어버렸다. 카페 단은 동생 친구인 성준이 지난 겨울 오픈한 곳으로 해진은 그곳에서 파티쉐로 일하고 있었다. 커피도 커피지만, 그곳은 케이크와 쿠키로 고작 6개월 만에 유명세를 탔다. 평소 믿음이 안 가는 동생이긴 하지만, 참으로 신기하게 케이크는 기가 막히게 굽는 신통한 재주를 가지고 있었다. 먹을 것을 생각하자 더욱 허기가 진 해주가 단으로 가는 발걸음을 서두르던 그때, 가방 속에 있던 휴대폰이 울렸다. 서영이었다.

"꼭 모시러 가야 직성이 풀리지?"

－마감 얼마 안 남았다고 했잖아.

휴대전화 너머로 들려오는 서영의 목소리에 피곤이 묻어났다. 한참 마감일 때는 집 밖으로 나오지 않는 서영의 성격을 알지만, 해주는 억지로라도 친구를 밖으로 불러내고 싶었다. 많이 좋아졌다고는 하나, 아직도 상처가 다 아물지 않은 친구였다.

"너는 마감이 중요해, 이 언니가 중요해?"

－당연히 마감이지.

"요요 싸가지 없는 것! 언니 배고파 돌아가시기 전에 얼른 단으로 오시지? 뭐 먹을 건지 정하고 오셔."

－알았어. 나 불러냈으니, 단단히 각오하는 것이 좋을 거야.

서영의 말에 피식 웃음을 흘리던 해주의 얼굴이 순식간에 굳어졌다. 단으로 향하는 길목에 있는 영화포스터 때문이었다. 잠시 뚫어져라 영화포스터를 노려보던 해주는 조금의 망설임도 없이 포스터를 뜯어버렸다.

"천하의 나쁜 놈."

제 손안에서 보기 흉하게 구겨진 포스터 속 남자배우를 노려보며 해주는 거칠게 욕을 내뱉었다. 퇴근으로 좋아졌던 기분이 순식간에 다운이 되어버렸다.

"왜 우거지상으로 들어오냐?"

"관심 끄고 와플이나 가져오지 그러냐?"

"여기 대령입니다."

잔뜩 찌푸리고 있던 해주의 얼굴이 성준의 등장에 금세 환해졌다. 생크림이 듬뿍 얹어진 와플과 짙은 빨간색 잔을 테이블에 내려놓는 성준의 얼굴에서 반짝반짝 빛이 났다. 볼 때마다 느끼는 사실이지만, 참 탐나게 생겼다는 생각이 들었다. 어떻게 동생에게 저런 반듯한 친구가 있는 것인지 볼 때마다 미스터리였다.

"나 참 어이가 없어서. 동생한테는 썩소를 날리더니, 이 자식한테는 아주 방실방실 잘도 웃어준다?"

"너라면 네 얼굴 보고 웃음이 나오겠냐?"

해진과 마주하자마자 티격태격하는 해주를 바라보는 성준의 얼굴에 잔잔한 미소가 걸렸다.

"맛있게 먹어요."

해진의 투덜거림을 단 한마디로 정리한 해주가 가방에서 주섬주섬 작은 스케치북을 꺼내는 모습에 성준은 카운터로 향했다. 퇴근시간 되자, 가게에는 하나 둘 사람들이 몰리기 시작했지만, 성준은 그대로 이층 사무실로 올라갔다.

사무실 불을 켤 생각도 하지 않고 소파에 앉아, 1층에서 스케치
북에 열심히 뭔가를 그리고 있는 해주를 뚫어져라 바라보았다. 점
점 감정을 제어하는 것이 힘들어져갔다. 목 끝까지 차오른 감정들
이 터질 것만 같았다. 그런 마음들을 숨긴 채, 언제까지 해주를 친
구의 누나로 대할 수 있을지 성준 자신도 알 수가 없었다.

한참 동안 해주에게서 눈을 떼지 못하던 성준은 요란하게 울리
는 휴대폰 벨소리에 테이블 위로 시선을 옮겼다. 전화를 건 사람을
확인한 성준은 잠시 망설이다 휴대폰으로 손을 뻗었다.

―너는 꼭 어미가 전화를 하게 만들어야 속이 시원하지?

전화를 받기 무섭게 휴대폰 너머로 불만이 가득한 어머니의 음
성이 들려왔다.

"바빴어요."

―오죽하겠니. 내일 가족 모임 있는 것은 알지? 이번에는 빠지지
말고 잠시라도 꼭 들러.

"아시잖아요, 주말 저녁에는 가게 정신없는 거."

―아버지한테 그렇게 이야기하면 참도 좋아하시겠다. 잔소리 말
고 늦어도 7시까지는 집으로 와.

자신이 카페 운영하는 것을 탐탁지 않아 하는 집에서는 하루라
도 빨리 그가 가게를 정리하길 원하고 있었다. 하지만 성준은 가게
를 접을 마음이 추호도 없었다.

성준이 거절의 말을 하기도 전에 전화가 끊어져버렸다. 지난달
카페 일로 아버지와 크게 다툰 후, 성준은 한 번도 집에 발걸음을

하지 않았었다. 본가에 가보아야 카페를 정리하라는 말과, 동생 이상의 감정이 전혀 느껴지지 않는 지현과의 약혼 이야기를 늘어놓을 것이 불 보듯 뻔했다. 생각만으로도 숨이 턱턱 막혔다.

낮은 한숨을 토해낸 성준은 다시 해주에게 시선을 돌렸다. 어느새 친구들이 도착했는지, 마주 앉아 이야기를 나누고 있었다. 친구들을 향해 눈이 부시도록 예쁘게 미소 짓는 해주를 보며, 성준은 가슴이 두근거렸다.

저 미소와 웃음을 온전히 자신만의 것으로 만들고 싶었다.

"아파!"

옷을 차려입고 거울을 바라보며, 마지막으로 모습을 점검하던 해주는 갑자기 세게 등을 때리는 엄마, 윤 여사를 향해 소리쳤다.

"이것아 선보러 가는 년 손톱이 그게 뭐야? 치마는 왜 또 이렇게 짧은데?"

"내 손톱이 어때서? 예쁘기만 한데."

붉은색 네일이 되어 있는 손톱을 아주 만족스러운 눈으로 바라보며 해주는 말했다. 선이라고 해서 굳이 평소에 입지도 않은 점잖은 옷을 입고 나가, 내숭을 떨고 싶은 마음은 없었다. 있는 그대로의 모습을 좋아해주는 그런 사람을 만나고 싶었다.

"네가 그러니까 여태 시집을 못 간 거야. 그 꼴로 나가면 남자가 오죽이나 좋다고 하겠다."

심술이 덕지덕지 붙은 얼굴로 끊임없이 잔소리를 하는 윤 여사를 뒤로하고, 해주는 도망치듯 집을 빠져나왔다. 외로운 노처녀 가습이 울렁일 정도로 날씨는 맑고 투명했다. 사방천지가 꽃과 푸른 잎들로 가득했다. 이런 날, 우중충한 노총각과 선볼 생각을 하자 해주는 한없이 우울해졌다.

어른들이 주선하는 선은 오로지 조건만 보고 이루어져서인지, 제대로 된 남자가 나오는 경우가 극히 드물었다. 키가 큰 편인 해주로서는 매번 자기보다 작은 남자가 나오는 사실이 무척이나 마음에 들지 않았다. 이번에도 분명 뭔가 하자가 있는 남자가 나올 것 같은 불길한 예감이 들었다.

아니, 아니다. 아직 해주는 새로운 남자를 만날 마음에 준비되어 있지 않았다. 어떤 근사한 남자가 나온다 해도 지금의 해주에 마음을 채워주지 못할 것이다.

빨리 끝내고 도망 올 생각을 하며, 택시를 잡아탄 해주는 파우치를 꺼내, 다시 한 번 모습을 점검했다. 아무리 원치 않는 선이라 해도 남자의 마음에 들지 않아, 퇴짜를 맞고 싶은 생각은 없었다. 남자에게 차이는 비극적인 일은 그녀의 인생에서 절대 있을 수 없는 일이었다. 그것은 한 번만으로도 충분했다.

적당히 빨리 끝내야겠다고 생각하며, 호텔 로비에 들어서며 해주는 다시 옷을 재정비했다. 옅은 숨을 몰아쉬고, 카페를 쭉 둘러보았다. 선을 보러 온 사람이 자신만은 아닌 듯, 곳곳에 첫 만남이 분명한 어색해 보이는 남녀가 즐비했다. 눈으로 사람들을 쭉 스캔한 해주는 창가에 혼자 앉아 있는 남자 쪽으로 향했다.

무슨 생각에 잠겨 있는지 창가에서 눈을 떼지 못하던 남자를 부르려던 해주의 두 눈이 커다랗게 떠졌다. 그녀의 인생을 송두리째 흔들어놓은, 매일매일 떠올리지 않으려 노력하던 그 남자가 고개를 돌려 자신을 바라보고 있었다.

"해주?"

당황한 나머지 아무런 말도 하지 못하고 멍하게 서 있던 해주는 남자의 입에서 흘러나오는 자신의 이름에 정신이 번쩍 들었다. 도대체 이 남자가 왜 이곳에 있는 것일까? 도무지 이해할 수가 없었다.

"오랜만이다."

자신을 피하기는커녕, 손을 내밀며 인사하는 남자의 모습에 해주는 몸이 떨려 말문이 막혔다. 그녀의 인생에서 되도록 하루라도 빨리 지우고 싶은 남자였다. 사랑 따위, 개나 물어가라며 외면하게 한 사람이었다. 배신이라는 것이 어떤 것인지 처절하게 느끼게 해준 이 남자가 어쩜 자신의 앞에서 이토록 당당한 모습으로 서 있을 수 있는 것일까?

"넌, 날 보면서 어떻게 그렇게 웃니?"

남자를 원망 어린 눈으로 노려보며 씁쓸하게 이야기하는 해주의 입술이 바르르 떨렸다.

"오랜만에 만나서 얼굴 붉히지 말자."

"뚫린 입이라고 말은 참 잘하지? 너, 내가 너한테 마지막으로 한 말 잊었나 봐? 절대 길에서 나 마주치지 말라고 했던 거, 혹여나 마주치더라도 절대 아는 척하지 말라 했던 거!"

평소에 냉정하고 이성적인 해주는 이상하리만큼 이 남자 앞에만 서면, 냉정함을 잃었다. 그도 그럴 것이 그녀 인생에서 처음으로 시련을 맛보게 해준 남자였다. 그것도 아주 처절하게. 자존심으로 똘똘 뭉친 해주에게는 두 번 다시 기억하고 싶지 않은 순간이기도 했다. 할 수만 있다면 지우개로 이 남자에 대한 모든 기억을 지우고 싶었다.

"내가 널 보고 어떻게 그냥 지나쳐? 너하고 내가 그럴 수 있는 사이야?"

"헛소리 집어치워!"

자신의 아픔은 생각하지 않고 그저 자신만 생각하는 남자의 모습에 결국 분노를 이기지 못한 해주는 테이블 위에 있던 냉커피를 들어, 남자를 향해 쏟아버렸다. 갑작스럽게 당한 커피세례에 남자의 얼굴이 하얗게 질렸다.

"마주치는 거, 오늘을 마지막으로 하자. 송민섭."

"해주야! 강해주!"

등 뒤로 자신을 부르는 남자의 외침에도 불구하고, 해주는 유유히 호텔을 빠져나왔다. 당당히 호텔을 빠져나온 것이 무색하게도 어느새 해주의 두 눈에 눈물이 흘러내리기 시작했다. 빌어먹게도 이놈의 가슴은 저 죽일 놈을 아직도 온전히 비워내진 못한 모양이었다.

"오늘 운수 죽이게 사납네!"

열린 차창 틈 사이로 선선한 바람이 불어왔다. 성준은 신호가 멈춘 틈을 타, 창문을 끝까지 내린 후 눈을 감은 채, 시원한 바람을 맞았다. 바람에서는 어느새 푸른 초여름의 향이 느껴졌다. 이렇게 바람이 좋은 날에는 카페 2층 테라스에서 진한 커피 한 잔을 마시면, 복잡한 마음이 한결 여유로워지곤 했다.

뒤에서 울리는 클랙슨 소리에 정신을 차린 성준은 다시 차를 출발시켰다. 어머니의 성화에 못 이겨 본가에 다녀온 그는 이제는 귀에 인이 박힌 이야기를 또다시 장시간 들어야만 했다. 회사로 들어올 것을 종용하는 아버지와, 지현과의 약혼을 어떻게든 추진하려는 어머니 사이에서 숨이 막혔다.

생각하는 것만으로도 스트레스 지수가 올라간 성준은 빨리 카페로 돌아가, 복잡한 머리를 좀 식히고 싶었다. 급한 마음에 차 속도를 높이려던 성준은 저 멀리 길가 포장마차에서 술을 마시는 익숙한 실루엣에 차를 세웠다. 두근두근, 잔잔하던 그의 심장박동이 조금씩 빨라지기 시작했다.

해주 앞에만 서면 어쩌지 못하고 뛰는 심장에 숨이 다 쉬어지지 않을 지경이었다. 잠시 숨을 고르고 다시 해주에게로 시선을 돌린 성준의 미간에 짙은 주름이 생겼다. 무슨 안 좋은 일이 있는지 해주는 쉬지 않고 술을 마시고 있었다.

이런 상황에서도 해주가 너무도 예뻐 보이는 스스로에게 혀를 내두르며, 성준은 차에서 내렸다. 무슨 생각에 잠겨 있는지, 자신이 바로 앞에 있는 것도 모르고 계속 술을 마시는 해주에게서 성준은 술병을 빼앗으며 말했다.

"혼자 마시지 말고, 같이 마시자."

"어? 성준아."

그제야 고개를 들어 자신을 바라보는 해주의 모습에 성준의 얼굴에 절로 미소가 걸렸다.

"무슨 일인데 혼자 술을 마시는 거야? 해진이라도 불러서 마시지."

"아줌마 여기 잔 하나만 더 주세요! 그러는 너야말로 이 시간에 웬일이야? 카페에 있어야 하는 거 아니야?"

해주는 새로운 잔에 술을 따르며 말했다.

"집에 좀 다녀왔어. 누나는 오늘 어디 다녀왔어? 엄청 예쁘게 하고 나왔는데?"

"내가 좀 예쁘긴 해, 그치?"

싱그럽게 웃으며 이야기하는 해주의 모습은 그야말로 눈이 부셨다.

"근데 정말 왜 혼자 술 마셔?"

"이제 네가 왔으니까, 혼자 아니네. 그럼 된 거지 뭐. 자, 건배."

무슨 일이 있는 것이 분명한데 말하고 싶지 않은지, 말을 돌리는 해주의 모습에 성준은 더 이상 묻지 않았다. 묻지 않아도 그녀가 왜 그러는지 충분히 예상이 되었지만, 성준도 더는 깊이 생각하지 않으려 애썼다. 그 생각의 끝이 결국은 자신까지 아프게 한다는 것을 잘 알고 있기 때문이었다.

"그 조그마한 것이 어찌나 요구하는 것이 많은지, 정말 재수 꽝이라니깐."

"그래서 완성은 했어?"

"그럼, 내가 누구야. 아주 뿅 가게 디자인해줬지."

"나도 궁금하네, 누나가 어떻게 청첩장을 디자인했을지."

"별게 다 궁금하다. 이 누나가 우리 성준이 결혼할 때, 청첩장 끝내주게 디자인해줄게. 세상에 하나밖에 없는 걸로 말이야. 그러니까 빨리 연애해."

환하게도 웃으며 청첩장을 디자인해주겠다는 해주의 말에 성준은 잔을 들어 술을 입 안에 털어 넣었다. 소주가 유난히 썼다.

"근데 너는 왜 연애를 안 해? 얼굴 잘생겨, 매너 좋아, 스타일 좋아, 거기에 능력까지 있어. 뭐가 부족해서 계속 솔로야?"

"누나 눈에 비치는 내 모습이 그래?"

비워진 잔에 술을 채우며, 해주는 망설임 없이 고개를 주억거렸다.

"우리 성준이 아주 끝내주지. 너는 어째, 갈수록 멋있어지더라? 해진이 말로는 너 보려고 카페에 오는 여자들도 적지 않다던데, 네가 눈길도 안 준다며?"

이마 위로 살짝 내려온 머리를 쓸어 올리며 묻는 해주의 입술이 촉촉하게 젖어 있었다. 문득 손을 뻗어 살짝 만져보고 싶다는 충동에 휩싸였다. 벌써 술이 올라오는 걸까?

"그냥 겉모습만 보고 반하는 거, 난 별로거든. 천천히 알아가면서 매력을 느끼고, 사랑에 빠지고 물 흐르듯 자연스러운 것이 좋아."

"자연스러운 것이라……, 좋지. 나도 그래. 근데 우리 성준이는 좋아하는 사람은 있니? 누구 맘에 두고 있는 사람이 있어서, 여자들이 다가와도 꿈쩍 안 하는 거 아니야?"

술잔을 비우고 얼굴을 살짝 찌푸리며 말하는 해주를 성준은 유

그녀에겐 뭔가 특별한 것이 있다

심히 바라보았다. 밀가루같이 새하얀 얼굴에 속 쌍꺼풀이 유난히 진하고 큰 눈과 얼굴에 비해 작은 코, 그리고 키스하고 싶은 충동을 불러일으키는 도톰한 입술……. 그 어느 하나 예쁘지 않은 구석이 없었다. 정말 뭔가에 홀려도 단단히 홀린 것 같았다.

"응, 있어."

"정말? 정말? 누군데? 우리 성준이 같은 킹카의 마음을 사로잡은 여자가 누구야?"

잔잔한 바람이 불어와 풍성하게 웨이브 진, 해주의 머리카락을 흩뜨렸다.

"나중에, 나중에 이야기해줄게. 근데 누나 정말 오늘 어디 다녀오는 길이었어?"

"내가 주말에 하는 일이 뻔하지, 뭘 하고 왔겠니. 선보러 다녀왔지. 아줌마 여기 소주 한 병에 어묵국물 좀 더 주세요."

선보러 다녀왔다는 해주의 말에 성준은 또다시 잔을 비웠다. 목으로 넘어가는 술보다 가슴이 더 썼다. 살짝 입술을 깨물었다 놓은 그는 이내 다시 마음을 다잡았다. 혼자 포장마차에서 술을 마시고 있다는 것은 오늘 선을 본 것이 잘되지 않았다는 의미이기도 했다.

"요즘 선 자주 보네?"

"왜 아니니. 우리 윤 여사님이 나를 달달달 볶아먹는다. 혼기는 나만 지났어? 똥차 한 대가 턱하니 있는데, 왜 나한테만 이 난리인지 모르겠다. 에휴."

"오늘 선본 사람은 별로였어?"

"오늘은 어떤 사람 때문에 만나지도 못하고 왔어."

"누가 누나 심기를 불편하게 한 건데?"

성준이 원래 좀 살가운 녀석이긴 했지만, 오늘은 왠지 모르게 뭔가가 달랐다. 생각해보니, 이렇게 단둘이 술을 마신 것도 처음이었다. 동생 해진과 워낙 친한 사이라, 그저 동생으로만 생각했던 성준이 오늘은 이상하게 남자처럼 느껴졌다.

"그냥, 그런 사람이 있어. 생각하는 것만으로도 아픈 사람."

단숨에 술을 입 안에 털어 넣은 성준은 다시 빈 잔을 채웠다. 잔잔하게 미소가 걸려 있던 얼굴이 어느새 슬픔으로 젖어 있었다. 늘 물기를 머금은 풀잎처럼 생기로 가득한 해주를 이토록 슬프게 만든 사람이 누구인지 성준은 잘 알고 있었다. 그 상대의 이야기를 듣는 것이 스스로에게 상처가 되는 것을 알면서도 듣고 싶은 이 마음은 도대체 무엇일까.

"어떤 사람인데?"

남자한테 차인 것이 자랑도 아니기에 서영과 이정 외에는 누구에게도 말한 적이 없던 이야기를 이상하게 성준에게는 해도 될 것만 같았다. 갑자기 이런 마음이 드는 이유는 무엇일까? 초여름 바람이 기분 좋게 불어 와서? 아님, 술에 적당히 취해서? 갑자기 돌진해오는 수 없이 많은 의문에 해주는 세게 고개를 저어 떨쳐버렸다. 그래, 술 때문일 것이다.

"얼, 이게 뭐야. 우리 사장, 종업원한테 일 시키고 자기는 놀러 다니네?"

술 때문이라 자위하며 막 이야기를 시작하려던 해주는 익숙한

그녀에겐
뭔가 특별한 것이
있다

음성에 뒤를 돌아보았다. 해진이 저승사자처럼 다가오고 있었다. 왠지 엄마, 윤 여사의 명령에 찾아온 것 같은 불길한 예감이 들었다.

"억울하면 너도 사장하든가."

"재수 없는 자식. 누나, 오늘 사고 제대로 쳤더라? 엄마 아주 뿔제대로 났어. 와, 우리 엄마 정말 귀신이라니까. 누나 여기 있을 테니까, 잡아 오라던데?"

"성준아, 나는 우리 윤 여사 열 식히러 가봐야겠다. 술값은 해진이 네가 계산해."

"뭐? 누나가 계산하고 가!"

해진의 말에도 손을 흔들며 멀어지는 해주의 모습을 성준은 아련하게 바라보았다. 두 시간 남짓 대화를 했던 것 같은데, 시간이 순식간에 지나가버린 것 같았다. 눈을 깜빡한 것처럼 너무도 순식간에.

"넌 정말 평생 도움이 안 돼."

모처럼 해주와 함께 하는 시간을 방해받은 성준은 신경질적으로 말했다.

"뭐라는 거야. 집에는 잘 다녀왔고?"

"머리 아프니까, 그 이야기는 묻지 마. 가자."

"벌써가? 나 이제 왔는데? 좀만 더 마시자. 응?"

조금만 술을 더 마시자는 해진을 뒤로하고 성준은 망설임 없이 포장마차를 빠져나왔다. 적당히 불어오는 초여름 바람과 살짝 오른 취기에 몸이 나른해졌다.

"많이도 마셨다. 근데 내가 왜 둘이 마신 술값을 계산해야 하는데?"

뒤늦게 술값을 계산하고 뒤를 쫓아온 해진이 툴툴거리는 모습을 보며 성준은 뭔가 단단히 결심한 얼굴로 말했다.

"이제는 그만 걷고 좀 뛰어볼까?"

"뛰고 싶으면 뛰어. 누가 말려."

말뜻을 이해할 리가 없는 해진의 시원한 대답에 성준의 입술 사이로 피식 웃음이 새어나왔다. 그래, 이제는 정말 쉬지 않고 달려볼 생각이었다.

그녀에겐
뭔가 특별한 것이
있다

2. 천천히, 그리고 빠르게

이제 막 내린 에스프레소와 바닐라 아이스크림을 챙긴 성준은 이층으로 올라갔다. 사무실을 만드느라 일층에 비해 좁은 이층이지만, 야외 테라스를 만들어놓은 이층이 성준은 일층보다 마음에 들었다.

"먹어."

아이스크림 위로 에스프레소를 부은 성호는 아포카토를 맛보며, 어린아이처럼 좋아했다. 저런 모습을 직원들이 본다면, 아마 경악할 것이다. 회사에서는 형의 범접할 수 없는 카리스마에 직원들이 고개도 제대로 들지 못하고 어려워했다. 반면 형수님에게는 더없이 자상하고 따뜻한 남편이었다. 형은 성준이 아버지 다음으로 존경하는 사람이기도 했다.

"역시 아포카토는 네가 내려준 커피에 먹어야 한다니까. 이야, 정말 끝내준다."

어느새 바닥이 보이도록 아포카토를 다 먹어버린 형의 모습에 괜스레 쑥스러워진 성준은 어깨를 으쓱했다. 이렇게 자신이 만든 커피를 마시고 즐거워하는 사람을 보는 것이, 그가 살아가는 이유 중 하나였다.

"설마 그거 먹으러 온 것은 아닐 테고, 바쁜 사람이 여기까지는 웬일이야? 요즘 회사 많이 바쁘다며."

"사장의 특권이라고 해야 할까?"

"그래, 좋겠다. 사장이라서."

"너도 사장이잖아."

"나같이 구멍가게 운영하는 사람이랑, 대기업 사장님이랑 같나."

장난스럽게 이야기하는 성준의 말에 자리에서 일어난 성호는 테라스에 기대선 채, 담배를 꺼내 물었다. 잠시 말없이 담배를 피우던 성호는 채 반도 타지 않은 담배를 비벼 끄며 말했다.

"아버지 말씀, 너무 가슴에 담아두지 말라고. 아버지가 너한테거는 기대가 워낙 크셨잖아. 네가 회사에 들어와서 일을 배우면 나도 든든하고 좋지만, 가장 중요한 것은 네 의사니까. 여기서 보는 너랑 집에서 보는 네 모습은 정말 달라. 그거 알아?"

"어떻게 다른데."

"그냥, 행복해 보여. 형으로선 그 모습이 참 좋고."

"그렇게 봐줘서 고마워."

"기운 내라고 왔다."

형, 성호의 말에 성준의 입술이 곡선을 그리며 말아 올라갔다.

그녀에겐 뭔가 특별한 것이 있다

형의 위로에 아버지 때문에 무거웠던 마음이 한결 가벼워졌다. 지금까지 꿈을 버리지 않고, 달려올 수 있었던 이유 중 하나가 바로 형 때문이었다. 뒤에서 밀어주고 앞에서 끌어주는 형이 없었다면, 현실에 타협하고 아버지 밑으로 들어갔을지도 몰랐다.

"가게 꽤 잘된다며? 고작 반년 만에 자리 잡고, 멋진데?"

"열심히 하고 있어."

"근데 너, 지현이 정말 별로야? 어머니 아주 애가 바짝 타셨던데."

"어렸을 때 봐온 꼬마가 여자로 보일 리가 없잖아. 정말 동생 그 이상도 이하도 아니야."

인형처럼 예쁜 외모에 붙임성이 좋은 지현은 딸이 없는 어머니에게 무척 예쁨을 받았었다. 그래서일까? 어떻게든 지현이를 며느리로 삼고 싶은 마음에 그와 엮으려 부단히 노력을 기울이고 있었다.

"그럼 얼른 여자 한 명 데리고 오든지. 만나는 여자 있다고 하면 잠잠해지지 않겠어? 너 요즘도 만나는 여자 없어?"

"만나는 여자는 없지만, 마음에 둔 여자는 있지."

놀란 눈으로 자신을 바라보는 형의 모습에 성준도 자리에서 일어나 테라스 난간에 기대섰다. 어느새 노을이 진 하늘이 붉게 물들어 장관을 이루고 있었다. 이런 날, 해주와 함께 마주앉아 이야기를 나눌 수 있다면 더 바랄 것이 없을 것 같았다.

"와, 여자가 있어? 너처럼 눈 높은 자식 사로잡은 여자가 도대체 누구야?"

"지금은 나 혼자 좋아하는 거야. 나중에 혼자가 아니고 둘이 됐을 때, 형한테 제일 먼저 소개시켜줄게."

"기대하고 있으마."

어깨를 살짝 두드리며 말하는 형의 모습에 성준은 말없이 고개를 끄덕였다. 그동안 숨기기에 바빴던 마음을 이렇게 드러낼 수 있어서 성준은 더없이 좋았다. 더 이상은 숨기지 않을 생각이었다.

"어?"

노을에 정신이 팔려 있던 성준은 유쾌하고 화통한 웃음소리에 아래를 내려다보았다. 해주가 친구와 함께 카페 입구에 들어서고 있었다. 동시에 성준의 마음도 어느새 일층으로 향했다.

"참 신기한 인간들이란 말이지."

"뭐가."

"뭔 소리야."

동시에 질문을 던지는 이정과 해중을 바라보는 해주의 두 눈이 의문으로 가득 차 있었다. 2년이 넘도록 열렬히 사랑하다, 헤어진 커플이 아무렇지 않게 함께하는 모습이라니, 해주의 상식으로는 절대 이해할 수 없는 일이었다.

"두 사람, 계속 연락하고 지냈던 거야?"

"일단 질문은 메뉴를 고른 후에 하는 것이 좀 낫지 않겠어? 우리 잘생긴 사장님께서 직접 오셨는데."

언제 왔는지 성준이 메뉴판을 들고 테이블 옆에 서 있었다. 발목까지 오는 푸른색 면바지에 흰 셔츠를 입고 소매를 살짝 걷어 올린 성준의 모습은 마치, 잡지 속에서 막 빠져나온 모델 같았다. 새삼 성준의 외모에 다시 한 번 감탄한 해주는 옆에서 들려오는 오빠 해중의 목소리에 현실로 돌아왔다.

"성준아, 형은 아이스 아메리카노로 찐하게 부탁해."

"나도 같은 걸로 부탁해요, 성준 씨."

"네, 알겠습니다. 누나는 뭐 마실래?"

노처녀 가슴 설레게 달달하게 미소 지으며 물어오는 성준의 모습에 해주는 고개를 절레절레 저었다. 며칠 전, 함께 술을 마신 뒤로 이상하게 녀석이 의식이 되었다.

"나도 같은 걸로. 근데 나는 시럽을 좀 듬뿍 넣어줘. 좀 피곤해서 달달한 게 당기네."

"조금만 기다리세요."

"아, 근데 성준아. 어째 해진이가 안 보인다?"

"케이크 주문 들어온 것이 있어서 굽고 있어. 불러줘?"

"됐어. 커피나 맛있게 부탁해."

"여부가 있겠습니까."

메뉴판을 들고 유유히 사라지는 성준의 뒷모습을 바라보며, 해주는 감탄 섞인 목소리로 말했다.

"이정아 솔직히 말해봐. 저 인간보다 성준이가 더 모델 같지 않아?"

"뭐, 이런 노땅보다는 파릇파릇한 성준 씨가 좀 더 모델 같긴 하지."

"네들 뭐라는 거냐? 요즘 최고로 잘나가는 모델 앞에서."

"잘나가는 모델이 어제 새벽에 추워서 다 얼어 죽었나보지?"

"말을 말자, 말아."

귀찮다는 듯이 소파에 몸을 묻은 채, 눈을 감아버리는 해중의 모습에 해주는 피식 웃음이 나왔다. 말은 그렇게 했지만, 해주는 누구보다 오빠 해중을 멋지다고 생각하고 있었다. 누가 뭐라 해도 지금 해중이 우리나라에서 제일가는 모델인 것은 부정할 수 없는 사실이니까.

"이제 말해봐. 어떻게 된 거야 두 사람? 설마 다시 만나는 거야?"

"설마."

"그럼 뭐야."

"뭐긴 뭐야. 그냥 친구 사이지."

"헤어진 연인이 어떻게 친구 사이로 지내? 내 상식으론 이해가 안 된단 말이지."

두 사람이 헤어지고 그 후유증이 얼마나 컸는지 잘 알기에 아무렇지 않게 나란히 앉아 있는 모습이 더 이해가 되지 않았다. 잠시 마주치는 것만으로도 송두리째 흔들리는 해주로서는 두 사람이 그저 신기할 따름이었다.

"그건 그렇고, 요즘 서영이는 어때? 잘 지내?"

달달한 아메리카노로 마른 목을 축이던 해주의 얼굴이 일순 어두워졌다. 오빠 해중이 서영의 연락을 궁금해하는 것은 전혀 이상할 것이 없는 일이었다. 다만, 그 질문의 이유가 오빠의 궁금증에서 나오는 것인지, 아니면 다른 누군가의 궁금증을 해결하기 위함인지가 중요했다.

"궁금하면 직접 연락하지, 그걸 왜 나한테 물어?"

"잘 지내고 있어. 근데 갑자기 서영이 소식은 왜 궁금해하는데?"

날 서게 대답하는 자신과 달리 이정은 그의 궁금증을 재빨리 해결해주고, 자신의 궁금증을 해결하기 위한 질문을 던졌다. 더 입을 열어보아야 가시 돋친 말밖에 하지 않을 것 같아, 해주는 입을 다물어버렸다.

"그냥 순수한 마음에 물은 거야. 둘 다 뭐가 그렇게 날이 섰어? 너희 둘이야 자주 보지만, 서영이는 구리에 콕 박혀서 나오질 않으니, 소식을 알 수 없어서 물었을 뿐이야. 그리고 서영이는 어쩔 수 없다 치지만, 너희 두 사람은 현진이 그만 미워할 때도 됐잖아."

"오빠 오늘 그냥 네 집에 가서 자라. 우리 집에 오지 말고."

해중의 입에서 현진의 이야기가 나오기 무섭게 해주는 자리를 박차고 일어났다. 아직은 그 누구에게서도 현진의 이야기가 듣고 싶지 않았다. 그 녀석 때문에 서영이가 어떻게 무너졌는지 곁에서 지켜본 해주로서는 아직도 현진을 용서할 수가 없었다.

불쾌한 기분을 어쩌지 못하고 카페를 빠져나와 택시를 잡아타려던 해주의 동작이 일순 멈추었다. 누군가 강하게 손목을 잡아, 움직임을 저지한 탓이었다. 해중인가 싶어 손목을 쳐내려 했던 해주는 굳은 표정으로 자신의 손목을 잡고 있는 성준의 모습에 놀랐다가, 그의 입에서 나온 말에 다시 한 번 더 놀랐다.

"누나, 우리 남산 갈래?"

케이블카 안에서 바라보는 서울의 야경은 눈이 시리도록 아름다웠다. 성준은 말없이 야경을 바라보는 해주의 옆얼굴을 바라보았다. 무슨 생각을 하는 것인지, 해주는 이곳에 오는 내내 아무런 말도 없었다.

갑자기 왜 남산에 오자는 말이 튀어나온 것일까?

스스로 생각해보아도 황당하기 그지없었다. 그나마 다행인 것은 해주가 아무런 질문도 하지 않고 이곳에 따라와준 것이었다.

오전에 로스팅 해두었던 원두를 점검하고 있을 때였다. 갑자기 울 것 같은 얼굴로 카페를 뛰쳐나가는 해주의 모습에 성준은 뭔가에 홀린 사람처럼 따라나섰었다. 택시를 타려는 해주의 손목을 잡아 저지시켰을 때, 성준의 머릿속에는 오로지 한 가지 생각밖에 없었다. 그녀를 혼자 둬서는 안 될 것 같다는 생각뿐이었다.

"야경 끝내준다. 그치?"

케이블카에서 내려, 전망대로 다가서며 해주가 한참 만에 입을 열었다. 꽃향기를 품은 선선한 바람이 불어와 얼굴을 훑고 지나갔다. 성준은 전망대 난간을 손에 쥐고, 저 멀리 발아래서 반짝이는 서울 야경을 바라보았다. 색색의 조명들이 한 대 어울려 그야말로 장관이었다.

"응, 멋지네."

"웩. 이 저질스런 물체는 뭐니?"

자물쇠들이 매달려 있는 나무들을 보곤 해주는 못 볼 것이라도 본 것처럼 손사래를 쳤다. 기가 눌릴 정도로 많은 열쇠가 매달려 있는 것이, 세상에는 사랑을 속삭이는 연인들이 많기도 많은 모양이었다. 저 사람들은 무슨 약속을 하며, 열쇠를 나무에 걸어놓았을까?

"여기는 사람이 너무 많다. 우리 좀 조용한 곳으로 갈까?"

"좋지."

편의점에 들러 맥주 두 캔을 산 성준은 해주와 함께 국립극장 방향으로 천천히 걸어 내려갔다. 케이블카를 타는 것보다 이렇게 천천히 걸어 내려가며 야경을 보는 것이 더 운치 있고 좋았다. 아니, 그녀와 함께라면 어디서 무엇을 하든 좋을 것 같았다.

"갑자기 왜 남산에 오자고 했어?"

"그냥, 누나를 혼자 두면 안 될 것 같아서."

"왜?"

왜냐고 묻는 해주의 말에 성준은 걸음을 멈추고 그녀를 바라보았다. 뭐라 대답해야 할까? 그냥 이대로 마음을 고백해버릴까 잠시 고민이 되었지만, 이런 식으로 갑자기 터트려서는 안 될 것 같았다. 성준은 목 끝까지 차오른 말을 애써 누르고 싱긋 웃으며 말했다.

"글쎄 왜 그런지는 나도 잘 모르겠네."

"싱겁기는."

여기서 해주가 더 몰아붙이면 어쩌나 걱정했던 성준은 가벼이 넘겨주는 그녀의 모습에 한결 마음이 편해졌다. 바람 좋은 날 이렇게 해주와 나란히 걷고 있으니, 꼭 구름 위를 걷는 듯한 착각이 들 정도로 좋았다.

"누나는 형이랑 왜 갑자기 싸운 건데?"

"갑자기라고 할 것이 있나. 알잖아, 해중 오빠랑 나는 얼굴만 맞대면 으르렁거리는 거."

"내가 보기에는 사이 엄청 좋아 보이던데?"

"말도 안 돼."

"저기 좀 앉자."

삼분의 일쯤 내려오니, 또 다른 전망대가 있었다. 이곳은 사람들이 잘 모르는 곳인지, 아무도 보이지 않았다. 성준은 야경이 보이는 쪽으로 해주가 앉을 수 있도록 손수건을 깔아주었다.

"오, 우리 성준이 얼굴만 잘생긴 것이 아니라, 매너도 백 점이네."

"이런 건, 기본이지."

"이유야 어찌 되었든, 여기 데려 와줘서 고마워. 덕분에 기분 전환이 좀 됐어."

"뭐 때문에 기분이 상했던 건데? 말하기 힘든 거야? 그럼 더 안 묻고."

야경을 바라보던 해주는 다정스런 목소리에 고개를 돌려 성준을 바라보았다. 사람을 이보다 더 따뜻하게 바라볼 수 있을까 싶을 정도로 따뜻한 눈빛으로 성준은 자신을 바라보고 있었었다. 갑자기 왠지 모르게 가슴이 일렁였다. 주책없게 떨려오는 가슴에 괜스레 헛기침을 하며, 재빨리 시선을 돌리고 낮은 한숨을 내쉬었다.

이상했다.

이곳에 데리고 온 것도 이상했고, 아까부터 자신을 바라보는 눈빛도 이상했다. 지금 자신을 바라보는 성준의 눈빛은 동생이 누나를 바라보는 것이 아닌, 남자가 여자를 바라보는 날것 그대로였다.

"대답이 없는 것이, 곤란한 건가 봐? 그럼 패스."

어깨를 한번 으쓱하곤 다시 야경을 바라보는 성준의 옆얼굴을 잠시 바라보다, 해주는 성준이 바라보는 곳으로 시선을 돌렸다. 풀벌레 소리, 바람을 타고 희미하게 나는 아카시아 향기, 그리고 멋진 야경이 있기 때문일까? 왠지, 성준에게는 모든 것을 다 털어놓아도 괜찮을 것만 같았다. 하지만 친구가 없는 곳에서 친구의 상처를 다른 사람에게 꺼내 보이고 싶지는 않았다.

"고맙다, 그냥 넘어가줘서. 근데 성준아."

"말해."

"네가 좋아한다는 사람은 어떤 사람이야? 너처럼 매력적인 남자를 그냥 두는 여자가 있단 말이야? 그 여자 참, 바보 같다. 너 같은 남자가 좋다는데, 싫다고 해?"

문득 성준이 좋아하는 여자는 어떤 여자일까 해주는 궁금해졌다. 이렇게 멋지고 마음 씀씀이까지 예쁜 남자의 사랑을 받는 행운의 주인공은 누구일까?

"어떻게 설명을 해줘야 할까? 말로 짧게 표현할 수 있는 사람이 아니라서……."

"그렇게 말하니까, 더 궁금한데?"

"참 예쁜 사람이야. 그 사람 곁에 있으면 이대로 죽어도 상관없다 싶을 정도로 날 행복하게 해주는 사람이지."

옅게 웃으며 사랑하는 여자에 대해서 이야기하는 성준의 얼굴에서는 반짝반짝 빛이 나는 듯했다. 그의 표정만으로도 그 여자를 사랑하는 마음이 얼마나 깊은지 느낄 수 있을 것 같았다.

"너 가게 너무 오래 비운 거 아니야? 이제 그만 가……."

그만 돌아가자 말하려던 해주는 손을 뻗어 머리를 쓸어 올려 주는 성준 때문에 그대로 숨을 멈추었다.

"머리가 자꾸 내려오는 거 같아서……."

스스로의 행동에 놀랐는지 자리를 박차고 일어나 말끝을 흐리는 성준의 모습에 해주는 애써 웃으며 아무렇지 않은 듯 행동했다. 하지만 행동과 달리 그의 돌발행동에 심장은 미친 듯이 난동을 피우고 머릿속은 하얗게 비워졌다.

고작 맥주 한 캔에 취해버린 것일까? 뛰는 심장이 좀처럼 진정이 되지가 않았다.

일러스트 화면에 타블렛 펜으로 커다란 장미를 그리던 해주는 깊은 한숨을 내쉬며 멍하니 화면을 바라보았다. 다음 주까지 마쳐야 할 디자인이 산더미처럼 쌓여 있는데, 좀처럼 일에 집중할 수가 없었다.

성준은 남산에서 내려와 괜찮다는 말에도 기어이 집 앞까지 자신을 바래다주고 돌아갔다. 어제 자신을 바라보는 성준의 눈빛은 해주가 느끼는 한, 여자를 바라보는 남자의 눈빛이었다. 착각이라 하기엔 그 눈빛이 너무도 강렬해 머릿속에서 잊혀지지 않았다.

"강 팀장."

지난 사랑의 상처가 너무 컸던 탓일까? 따뜻했던 성준의 작은 배려에도 이상한 생각을 하는 스스로가 어이없어 해주는 고개를 가로저었다. 아무래도 이번 주말에 보는 선을 좀 진지하게 봐야 할 듯싶었다. 따뜻함을 느끼는 그런 감정 따위 두 번 다시는 느끼고 싶지 않았다.

　탁! 탁!

　잡념에서 빠져나오지 못하던 해주는 책상을 두들기는 소리에 화들짝 놀라 고개를 들었다. 책상 앞에 양 부장이 씩씩거리며 당장에라도 폭발할 것 같은 얼굴로 해주를 노려보고 있었다.

　"업무 시간에 무슨 잡생각을 하느라, 사람이 불러도 모르는 거야?"

　"죄송합니다."

　"따라 나와."

　아주 심술이 난 도깨비가 따로 없었다.

　양 부장은 왜 매사 자신을 못 잡아먹어서 안달인지, 이해되지 않았다. 물론, 아주 가끔은 지각을 하고 멍을 때리는 경향이 있지만, 그 일들로 업무에 지장을 준 적은 없었다. 아무래도 자신이 전생에 양 부장의 애인이나 부인을 빼앗은 것은 아닐까 싶었다. 그렇지 않고서야 현생에서 이렇게 악연일 수는 없었다.

　해주는 자리를 털고 일어나 양 부장을 따라 사무실을 빠져나왔다. 또 무슨 잔소리를 하려고 옥상으로 향하는 것인지, 절로 한숨이 새어나왔다.

　"날씨 한 번 죽이게 덥네. 벌써 이렇게 더우면 어쩌라는 건지."

온몸을 감싸는 더위에 양 부장이 불만스럽게 말했다. 이제 겨우 5월 중순인데, 벌써 한낮 온도가 28도에 육박하고 있었다. 아침에 선크림을 발랐음에도 얼굴이 탈까 무서워, 해주는 뜨거운 햇빛을 피해 얼른 그늘로 향했다. 양 부장은 벌써부터 땀을 뻘뻘 흘리며, 연신 더운 숨을 토해내고 있었다.

"그러니 빨리 말씀하세요. 저 또 뭐 사고 친 거 있어요?"

"받아."

손부채질을 하던 양 부장이 주머니에서 흰 봉투를 꺼내 건네주었다.

"이건 뭔가요."

봉투를 손에 쥐고, 해주는 영문을 모르겠다는 얼굴로 물었다.

"사장님이 주시는 특별 보너스. 강 팀장이 디자인한 청첩장을 딸이 엄청 마음에 들어 한 모양이야. 입이 귀에 걸려서 강 팀장 칭찬에 아주 침이 마르셨어. 비위 맞추기 힘들었을 텐데, 수고했어."

"오호! 특별 보너스란 말이죠? 고생한 보람이 있는데요? 근데 사무실에서 주면 될 것을 왜 옥상까지……. 아, 저만 받는 거라 그런가?"

"강 팀장 혼자 고생한 거니까, 혼자 받는 것은 당연하지. 강 팀장은 다 좋은데 가끔 지각하는 게 문제야. 그리고 업무 시간에 왜 틈만 나면 딴생각이야? 사람이 불러도 모르고 말이야."

그럼, 그렇지. 왜 싫은 소리가 안 나오나 싶었다. 해주는 또다시 시작된 양 부장의 잔소리에 살짝 인상을 찌푸렸다. 두툼한 돈 봉투를 보고 이내 표정을 풀었다. 생각지도 못했던 보너스에 기분이 날아갈 것 같았다.

"네, 네. 알겠습니다. 땀 그만 흘리고 내려가서 냉커피라도 한 잔 뽑아드시는 것은 어떠세요? 저도 조금만 있다가 금방 따라 내려갈게요."

"그러든지. 조만간 크게 한턱 쏘라고."

"알겠어요."

먼저 옥상을 내려가는 양 부장의 뒷모습이 사라지기 무섭게 봉투를 확인한 해주의 얼굴에 미소가 걸렸다. 생각했던 것보다 액수가 꽤 됐다. 지난달 무리해서 가방을 산 탓에 카드에 구멍이 났었는데, 이 돈이면 충분히 메우고도 남을 듯싶었다.

생각지도 못했던 공돈에 한껏 업이 되었던 해주는 주머니에서 울리는 진동에 전화를 건 상대를 확인도 하지 않고 상기된 목소리로 전화를 받았다.

"네, 여보세요."

–나야, 누나.

휴대전화 너머로 들려오는 목소리에 해주는 순간 움찔했다. 서로 연락처를 주고받은 지는 꽤 오래되었지만, 이렇게 연락이 온 것은 처음이었다.

"그래, 성준아."

–어제는 잘 들어갔지?

"집 앞까지 데려다주고선 그걸 왜 묻니? 덕분에 편하게 잘 들어왔지. 넌 잘 들어갔어?"

-나야, 뭐.

"근데 왜? 설마 그거 물어보려고 전화한 것은 아니지?"

파란 하늘에 둥둥 떠다니는 흰 구름은 마치 어린아이가 크레파스로 그려놓은 것처럼 여러 가지 모양을 하고 있었다.

-설마. 저 혹시 주말에 약속 있어? 뮤지컬 표가 생겼는데, 시간 괜찮으면 같이 보러 갈까 해서.

손가락으로 하얀 구름을 따라 허공에 그림을 그리던 해주의 손이 멈칫했다.

"뮤지컬?"

-응. 누나 뮤지컬 좋아하잖아.

가만, 내가 성준에게 뮤지컬 좋아한다는 말을 한 적이 있던가?

-레미제라블인데, 해진이가 누나도 이거 보고 싶어 했다고 하더라고. 나도 보고 싶은 뮤지컬이었는데, 마침 표가 생겨서.

그의 의도를 파악하기 위해서 머리를 굴리던 해주는 성준의 입에서 나오는 말에 피식 웃음이 새어나왔다. 무슨 의도가 달리 있다고 이렇게 혼자 착각 속에 빠져 있는 것일까. 원래 매너가 좋고, 마음 씀씀이가 착한 녀석인데.

어제 남산도 그렇고 주말에 보자는 뮤지컬에도 아무 의도 없이 순수한 마음에 한 이야기일 것이다. 괜스레 머쓱해진 해주는 실없이 웃으며 이야기했다.

"주말 언제? 일요일은 괜찮은데, 토요일에는 이 누님이 연례행사인 선을 봐야 하거든."

-선?

"응. 저번 주에 내가 선 펑크 낸 거 이야기했었지?"

선을 펑크 낸 날, 엄마에게 등짝이 구멍이 나도록 얻어맞고, 바로 선 상대에게 연락을 했었다. 가는 길에 접촉 사고가 있었다며 거짓말로 둘러 댄 후에 새로 약속을 잡았다. 선 상대의 스펙이 퍽이나 마음에 들었는지, 윤 여사가 강하게 밀어붙이고 있었다.

─일요일 저녁 공연이야.

"그래? 그럼, 다행이네. 우리 성준이 덕에 공짜 공연 보게 생겼네."

─그럼, 내가 일요일 오전에 전화할게.

"나 저녁에 단 들를 거야. 만나서 이야기하자."

성준과의 통화로 아주 잠시 했던 혼자만의 착각을 떨쳐내고 해주는 옥상을 내려왔다. 왜 자꾸만 혼자서 이상한 생각에 빠져드는 것인지, 머리가 어떻게 된 모양이었다.

선을 봐야 하거든.

해주의 그 한마디가 성준은 머릿속에서 잠시도 잊혀지지가 않았다. 한겨울에 벌거벗은 채로 거리에 서 있는 것처럼 마음이 춥고 쓸쓸했다. 자신 있게 나가지 말라고 말할 수 없는 현실에 화가 나 견딜 수가 없었다. 고작 선을 본 상대에게 빼앗기려고 그동안 마음을 숨긴 것은 아니었다.

더는 해주가 지난 사랑에서 빠져나오지 못하고 아파하는 모습을 바라만 볼 수가 없었다. 그렇게 마음먹은 뒤로 성준은 감정 조절이 잘되지 않았다. 6년이란 긴 시간 동안 어떻게 마음을 숨겨

왔는지 신기할 정도로 감정 제어가 되지 않았다. 손가락으로 책상을 두들기던 성준은 자리를 박차고 일어나, 사무실을 나와 일층으로 내려갔다.

짙은 커피 향이 흥분으로 달아올랐던 성준의 마음을 조금이나마 차분하게 해주었다. 옅은 숨을 내쉰 성준은 블루베리타르트를 쇼케이스에 넣고 있는 해진에게 다가갔다.

"타르트는 좀 넉넉하게 구웠어?"

"두말하면 입 아프지."

우리나라 최고의 호텔에서도 데려가지 못해 안달이 날 만큼 해진의 솜씨는 뛰어났다. 그런 해진을 가게로 데려오느라 성준은 꽤 오랜 시간 애를 먹었었다. 그의 손을 거친 모든 케이크는 맛이 좋았지만, 그중에서도 블루베리타르트가 단연 으뜸이었다. 단것을 좋아하지 않는 성준조차도 앉은 자리에서 한 조각을 뚝딱 해치울 정도니까.

"해진아."

위생모를 벗어 이마의 땀을 닦는 해진을 바라보던 성준은 한참만에야 힘겹게 친구의 이름을 불렀다.

"어째 날 부르는 목소리에 힘이 실렸다? 나 뭐 잘못했냐?"

"힘이 실리기는 무슨. 올라가서 차나 한잔하자."

"그럼, 잠시 휴식을 좀 취해볼까?"

이른 새벽에 나와 종일 서서 케이크를 굽는 일은 결코 쉬운 일이 아니었다. 그럼에도 해진의 얼굴에는 피곤한 구석을 조금도 찾아볼 수가 없었다. 일의 고단함보다도 성취욕이 더 큰 탓일 것이

그녀에겐 뭔가 특별한 것이 있다

다. 성준도 그 달콤함을 잘 알고 있었다.

"먼저 올라가서 쉬고 있어. 커피 내려갈게."

"오냐."

이층으로 올라가는 해진의 뒷모습을 보고 성준은 바 안쪽으로 들어갔다. 서버에 얼음을 가득 채우고, 드리퍼에 여과지와 케냐 칸요니를 넣은 성준은 드립서버를 들어 천천히 둥글게 원을 그리며 물을 부었다. 짙은 커피향이 온몸을 에워싸는 이 순간이 성준은 참 좋았다.

1차 추출을 끝내고 원두가 봉긋하게 부풀었다 꺼지는 것을 바라보던 성준은 2차 추출을 위해 다시 동그랗게 원을 그리며 물을 부었다. 천천히 물을 붓고, 커피가 내려지는 것을 바라보고 있자니, 머릿속이 이제야 좀 맑아지는 듯싶었다.

흥분을 가라앉히고 이성적으로 생각할 필요가 있었다. 낮은 숨을 몰아쉬고 다 내려진 커피를 잔에 따른 성준은 이층으로 올라갔다. 해진은 테라스에 자리를 잡고 앉아, 하늘을 올려다보고 있었다.

"마셔."

"날씨 한 번 죽이게 좋다. 이런 날 가게 안에만 있으려니까, 좀 억울한데?"

"쉬는 날 아영 씨랑 교외 한 번 나갔다 오든지."

"봐서. 또 뭐에 삐쳤는지, 전화도 안 받는다."

물방울이 송골송골 맺혀 있는 잔을 들어 커피를 마시던 해진은 심술이 덕지덕지 붙은 목소리로 말했다. 요 며칠 조용한가 싶었더니,

또 싸운 모양이었다.

"또 싸웠어?"

"싸우긴 뭘 싸워. 지 혼자 삐친 거지. 아 몰라, 몰라. 다른 이야기해."

귀찮은 듯이 이야기하지만 아영 씨를 생각하는 해진의 마음이 얼마나 깊은지 누구보다 성준이 잘 알고 있었다. 5년이란 긴 만남에도 여자친구를 생각하는 해진의 마음은 한결같았다. 성준은 그런 친구의 우직함이 참 좋았다.

"뜸 들이지 말고, 할 말 있으면 빨리해라. 쿠키 구워야 하니까."

"무슨 말."

속을 훤히 들여다보고 있는 것처럼 이야기하는 해진 때문에 괜히 민망해진 성준은 시치미 떼며 말했다. 처음엔 해주가 선을 어디서 보는지 물어볼 작정으로 일층에 내려갔었다. 하지만 커피를 내리며 천천히 생각해보니, 그걸 물어보는 것도 좀 우스운 것 같아 관두기로 했다. 물어봐서 어디서 선을 보는지 알게 되면 어쩔 건데? 라는 의문이 머릿속을 가득 채운 탓이다.

"네 얼굴에 나 질문 있소라고 적혀 있다."

대수롭지 않다는 듯 말하고, 컵에서 얼음 한 알을 꺼내 입 안에 넣고 사탕 먹듯 깨물어 먹는 해진의 모습에 성준은 피식 웃음이 새어나왔다. 10년이 넘는 세월을 그냥 보낸 것은 아닌지, 그는 자신의 표정만 보아도 기분이 좋은지 나쁜지 단번에 알아챘다.

"정말 없어."

"웃고 있네. 뭐 때문인지는 몰라도 다음에 말하고 싶을 때 해라."

그녀에겐
뭔가 특별한 것이
있다

자신에 대해서 웬만한 것은 다 알고 있는 해진이 유일하게 모르는 것이 하나 있다면, 그것은 해주를 향한 마음이었다. 오래전, 마음을 들킨 적이 있긴 했었다. 하지만 그때 해주에게 남자가 있었고, 그 뒤로 더는 특별한 내색을 한 적이 없었기에 이제는 마음을 접었다고 생각하고 있는 것 같았다.

남자를 짧게만 만나던 해주가 1년이 넘도록 한 남자를 만난 적이 있었다. 그때, 이제 그만 마음을 접어야겠다고 생각하며 다른 여자를 만나 볼까 생각도 했었지만, 누구에게도 마음이 움직이지를 않았다. 이놈의 심장은 멍청한 것인지, 오로지 한 여자에게만 미련하리만큼 반응을 보였다.

마음을 접어야 한다는 것을 알면서도 그게 되지 않아 하루하루가 고통스럽던 시절이 있었다. 좋아하는 것조차 할 수 없다는 것이 참으로 서러웠었다. 그렇게 하루하루를 무기력하게 보내다, 문득 떠나야겠다는 생각이 들었었다. 옆에 있어서는 죽어도 해주를 향한 마음을 접을 수 없을 것 같아 도망치듯 외국으로 나갔었다.

2년 뒤에 돌아와 카페를 준비하며, 해주가 오랫동안 만나던 남자친구와 헤어졌다는 것을 알게 되었다. 헤어짐의 끝에 어떤 일이 있었는지, 두 사람이 싸우는 모습을 목격했기에 예상은 하고 있지만, 확실한 것은 알지 못했다. 다만, 6개월이 흐른 지금도 해주는 시련의 아픔에서 벗어나지 못하고 있었다. 해주가 힘들어하는 모습은 마음이 아팠지만, 완전히 마음을 접지 못했기에 혼자가 되어 있는 해주의 모습이 싫지 않았었다. 그리고 우연인지 필

연인지 카페가 해주의 사무실과 가까워 자연스레 마주치는 날이 늘어갔다.

겨우 진정이 되었던 심장이 다시 뛰기 시작했다. 그렇게 점점 짙어지는 마음을 이제 더는 숨길 자신이 없었다. 아니, 더는 숨기고 싶지가 않았다.

해주의 이별을 알게 된 후, 성준은 조급증이 났다. 당장에라도 옆에 두고 싶은 마음에 하루하루가 초조했었지만, 이별의 아픔이 치유되기 전에 다가가는 것은 오히려 역효과가 날까 봐 많이 망설였었다. 하지만 그 후유증은 생각보다 깊고 컸던 것 같다.

해주에게 이별의 아픔에서 벗어날 시간이 필요한 것 같아, 6개월이란 시간을 참고 기다렸던 것이다. 고작 선 상대에게 어이없이 빼앗기려 기다렸던 것이 아니다.

선을 보러 다니기 시작했다는 것을 성준은 이제 해주가 새로운 사람을 만날 준비가 되어 있다는 의미로 받아들이고 싶었다. 그러니 더는 참지 않을 것이다.

"어? 저기 지현이 아니냐?"

멍하니 하늘을 바라보며 생각에 잠겨 있던 성준은 해진의 말에 현실로 돌아왔다. 테라스 난간에 매달려 손을 흔드는 해진의 손을 따라 아래층을 내려다보니, 지현이 카페 입구에 서 있었다.

"오빠! 거기 있어. 내가 금방 올라갈게."

방실방실 웃으며 손을 흔드는 지현에게선 아침 이슬 같은 싱그러움이 묻어났다. 붙임성이 좋고 항상 웃는 얼굴인 지현을 어머니는 참으로 예뻐했다. 하지만 성준에겐 그저 어렸을 때부터 알고 지낸 동생, 그 이상도 이하도 아니었다.

"성준 오빠! 해진 오빠도 안녕."

"어째 우리 지현이는 더 예뻐졌다?"

"나. 원래 예뻤거든?"

쏜살같이 이층으로 올라온 지현은 테라스 난간에 기대 서 있는 성준의 팔짱을 꼈다. 친한 사람이라도 가까이 다가와 스킨십하는 것을 별로 좋아하지 않는 성준은 지현의 팔짱을 망설임 없이 빼냈다. 그럼에도 포기하지 않고 다시 팔짱을 끼는 지현을 보며, 성준은 깊은 한숨을 내쉬었다.

"먹고 싶은 거 있어? 이 오빠가 뭐든 만들어주마."

"안 그래도 오빠가 구운 블루베리타르트 사러 왔어. 엄마가 먹고 싶다고 해서."

"포장해놓을 테니까, 이야기 나누고 내려와."

해진이 내려가는 모습을 잠시 바라보다 성준은 다시 한 번 팔짱을 빼어내며 말했다.

"이러지 말라고 했잖아."

"또, 또 쌀쌀맞게 군다. 좀 다정하게 굴면 안 돼?"

차가운 반응이 섭섭한 듯 지현이 살짝 눈을 흘기며 하는 말에도 성준은 지현을 향해 차갑게 말했다.

"싫은 것은 싫은 거야."

"오죽하시겠어요. 얼음왕자님이."

다른 사람들은 곁을 내주지 않는 성준의 차가움에 진저리를 치는데, 지현은 조금도 주눅이 들지 않았다. 단 한 번도 다정한 말을 건넨 적이 없는 자신이 뭐가 좋다는 것인지 이해할 수가 없었다.

"근데 나, 뭐 달라진 것 없어?"

곁에서 절대 떨어지지 않을 것 같던 지현이 한 걸음 물러서 기대에 잔뜩 부푼 눈빛으로 바라보며 물었다. 성준은 그 기대에 부응해주고 싶었지만, 도통 변화를 느낄 수가 없었다. 평소와 달라진 것이 전혀 없는 것 같았다.

"글쎄."

"머리 잘랐잖아! 그것도 긴 머리를 단발로 싹둑! 오빠한테 잘 보이려고 한 건데 어떻게 머리 자른 것도 모를 수가 있어?"

"내가 꼭 알아야 해?"

"됐다, 됐어. 내가 오빠한테 뭘 기대해."

섭섭한지 입술을 뾰족 내밀며 투덜거리는 지현에게 살짝 미안한 마음이 들기는 했지만, 성준은 딱히 표현을 하지 않았다. 지현이 특별히 싫은 것은 아니었다. 오랫동안 집안에서 알아왔기 때문에 다른 사람들보다 편한 것은 사실이었다. 하지만 딱 거기까지였다. 집안에서 잘 아는 동생일 뿐이었다. 해주 외에는 그 어떤 여자도 자신의 마음을 흔들 수가 없었다.

3. 솔직하게

해가 길어지긴 한 것인지 7시가 넘은 시간인데도 날이 밝았다. 온통 노란 유채밭에 앉아 맥주를 마시고 있자니, 꼭 구름 위에 앉아 있는 것 같았다. 서울 근교에도 이렇게 멋진 곳이 있다니, 정말 놀라웠다.

"죽인다, 진짜."

"막바지니까, 여기 앉아서 여유 부릴 수 있는 거야. 월 초에 왔으면 축제기간이라서 요 명당에 앉아서 이런 호사를 부리는 것은 불가능해."

유채꽃이 만평 넘게 피어 있는 구리 한강은 가슴이 벅차도록 아름다웠다. 이제 거의 다 져 가는데도 이렇게 예쁜데, 만발할 때는 오죽할까. 서영이 왜 그토록 입에 마르도록 이야기했는지 이해가 되었다.

해주는 한강 끝머리 유채꽃 위에 그림처럼 세워져 있는 원두막에 반쯤 누워 한강을 바라보고 있었다. 보너스도 받았고, 마시는 맥주는 시원했고, 안주로 먹는 치즈케이크는 입 안에서 살살 녹아내렸다. 더없이 만족스럽고 행복해야 할 순간인데 기분이 착 가라앉았다.

"근데 여기까지는 무슨 바람으로 행차하셨을까?"

옆에서 맥주를 홀짝이며, 서영이 호기심이 묻어나는 얼굴로 물었다.

"네가 너무 서울에 안 나와 주시니까, 이 언니가 올 수밖에."

"오호, 내가 보고 싶어서 왔다?"

플라스틱 포크로 케이크를 입 안에 넣으며 묻는 서영을 해주는 안타깝게 바라보았다. 언제부턴가 해주는 서영을 만날 때마다 그녀의 기분이 어떤지 살피는 버릇이 생겼다. 현진과의 이별로 많이 힘들어했던 서영을 걱정하긴 했었지만, 그 아픔을 온전히 이해하지는 못했었다. 하지만 막상 그 시련을 맛보니, 그동안 서영이 겪었을 고통을 이해하게 되었다. 그래서 더 신경이 쓰였다. 다행히 오늘은 컨디션이 괜찮아 보였다.

"얼굴 뚫어지겠다. 나, 이제 그렇게 안 봐도 돼."

"내가 널 어떻게 봤는데."

"어떻게 보긴. 불쌍해 죽겠다는 얼굴로 보지."

"내가 그럴 입장이나 되고?"

정곡을 찔러 말하는 친구를 향해 해주는 쓴웃음을 지으며 말했다. 어쩌면 서영은 이제 정말 괜찮아졌는데, 자신만 혼자 현진을 용서하지 못하고 있는지도 몰랐다. 해주는 갑자기 피어오르는 잡생각을 고개를 저어 떨쳐냈다.

"저번에 마감했다던 신작은 언제 나와?"

새로 들어간 작품이 잘 풀리지 않는다며 꽤 힘들어하더니, 한결 편안해진 모습이 힘든 부분은 지나간 모양이었다. 해주는 서영의 작품을 참 좋아했다. 그녀의 글은 사람의 심장을 아릿하게 하는 맛이 있었다. 친구이기 전에 팬으로서 해주는 늘 서영의 신작을 기다리고 있었다.

"다음 주에. 사인회 있어서 서울 한 번 나갈 거야. 그때, 이정이랑 셋이 모처럼 찐하게 한잔하자."

"좋지, 좋아. 아주 코가 삐뚤어지게 마셔보자."

"건 그렇고 정말 웬일이야? 너 무슨 일 있어?"

"일은 무슨. 정말 너 보고 싶어서 왔다니까? 요거 사람 대개 못 믿네."

"웃기고 있다. 네가 나 보고 싶다고 여기까지 올 사람이야? 이정이면 몰라도 너는 귀찮아서 퇴근하고 여기까지 올 사람이 아니거든요? 주말이면 또 몰라도."

어느새 다 마신 맥주 캔을 힘주어 구기고, 새로운 맥주를 따며 해주는 씁쓸하게 말했다.

"정말 너 보고 싶어서 왔어. 바람이 좀 쐬고 싶기도 했고."

"무슨 일 있는 건 아니지?"

"일은 무슨. 오늘 보너스도 받아서 기분 최고인데."

말과 달리 해주의 얼굴에는 짙은 그림자가 드리워져 있었다. 왜 이렇게 기분이 가라앉는 것인지, 아까 단에서는 왜 도망치듯 나온 것인지 해주 스스로도 이해가 되지 않았다.

평소보다 이른 퇴근을 하고 동생에게 부탁해두었던 케이크도 찾고, 성준과 주말 약속을 잡기 위해 단으로 향했었다. 막 단 입구로 들어서려던 해주는 까르르 웃는 여자의 웃음소리에 무심결에 이층을 올려다보았다. 그곳에 성준이 앳되어 보이는 여자와 함께 있었다. 그 모습을 바라보던 해주는 순간 마음이 쿵 하고 내려앉았다.

한참 동안 넋이 나간 사람처럼 그곳에 서서 이층을 올려다보고 있던 해주는 동생 해진이 부르는 소리에 겨우 정신을 차렸었다. 카페 안으로 들어가서도 한참 동안 정신을 못 차리던 해주는 이층에서 내려오는 성준의 모습에 급하게 케이크만 받아 도망치듯 단을 나와, 바로 이곳으로 왔다.

사랑한다던 여자가 아까 함께 있던 여자일까?

성준이 누구를 사랑하던, 자신과 무슨 상관이라고 마음이 이렇게 동하는 것일까? 해주는 샘솟듯 끝없이 차오르는 잡념에 들고 있던 맥주를 단숨에 들이켰다. 머리를 식히고 좀 이성적일 필요가 있었다.

지난 사랑의 아픔에서 채 벗어나지도 못하고 다른 남자를, 그것도 동생의 친구를 향해 이런 감정을 느끼는 스스로가 우스워 견딜 수가 없었다. 해주는 술이라도 취해 빨리 잠들어, 이 혼란스러움에서 벗어나고 싶었다.

-전화기가 꺼져 있어 음성사서함으로 넘어갑니다.

벌써 열 번이 넘도록 해주에게 전화를 걸었지만, 꺼져 있는 휴대전화는 좀처럼 켜질 생각을 하지 않았다. 아까 분명 해주는 자신이 이층에서 내려오는 것을 보았다. 그런데 왜 인사도 없이 돌아가 버린 것일까?

다른 때였다면 굳이 자신에게까지 인사할 필요가 없으니, 이토록 신경을 쓰지는 않았을 것이다. 하지만 오늘은 주말에 뮤지컬을 보기로 한 것에 대해 이야기하기로 약속을 했었다. 그런데 아무 말 없이 가버리고 휴대전화까지 꺼 있는 해주 때문에 성준은 애가 닳았다.

잠시도 가만히 있지 못하고 거실을 서성이던 성준은 초조함을 참지 못하고, 잔에다 얼음과 함께 바카디와 토닉워터를 가득 채웠다. 투명한 잔 안에서 기포가 뽀글뽀글 올라왔다. 성준은 그것을 우두커니 바라보았다.

한참을 멍하니 그렇게 서 있던 성준은 두 눈을 질끈 감았다 뜨고선 잔을 들고 테라스로 나갔다. 테라스 한쪽에 놓여 있는 테이블 위에 잔을 내려놓고, 굳게 닫혀 있던 문을 활짝 열었다. 한낮의 더위를 비웃기라도 하듯이 제법 선선한 바람이 불어왔다.

창밖으로 넓게 펼쳐진 한강은 세상의 모든 것을 삼켜버릴 듯 어두웠다. 그 어둠을 둘러싸고 늘어선 가로등은 까만 어둠과 대조를 이루어, 주황빛으로 아름답게 빛났다. 성준은 해주에게 저 가로등 같은 사람이 되어주고 싶었다. 그저 어린 동생이 아닌, 곁에서 그녀의 인생을 환하게 밝혀주고 싶었다.

과연 자신에게 그런 기회가 오기는 할까?

잔을 들어 푸석하게 마른 입술을 적신 성준은 세게 입술을 깨물었다 놓았다. 좀처럼 초조함이 가시질 않았다. 연락을 달라고 메시지를 남기기는 했지만, 이상하리만큼 마음이 불안했다. 왠지, 오늘 밤은 제대로 잠을 잘 수 없을 듯했다.

[많이 바빠? 계속 연락이 안 되네. 메시지 보면 연락 줘.]

립스틱을 바르고 머리를 점검하던 해주는 화장대 위에서 울리는 휴대폰으로 손을 뻗었다. 휴대폰 액정을 바라보는 해주의 눈빛에 혼란스러움이 가득 묻어났다. 지난 이틀 동안 성준에게 여러 번 연락이 왔지만, 해주는 일부러 전화를 받지 않았다. 그것이 답답했는지 성준이 메시지를 남겨왔다.

왜 성준의 연락을 피하는 것인지 그건 해주도 알지 못했다. 그저 지금은 피해야겠다는 생각밖에 들지 않았다. 그날 머리에 쥐가 나도록 생각했지만, 왜 도망치듯 카페를 빠져나왔는지, 이 알 수 없는 불쾌감은 무엇인지 해주는 아직도 그 원인을 찾지 못했다.

"이렇게 입으니까, 얼마나 예뻐. 이 엄마가 오늘은 예감이 아주 좋아."

잔 꽃무늬가 들어간 시폰원피스에 빨간 카디건을 입고 아이롱으로 머리를 편 모습이 퍽이나 마음에 들었는지 윤 여사의 얼굴에선 잠시도 웃음이 떠나지 않았다. 화장도 평소와 달리 얌전하게 했더니, 해주는 거울 속 자신의 모습이 다른 사람처럼 낯설기만 했다. 이런 모습으로 만난 남자가 자신을 마음에 들어 한들 무슨 소용일까.

그녀에겐 뭔가 특별한 것이 있다

"예감이 좋기는 개뿔. 나는 영 불길하거든?"

짝!

해주의 말에 등짝을 세게 내려친 윤 여사가 신경질적으로 소리쳤다.

"이게 부정 타게 무슨 헛소리야? 엄마가 예감이 좋다면 좋은 거지."

"아파!"

"헛소리 그만하고 얼른 나가봐. 그러다 늦겠다. 오늘도 펑크 내고 오기만 해. 아주 너 죽고 나 죽자니까."

"엄마는 참 딸한테 못하는 말이 없다."

"내가 오죽하면 이래! 여자 나이 32살이면 고물도 그냥 고물인 줄 알아? 완전 통차 되기 전에 얼른 시집가."

"예, 예. 고물차는 이만 물러나죠."

여기 더 있다가는 윤 여사의 잔소리에 귀에 인이 박힐 것 같아, 해주는 서둘러 집을 빠져나왔다. 아침에 부슬부슬 내리던 비가 어느새 굵어져 있었다. 비 오는 날 밖에 나오는 것을 질색하는 해주는 이런 날, 선을 봐야 하는 것이 마음에 들지 않았다.

우산을 쓰고 버스정류장으로 향하던 해주는 카페 단이 있는 쪽으로 절로 시선이 갔다. 여기서 차로 15분이면 카페로 갈 수 있었다. 회사를 가기 위해서는 카페를 지나가야 했기에 하루도 거르지 않고 들렀었지만, 오늘로써 벌써 3일째 단을 가지 않았다.

내일은 성준과 뮤지컬을 보기로 했던 날이어서 마냥 연락을 피하기만 할 수도 없는 노릇이었기에 그에게 연락하긴 해야 했다.

그런데 이상하리만큼 성준의 목소리를 들을 자신이 없었다. 정체를 알 수 없는 우울함에 빠져 있던 해주는 기다리던 버스가 도착하자, 우산을 접고 버스에 올랐다.

비 오는 주말 오후라 그런지 버스는 한산한 편이었다. 비어 있는 좌석에 앉은 해주는 비 오는 차창 밖으로 시선을 돌렸다. 멍하니 창밖을 바라보던 해주는 라디오에서 흘러나오는 제임스 모리슨의 목소리에 귀를 기울였다. 이 남자는 목에다 꿀이라도 바른 것인지 목소리가 달달하기 그지없었다.

살아가는 걸 느끼게 해준다라.

사랑하는 여자에 대한 절절한 고백이 담긴 노래를 듣고 있자니, 해주는 또다시 성준의 생각에 사로잡혔다. 그의 다정한 말투, 머리를 쓰다듬어주던 다정한 손짓, 자신을 바라보던 부드러운 미소……. 모든 것이 눈앞에 있는 것처럼 아른거렸다. 사소한 행동 하나하나에 신경 써주는 그의 세심함에 자신도 모르게 마음이 흔들렸던 모양이었다.

요 며칠 자신을 괴롭히던 혼란스러움이 무엇인지 해주는 잘 알고 있었다. 다만, 무섭도록 갑자기 찾아든 감정이 반갑지 않았다. 쉽게 불타오른 감정이 얼마나 부질없는 것인지 해주는 잘 알고 있었다. 더구나 동생 친구에게 마음이 흔들린 스스로가 어이가 없어 인정하고 싶지 않아, 모른 척했을 뿐이다.

사랑하는 여자에 대해서 이야기하며 짓던 성준의 미소가 해주는 아직도 생생했다. 연하에 그것도 다른 여자를 사랑하는 남자에게 서른이 넘어 마음이 흔들리다니……, 그토록 사랑 따위는 두 번 다시 하지 않겠다고 결심해놓고는. 혼란스러운 마음을 정리하는 동안 성준과 마주치지 않는 것이 좋을 듯싶었다. 마음을 정한 해주는 낮은 숨을 내뱉고 성준에게 메시지를 보냈다.

[연락 계속 못 받아서 미안해. 좀 바빴어. 성준아, 미안해서 어쩌지? 일이 생겨서 내일 뮤지컬 못 볼 거 같아. 정말 미안해. 다음에 카페에서 보자.]

메시지를 보내기 무섭게 손에 쥐고 있던 휴대전화가 요란하게 울렸다. 액정화면을 보고 전화를 걸어 온 상대를 확인한 해주는 그대로 전화기를 가방에 집어넣었다.

하루라도 빨리 이 불순한 마음을 정리해야 했다. 이런저런 생각에 빠져 있는 동안 어느새 버스가 약속 장소에 도착하자, 해주는 버스에서 내려 천천히 호텔로 향했다. 음울한 마음을 어쩌지 못하고 호텔 카페로 터덜터덜 들어간 해주는 애써 마음을 달래며 주위를 두리번거렸다. 창가에 윤 여사가 보여줬던 사진 속 남자가 앉아 있었다. 남자에게 다가간 해주는 우산을 쥔 손에 힘을 주며, 남자를 향해 인사했다.

"안녕하세요. 저 혹시 한경민 씨?"

"맞습니다. 강해주 씨?"

해주는 대답 대신 고개를 끄덕이며 남자의 맞은편에 자리를 잡고 앉았다. 한경민이라는 남자는 사진보다 훨씬 인물도 좋았고, 목소리도 근사했다.

"저번 주에는 죄송했어요. 본의 아니게 바람을 맞혔네요."

"아닙니다. 해주 씨야말로 어디 다치신 건 아니죠?"

"다행히 무사해요."

해주가 거짓말로 둘러댔던 사고 이야기를 시작으로 경민과의 대화는 끊어지지 않고 자연스레 이어졌다. 낮은 중저음의 목소리로 다감하게 이야기하는 그는 아주 잠깐의 대화에도 무척이나 매력적이라는 생각이 들었다. 그럼에도 해주는 좀처럼 대화에 집중할 수가 없었다. 그녀의 머릿속에는 오로지 성준, 성준의 생각뿐이었다.

초조하게 사무실을 서성이던 성준은 메시지 알람소리에 번개처럼 휴대전화를 집어 들었다. 온통 해주 생각으로 날이 바짝 곤두서 있던 성준은 기다렸던 해주의 메시지에 잠시 얼굴에 미소가 돌았다, 이내 차갑게 식어버렸다.

[연락 계속 못 받아서 미안. 좀 바빴어. 성준아, 미안해서 어쩌지? 일이 생겨서 내일 뮤지컬 못 볼 거 같아. 정말 미안해. 다음에 카페에서 보자.]

이유는 알 수 없지만 해주가 자신을 피한다는 느낌을 성준은 잠시도 지울 수가 없었다. 하지만 해주가 그럴 이유가 없다는 판단에 그저 혼자만의 착각이라 생각하며 애써 마음을 달랬었지만, 그녀의 메시지를 확인한 성준은 그저 기우가 아니었음을 확신했다.

도대체 해주가 왜 자신을 피하는 것인지 생각할 겨를도 없이 성준은 바로 통화버튼을 눌렀지만, 역시나 전화를 받지 않았다. 시계는 어느덧 6시를 넘어가고 있었다. 아마도 그녀는 선 장소로 향하는 길이거나, 이미 남자를 만나고 있는지도 몰랐다. 생각이 거기까지 미치자, 성준은 이성이 마비되어 아무 생각도 할 수가 없었다. 뭔가에 쫓기는 사람처럼 일층으로 뛰어 내려간 성준은 해진을 찾아 주방으로 향했다.

"해진아, 강해진!"

"숨넘어가겠다. 무슨 일 있어?"

"누나, 해주 누나 오늘 선 어디서 봐?"

"선? 무슨 선? 오늘 우리 누나 선보냐?"

도리어 자신에게 되묻는 해진의 말에 성준은 절망의 빛이 역력한 얼굴로 그대로 눈을 감아버렸다. 불안감에 끊은 지 1년이 넘은 담배 생각이 간절해 입이 바싹 발랐다.

"나, 담배 좀 주라."

"뭐? 너 끊었잖아."

"그냥 좀 줘."

괜스레 해진에게 신경질적으로 소리친 성준은 스스로가 한심해 미칠 지경이었다.

"도대체 무슨 일이야? 우리 누나는 왜 찾는 건데?"

"이야기는 나중에 하고 일단 담배 좀 줘."

해진에게 담배와 라이터를 건네받은 성준은 주방에서 나와 그대로 카페를 빠져나왔다. 가슴이 답답해서 바람이라도 좀 쐬어야 할 듯싶었다. 그렇지 않으면 정말 뭔가 사고라도 칠 것 같았다.

무작정 차를 출발시킨 성준은 담배 한 개비를 꺼내 불을 붙였다. 깊이 숨을 들이마셔 연기를 빨아들인 성준은 한숨을 내뱉듯 연기를 뿜어냈다. 하얀 담배연기가 바람을 타고 차창 밖으로 빠져나갔다. 그렇게 내리 3개비의 담배를 피우며 운전해 도착한 곳은 해주의 집 앞이었다.

미친놈처럼 운전해 도착한 곳이 해주의 집이라니…….

해주가 다른 남자와 함께 있을 것이라 생각하니, 좀처럼 감정이 제어되지 않았다. 지난 6년간 해주가 남자들을 사귀는 것을 여러 번 보았다. 그럴 때마다 마음은 아팠지만, 성준은 애써 담담하게 받아들이려 노력했었다. 그런데 이제는 그게 되지 않았다. 열병이라도 걸린 사람처럼 얼굴이 화끈하게 달아올랐다.

답답함을 참지 못하고 차에서 내린 성준은 눈을 감고 가만히 열에 들뜬 머릿속을 정리하려 애썼다. 하지만 여러 가지 감정이 뒤엉켜 좀처럼 정리가 되지 않았다. 해주가 자신을 피하고 있다는 사실에 확신이 서자, 성준은 그 이유를 찾으려 애썼다. 하지만 이미 질투로 머릿속이 하얗게 비어버린 상태라, 다른 생각을 할 수가 없었다.

답답함과 초조함을 이기지 못하고 다시 해주에게 전화를 걸어보았지만, 전화기는 여전히 꺼져 있는 상태였다. 일분일초가 일 년처럼 느껴졌다. 잠시도 가만히 있지 못하고 차 주변을 서성이던 성준은 더는 참지 못하고 해진에게 전화를 걸었다.

－너 어디야?

"어머님한테 누나 선 어디서 보는지 좀 알아봐줘."

－뭐?

"시간 없어. 자리 다른 곳으로 옮기기 전에 빨리 알아봐줘."

-네가 우리 누나 선 어디서 보는지 알아서 뭐하게?

궁금증과 호기심이 역력히 묻어나는 목소리로 묻는 해진을 향해 성준은 신경질적으로 소리쳤다.

"강해진!"

-알았다. 대신에 너, 나중에 다 불어라.

해진과 전화를 끊은 성준은 차에 올라타 무작정 차를 출발시켰다. 해주가 있는 곳이 어디든 바로 달려갈 수 있도록. 더는 마음을 숨길 수도 참을 수도 없었다. 이제 그만 해주에게 자신의 마음을 보여야 할 것 같았다. 결정을 그렇게 내리자, 신기하리만큼 마음이 진정이 되었다.

차창 틈으로 흘러들어오는 옅은 바람에서 비 냄새가 났다. 그치지 않을 것처럼 세차게 내리던 비는 거짓말처럼 그친 후였다. 창문을 겨우 손톱만큼 열어놓았을 뿐인데, 바람이 머리카락을 엉망으로 흩트려놓았다.

해주는 흐트러진 머리카락을 정돈하며, 아랫입술을 살짝 깨물었다. 사람의 감정이라는 것이 참으로 우습다는 생각이 들었다. 작은 틈이 벌어졌을 뿐인데, 그 틈을 비집고 들어와 마음을 멋대로 휘저어 놓았다. 아주 찰나의 순간에 감정이 흩어져버렸다.

지금껏 단 한 번도 성준을 남자로 느껴본 적이 없었다. 물론, 워낙에 외모가 출중하다 보니 잘생겼다 생각은 했었지만, 딱 거기까지였다. 동생 친구라는 생각 외에 성준은 해주에게 그다지 큰 존재감이 없던 사람이었다.

도대체 성준의 무엇이 이토록 자신의 마음을 흔들어놓은 것일까?

그래, 그 손짓, 다정하게 머리를 쓰다듬던 손짓 때문일 것이다. 그 순간 가슴이 살짝 떨렸던 것은 부정할 수 없는 사실이니까.

"……주 씨. 해주 씨."

혼자만의 세계에 빠져 있던 해주는 어느새 익숙해져버린 경민의 목소리에 현실로 돌아왔다.

"무슨 생각을 그렇게 해요?"

"아무것도 아니에요. 데려다줘서 고마워요."

자신을 따라 차에서 내려 곁으로 다가온 경민을 향해 해주는 말간 미소를 지으며 말했다. 지금까지 꽤 여러 번 선을 봤지만, 오늘처럼 유쾌한 적은 없었다. 성준 때문에 마음이 어지러웠던 것만 빼면, 해주는 오늘 선 자리가 무척이나 만족스러웠다.

사랑이라는 감정을 전제로 만남을 이어가는 것에는 더는 흥미가 없었다. 그저 부모님이 원하는 조건에 맞는 남자와 결혼해 정을 붙여가며 살면 그만이란 생각이 해주의 가슴 깊이 뿌리박혀 있었다. 그 상대로 경민은 나쁘지 않았다.

"별말씀을요. 오늘 해주 씨 덕분에 즐거웠습니다."

"저도 즐거웠어요."

"우리…… 다음에 또 볼 수 있을까요?"

지금껏 꽤나 자신감 있던 모습과 달리 수줍게 이야기하는 경민의 모습에 해주는 피식 웃음이 나왔다. 그와 이야기하며 내내 느낀 사실이지만, 경민에게선 나이답지 않은 순수함이 느껴졌다.

"그럼요, 연락 주세요."

"얼른 들어가세요. 저는 해주 씨 들어가는 거 보고 출발할게요."

"여기까지 데려다주셨는데, 제가 가는 모습을 봐야죠. 피곤할 텐데, 얼른 가보세요."

"그럼, 연락드리겠습니다."

해주의 말에 차에 올라탄 경민은 아쉬움이 묻어난 목소리로 말했다. 해주는 가만히 차가 사라지는 모습을 보고 몸을 돌렸다. 뜨거운 물에 몸을 담그고 싶다는 생각에 걸음을 서두르던 해주의 발걸음이, 자신의 재규어에 몸을 기대 서 있는 성준의 모습에 그 자리에 굳은 듯 멈추었다. 그가 왜 여기에 있는 것일까?

"성준아……."

놀라움이 묻어나는 목소리로 제 이름을 부르는 해주를 성준은 두 눈 속에 가득 담았다. 조금 전까지 미친놈처럼 해주를 찾아다니던 한심한 자신의 모습을 그녀는 알기나 알까. 해진의 전화를 받고 바로 호텔 카페로 찾아갔지만, 이미 해주의 모습은 어디에도 보이지 않았다. 급한 마음에 호텔 레스토랑과 근처 음식점을 한 시간이 넘도록 정신 나간 놈처럼 찾아다녔었다. 그럼에도 해주를 찾지 못한 황망함에 망연자실하게 다시 집 앞으로 돌아와, 내리 두 시간을 기다렸다.

이곳에서 해주를 기다리면서 시간이 늦어지면 늦어질수록 성준의 불안감도 커져만 갔다. 오만가지 생각을 하며 비약이란 비약은 다 하고, 더는 한심한 생각조차 할 수 없을 때쯤 해주가 그의 눈 속에 들어왔다. 남자의 차에서 내리는 해주의 모습에 단숨에 달려가

낚아채 오고 싶었지만, 그녀의 어머니와 해주의 체면을 생각해 간신히 참았다.

선본 남자를 향해 웃는 해주의 모습에 순간 눈이 돌았지만, 성준은 거기까지도 잘 참아냈다. 하지만 그의 인내심은 딱 거기까지였다. 더는 참을 수가 없었다.

"늦었네."

"네가 여긴 웬일이야?"

"전화기가 계속 꺼져 있어서."

"그래서 여기서 기다리고 있었다고? 도대체 왜?"

이해할 수 없다는 듯이 의문이 가득 차오른 눈빛으로 묻는 해주의 모습에 성준은 잠시 숨을 골랐다. 흥분으로 뜨겁게 달아올랐던 심장이 두근거림으로 바뀌어 떨리기 시작했다. 아까는 해주를 만나기만 하면 몰아붙일 생각이었다. 그런데 막상 그녀가 눈앞에 있으니, 쉽사리 입이 떨어지지 않았다.

이런 식으로 갑자기 고백하고 싶지는 않았다. 근사하게 세상 누구보다 멋진 모습으로 고백하고 싶었지만, 심장이, 마음이 어서 빨리 고백하라며 성준을 부추겼다.

"성준아?"

턱 끝까지 차오른 숨을 삼킨 성준은 우산을 들고 있던 해주의 손에서 우산을 빼앗아 자신의 차 보닛 위에 내려놓았다. 그리고 우산이 사라져 비어버린 해주의 손을 마주 잡자, 그녀의 눈이 커다랗게 떠졌다.

"나, 왜 피해?"

"무슨 말이야?"

해주가 잡고 있던 손을 빼내려 하자, 성준은 그녀의 손을 더욱 세게 잡았다. 영문을 알 수 없다는 듯이 자신을 바라보는 해주의 눈 속에 의문이 가득 차올랐다.

"누나가 내 연락 피하고 있잖아. 아니야?"

"네가 뭔가를 오해한 거 같은데, 내가 네 연락을 왜 피하겠어. 그리고 일단 이 손 좀 놔줄래?"

꽉 잡혀 있던 손을 억지로 빼내려는 해주를 성준은 그대로 끌어당겨 자신의 품에 안았다. 따뜻하고 부드러운 해주의 체온이 느껴지자, 그렇지 않아도 세차게 뛰던 심장이 더욱 요란하게 뛰었다.

"성…… 성준아."

자신의 돌발 행동에 놀랐는지 잠시 주춤했던 해주가 품에서 벗어나려 안간힘을 썼다. 그럴수록 성준은 그녀를 안은 팔에 더욱 힘을 주었다.

"그러지 마. 그렇게 나 피하지마. 그렇게 누나가 나 피해버리면, 내가…… 내가 살 수가 없다."

엉거주춤 성준의 품에 안겨 있던 해주는 그의 입에서 흘러나온 말에 그대로 몸을 굳혔다. 지금 성준이 무슨 말을 하고 있는 것일까? 당황스러움에 멍해 있던 해주는 자신을 품에서 놓아준 성준이 어깨에 손을 얹고 눈을 맞추자, 아예 숨도 멈춰버렸다. 지금 이 상황이 무엇인지, 성준은 지금 자신에게 왜 이런 말들을 하는 것인지 혼란스럽기만 했다.

"사랑해. 줄곧 사랑해왔어. 그러니까, 내게도 기회를 줘. 고작 선본 상대에게 누나 빼앗기려고 그동안 감정 숨긴 거 아니야. 누나에게도 지난 사랑을 떨쳐낼 시간이 필요하다고 생각했을 뿐이야. 이젠 다른 남자한테 절대 안 빼앗겨."

"성준아 난⋯⋯."

"이제 그만 그 남자 떨쳐내도 되잖아. 언제까지 과거를 붙들고 살 건데? 누나가 아무리 밝은 척 웃어도 내 눈에는 다 보여. 혼자 견디려고 하지 마. 원한다면 날 얼마든지 이용해도 좋아. 곁에만 있게 해줘."

해주는 지금 자신이 무슨 이야기를 듣고 있는 것인지 전혀 파악이 되지 않았다. 성준의 달콤한 사랑 고백이 꿈결처럼 비현실적으로 들렸다. 그래, 아마도 지금 꿈을 꾸는 모양이었다. 오늘 선 상대가 너무 멀쩡했던 것도 그렇고, 지금 자신 앞에서 사랑을 속삭이는 성준도 모두 이상했다.

성준이 자신을 사랑하다니⋯⋯, 이건 현실일 리가 없었다.

'나중에, 나중에 다시 이야기하자. 미안하지만 나 먼저 들어갈게.'

달그락, 달그락.

천천히 글라스를 돌리자, 잔 속 얼음들이 요란하게 소리를 냈다. 곁에 있게 해달라던 자신에게 다음에 이야기하자며 도망치듯 집으로 들어가던 해주의 뒷모습이 잠시도 잊혀지지가 않았다. 그런 식으로 고백하는 것이 아니었다.

6년 동안 생각하고 또 생각했던 순간이었다. 어떻게 고백을 해야 해주가 당황하지 않고, 자신의 마음을 받아들여줄지 수 없이 생각했었다. 그런데 자기 화를 못 이겨 억지로 끌어안는 추태까지 보였으니, 이를 어쩌면 좋을까. 성준은 스스로의 아둔함에 치를 떨며, 잔에 남아 있던 술을 그대로 들이켰다. 독한 술이 목으로 넘어가자, 비어 있던 속이 요동을 쳐댔다.

"도대체 뭐냐. 무슨 일인데 그래? 너 오늘 정말 이상했어. 끊었던 담배를 다시 피우지를 않나, 평소 잘 마시지도 않는 술을 짝으로 받아놓고 마시지를 않나. 그리고 아까 누나 선보는 장소는 왜 물어본 건데?"

곁에서 내내 말없이 술을 마셔주던 해진이 결국은 답답함을 참지 못하고 궁금증을 쏟아냈다. 비워진 잔에 다시 술을 따르던 성준은 친구의 얼굴을 유심히 바라보았다. 해주와 닮지 않은 듯 닮은 친구의 얼굴을 보고 있자니, 또다시 가슴이 찌르르 아려왔다.

"얼른 불어. 뭐가 문제야?"

"고백했어. 누나한테."

"뭐를 해?"

사과 하나를 집어 입 안에 넣으려던 해진은 들고 있던 사과를 바닥에 떨어트리며, 화들짝 놀라 소리쳤다. 성준은 그런 친구를 무심히 바라보며, 또다시 잔을 채웠다. 아무리 술을 마셔도 좀처럼 취하지가 않았다.

"뭐야. 너 아직도 우리 누나 좋아했어?"

말도 안 된다는 듯이 고개를 절레절레 저으며 물어오는 해진을 향해 성준은 대답 대신 고개를 끄덕였다. 정말 예상도 못했던 것인지, 해진은 충격에 젖은 얼굴로 한동안 말이 없었다.

"단 한 순간도 사랑하지 않은 적 없어."

"가만, 가만. 그때가 언제야. 나, 군대 제대하고 얼마 안 있다니까, 헐 6년이 넘도록 그 마녀를 좋아했다고?"

"그래."

"뭐야, 너 그동안 좋다고 쫓아다니던 여자들 다 돌 보듯 한 것이 우리 누나 때문이라고?"

사색이 된 얼굴로 얼음물을 벌컥벌컥 들이켠 해진은 다시 한 번 똑같은 질문을 해댔다. 가만히 친구의 끝없는 질문을 듣고만 있던 성준은 낮은 숨을 몰아쉬며 입을 열었다.

"누나 곁에는 늘 누군가 있었으니까. 갑자기 미국에 나갔다 온 것도 다 누나 잊으려고 그랬던 거야. 근데 안 되더라. 해주 누나 외에는 누구도 눈에 안 들어와. 아무한테도 심장이 뛰지가 않아."

가슴을 쥐어짜듯 자신의 옷을 움켜쥐는 성준을 해진은 안타깝게 바라보았다. 그가 아직도 누나를 좋아하고 있다니, 정말 상상도 못한 일이었다. 6년 전, 우연히 성준이 누나를 좋아하고 있다는 사실을 알게 되었다. 그런데 특별히 고백을 하지도 않았고, 해주가 다른 남자를 사귀는 모습에도 크게 관심을 보이지 않아, 그냥 잠시 스치는 가벼운 마음이라 치부했었다. 그런데 아직도 좋아하고 있다니…….

"그래서 고백하니, 누나가 뭐라던?"

성준의 상태를 보아하니, 듣지 않아도 대충 상황이 예상되었다.

그럼에도 해진은 그동안 혼자 끙끙 앓았을 친구를 생각해 물었다. 속에 담아만 두는 것보다는 말을 해서 풀어놓는 것이 정신 건강에 좋았다. 자신한테라도 이야기했으면 좋았을 텐데, 6년 동안 말도 못하고 혼자 미련을 떤 성준이 해진은 그저 안타까웠다.

"아무 대답도 못 들었어. 그냥 가버리더라."

"갑작스러워서 그랬을 거야."

성준의 고백을 듣고 당황했을 누나의 모습이 해진은 눈앞에 있는 것처럼 생생히 그려졌다. 자신이 아는 한, 누나는 아직 누군가와 사랑할 준비가 되어 있지 않았다. 6개월 전에 3년 동안 만났던 남자친구에게 제대로 배신을 당하고 상처를 많이 받았다.

항상 당차고 매사 자신감 넘치던 해주가 그토록 처절하게 무너지는 모습을 해진은 처음 보았다. 하지만 그것도 잠시, 아무렇지 않은 듯 예전처럼 행동했다. 힘들면 힘들수록 더 많이 웃고, 더 활달해지는 누나의 성격을 알기에 해진은 누나를 지켜보는 마음이 더 불안했었다. 아직 채, 치유가 되지 않은 해주의 마음을 과연 성준이 열 수 있을지 해진은 걱정이 되었다.

"알아, 아직 헤어진 남자 못 잊은 거. 그래도 포기 안 해. 어떻게든 내 여자로 만들 거야."

"지성준다운 대답이네. 그래, 잘해봐라. 확 밀어붙이면 자기도 별수 있어? 응원하마!"

초점을 잃은 눈으로 술만 홀짝이던 성준의 눈빛이 서서히 살아나는 것을 해진은 흥미롭게 바라보았다. 성준 같은 남자가 해주의 배필이 된다면, 동생으로서 더 바랄 것이 없을 정도로 그는 완벽한 남자였다. 다만, 마음에 걸리는 것이 있다면 너무 차이 나는 집안 정도랄까. 해진이 아는 성준이라면 아마 해주를 울리는 일은 없을 것이다. 그러니, 다른 난관들은 그가 알아서 해결할 것이다.

"응원해주는 거냐?"

"당연하지. 내가 인정한 친구가 우리 누나 좋다는데, 반대할 이유가 뭐가 있냐. 오히려 친구로서 우리 누나를 반대한다. 도대체 그 마녀 어디가 좋다는 거냐? 내 보기엔 네가 정신이 나가도 단단히 나간 거 같다."

"맞아. 나 너희 누나한테 미쳐 있어. 누나 외에는 아무도 안 보여."

"얼씨구? 그렇게 좋은데 어떻게 6년을 참았냐?"

6년씩이나 해주를 좋아했다는 것도 놀라웠지만, 그보다 미국에 간 진짜 이유가 누나를 잊기 위함이라는 것이 더 놀라웠다.

"그러게. 이제 그만 고백해야겠다고 생각하니까, 누나가 선본다는 말만 들어도 머리가 돌 것 같더라고. 이젠 절대 물러서지 않을 거야. 두 번 다시 다른 남자한테 안 빼앗겨."

"이 형님한테 제대로 한 번 쏴라. 그럼 이 한 몸 바쳐서 도와주마."

내내 얼굴을 굳히고 있던 성준의 얼굴에 그제야 미소가 돌았다. 앞으로 아주 재미난 구경거리가 생길 것 같아, 해진은 벌써부터 흥미로웠다.

"너는 이 꼭두새벽에 잠은 안 자고 여긴 왜 왔어?"

새벽 2시에 갑자기 등장한 해주의 모습에 이정은 놀라 물었다.

"그냥 잠이 안 와서."

"네가?"

잠이 많은 해주에게 새벽 2시면 한참 숙면을 취할 시간이었다. 뿐인가, 아무리 시련을 당하고 힘든 일이 있어도 잠은 꼬박꼬박 잘 자는 사람이 바로 강해주 아니던가. 그런 해주가 잠이 오지 않는다는 말에 이정의 얼굴에 순간 걱정이 차올랐다.

"너 무슨 일 있어?"

"일은 무슨. 정말 잠이 안 와서 왔다니까. 작업 중이었어?"

지난밤, 생각지도 못했던 성준의 고백이 해주는 잠시도 머릿속에서 떠나지 않아, 잠을 잘 수가 없었다. 술에 힘이라도 빌려 잠으로 도망가 보려 했지만, 술을 마셔도 도통 잠이 오지 않았다. 결국은 답답함을 참지 못하고, 이 시간에 깨어 있을 것이 분명한 이정을 찾아온 것이다.

"와우, 이거 대박인데? 죽인다!"

캔버스 위에 온통 푸른 유화물감이 칠해져 있었다. 그 한가운데 수영하는 여자의 검은 실루엣만이 덩그러니 그려져 있었다. 뭔가 특별함은 없었지만, 마치 해주는 자신이 저 바닷속에 있는 것처럼 가슴이 뻥 뚫리는 듯했다.

"괜찮아? 다행이네."

"응, 너무 좋다. 이거 나중에 나한테 팔아라. 흠, 네 그림은 너무 비싸서 내 수준으로는 못 사려나?"

그동안 이정의 그림을 수없이 봐왔지만, 이렇게 갖고 싶다는 충동을 강하게 느낀 그림을 처음이었다. 이정의 그림이 꽤나 비싼 것은 잘 알고 있지만, 그럼에도 갖고 싶었다.

"까분다. 내가 그림 팔 사람이 없어서 너한테 파니? 전시회 끝나면 선물로 줄게."

"정말? 너 이거 안 팔고 나 줘도 괜찮겠어?"

너무도 흔쾌히 그림을 주겠다는 이정의 말에 놀라 해주는 되물었다.

"친구가 내 그림이 갖고 싶다는데, 안 될 게 뭐가 있어. 너하고 서영이가 원한다면 나는 내 어떤 작품도 서슴없이 줄 수 있어."

냉장고에서 맥주를 꺼내 건네며 이야기하는 친구의 말에 해주는 가슴이 뭉클했다. 하긴, 해주도 그랬다. 이정과 서영이를 위해서라면 이 한목숨도 기꺼이 바칠 수 있었다. 그만큼 해주에게 두 사람은 소중했다.

"빈말이라도 고맙다, 친구야."

"빈말 아니거든? 너 온 김에 나도 좀 쉬자. 나가자."

"어딜?"

"여기 유화 냄새 때문에 너 머리 아플 거야. 새벽바람도 좋은데, 테라스에서 마시자."

"좋지."

이정과 함께 테라스에 마주앉아 시원한 맥주를 마시고 있자니, 성준에게 고백받았던 순간이 꿈이었던 것처럼 아득하게 느껴졌다.

해주는 아직도 성준이 남산에서 사랑하는 여자에 대해서 이야기할 때의 표정이 잊혀지지가 않았다. 사랑이 가득 차오른 눈빛으로 이야기하는 성준을 보며, 그가 사랑하는 여자는 정말 좋겠다는 부러움마저 왈칵 들었었다. 그런데 그 여자가 바로 자신이라니……. 그로 인해 혼란스러웠던 마음이 더 복잡해져버렸다.

"이제 슬슬 불지 그래? 안 그래도 서영이가 너 무슨 고민 있는 거 같다고 걱정하던데. 구리까지 다녀오셨다면서? 도대체 무엇이 천하의 강해주의 잠까지 다 뺏어갔을까?"

"고백받았어."

"네가 남자한테 고백받았다고 잠을 못 잘 사람이 아닌데……. 고백을 해온 대상이 문제구나? 누구야, 누군데 이렇게 잠 못 이루는 거야?"

까만 하늘 위로 별 하나가 보이지 않았다. 도드라지게 반짝이는 빛이 하나 있기는 하지만, 그것이 인공위성인지 북극성인지 구분이 되지 않았다.

"성준이한테."

"누구? 혹시 그 해진이 친구, 카페 사장 말하는 거야?"

"응."

"와, 정말 예상도 못 했던 상대네? 그래서 네 마음은 어떤데?"

"어떻긴 뭘 어때. 너도 알잖아. 나, 사랑 같은 거 두 번 다시 안해."

말과 달리 해주는 그 어떤 결정도 내리지 못하고 있었다. 만약, 남산에 다녀오지도 않고, 그가 머리를 쓸어 올리며 가슴 떨리게 하지만 않았다면, 해주는 조금의 망설임도 없이 성준의 고백을 거절했을 것이다. 하지만 지금은 그 어떤 결정도 내릴 수가 없었다. 사실, 그의 고백이 당황스럽긴 했지만, 싫지 않았다. 이상하리만큼 전혀 거부감이 들지 않았다.

"얘가 또 이상한 소리 한다. 그래서 그 멋진 남자를 거절하겠다고?"

"아직 대답은 안 해줬어."

"이 새벽까지 잠 못 이뤘다면 너도 싫지는 않다는 거잖아. 성준씨가 어디 빠지는 것이 있어야지. 얼굴 잘생겨, 매너 좋아, 능력 있어. 뭐 하나 나무랄 것이 있어야 거절하지."

이정의 말처럼 뭐 하나 나무랄 것이 없는 그가 도대체 자신의 무엇을 보고 좋아하게 된 것일까? 분명 그의 입에서 사랑한다 말하는 것을 직접 들었는데도 믿기지가 않았다.

'당장! 당장 대답을 달라는 것이 아니야. 그냥 누나 곁에만 있게 해줘. 내 마음을 보일 기회를 줘!'

도망치듯 돌아서는 해주를 향해 성준은 애원하듯 말했었다. 그 목소리의 절박함이 느껴져 잠시 주춤했던 해주는 결국 돌아보지 못하고 그대로 집에 들어왔다. 그렇게 돌아서는 것이 성준에게 상처가 된다는 것을 알지만, 얼굴을 더 마주할 자신이 없었다.

"그날 말이야. 내가 서영이 때문에 오빠랑 싸우고 카페 뛰쳐나간 날."

"그날 왜?"

해주는 그날 성준과 있었던 일들을 하나도 빠짐없이 이정에게 이야기했다. 아주 찰나의 순간이었지만 성준 때문에 가슴이 떨렸던 이야기와 다른 여자와 함께 있는 모습에 왠지 모를 혼란스러움으로 그를 피했던 이야기까지 모두 빠짐없이 털어놓았다. 혼자 가슴 속에 담아두기엔 너무도 혼란스러워 아무 결정도 내릴 수 없을 것 같았다.

"그런 일이 있었단 말이지."

"응. 나 뭘 어째야 할지 모르겠어. 너무 갑작스럽기도 하고, 제대로 마음 정리하지 못한 상태로 누군가에게 이렇게 흔들려도 되는지 모르겠어. 지금 내가 느끼는 이 감정들이 도대체 뭔지 정말 모르겠어."

답답함에 마른 목을 맥주로 축인 해주는 양팔로 무릎을 감싸 안고 그대로 고개를 묻었다. 등 뒤로 이정의 부드러운 손길이 느껴졌다.

"해주야. 내가 너한테 해줄 수 있는 이야기는 딱 한 가지야. 네 마음이 시키는 대로 하라는 거. 이런저런 다른 잡생각 말고, 성준 씨의 고백에 가장 먼저 든 생각대로 행동하면 돼. 고민할 것이 뭐가 있어. 솔로인 두 남녀가 마음 맞으면 그냥 사귀면 되는 거지."

무릎 위에 고개를 묻었던 해주는 얼굴을 들어 이정을 바라보았다. 이정의 말처럼 모든 걸 심플하게 생각할 수 있다면 얼마나 좋을까?

"네가 성준 씨 때문에 혼란스러웠다는 것은 너도 싫지 않다는 거잖아. 마음이 살랑살랑 흔들렸다며? 그럼, 잘된 거 아닌가? 두 사람 마음이 맞았다는 거니까."

"솔직히 새롭게 연애를 하면서 다시 사랑할 자신 없어. 그냥 선봐서 조건 맞는 남자랑 결혼해서 정 붙이며 살아도 괜찮겠다 싶었거든. 이젠 감정 소비하며 상처받고 하는 그런 사랑은 하고 싶지가 않아."

아직도 해주는 그때 일을 잊을 수가 없었다. 처음으로 마음 깊이 사랑했던 남자에게 처절하게 상처받았던 순간을, 그가 다른 여자에게 자신에 대해서 했던 이야기를……

"이 불신 또 나온다. 내가 그런 생각하지 말라고 했잖아. 그냥 송민섭 그 자식만 나쁜 놈인 거야. 다른 사람은 그렇지 않아."

"머리는 아는데, 마음이 따라주질 않는다."

"참고로 나는 성준 씨 괜찮더라. 이 언니 공짜커피 얻어먹게 눈딱 감고 받아주는 건 어때? 성준 씨가 내려준 커피, 죽이잖아."

살짝 윙크하며 장난스럽게 이야기하는 이정의 모습에 해주는 피식 웃음이 새어나왔다. 아직도 많이 혼란스럽고 머리가 복잡하지만, 모두 털어놓고 나니 조금은 후련했다.

"술이나 마시……"

이제 그만 성준의 생각을 떨쳐내야겠다 생각하던 해주는 늦은 새벽 갑자기 울리는 벨소리에 화들짝 놀랐다. 전화 벨소리에 놀라 잠시 멍해 있던 해주는 끊겼다 다시 울리는 휴대폰 액정화면을 바라보았다. 동생 해진이었다.

─너, 어디야! 이 시간에 여자가 어딜 나돌아다니는 거야?

다른 것에는 그 어떤 것에도 대적하지 못하는 동생 해진이 딱하나, 해주를 꼼짝하지 못하게 하는 것이 있었다. 그것은 바로 해주의 외박에 관한 것이었다. 오빠 해중과 해진 두 사람은 아주 철통 수비로 해주의 숨을 턱턱 막히게 했다.

"이정이 작업실이야. 잠 안 와서 놀러왔어. 왜 바꿔주리?"

바락바락 소리치는 동생을 향해 해주가 체념한 듯 말하고 이정에게 주려고 전화기를 귀에서 떼려던 순간이었다.

―성준이 때문에 그래? 그래서 잠이 안 와?

잠시 성준이 해진의 친구라는 것을 잊고 있었다. 그래 이건 정말 안 될 일이었다. 동생 친구와 사랑에 빠지다니……, 있을 수 없는 일이다.

"아니야."

―누나.

누나라는 말을 가뭄에 콩 나듯 거의 하지 않던 해진이 낮은 목소리로 누나라 부르는 말에 해주는 동생 해진이 뭔가 할 말이 있음을 직감했다. 아무리 이정과 함께 있다 해도 이 시간에 갑자기 집을 뛰쳐나간 것을 잔소리할 해진이 조용한 것은 다른 할 말이 있는 것이다.

"뭐."

―성준이, 정말 괜찮아. 내가 보장해. 누나를 사랑하는 마음도 진심이고. 어젯밤 누나한테 고백하고 와서 많이 힘들어하더라. 그런 식으로 고백하려고 했던 것이 아니라고. 나는 누나처럼 악마 같은 여자가 뭐가 좋은지는 모르겠지만, 어쨌든 좋다니 반대할 생각은 없어. 오히려 성준이 친구로서 내가 누나를 반대하지.

"죽을래?"

-누나가 아직 남자 만날 생각 없는 것은 알지만, 그냥 튕기지 말고 받아줘. 성준이 같은 놈 흔하지 않아.

"헛소리 좀 그만하지?"

-지금 데리러 갈 테니까, 슬슬 자리 마무리하고 있어.

대답을 하기도 전에 전화를 뚝 끊어버리는 동생을 향해 낮게 욕을 뱉은 해주는 그대로 무릎 위로 고개를 묻었다. 그렇지 않아도 복잡한 머리가 동생의 말로 더 복잡해져버렸다. 해주도 알고 있었다. 성준이 얼마나 좋은 사람인지……. 다만, 겁이 났다. 새로운 사람을 만나 사랑할 자신도 없었고, 선으로 만난 남자들처럼 적당히 거리를 두며 만날 자신도 없었다. 해주는 절로 새어나오는 한숨에 가슴이 답답해졌다.

"그렇게 쉬어서 땅 꺼지겠어?"

"그러게."

이정의 말에 피식 웃으며 해주는 성준을 떠올렸다. 그를 향해 달려가는 마음을 이제 해주도 부정할 수 없었다. 그럼에도 그에게 선뜻 다가가지 못하는 것은 아마도 자신이 겁쟁이기 때문일 것이다. 정말 싫었다. 두 번 다시 사랑하는 사람에게 배신을 당하고 싶지 않았다. 그럼에도 성준에게 향하는 마음을 접지 못하는 스스로가 너무 못마땅했다.

점점 어두워지는 해주의 마음과는 달리, 밤하늘은 둥근 달 때문에 밝기만 했다. 해주의 인생에도 저런 밝은 날이 찾아오기는 할까? 안 된다며 거절해야 한다는 것을 알면서도 선뜻 거절의 말을 할 수 없는 스스로가 원망스러워 해주는 그저 술만 홀짝였다.

술을 아무리 마셔도 취하지가 않았다.

책상에 쭉 펼쳐놓은 청첩장을 내려다보는 해주의 눈빛이 자못 진지했다. 다가오는 가을을 겨냥한 신상인지라 여간 신경이 쓰이는 것이 아니었다. 요즘 유난히 연령대 낮은 예비부부들이 많은데, 젊어서 그런지 독특한 디자인을 원하는 사람들이 많았다. 다른 회사에 뒤처지지 않으려면, 참신한 디자인들이 필요했다.

"이건, 꽃 장식에 엠보싱 좀 주고 핑크빛으로 색감을 넣어주는 것이 좋을 거 같다. 디자인은 참신하고 좋은데, 신부 드레스가 너무 밋밋해."

신랑 신부의 턱시도와 웨딩드레스를 모티브로 한 청첩장을 보며, 해주는 보완해야 할 점을 지적했다. 이 디자인은 귀엽고 참신해서 디자인 시안이 나왔을 때부터 해주가 마음에 들어 했던 디자인이었다.

"네, 팀장님. 샘플 다시 뽑아보겠습니다."

독특하고 참신한 것도 좋았지만, 청첩장에는 결혼식에 걸맞은 정석이라는 것이 있었다. 신랑 신부의 마음에도 들어야 하지만, 어른들에게 전해지는 것이니만큼 점잖고 심플한 디자인도 절대 빠트려서는 안 되었다. 하지만 그렇다고 해서 너무 평범한 디자인들은 해주의 성격상 절대 용납할 수 없었다. 특히, 쓸데없이 남발하는 리본들은 더더욱!

"제발 이 리본들 좀 그만 쓸 수 없니? 어떻게 20장 중에 리본 들어간 것이 5장이 넘니? 이 리본들 다 치우고 샘플 뽑기 전에 디자인 시안 제대로 해서 다시 올려."

해주는 평소 부하직원들에게 격식을 차리지 않고, 편하게 지내는 편이었다. 하지만 일에 관해서는 작은 실수도 용납하지 않았다. 본인이 맡은 일만 다 처리한다면, 이른 퇴근을 하고, 업무 시간에 잠시 다른 일을 하는 것도 눈감아주었다.

지적받은 디자인을 담당한 직원들이 주눅이 든 목소리로 대답하는 말에 고개를 주억거린 해주는 자리로 돌아와 의자에 등을 기대로 눈을 감았다. 지난밤 제대로 잠을 못 자서인지 몸이 물에 젖은 솜마냥 무거웠다.

성준에게선 그 뒤로 여러 번 연락이 왔지만, 해주는 차마 전화를 받을 수가 없었다. 성준이 어쩌고 있는지 궁금했지만, 그의 물음에 대답을 해줄 수 없기에 상처가 된다는 것을 알면서도 연락을 피할 수밖에 없었다. 어제 뮤지컬은 어쨌는지, 또 자신이 그렇게 돌아서버린 것 때문에 상처를 받은 것은 아닌지 신경이 쓰였다. 성준이 싫지는 않았다. 아니, 싫다기보다 오히려 해주도 그에게 호감을 느끼고 있었다. 하지만 호감보다 새로운 사랑에 대한 두려움이 더 컸다. 누군가를 깊이 사랑한다는 거, 정말 자신이 없었다.

깊은 잡념에 빠져 있던 해주는 책상 위에서 울리는 진동 소리에 감은 눈을 떴다. 전화를 건 사람을 확인한 해주는 잠시 망설이다 휴대폰으로 손을 뻗었다.

-한경민입니다.

"네, 안녕하세요. 그날 집에는 잘 들어가셨어요?"

-그럼요.

"답변 못 드려서 죄송해요. 피곤했는지, 씻고 바로 잠이 들어서요."

그날 경민이 집으로 돌아가 연락을 해왔지만, 성준 때문에 정신이 없어 해주는 전화를 받지도, 문자에 답을 주지도 못했다. 경민에게 연락이 오기 전까지 그의 존재를 까맣게 잊고 있었다.

-별말씀을요. 혹시, 오늘 저녁에 시간 되세요? 시간 되시면 같이 저녁이나 먹었으면 해서요.

"시간 괜찮아요. 어디에서 볼까요?"

-제가 해주 씨 사무실로 모시러 가겠습니다. 위치를 좀 알 수 있을까요?

경민에게 회사 위치를 설명하고 해주는 성준의 생각에서 벗어나기 위해 일에 집중했다. 잡념에서 벗어나기 위해서는 일보다 더 좋은 탈출구가 없다는 것을 해주는 경험상 잘 알고 있었다.

종일 얼굴을 굳힌 채, 일만 하는 팀장 때문에 모든 팀원이 신경을 바짝 세우는 것도 모른 채, 해주는 일에만 몰두했다. 가을 신상 준비와 더불어 며칠 전, 모기업 딸의 결혼 청첩장을 특별 주문 받아서 잡생각을 떨쳐낼 수 있어서 다행이었다.

톡톡!

"팀장님."

디자인 시안에 집중하고 있던 해주는 테이블 두들기는 소리에 한참만에야 고개를 들었다. 종일 고개를 숙이고 일을 해서인지, 목이 뻐근해졌다.

"응?"

"계속 전화가 와서요."

팀원의 말에 해주는 휴대폰으로 시선을 돌렸다. 일에 집중하려 무음으로 해둔 탓에 휴대폰이 소리 없이 불만 번쩍이고 있었다. 경민에게 온 전화였다.

"네."

–아직 업무 중이세요?

휴대전화 너머로 들려오는 경민의 목소리를 들으며 해주는 벽에 걸린 시계로 시선을 돌렸다. 시간을 확인한 해주는 화들짝 놀라 자리를 박차고 일어났다. 그에게 6시 반이면 업무를 마친다고 했는데, 어느덧 7시를 훌쩍 넘긴 후였다.

"어머, 죄송해요. 시간이 이렇게 오래된 줄 몰랐어요."

–오히려 제가 일하는데 방해된 건 아닌가 싶네요.

"아니에요. 지금 어디세요?"

–사무실 앞이에요.

"기다리게 해서 정말 죄송해요. 금방 내려갈게요."

전화를 끊고 해주는 가방을 챙겨 사무실을 나가려다, 아직 한 명도 퇴근하지 않은 팀원들을 향해 말했다.

"내가 시간 가는 줄 모르고 일하고 있으면 퇴근 시간 다 됐다고 말하면 되지, 왜 이렇게 미련들을 떨고 있어? 배 안 고파? 얼른들 퇴근해."

그제야 얼굴에 화색이 도는 팀원들의 모습에 피식 웃음이 나왔다. 종일 자신의 눈치를 보느라 다크써클이 턱밑까지 내려와 있는 팀원들에게 괜스레 미안한 마음이 들었다. 조만간 술이라도 한 번 사야겠다고 생각하며 사무실을 나온 해주는 눈앞에 펼쳐진 광경에 그대로 몸을 굳혔다. 사무실 바로 앞에는 경민이 서 있고, 좀 더 거리가 떨어진 주차장에서는 성준이 자신을 바라보고 있었다. 도대체 이건 무슨 일인지.

"해주 씨."

"아…… 안녕하세요."

곁으로 다가오는 경민에게 인사했지만, 해주의 시선은 성준에게 닿아 있었다.

"배고프죠?"

성준에게서 눈을 떼지 못하던 해주는 보조석 문을 열어주며 물어오는 경민의 말에 겨우 그에게서 눈을 돌릴 수가 있었다. 차라리 다가와 말이라도 걸어주면 좋을 텐데, 성준은 그저 멀리서 바라만 보았다.

"기다리게 해서 미안해요. 대신 저녁은 제가 살게요."

빨리 성준의 시선에서 벗어나고 싶은 해주는 경민의 차를 탄 후, 고개를 숙여버렸다. 잠시도 눈을 떼지 않고 바라보는 성준의 시선에 점점 심장 박동이 빨라졌다.

"무슨 말씀이세요. 제가 만나자고 했는데. 오늘은 무조건 제가 삽니다."

기분 좋은 미소를 지으며 경민은 차를 출발시켰다. 백미러 속에 비친 성준의 모습이 점점 작아지더니, 이내 보이지 않았다. 의도하지는 않았지만, 성준에게 또 상처를 주고 말았다. 해주는 그것이 너무도 가슴이 아팠다.

"뭐 드시고 싶은 거 있으세요?"

문자라도 하나 보내줘야 하는 것일까? 아니면 이대로 모른 척해야 하는 것일까? 머릿속을 채우는 수만 가지 생각에 가슴이 답답해졌다.

"해주 씨?"

"네?"

"뭐 드시고 싶은 거 있어요? 많이 피곤해요? 안색이 안 좋은데."

"아니요, 괜찮아요. 저는 뭐든 잘 먹는 편이에요. 경민 씨 편한 곳으로 가요."

"그럼 스테이크 괜찮아요? 제가 정말 잘하는 곳 아는데."

경민의 말에 대답 대신 고개를 끄덕인 해주는 다시 창밖으로 시선을 돌렸다. 퇴근길이라 그런지 가다 서다를 반복하던 차가 해주가 자주 가던 놀이터로 향하는 길목 근처에서 멈추었다. 그 길목을 바라보던 해주는 갑자기 잊고 있던 예전 일이 떠올랐다.

'천하의 나쁜 놈!'

어느덧 민섭과 이별한 지도 석 달이 넘어가고 있었다. 그럼에도 좀처럼 사그라지지 않는 아픔에 해주는 매일이 지옥 같았다. 알몸으로 다른 여자 위에 올라가 있는 그의 모습은 아무리 잊으려 애를 써도 잊혀지지가 않았다. 늘 자신을 부드럽게 어루만지던 그 손길로 다른 여자를 만졌다는 사실이, 사랑을 속삭이던 입술로 자신을 험담하던 것을 잠시도 잊을 수가 없었다.

아니, 아니다. 그렇게 나쁜 놈인데도 지우지 못하고 이렇게 아파하는 스스로에게 해주는 더 화가 났다. 무슨 미련이 남아 이렇게 매일을 눈물 바람으로 보낸단 말인가. 스스로가 한심해서 미칠 것만 같았다.

'빌어먹을!'

스스로의 한심함에 혀를 내두르며 마지막으로 남아 있던 팩 소주로 손을 뻗던 해주는 자신을 제지하는 강한 힘에 고개를 들었다. 술을 너무 많이 마셔서인지 초점이 흐려, 처음에는 누구인지 알아볼 수 없었지만, 익숙한 목소리에 성준이라는 것을 알 수 있었다.

'그만 마셔.'

'어라, 누구세요? 이거 놓으세요.'

술을 빼앗는 남자를 거칠게 뿌리친 해주는 팩 소주에 빨대를 꽂았다. 하지만 해주의 입술보다는 성준의 손이 더 빨랐다. 술을 놀이터 모래로 거칠게 집어던지며 성준이 엄한 목소리로 말했다.

'충분히 많이 마셨어. 그만 마셔.'

'어라? 성준이네? 네가 여기 왜 있어?'

'지금 그게 중요한 것이 아니잖아. 일어나 집에 가자.'

미끄럼틀 의자에 앉아 있던 해주는 억지로 자신을 일으키려는 성준을 온 힘을 다해 밀쳐냈다. 그럼에도 성준은 꼼짝도 하지 않았다.

'네가 무슨 상관이야. 저리 안 가? 너 좀 오버한다? 네가 뭐라고 상관인데? 내가 술을 마시든 뭘 마시든 네가 무슨 상관이야!'

거칠게 소리치는 자신을 향해 성준은 아무 말도 하지 못했다. 대신 비가 와서 축축하게 젖은 모랫바닥에 그대로 주저앉으며 한숨 섞인 목소리로 말했다.

'그러게. 내가 뭘까. 누나는 내가 뭐였으면 좋겠어?'

'알게 뭐야. 저리 안 가? 나 혼자 있고 싶다고!'

고래고래 소리를 지르며 밀쳐내도 성준은 놀이터를 떠날 생각을 하지 않았다. 대신 해주를 둘러메고 그의 차에 억지로 태웠었다. 발버둥을 치는 자신에게 강압적으로 안전벨트를 매주던 성준은 불같이 화를 냈었다.

'좀! 가만히 있을 수는 없어? 언제까지 이럴 건데? 언제까지 괴로워할 건데!'

'너 나한테 왜 화내? 네가 뭔데!'

'그 소리 좀 그만 할 수 없어? 누나한테 아무것도 아닌 사실에 나도 환장하겠으니까 그만해! 집에 데려다줄 테니까, 자.'

왜 이제야 기억이 나는 것일까? 성준에게 억지로 차에 태워진 것까지는 그 다음 날도 기억을 하고 있었다. 하지만 술 먹고 행패를 부린 것이 창피해서 필름이 끊긴 것처럼 모르는 척하다 정말 잊고 있었다. 그런데 왜 오늘에서야 그다음 일들이 이토록 생생하게 기억이 나는 것일까.

그때도 이미 성준은 자신을 좋아하고 있었던 모양이었다. 자신이 아무것도 아닌 것에 미치도록 화가 날 만큼, 놀이터에서 혼자 울며 시련의 늪에서 빠져나오지 못하는 자신을 지켜볼 수 없었을 만큼. 오래전 기억이 떠올라 괴로움에 손안에 있던 휴대폰을 세게 쥐던 해주는 휴대폰 불빛이 반짝이자, 서둘러 액정화면을 확인했다.

[당장에라도 가서 잡고 싶었는데, 떼쓰는 어린애처럼 보이기 싫어서 간신히 참았어. 내 전화 안 받는 것은 좋은데, 피하지는 마. 나, 오늘은 가게에 늦게까지 있을 거야. 일찍 헤어지면 연락 줘. 기다릴게. 할 말이 많다. 그리고 참는 것은 오늘이 마지막이야.]

피하지만 말라는 성준의 말이 화살이 되어 가슴에 콕 박혔다. 자신을 경민과 함께 보내고 무슨 마음으로 이런 메시지를 보냈을지 생각하니, 해주는 숨이 턱 막혀왔다. 성준에게 이렇게까지 상처를 줘서는 안 될 것 같았다.

이건 정말…… 아니었다.

이렇게 피하고 도망만 치는 것은 강해주답지 못했다. 이정의 말처럼 마음이 시키는 대로 하는 것이 옳은 것일지도 몰랐다. 그렇다면 지금 여기서 멈추어 성준에게 가야 했다. 마음이…… 그에게 가라고 끝없이 외치고 있었다.

"경민 씨, 죄송한데 여기 좀 세워주시겠어요?"

카페로 돌아온 성준은 뭔가에 홀린 사람처럼 멍하니 허공을 응시했다. 마음 같아서는 그녀를 억지로라도 곁에 데리고 오고 싶었지만, 혼란스러워하는 해주를 더 흔들고 싶지 않았다. 그래서 참았지만, 오늘까지였다. 해주를 눈앞에서 다른 남자와 보내는 일은 이제 두 번 다시는 없을 것이다.

"잘 참은 거야. 지성준."

머릿속을 맴도는 생각에 성준은 자조하듯이 읊조렸다. 보낼 자신도 없으면서 해주에게 위선적인 메시지를 보낸 스스로가 한심해 미칠 지경이었다. 턱 끝까지 차오른 숨을 애써 삼킨 성준은 굳게 닫혀 있던 창문을 열었다. 바람이라도 쏘이지 않으면 이대로 숨 막혀 죽을 것 같았다.

술이 간절했다.

해주를 다른 남자와 함께 보내놓고 맨정신으로 있는 것이 너무도 힘들었다. 전화조차 받아주지 않는 해주가 연락할 리가 만무하겠지만, 늦게까지 카페에 있겠다고 했으니 기다리고 싶었다. 아주 작은 가망성도 놓고 싶지 않았다.

괴롭지만 이번에는 포기하지 않을 생각이었다. 해주에게 거절을 당하더라도 그녀를 향하는 마음만은 모두 보여주고 싶었다. 내색도 하지 못하는 사랑은 이제 그만 하고 싶었다.

"마셔."

끝없이 한숨만 내쉬던 성준은 등 뒤로 들리는 목소리에 한참만에야 정신을 차렸다.

"라임 모히또란다. 지훈이가 너 좋아한다고 만들어줬어. 이거 마시고 열 좀 식혀라."

성준은 해진이 건네준 모히또를 단숨에 들이켰다. 알코올이 빠진 것이 아쉽기는 하지만, 그래도 차가운 음료가 들어가니, 타는 속이 조금이나마 진정이 되었다.

"누나 만나러 간다더니, 왜 죽상을 하고 와? 너 싫다고 거절하던?"

"만나보지도 못하고 왔어. 그 선봤던 남자랑 약속이 있었나보더라고."

"그래서 그냥 보냈다고?"

"응."

"등신 새끼. 그걸 그냥 보내면 어떡해? 억지로라도 끌고 오든가 해야지. 그래서 누나랑 진도 언제 뺄래?"

해진의 말에 성준은 세게 주먹을 쥐며 격양된 목소리로 말했다.

"나라고 그런 생각 안 했겠어? 세상에 어떤 또라이 새끼가 사랑하는 여자, 다른 남자랑 함께 있는 모습 보고 좋겠냐. 나는 단지, 누나한테 함부로 하고 싶지 않았을 뿐이야. 그렇게 내 멋대로 굴거였으면 6년 동안 참지도 않았어."

"어? 저기 우리 누나 아니야? 오호, 왠지 징조가 좋은데? 이번에는 제발 참지 마라."

창문을 등지고 해진을 마주보고 있던 성준은 친구의 말에 등을 돌려 창밖을 바라보았다. 택시에서 내린 그녀가 카페 안으로 들어오고 있었다. 생각지도 못했던 해주의 등장에 놀란 성준은 잠시 멍해져 그 자리에 굳은 듯 서 있었다.

"넌 좀 나가줄래?"

"있으라고 해도 안 있을 거거든?"

어느새 이층으로 올라온 해주가 해진과 티격태격하는 모습에 성준은 그제야 정신을 차렸다. 꿈이 아니었다. 정말 해주가, 그녀가 눈앞에 서 있었다.

"왜 그렇게 멍하게 있어? 나, 갈까?"

당장에라도 갈 것처럼 몸을 돌려 말하는 해주의 모습에 성준은 재빨리 다가가 손목을 잡으며 세게 고개를 저으며 말했다.

"아니, 이번에는 안 보내."

성준은 해주의 손목을 잡아끌어 그대로 품에 안았다. 이래서는 안 된다는 것을 알지만, 품에 안고 그녀의 체온을 느껴야지만, 해주가 눈앞에 있다는 것을 믿을 수 있을 것 같았다. 그렇지 않으면 지금 이 순간이 꿈일 것만 같아 왈칵 두려움이 몰려왔다.

"성준아……."

품에서 벗어나려는 해주의 등을 살짝 토닥이며, 성준은 낮고 떨리는 목소리로 말했다.

"잠시만, 아주 잠시만……."

간절한 마음이 전해졌는지 해주는 더 이상 품에서 벗어나려 하지 않았다. 성준은 그런 해주를 절대 놓지 않을 것처럼 더 세게 안았다. 가까이에서 느껴지는 해주의 심장소리에 불안으로 가득했던 마음이 이제야 좀 진정이 되었다.

"매번 이런 식으로 곤란하게 해서 미안해."

품에서 놓아주고 싶지 않았지만, 성준은 애써 스스로를 달래며 해주를 품에서 놓아주었다. 자신의 말에 대답 대신 고개를 가로젓는 해주의 손을 잡아, 소중한 보석이라도 다루는 것처럼 조심히 소파에 앉혔다.

"잠시만 앉아 있어, 마실 것 좀 가져올게."

"괜찮아. 별로 생각 없으니까, 너도 앉아. 우리 할 이야기 있잖아."

사무실을 나서려던 성준은 해주의 말에 그녀의 맞은편에 자리를 잡고 앉았다. 이제는 더 물러설 곳도 없었고, 그녀를 다른 남자에게 보내줄 생각도 없었다. 지금 해주가 눈앞에 있는 것은 자신이 마냥 싫기만 한 것은 아니라는 뜻으로 받아들이고 싶었다.

"아까 사무실에서 나와서 네가 있는 거 보고, 사실 좀 놀랐어. 약속이 있었기 때문에 너한테 갈 수도 없었고. 두고 가려니까 마음이 많이 안 좋더라.

"곤란하게 해서 미안해. 근데 누나가 내 전화는 안 받으니까, 만날 방법이 그거밖에 없었어."

"연락을 피했던 것은 미안해. 좀 당황스럽고 혼란스러워서……, 그리고 너한테 해줄 수 있는 답이 없어서 그랬어."

해줄 수 있는 답이 없다는 해주의 말에 성준은 심장이 쿵 하고 내려앉았지만, 이번에는 무슨 일이 있어도 포기할 생각이 없기에 다시 한 번 마음을 다잡았다.

"나한테 기회를 줘. 당장 날 사랑해달라는 것은 아니야. 그냥 오랫동안 가슴에 담아두었던 내 마음을 보일 기회를 달라는 거야."

"성준아 난……"

해주의 입에서 거절의 말이 나올까 무서워 성준은 재빨리 그녀의 말을 잘랐다. 아직은 거절의 말을 듣고 싶지 않았다, 아직은.

"하나만 물을게. 내가 싫어? 작은 여지도 줄 수 없을 만큼 내가 싫어?"

성준의 물음에 해주는 아무런 대답도 할 수가 없었다. 싫다면, 그가 싫었다면 경민에게 무례까지 범해가면서 이곳에 오지도 않았을 것이다. 그럼에도 아무 대답도 하지 못하고 머뭇거리는 것은 새로운 사랑에 대한 막연한 두려움 때문이었다. 초조하게 해주의 답을 기다리는 성준의 잘생긴 이마에 미세한 주름이 잡혔다. 해주는 그런 성준을 가만히 바라보다, 이내 결심을 굳히며 말했다.

"네가 싫었으면 나 여기 오지도 않았을 거야. 좀 혼란스럽기는 하지만, 분명한 한 가지는 네가 싫지는 않다는 거야. 지금 이런 내 감정이 뭔지 그건 나도 잘 모르겠어."

해주의 말에 세차게 떨리는 가슴을 부여잡고, 성준은 자리에서 일어나 그녀의 곁으로 다가가 손을 마주 잡으며 말했다.

"그거면 충분해. 망설임이던 뭐건 이렇게 나한테 와준 것만으로도 충분해. 사랑해, 이런 말로 다 표현할 수 없을 만큼 많이 사랑하고 있어. 내게 와줘. 누나한테 내 마음을 맘껏 보여줄 수 있도록 기회를 줘."

눈을 맞추고 성준은 온 마음을 다해 고백했다. 큰 눈을 깜빡이며 한참 동안 아무런 말도 하지 못하는 해주의 손을 성준은 힘을 주어 세게 잡았다. 두 번 다시 그녀를 놓치고 싶지 않았다,

"아직 온전하지 못한 마음이라도 괜찮다면 그래, 해보자 한 번."

초조함으로 가득했던 성준의 얼굴에 순간 화색이 돌았다. 기쁜

마음에 해주를 세게 끌어안으며 사무실이 떠나가라 소리쳤다.

"고마워, 나한테 와줘서. 절대 후회하게 하지 않을 거야. 절대."

성준은 세상을 다 얻은 것처럼 기뻤다. 이제 겨우 시작이지만, 해주의 마음을 얻기 위해서 최선을 다할 생각이었다. 그녀가 두 번 다시는 누구에게도 갈 수 없도록 자신만의 여자로 만들고 싶었다. 해주를 영원히 곁에 두고 싶었다.

GOOD WORLD ROMANCE NOVEL

4. 사랑에 빠져본 적 있나요

'사랑해, 정말 사랑하고 있어.'

침대 위에서 몸을 둥글게 말고 무릎 위에 고개를 묻고 있던 해주는 집 앞까지 바래다주며 헤어지기 직전에 성준이 했던 말을 떠올렸다. 얼굴도 반짝반짝 빛이 나는 녀석이 미소까지 지어가며 사랑을 속삭이니, 정말 환장할 노릇이었다.

경민과 함께 저녁을 먹으러 가며 해주의 머릿속은 온통 성준, 성준뿐이었다. 다른 생각 다 버리고 마음이 시키는 대로 하라는 이정의 말대로 행동하긴 했지만, 이게 잘하는 짓인지 모르겠다. 앞뒤 안 가리고 너무 감정에 충실했던 것은 아닌지, 왈칵 두려움이 몰려왔다.

"아, 모르겠다. 안 하고 후회하느니, 하고 후회하자."

온갖 잡생각으로 가득 찬 머리를 세차게 흔든 해주는 침대에 그대로 엎드렸다. 이미 벌어진 일, 더 고민해보았자 무슨 소용일까 싶었다. 성준이라고 해서 자신에게 상처 주지 않을 것이란 보장은 없었다. 단지, 지금은 마음이 시키는 대로 하고 싶을 뿐이었다.

한참 동안 이런저런 생각에 잠 못 이루고 침대 위에서 뒹굴던 해주는 메시지 알람소리에 휴대전화로 손을 뻗었다. 메시지를 확인한 해주의 얼굴에 미소가 어렸다.

[나, 이제 가게 정리하고 집에 왔어. 혹시 자?]

[고생했네. 아직 안 자. 피곤할 텐데, 푹 쉬어.]

아무래도 오늘 밤은 쉽게 잠을 이루지 못할 거 같아, 성준에게 답변을 보낸 해주는 보드카라도 한 잔 하기 위해 침대에서 몸을 일으켰다. 막 방을 나가려던 해주는 침대 위에서 울리는 익숙한 벨소리에 고개를 돌렸다.

"응, 나야."

-너무 좋다.

"뭐가?"

-이렇게 망설이지 않고 전화할 수 있어서, 그리고 또 누나가 전화 받아줘서.

"싱겁기는."

성준과 통화하며 해주는 주방으로 가, 잔에다 얼음을 가득 담은 후 슬라이드 해두었던 레몬을 넣고 탄산수와 보드카를 넣었다. 잠이 안 올 때 이렇게 한 잔씩 마시면 잠도 잘 오고 좋았다.

-근데 뭐 하고 있어?

"잠이 안 와서 보드카라도 한 잔 하려고."

-잠이 안 와?

"누구 때문에 잠이 올 리가 없잖아."

방으로 돌아와 바닥에 주저앉아 침대에 몸을 기댄 해주는 미소가 걸린 얼굴로 장난스럽게 말했다. 썩 반갑지 않은 불면이지만, 오늘만은 그 불면이 싫지 않았다.

-뭐, 싫진 않네, 나 때문에 누나가 잠 못 이룬다는 것은.

"근데 너, 내 어디가 좋은 거야?"

처음부터 궁금했었다.

뭐 하나 부족할 것이 없는 성준이 자신을 좋아한다고 말했을 때부터 그가 자신의 무엇을 좋아하는지가 의문이었다. 나이도 많고, 외모는…… 어디 빠지지는 않지만 그렇다고 빼어나지도 못했다. 뿐인가, 해진 때문에 성준 앞에서는 언제나 늘 거친 모습만 보였었다. 그런데 도대체 자신의 어디를 보고 좋아하게 된 것일까? 아무리 생각해도 이해가 되지 않았다.

-그냥 다 좋았어.

"그게 뭐야. 너무 광범위하잖아."

-어디가 좋은지 딱 꼬집어 말할 수 있으면 얼마나 좋겠어. 나는 그걸 고를 수 없을 정도로 누나가 좋아. 누나가 웃는 거, 화내는 거, 미소 짓는 거, 어느 하나 사랑스럽지 않은 모습이 없어. 내 눈엔 모든 것이 다 예뻐.

한 치의 망설임도 없이 모든 것이 좋다 말하는 성준 때문에 겨우 진정이 되었던 심장이 다시 난동을 부리기 시작했다. 성준의 말에 얼굴이 빨갛게 달아오른 해주는 차가운 보드카로도 열이 식혀지지 않아, 손부채질을 했다.

"너 원래 이렇게 느끼했어?"

―누나한테만.

"됐거든요. 얼른 자. 내일 가게 일찍 나가봐야 하잖아."

―누나.

"응?"

―고마워. 나한테 기회를 줘서……, 내게 와줘서. 정말 잘할게.

어느새 다 마셔버린 보드카를 아쉽게 바라보던 해주는 부드럽게 말하는 성준의 말에 고개를 주억거리며 대답했다.

"나도 노력할게."

―그리고 누나라고 부르는 것은 오늘까지만이야.

한 잔으로 끝내기에는 아무래도 아쉽다는 생각에 한 잔 더 마시고자 자리에서 일어나려던 해주는 성준의 말에 다시 바닥에 앉았다.

"뭐?"

―여자친구한테 언제까지 누나, 누나 할 수는 없잖아. 날 마냥 어리게만 보는 것도 싫고. 내일부터는 이름 부를 거야, 그렇게 알아.

내내 부드럽게 사랑을 속삭이던 성준이 이번에는 제법 고집스럽게 말했다. 해주는 그런 성준이 귀엽기도 하고 황당하기도 해 웃음이 났다.

"누가 그렇게 부르라고 허락한데?"

―난 앞으로 누나 말은 뭐든 다 들을 거야. 근데 이번만은 안 들을 거야. 그러니까, 포기해줘.

10년 가까이 동생으로 여겼던 녀석에게 사랑한다는 말을 듣고 가슴 설레고, 이제는 이름까지 불리게 생겼다니……. 해주는 아직도 이 모든 것이 현실처럼 느껴지지 않았다. 자고 일어나면 모두 사라져버릴 꿈처럼 여겨졌다.

설렘과 심란한 마음이 생각했던 것보다 훨씬 컸는지 술에 힘을 빌렸음에도 잠이 오지 않았다. 해주는 바람이라도 쏘이고 싶은 마음에 옥상으로 올라갔다. 온 세상이 잠이 든 듯 고요한 하늘은 별 하나 떠 있지 않은 듯 적막하기만 했다.

민섭과의 이별 후, 해주의 마음도 저 까만 하늘과 같았다. 그 어떤 것으로도 뻥 뚫린 가슴이 채워지지 않았고, 두 번 다시 사랑 따위는 하고 싶지도 않았다. 하루하루가 힘들었지만, 사람들에게 약한 모습도 보이고 싶지 않았다. 그렇게 하루하루를 간신히 버틴 해주에게 성준은 솔직히 선물 같은 존재였다.

자신을 바라보는 그 간절한 눈빛을 한번 믿어보고 싶었다. 성준이라면 다시 한 번 사랑이라는 것을 믿어 봐도 될 것 같았다. 그래서 해주는 마지막이란 생각으로 성준에게 온 마음을 다하고 싶었다.

더 이상은 지난 사랑에 한심하게 아파하고 싶지 않았다.

이른 새벽 콧노래를 부르며 성준은 풍부하게 거품이 부풀어 오르는 원두를 바라보며, 천천히 커피를 내렸다. 엘살바도르의 달콤한 향이 기분 좋게 코끝을 스쳤다. 커피가 다 내려지자 성준은 텀블러에 커피가 식지 않도록 옮겨 따랐다.

"아주 정성이 뻗친다, 뻗쳐."

이른 새벽부터 성준이 부탁해두었던 스콘을 건네주며 해진은 불만스럽게 말했다. 하지만 말만 그럴 뿐, 눈가에 미소가 걸려 있었다.

"어떻게 얻은 사랑인데, 이 정도는 당연한 거 아니겠어?"

"아주 지랄을 해라 지랄을. 바쁘니까 커피 안 내릴 거면 빨리 꺼져주지? 곧 손님 몰릴 시간인데."

"금방 다녀올게. 수고들 하고 있어."

엉덩이에 불붙은 강아지처럼 서둘러 카페를 빠져나가는 성준의 모습에 해진은 피식 웃음이 나왔다. 어제 오후만 해도 죽을상을 하고 있더니, 이제는 입이 아주 귀에 걸려 있었다. 어떻게 하루 만에 진도를 저렇게 많이 뺐는지는 알 수 없지만, 어쨌든 두 사람이 잘 되기를 빌었다.

"슬슬 출근 준비하고 있으려나?"

이제 막 7시를 넘어가는 시간을 보며 성준은 해주를 떠올렸다. 해진의 말에 의하면 해주는 8시쯤 집에서 나온다고 했다. 엇갈리면 안 될 것 같아 서두른다는 것이 너무 빨리 출발한 듯싶었다. 가서 좀 기다려야 하겠지만 아무래도 상관없었다. 다른 사람도 아닌 해주를 기다리는 시간은 그마저도 달콤했다.

성준은 해주가 자신의 여자가 되었다는 것이 좀처럼 믿기지 않아, 지난밤 한숨도 이루지 못했다. 그토록 원하고 원했던 해주를 곁에 둘 수 있다니, 아무리 생각해도 꿈만 같았다. 이른 새벽이라도 좋으니 해주의 얼굴을 다시 보고 확인해야, 어제 있었던 일들이 꿈이 아니라는 것을 실감할 수 있을 것 같았다.

달콤한 생각에 빠져 운전을 하다 보니, 어느새 해주의 집 앞에 도착했다. 성준의 그녀의 집 대문을 바라보며 느긋하게 기다렸다. 아직 해주의 마음을 온전히 얻은 것은 아니었다. 가야 할 길이 험난하겠지만, 함께 할 수 있는 것만으로도 충분히 행복했다. 행복감에 충만해 있던 성준은 잠시도 눈을 떼지 않고 있던 대문이 열리자, 재빨리 차에서 내려 해주에게 다가갔다.

"어? 성준아. 네가 이 시간에 왜 여기에 있어?"

대문을 나서던 해주가 놀라 되물었다. 그런 해주가 반가워 가까이 다가가던 성준은 그 자리에 멈춰서 해주를 유심히 바라보았다. 하얀색 시스루 블라우스에 몸매 라인이 그대로 드러나는 베이지색 미니스커트를 입은 해주는 숨을 쉴 수 없을 정도로 예뻤다. 그런데 문제는 너무 예쁘다는 것에 있었다.

항상 느끼는 사실이었지만, 평소 해주의 의상은 남자들의 혼을 쏙 빼놓을 정도로 아슬아슬했다. 속이 비치는 시스루 블라우스도 블라우스지만, 무릎 위에서 한참이나 올라가 있는 치마는 조금만 몸을 숙여도 엉덩이가 드러날 정도로 짧았다. 해주의 하얀 속살을 다른 남자들이 보고 침을 흘릴 것 생각하니, 성준은 순간 피가 거꾸로 솟았다.

"성준아?"

주먹을 세게 쥐고 끓어오르는 열을 어찌하지 못하고 있던 성준은 해주의 부름에 그제야 정신을 차렸다.

"데려다주려고 왔어."

그녀에겐 뭔가 특별한 것이 있다

"데려다줘? 어딜? 회사를?"

"응. 가자."

해주의 손을 잡고 차로 다가간 성준은 보조석 문을 열어주고 그녀가 차를 타길 기다렸다, 성준도 운전석에 올랐다.

"차에서 맛있는 냄새가 진동하는데?"

"스콘 좋아하잖아. 막 나온 거 가져왔으니까 맛있을 거야. 아침 안 먹었지?"

성준은 상자를 열어 스콘을 꺼내 먹기 좋게 잘라 건네며 말했다.

"나 아침 안 먹은 것은 어떻게 알아?"

"잠이 더 좋아서 아침 거의 안 드시는 것은 잘 알고 있지요. 아직 시간 좀 여유로우니까, 다 먹고 출발하자."

"오호, 어째 너는 나보다 날 더 잘 아는 것 같다?"

해주가 마시기 편하게 커피를 담아온 텀블러 뚜껑을 열어 컵홀더에 내려놓는 모습을 보며 성준은 대답했다.

"꽤 많은 걸 알고 있기는 하지."

"좋겠다, 많이 알아서. 와우, 커피도 싸 왔어? 이거 서비스가 너무 좋은 거 아니야? 향 너무 좋다. 역시 네가 내린 커피는 최고야."

스콘을 내려놓고 커피를 마시며 해주는 함박웃음을 지으며 말했다. 저 미소와 웃음이 이제 자신의 것이라 생각하니, 가슴이 벅차 왔다. 한참을 도란도란 이야기를 나누며 행복감에 젖어 있던 성준은 서 있을 때보다 앉아 있으니, 더 바짝 올라간 치마를 매섭게 노려보며 말했다.

"그 치마 말이야……."

"치마가 왜? 별로야? 내가 살이 좀 찌긴 했어. 작년에는 헐렁했는데, 올해는 꽉 조이는 거 있지? 이상해?"

기대로 반짝반짝 빛나는 눈빛으로 바라보며 물어오는 해주의 물음에 성준은 말문이 턱 막혀버렸다. 이제 겨우 사귄 지 하루 만에 옷차림에 관해 싫은 소리를 하면, 좋아하지 않을 것이 분명했다.

"아니, 예뻐. 예쁘다고 말하려고 그랬어."

"그래? 보기 싫을까 봐 걱정했는데 다행이다. 아침부터 기분 좋다. 이른 새벽부터 남자친구가 아침까지 싸서 회사 데려다주러 오고. 너 나 이렇게 버릇 들여놓고, 나중에 후회하는 거 아니야?"

해주의 입에서 자연스럽게 남자친구라는 말이 흘러나오자, 성준은 조금 전까지 그녀의 옷차림으로 언짢았던 기분이 눈 녹듯 사라졌다. 해주를 곁에 두게 된 것이 꿈이 아니었다.

"절대 후회 안 해. 이러다 늦겠다, 출발하자."

해주의 집과 카페가 가까운 것이 전에는 더없이 좋았었다. 15분 거리에 해주가 살고 있다는 것이 좋았고, 그녀의 회사가 카페 가까이 있다는 것도 만족스러웠다. 그런데 지금은 고작 15분이면 해주와 헤어져야 한다는 사실에 아쉬움이 몰려왔다. 사람이라는 것이 이렇게 간사스러운 것이었다.

"벌써 도착이네."

"성준아, 오늘 정말 고마웠어. 덕분에 든든해서 오늘 하루 잘 보낼 수 있겠다."

안전벨트를 풀며 작별인사를 하는 해주를 아쉽게 바라보던 성준은 그녀의 손을 꽉 마주 잡았다. 정말이지 이대로 보내고 싶지 않았다. 아쉬운 마음에 성준은 그동안 마음속으로 수천, 수백 번은 불러보았던 그녀의 이름을 불렀다.

　"해주야."

　"네…… 네가 그렇게 부르니까 정말 이상하다."

　"뭐가?"

　"그냥, 기분이 좀 이상하네."

　처음으로 누나라 부르지 않고 그녀의 이름을 부르니, 성준도 이상하리만큼 심장이 떨려왔다. 이제 시작일 뿐인데, 이렇게 매번 가슴이 떨려서는 심장이 남아날 것 같지 않았다.

　"그래도 어쩔 수 없어. 앞으로는 이렇게 부를 거야."

　"마음대로 하세요. 나 정말 가봐야 해."

　"알겠어. 점심 거르지 말고 꼭 챙겨 먹고."

　"응. 너도 수고해. 오늘 정말 고마웠어. 저녁에 카페 들를게."

　"꼭 들러."

　고개를 주억이며 차에서 내리는 해주를 성준도 곧바로 따라 내렸다. 손을 흔들며 회사 건물로 향하는 해주의 손목을 잡아 앞으로 끌어당긴 성준은 그녀의 손등에 입을 맞추며 말했다.

　"전화할게."

　"그…… 그래."

　순식간에 얼굴이 빨갛게 달아오른 해주가 재빨리 대답하고 도망치듯 회사 건물로 뛰어 들어갔다. 그런 해주를 사랑이 가득 차오른 눈으로 바라보던 성준의 얼굴이 순식간에 일그러졌다. 계단을 오르는 해주의 뒷모습에 그대로 숨을 멈추었다. 계단을 오를 때마다 짧은 치마가 아슬아슬하게 올라갔다.

성준은 그동안 스스로가 꽤나 개방적이라고 생각하며 살아왔었다. 형이 형수님의 옷차림에 깐깐하게 구는 것을 보며, 속 좁게 군다며 핀잔을 준 것이 한두 번이 아니었다. 그런데 막상 자신의 일이 되자, 형의 마음이 백번 이해가 되었다. 성준은 매년 여름 화려했던 해주의 옷차림을 떠올리자니, 다가오는 여름이 두려워졌다.

스케치북에 그림을 그렸다 지우길 반복하던 해주가 결국에는 스케치북을 찢어버리는 모습에 성준은 피식 웃음이 나왔다. 좀처럼 디자인이 나오지 않는지 한 시간이 넘도록 저 상태였다.

"저 더러운 성질 또 나온다. 저래도 좋냐?"

"왜, 귀엽기만 한데."

"미친놈."

저녁 시간에 사람들이 몰려 비워진 쇼케이스에 케이크를 채워 넣으며, 해진이 혀를 차며 이해할 수 없다는 듯이 말했다.

"다시 한 번 잘 봐봐. 저 모습이 예쁘다고?"

연필 끝으로 머리를 긁으며 인상을 쓰던 해주가 전화가 왔는지 휴대전화를 들었다. 성준은 그런 해주를 사랑스럽게 바라보며 망설임 없이 고개를 주억거렸다.

"응. 예뻐."

"성준아, 아무래도 네가 시력이 좀 떨어진 거 같다. 나랑 내일 같이 안과나 가보자."

"계속 헛소리할래?"

아무래도 요즘 해진이 자신을 놀리는 것에 재미를 들린 듯했다. 쉴 새 없이 속을 긁어대는 친구가 얄미워 뒤통수를 한 대 내리치려던 성준은 해주에게 선수를 빼앗겼다. 언제 다가왔는지 해주가 해진의 귀를 잡아당기고 있었다.

"아, 아파! 왜 또 그러는데!"

불시에 공격을 당한 해진이 귀를 잡아당기는 해주에게 끌려가며 소리쳤다. 성준은 그런 둘에 모습을 흥미롭게 바라보았다. 고등학교 때부터 해진은 학교에서 알아주는 문제아였다. 선생님들도 모두 포기하고 혀를 내두르는 해진을 한 방에 제압하는 해주를 처음 봤을 때, 퍽이나 놀랐었다. 아직도 성준은 해주를 처음 만났던 날이 잊혀지지가 않았다.

"너 이 자식, 왜 또 아영이 울려!"

"아 쫌! 이것 좀 놓고 이야기해!"

해주의 손을 억지로 떼어낸 해진이 빨갛게 달아오른 귀를 손바닥으로 문지르며 절규하듯 소리쳤다. 세게 잡아당기긴 했는지 귀가 아주 빨갛다 못해 파랬다. 조금 전에 누군가와 통화를 하더니, 아무래도 아영 씨와 통화를 했던 모양이었다.

"네가 어디 가서 아영이처럼 착한 애를 만날 수 있을 것 같아? 어떻게 애를 맨날 울리니? 내가 이참에 아영이 너랑 떼어놓고 좋은 남자 소개시켜줄 테니까, 그렇게 알아!"

"죽을래? 헛소리 좀 그만하지? 어디 할 소리가 없어서, 동생 애인한테 다른 남자를 소개시켜준다는 말을 해!"

반발하며 소리치는 해진의 뒤통수를 해주는 가차 없이 내리쳤다.

"내가 괜히 이래? 네가 먼저 헤어지자고 그랬다며? 어차피 헤어진 여잔데, 네가 무슨 상관이야?"

"아, 쫌!"

점점 목소리가 높아지는 두 사람에게 사람들의 시선이 쏠리자, 성준은 해주의 손을 잡으며 고개를 절레절레 저었다. 이러다가는 싸움이 커질 거 같아서 여기서 말려야 할 것 같았다.

"이 구제불능은 그냥 두고, 우리는 저녁이나 먹으러 가자. 아직도 해야 할 일 많이 남았어?"

성준은 이마 위로 흘러내린 해주의 머리카락을 귀 뒤로 넘겨주며 다감하게 말했다.

"많이 남았는데, 일할 맛 사라졌어. 그냥 나가자."

"그럼, 얼른 짐 챙겨."

대답 대신 고개를 끄덕이며 자리로 돌아가는 해주의 뒷모습을 보며, 해진은 짜증 섞인 목소리로 말했다.

"저 악마! 너는 저런 마녀가 도대체 뭐가 좋다는 거냐? 나는 도무지 이해할 수가 없다."

"네 이해 별로 필요 없거든? 괜히 저렇게 화낼 사람이야? 그리고 너, 아영 씨한테 왜 헤어지자고 한 건데?"

"가슴이 푹 파진 옷 입었다고, 그런 옷 입을 거면 헤어지자고 소

그녀에겐 뭔가 특별한 것이 있다

리치고 이틀 동안 전화를 안 받으신단다. 저 머저리 자식. 아주 꼴값을 떤다. 저 자식 꼴 보기 싫으니까, 얼른 나가자 성준아."

짐을 챙겨 카페를 먼저 나가버리는 해주의 뒷모습을 바라보는 성준의 입술 사이로 깊은 한숨이 새어나왔다. 그런 이유라면 해진이 화를 내는 것이 무리도 아니었다. 어느새 해진의 마음과 동화가된 성준은 친구의 어깨를 토닥이며 말했다.

"그래서 그랬구나. 그 마음, 알 것도 같다."

"아니 내 여자가 가슴 다 드러내놓고 다니는데, 좋다고 할 남자가 어디에 있어? 하여간 알지도 못하면서!"

해진의 이야기를 들으며 카페를 나온 성준은 자신의 차 앞에 서있는 해주를 쭉 훑어보았다. 오늘도 역시 해주는 그의 기대를 저버리지 않고, 천을 아껴서 만든 옷만 입고 나와 주셨다. 여름이 다가올수록 성준의 한숨은 깊어만 갔다.

강렬한 레드 색상의 소파와 따뜻한 느낌이 드는 나무 테이블위에서 반짝반짝 빛을 내는 촛불, 그리고 감미롭게 울리는 재즈선율에 해주는 더 할 수 없이 행복감을 느꼈다. 그중 해주를 가장행복하게 하는 것은 바로 앞에서 자신을 그윽하게 바라보는 성준이었다.

어떻게 알았는지 자신이 제일 좋아하는 블랑드블루 와인까지준비해놓은 그의 세심함에 반하지 않을 수가 없었다. 하늘빛을 닮은 블랑드블루는 달콤하고 향기로웠다. 성준과 연인이 된 지 어느덧 일주일이 되었다. 지난 일주일 동안 그는 해주를 정말 소중하게 대해주었다. 그저 잘해주는 것이 아닌, 정말 특별한 사람이 된 것 같은 환상에 젖게 해주었다.

"내가 이 와인 좋아하는 것은 어떻게 알았어?"

"오랫동안 관심을 가지다보면, 그 사람에 대한 많은 것을 알게 돼."

기포가 방울방울 올라가는 푸른색 와인으로 입술을 적시며 말하는 성준의 목소리는 재즈 선율보다 더 부드럽고 감미로웠다.

"나, 언제부터 좋아했는데?"

"글쎄. 언제부터였을까?"

"말 안 해줄 거구나? 그래, 뭐 이런 이야기는 앞으로 천천히 해도 되니까. 근데, 성준아."

"응?"

해주는 아까 통화로 울며 호소하듯 이야기하던 아영의 말이 떠올랐다. 그녀가 아는 한 동생 해진은 그다지 보수적인 편이 아니었다. 그런데 여자친구인 아영에게만 유난히 엄하게 대했다. 짧은 치마도 싫고, 깊게 파진 옷도 싫고, 뿐인가 늦게까지 술을 먹는 것도 질색했다. 자기 여자의 속살을 다른 남자가 보는 것이 싫어서 그런 것이겠지만, 해진의 간섭은 지나치다 싶을 정도였다. 고작 가슴 좀 파진 옷을 입었다고 헤어지자 길길이 날뛰었다는 것이 해주의 상식으로는 좀처럼 이해가 되지 않았다.

"너도 여자들이 짧은 치마 입고, 파진 옷 입은 거 싫어해? 해진이 그게 아주 유난을 떨잖아. 아주 쪼잔하게 말이야!"

바로 답이 나올 것이라는 예상과 달리 성준은 심경이 복잡한 얼

그녀에겐 뭔가 특별한 것이 있다

굴로 와인만 홀짝여댔다. 해주는 그런 성준을 끈기 있게 바라보며 무슨 대답이 나올지 기다렸다. 그렇게 얼마나 지났을까, 손가락으로 테이블로 톡톡톡 두들기던 성준이 눈을 맞추며 제법 단호한 목소리로 말했다.

"솔직히 예전에는 여자들이 무슨 옷을 입고 다니는지 관심 없었어. 물론, 앞으로도 관심이 없을 거야. 가슴이 드러나게 옷을 입던, 엉덩이가 보이게 옷을 입던. 근데 내 여자가 그렇게 입고 다닌다는 것은 나도 싫어. 해진이가 그렇게 화내는 거, 난 이해가 가거든."

성준의 입에서 나온 대답은 정말 예상외였다. 말간 눈동자로 성준을 한참을 바라보던 해주는 지금 자신이 입고 있는 옷을 떠올렸다. 가슴골이 보이는 깊은 브이넥 티셔츠에 무릎에서 한참이나 올라간 진 초록색 미니스커트를 입고 있었다.

"뭐야, 지금 그 말은 내 옷차림도 마음에 안 든다는 소리네?"

"응. 매우 마음에 들지 않아."

"뭐?"

고개를 절레절레 저으며 대답하는 성준을 해주는 게슴츠레한 눈으로 흘겨보았다. 늘 이렇게 몸매를 드러내고 다니는 자신을 보며, 그는 그동안 무슨 생각을 했던 것일까? 해주는 순간 열이 확 올랐다.

"그럼, 이 더운 날씨에 목폴라라도 입고 다니란 소리야?"

"그럼 나야 땡큐지. 해주 당신이 생각하는 것보다, 나는 소유욕이 좀 많은 편이거든. 내 여자 맨살 다른 남자들이 보는 거, 싫어."

반색하곤 눈을 반짝이며 대답하는 성준의 모습에 해주는 한동안 아무 말도 할 수가 없었다. 세상에 그마저 이렇게 답답하게 굴줄은 정말 상상도 못했다.

"아, 몰라 몰라. 나는 내 스타일 바꿀 생각 없으니까, 네가 포기해."

"알아. 그래서 그동안 아무 말 안 했던 거야. 그래도 치마가 살짝만 좀 내려왔으면 하는 바람이 있네."

"싫어."

"알았어, 알았어. 그만 가자."

심통이 잔뜩 난 얼굴로 입술을 뾰족 내밀던 해주는 곁으로 다가와 근사하게 웃으며 손을 내미는 성준의 손을 못 이기는 척 잡았다. 다른 것은 몰라도 절대 옷 입는 스타일만은 바꿀 수 없었다. 점점 더 더워질 텐데, 어떻게 꼭꼭 싸매고 다니라는 것인지!

"인상 푸세요, 예쁜 아가씨."

앞으로 짧은 옷을 입지 말란 것도 아니고, 그저 마음에 안 든다 말했을 뿐인데도 심통이 잔뜩 난 해주의 뺨을 살짝 꼬집으며 성준은 장난스럽게 말했다. 긴 시간 동안 해주를 바라보았기에 그녀의 성향을 누구보다 잘 알고 있었다. 자신이 맞다 생각하는 것에 누군가 지적을 한다고 해서 쉬이 고칠 사람이 아니라는 것을 알기에, 그녀의 옷차림이 마음에 들지 않아도 아무 말도 하지 않았던 것이다.

"당신이 입고 다니는 옷들 하나같이 다 잘 어울려. 사람 환장하게 예쁘다고. 근데 문제는 너무 예쁘다는 것에 있어. 내 눈에도 이렇게 예쁜데, 다른 남자들 눈에는 오죽하겠냐고. 나는 그게 싫은 거야."

레스토랑에서 나온 성준은 리모컨으로 자동차 시동을 걸며 말했다. 해주는 그런 성준의 이마에 손을 얹으며 심각한 얼굴로 말했다.

"열은 없는데, 왜 그러지?"

"갑자기 무슨 말이야?"

"느끼한 말을 너무 아무렇지 않게 하잖아. 아무래도 안 되겠다, 병원 가서 기름기 좀 빼내야지."

"예쁜 걸 예쁘다고 하는데, 뭐가 느끼해."

"느끼하거든요? 근데, 너 운전하려고?"

"와인 반 잔 정도는 괜찮아. 얼른 타, 피곤하겠다."

보조석 문을 연 성준은, 부드러운 해주의 머리를 흩트렸다. 운전석에 오른 성준은 창문을 내리고 차를 출발시켰다. 그의 재규어가 부드럽게 움직이기 시작한 지 얼마나 지났을까, 항상 쉬지 않고 재잘거리던 해주가 조용해 고개를 돌리자, 어느새 잠들어 있었다. 성준은 신호가 멈춘 틈을 타서 음악 소리를 낮추고, 의자를 살며시 뒤로 눕혀주었다. 아이처럼 새근거리며 잠들어 있는 해주의 얼굴을 바라보던 성준의 시선이 천천히 아래로 내려갔다.

치마 아래로 드러난 하얀 허벅지가 눈에 들어오자 성준은 저도 모르게 숨을 확 들이켰다. 지금 뭘 훔쳐보고 있는 거야! 스스로를 질책하던 성준은 뒤에서 들려오는 클랙슨 소리에 재빨리 차를 출발시켰다.

좀처럼 운전에 집중할 수 없었지만, 애써 앞을 노려보며 운전한 덕분에 성준은 간신히 해주의 집 앞에 도착할 수 있었다. 여자들이 아무리 야하게 입어도 눈길은커녕 관심조차 가져본 적이 없었는 데, 해주에게는 그게 되지가 않았다. 매 순간 성준을 그저 그런 남 자로 만들어버렸다.

옆에서 남자친구가 얼마나 음흉한 생각을 하고 있는지도 모르 고 깊이 잠들어 있는 해주의 얼굴을 성준은 원망스럽게 바라보았 다. 매일 헤어지기 직전 안아만 주고 보내는 것이 얼마나 힘든 일 인지, 그녀는 상상이나 할까.

풍선처럼 도톰하고, 딸기처럼 빨간 해주의 입술을 보고 있자니, 미치도록 키스가 하고 싶었다. 하지만 아직은 그래서는 안 될 것 같았다. 키스만으로 멈출 자신도 없었지만, 그보다는 해주의 마음 을 온전히 얻지도 못한 채, 욕구 먼저 채우고 싶지는 않았다. 어렵 게 얻은 사랑이었다. 누구보다 소중하게 대해주고 싶었다. 성준은 불끈불끈 솟아오르는 욕망을 세게 입술을 깨물어 억누르며, 낮은 신음을 흘렸다.

"정말, 해주 당신 때문에 환장하겠다."

불판 위에서 먹기 좋게 구워진 삼겹살을 해주는 적당한 크기로 잘랐다. 노릇노릇하게 구워진 삼겹살의 자태에 입 안에 절로 침이 고였다. 오랜만에 만난 친구들과 이렇게 마주 앉아 소주 한 잔을 마시니, 피로가 쫙 풀리는 듯했다.

"너 서울에 언제 이사 올 거야?"

비워진 잔에 소주를 채워주는 서영을 살짝 노려보며 해주는 불만 섞인 목소리로 말했다. 어느새 서영이 구리로 이사한 지 3년이 넘었다. 따지자면 그렇게까지 먼 거리는 아니지만, 그래도 늘 가까이 있던 친구가 멀어진 것이 해주는 아쉬웠다.

"안 갈 건데. 우리 동네 살기 좋아."

"뭐? 이정아 저 요망한 것 말하는 것 좀 봐라. 우리 결혼하면 다 같이 모여 살기로 했잖아!"

젓가락으로 테이블을 탁탁 두들기는 것으로 해주는 불만스런 마음을 표출했다. 서영이 왜 서울을 떠나 그곳으로 갔는지 잘 알기에 지난 3년 동안은 아무런 말도 하지 않았던 것이다. 하지만 더는 친구를 혼자 그곳에 두고 싶지 않았다.

"그럼 네가 구리로 오면 되잖아."

"그게 말이 되냐! 아줌마도 너 때문에 걱정이 이만저만이 아니야. 너 얼른 집으로 들어오게 하라고 우리한테 하소연했다니까?"

"강해주, 그만 포기하지? 올 거였으면 진작 왔지. 서영이 고집 몰라?"

왜 모르겠는가.

알면서도 해주는 서영이 구리에서 혼자 사는 것이 탐탁지 않았다. 그곳에서 사람들과 어울리기라도 한다면 이런 고집을 부리지도 않을 것이다. 하지만 서영은 작정이라도 한 것처럼 집에 틀어박혀 밖으로 나오지도, 사람을 사귀지도 않았다. 그저 일, 일뿐이었다.

"서영이 이야기는 됐고, 네 남자친구 이야기나 해봐라."

"남자? 무슨 남자? 해주 너 애인 생겼어?"

내내 시큰둥한 얼굴로 술만 마시던 서영의 얼굴에 순간 화색이 돌았다. 동시에 성준을 떠올리는 해주의 얼굴에도 미소가 걸렸다. 그와 사귄 지 어느새 보름이 넘어가고 있었다. 지난 보름을 생각하면 하루하루가 솜사탕처럼 달달하기만 했다.

"생겼지. 어마어마한 연하 킹카."

"연하? 해주 연하 질색하잖아."

연하를 사귄다는 말에 서영은 놀란 토끼마냥 두 눈을 커다랗게 뜨며 되물었다.

"어쩌다 보니 그렇게 됐어."

"정말 서프라이즈 하네. 강해주가 연하를 다 사귀고."

"그럴 만하거든. 그런 킹카를 거절하면 제정신이 아닌 거지."

"도대체 누군데? 누구?"

"그 있잖아. 해진이가 파티쉐로 있는 카페 사장."

"뭐? 정말?"

두 사람이 이야기하는 것을 가만히 들으며 해주는 삼겹살 하나를 김치에 말아 입속에 넣었다. 바삭하게 구워진 삼겹살과 딱 먹기 좋게 익은 김치가 입 안에서 녹아내렸다. 자신의 입을 더없이 행복하게 해주는 삼겹살처럼 요즘 해주의 일상은 더 바랄 것이 없을 정도로 완벽했다. 성준 때문에 혼란스러웠던 것이 언제였냐는 듯이 하루가 다르게 해주는 그에게 빠져들고 있었다. 이 만족스러운 일상에 딱 하나, 불만스러운 것이 있었다.

"근데 얘들아, 나는 플라토닉러브에는 별로 관심이 없거든?"

"갑자기 그건 뭔 헛소리야?"

불판 위에 새로운 삼겹살을 올리던 이정이 영문을 모르겠다는 얼굴로 물었다. 해주는 그런 이정을 보며 가슴 저 끝에서부터 한숨을 끌어모아 내쉬며 한탄하듯 말했다.

"사귄 지 보름이 넘었는데도, 끌어안는 거 외에는 전혀 스킨십이 없어. 나처럼 섹시하고 매력적인 여자랑 키스하고 싶은 마음이 전혀 안 들다니, 이게 말이 돼?"

성준은 포옹 외에 그 어떤 스킨십도 시도하지 않았다. 사랑하면 안고 싶고 키스하고 싶은 것이 당연한 것이 아니던가!

"네가 너무 오래 굶었구나? 원래 평범한 연인들은 그렇게 진도 빨리 안 빼거든? 고작 보름 지난 거로 안달이 난 거야? 너, 너무 밝히는 거 아니야?"

이정의 말에 가만히 이야기를 듣고 있던 서영이 박장대소를 하며 배를 움켜쥐었다. 해주는 그런 친구들을 매섭게 노려보며 소리쳤다.

"웃지 마! 그리고 내가 뭐, 지금 당장 키스하고 싶다고 했어? 나는 시도도 하지 않는 것이 괘씸하다는 소리였어!"

"어이고 말은 잘하지. 우리 앞에서 새삼 내숭 떨 것이 뭐가 있어. 솔직히 말해봐. 아주 키스가 하고 싶어 미치겠어?"

"아주 지랄을 해라, 지랄을! 네들한테 고민을 털어놓은 내가 미친년이다, 미친년!"

뭐가 그렇게 웃긴지 쓰러질 것처럼 웃어대는 친구들의 모습에 심술이 난 해주는 잔에 있던 소주를 그대로 들이켰다. 솔직히 키스

따위는 언제 하든지 상관없었다. 다만, 해주는 성준이 막상 자신과 키스를 하려니, 친구의 누나라는 것이 상기되어 망설이는 것은 아닌지가 걱정이 되는 것이었다. 10년이 넘도록 누나 동생으로 지냈으니, 그런 생각을 하는 것도 무리는 아니었다.

"이제 그만들 좀 웃지? 계속 웃으면 나 갈 거야!"

손님이 모두 빠져나간 카페는 적막하다 못해 고요했다. 시계는 어느덧 11시를 가리키고 있는데 해주와는 좀처럼 연락이 되지 않았다. 메시지를 보내도 답이 없고, 아무리 전화를 해도 받지 않았다. 친구들과 술을 마시겠다고 통화한 지가 벌써 4시간이 훌쩍 넘었는데도 계속 연락이 되지 않자 답답함에 숨이 넘어갈 것 같았다.

"너도 참 그렇다. 우리 누나 말술인 거 몰라? 술 한 번 마시러 가면 기본이 3차야. 그러니까 유난 그만 떨고 집에 가지 그러냐?"

"너라면 여자친구가 술 마시러 가서 연락이 안 되는데, 걱정 안 하게 생겼어?"

"네 여자친구라는 사람이 어디 평범한 여자여야 말이지. 천하의 강해주인데, 뭐가 걱정이야."

의자에 앉아 테이블에 다리를 올리고, 와인을 홀짝이는 해진의 뒤통수를 성준은 가차 없이 내리쳤다.

"아파 새끼야! 네가 까먹고 있는 거 같아서 상기시켜주는 건데, 나 네 여자친구 동생이야. 잘 보여야 할 사람이라고."

"웃기고 있다. 헛소리 계속할 거면 그냥 집에 가지 그러냐?"

그녀에겐 뭔가 특별한 것이 있다

쉬지 않고 속을 긁어대는 해진을 두고 성준은 일층으로 내려와 다시 한 번 해주에게 전화를 걸었다. 이번에는 제발 전화를 받길 기도하며 신호음을 듣고 있던 성준은 신호음이 멈추고 왁자지껄한 소리가 들려오자, 숨도 쉬지 않고 소리쳤다.

"왜 이렇게 연락이 안 돼!"

―여보세요.

4시간이 넘도록 애를 태운 해주에게 불만을 쏟아내리려던 성준은 수화기 너머로 들려오는 낯선 목소리에 바짝 긴장해 되물었다.

"누구시죠?"

―안녕하세요. 저 해주 친구 이정인데, 혹시 기억하시려나? 가끔 단에 가는데.

"안녕하세요. 당연히 기억하죠. 근데 왜 전화를 이정 씨가……."

―해주 술 취해서 잠들었어요. 아까부터 계속 전화가 와서 제가 받은 거구요.

해주가 술에 취해 잠들었다는 소리에 성준의 잘생긴 미간에 깊은 주름이 잡혔다. 술에 취해 술집 테이블에 잠들어 있을 모습을 생각하니, 순간 열이 확 올랐다.

"거기가 어디죠?"

이정에게 위치를 전해 들은 성준은 미친 사람처럼 뛰어나가 차에 올랐다. 잠시도 가만히 있지 못하고 안절부절못했던 이유가 바로 이것이었다. 해주를 오랫동안 봐 왔기에 그녀의 술버릇도 잘 알고 있었다. 장소 불문하고 어디에서든 바로 잠드는 해주의 술버릇이 성준은 전부터 마음에 들지 않았었다. 그래서 오늘도 술을 조금만 마시라고 그렇게 신신당부를 했었는데, 자신의 말에 전혀 효력이 없었던 모양이었다.

정신없이 밟아서인지 순식간에 목적지에 도착한 성준은 서슴없이 술집으로 뛰어들어갔다. 어둡게 조명이 깔린 술집 안을 두리번거리던 성준은 익숙한 실루엣을 보고 성큼성큼 다가갔다.

"어? 벌써 오셨어요?"

"안녕하세요."

"카페 말고 밖에서 만나니 더 반갑네요."

해주와 달리 너무도 멀쩡한 두 친구를 보니, 성준은 더 화가 났다. 해주가 이렇게 취하도록 그냥 둔 친구들이 좀 원망스럽긴 했지만, 지금은 그런 것을 신경 쓸 때가 아니었다.

"다음에 정식으로 식사 초대할게요. 그때 제대로 인사드리겠습니다. 해주, 제가 좀 데려가도 괜찮겠습니까?"

"물론이죠."

옆으로 한 발 물러서며 고개를 끄덕이는 이정과 서영에게 살며시 고개를 숙여 인사한 성준은 해주 가까이 다가갔다. 해주를 업어 차로 데려가려던 성준은 치마가 바짝 올라가 하얀 허벅지가 그대로 드러난 것을 보고, 재빨리 카디건을 벗어 덮어주었다. 여태 이러고 있었다고 생각하니, 정말 화가 나 미칠 것만 같았다.

"죄송하지만 한 분만 저 좀 도와주시겠어요? 안고 가야 할 것 같은데, 이래서는 차 문을 열 수가 없어서요."

"얼마든지요."

끓어오르는 화를 애써 누른 성준은 해주를 품에 안고, 친구들을

그녀에겐 뭔가 특별한 것이 있다

향해 부탁했다. 뭐가 그리 좋은지 방실방실 웃는 친구들이 괜스레 원망스럽기까지 했다. 해주를 차에 태운 성준은 친구들을 향해 다시 한 번 고개를 숙여 인사하며 말했다.

"오늘 실례가 많았습니다. 다음에 식사 한 번 해요."

"꼭 초대해주셔야 해요."

"그럼, 먼저 가보겠습니다."

해주의 친구들이 다시 술집으로 들어가는 것을 보고 차에 탄 성준은 세상모르고 잠들어 있는 여자친구의 모습에 절로 한숨이 새어 나왔다. 이런 상황에서도 빨갛게 달아오른 얼굴이 예뻐 보이니, 미치고 환장할 노릇이었다.

하루가 다르게 해주를 향한 마음이 깊어만 갔다. 마음이 깊어 갈수록 그녀를 갖고 싶다는 욕망도 커졌다. 꿈속에서 해주를 몇 번이나 안았는지 셀 수 없을 정도로, 점점 제어가 되지 않고 있었다. 그녀의 마음은 자신을 향해 몇 걸음이나 가까워졌을까?

매일 밤 잠들기 전 통화로 사랑한다 말하지만, 아직 해주에게는 그 어떤 대답도 듣지 못했다. 오랫동안 바라만 봐왔기에 함께 할 수만 있다면 얼마든지 기다릴 수 있다고 생각했었지만, 그건 정말 큰 착각이었다. 사람의 욕심은 끝이 없다더니, 함께 하게 되니 그녀의 마음도 자신과 같기를 바라게 되었다. 점점 깊어지는 욕심에 성준의 인내심도 서서히 바닥나고 있었다.

집 앞에 도착해서도 좀처럼 일어날 생각을 하지 않는 해주를 두고, 성준은 차 밖으로 나왔다. 아직은 완연한 여름이 되지 않아서인지, 밤바람이 제법 선선했다. 하지만 시원한 밤바람에도 뜨겁게 달아오른 가슴이 좀처럼 식을 생각하지 않았다.

한참을 바람을 쐬며 끓어오른 열을 식히려 노력하던 성준은 결국은 포기하고 다시 차에 올랐다. 여전히 깊이 잠든 해주의 얼굴을 유심히 바라보았다. 유난히 하얀 살결 위에 짙은 검은색 속눈썹이 도드라져 보였다. 찰흙으로 빚은 것처럼 오뚝한 콧날과 붉은 입술은 마치 하느님이 제일 공을 들여 만든 것처럼 아름다웠다.

밀가루 반죽처럼 새하얀 살결을 바라보던 성준은 결국 유혹을 이겨내지 못하고, 뺨으로 손을 뻗었다. 손바닥에 감기는 해주의 뺨은 따뜻하고 말캉했다. 조심스럽게 뺨을 쓸어내리던 성준은 용기를 내어 해주의 입술로 손을 뻗으려, 이내 얼른 거두었다. 잠든 여자에게 이게 무슨 짓인지, 스스로가 한심해 미칠 지경이었다. 스스로를 질책하며 숙이고 있던 고개를 들려던 성준은 갑자기 손을 뻗어 목을 감싸는 손길에 그대로 숨을 멈추었다. 언제 깼는지 해주가 살며시 눈을 뜨고 그를 바라보았다.

"언제까지 나 그렇게 바라만 볼 건데?"

양팔로 목을 감싸며 물어오는 해주의 모습에 성준은 심장이 튀어나올 것처럼 세차게 뛰었다.

"뭐, 뭐가?"

"네가 안 오면, 내가 간다."

그게 무슨 말인지 물으려던 성준의 말이 해주의 입술에 가로막혔다. 꿈결처럼 살짝 부딪혔다 사라진 뜨거운 감촉에 온몸의 감각이 날카롭게 곤두섰다. 너무도 순식간에 지나간 달콤함에 성준은 감질이 났다.

그녀에겐 뭔가 특별한 것이 있다

"사랑해."

모든 피가 심장에 몰린 것처럼 미친 듯이 뛰어대는 심장을 어쩌지 못하고 있던 성준은 귓가에 아련하게 울리는 말에 순간 숨을 멈추었다. 지금 무슨 말을 들은 것일까? 성준은 제 귀를 의심했다.

"방금 뭐라 그랬어?"

"사랑한다고, 너 때문에 매일매일 가슴이 두……."

해주의 입에서 또다시 사랑한다는 말이 나오기 무섭게 성준은 달싹이는 입술로 제 입술을 가져갔다. 그녀의 사랑을 확인한 이상, 더는 망설일 이유가 없어졌다. 매일 밤 꿈꾸었던 해주의 입술은 상상했던 것보다 더 달콤하고 부드러웠다. 조심스럽게 입술을 핥던 성준은 옅은 숨을 뱉어내는 입술 사이로 말캉한 혀를 밀어 넣었다. 마시멜로보다 더 달콤하고, 생크림보다 부드러운 해주의 입술은 성준의 정신을 아득하게 만들었다.

두 사람이 뱉어내는 숨결에 어느새 차 안의 공기가 뜨겁게 달아올랐다. 누가 먼저랄 것도 없이 점점 짙어지는 첫 키스처럼 초여름 밤도 깊어만 갔다. 여름이, 사랑이 해일처럼 밀려와 두 사람의 가슴을 그대로 덮어버렸다.

5. 때론 뜨겁게

초록이 짙게 물든 정원을 바라보는 성준의 얼굴은 그 어느 때보다 평화롭게 안정되어 있었다. 어머니의 성격이 그대로 드러나는 정원은 정갈하게 정돈되어 있었다. 정원 가꾸는 것이 취미인 어머니의 손길이 닿은 나무와 꽃들은 사랑을 받은 것이 느껴질 만큼 싱그럽고, 아름다웠다. 사람이던 식물이던 사랑이 닿으면 모두 아름다워지는 것 같았다. 늘 어떻게도 오지 않으려 애쓰던 본가에 와 있는데도 성준의 얼굴에는 미소가 지워지지 않았다.

"오늘은 어째 컨디션이 좋아 보인다?"

차갑게 식은 홍차를 마시며 정원을 바라보던 성준은 등 뒤로 들려오는 귀에 익은 목소리에 몸을 돌렸다. 샤워를 했는지 머리카락에 물기를 머금은 형 성호가 편안한 옷차림으로 서 있었다. 정장을 입을 때는 딱딱해 보이는 인상이 캐주얼을 입으니 한결 유해 보였다.

"뭐, 나쁘지는 않아."

"네가 웬일로 주말 낮에 집에를 다 왔어?"

"왜긴, 어머니가 달달 볶아먹으니까 왔지."

"네가 그럼 그렇지."

어머니의 취향이 그대로 드러나는 고풍스러운 티 테이블에 홍차를 내려놓으며 성준은 말했다. 이른 새벽부터 전화를 해서 점심을 먹으러 오라며 잔소리를 하는 어머니를 이겨낼 재간이 없었다.

"근데 아버지는 어디 가셨어?"

"라운딩 나가셨어. 주말에도 바쁘시잖아."

의자에 앉으며 말하는 형의 얼굴에서는 여유로움이 묻어났다. 늘 신경을 날카롭게 세우고 일에 미쳐 있던 성호는 결혼을 하면서 많이 유해지고 안정되었다. 그런 형의 모습이 성준은 싫지 않았다.

"주말에 카페 바쁜데 자리 비워도 괜찮아?"

"점심 먹고 가게 나가봐야 해."

"근데 너, 저번에 말했던 연애 사업은 어떻게 되어가고 있어? 그 좋아한다던 여자랑 말이야."

홍차를 마시던 성호가 호기심이 역력한 얼굴로 물어왔다. 형의 말에 해주를 떠올린 성준의 얼굴에 만연한 미소가 떠올랐다.

"당연히 내 여자로 만들었지."

"아하! 그래서 얼굴이 쫙 핀 거였구나? 언제 보여줄 거야?"

"조만간 보여줄게."

"도도하고 까칠한 지성준 마음을 사로잡은 여자가 누군지 궁금하니까, 빠른 시일에 보여줘."

기분 좋게 고개를 끄덕인 성준과 성호의 대화는 자연스럽게 회사 이야기로 이어졌다. 회사 일에는 관심이 없지만, 그래도 어느 정도 회사 업무는 파악하고 있었다. 요즘 형의 신경은 온통 새로 시작한 베이커리 사업에 닿아 있었다.

　"좋은 말로 할 때, 해진이 우리한테 넘기지 그러냐? 너희 가게에 묶어두기에는 해진이 능력이 너무 아깝다고 생각 안 하냐?"

　"이거 왜 이래. 내가 얼마나 힘들게 데려왔는데. 절대 안 돼."

　추진력이 좋은 성호가 지금껏 시도했던 사업 중 실패한 것은 단 한 건도 없었다. 이번 베이커리 사업도 시작하기 무섭게 빠르게 성장해가고 있었다. 그런데도 해진을 탐내는 형의 욕심에 성준은 혀를 내둘렀다.

　"두 분, 점심 드세요."

　형수가 응접실로 들어오기 무섭게 형이 자리를 박차고 일어났다. 임신을 한 형수는 제법 배가 많이 불러있었다.

　"형수님, 우리 조카 잘 자라고 있는 거죠?"

　"그럼요. 도련님, 집에 자주 좀 오세요. 어머님이 섭섭해 하세요. 저도 섭섭하고요."

　"이런. 우리 형수님을 섭섭하게 했다니, 앞으로 자주 들러야겠는데?"

　다분히 장난기가 섞인 목소리로 이야기하던 성준은 주머니에서 울리는 진동에 발걸음을 멈추었다. 두 사람에게 먼저 가라 손짓하고 휴대전화를 꺼낸 성준의 입술 끝이 기분 좋게 말아 올라갔다.

[바람이 살랑살랑 부니까, 자기랑 데이트하고 싶다. 카페 끝나고 산책하러 가자.]

해주에게 답변을 보낸 성준은 조금이라도 빨리 그녀를 만나고 싶은 마음에 조바심이 났다. 첫 키스를 나눈 이후로 성준아에서 자기야로 호칭이 바뀌었다. 남이 하면 닭살스러운 모든 것들이 내가 하면 그저 달콤한 사랑의 속삭임이었다.

요즘 성준의 하루하루는 장밋빛이었다. 해주의 문자에 기분 좋게 주방으로 향한 성준의 얼굴이 예상도 못 했던 지현의 모습에 딱딱하게 굳었다.

"오빠, 안녕."

방실방실 웃으며 인사를 건네는 지현에게 성준은 살짝 손을 들어 답했다. 이런 식의 만남 불쾌하고 기분이 상했다.

"내가 불렀다."

"알아요. 빨리 밥 주세요. 가게 나가봐야 해요."

성준은 저도 모르게 어머니를 향해 차게 말했다. 늘 그를 잡아먹을 듯 압박을 주는 아버지가 계시지 않아서, 성준은 모처럼 느긋하게 차까지 마시고 갈까 생각 중이었다. 하지만 빤히 보이는 어머니의 속셈에 그럴 마음이 저 멀리 달아나버렸다.

"녀석, 쌀쌀맞기는. 오랜만에 날 밝을 때 왔으니, 느긋하게 쉬다 가면 얼마나 좋아."

"바빠요."

"오죽하겠니."

탐탁지 않다는 듯 혀를 차며 말하는 어머니의 모습에 성준은 여자친구가 있다는 말이 목 끝까지 차올랐다. 하지만 어머니의 성격상 오늘 하루가 되기도 전에 해주에 대한 모든 것을 샅샅이 알아낼 것이 불 보듯 뻔했다.

"아줌마, 오빠 가게 주말에 많이 바빠요. 그러니까, 아줌마가 이해하세요."

"우리 지현이는 어쩜 말도 이렇게 예쁘게 하니."

자신을 대할 때와는 사뭇 다르게 나긋나긋하게 이야기하는 어머니의 모습에 성준은 절로 고개가 저어졌다. 어머니가 지현을 예뻐하는 것을 성준은 충분히 이해할 수 있었다. 생글생글 웃으며 살갑게 구는 아이가 왜 예쁘지 않겠는가.

지현은 워낙에 애교가 많아, 무뚝뚝한 아버지까지 웃게 만드는 대단한 능력을 가지고 있었다. 하지만 딱 거기까지였다. 딸처럼 예뻐하는 것은 이해하나, 며느리로 삼으려 호시탐탐 기회를 엿보는 것은 용납할 수 없었다.

"어머님, 바쁜 도련님은 놓아주고, 저희랑 백화점 가실래요? 우리 새침이 맞을 준비도 해야 하고, 살 것도 좀 있어서요."

자신을 향해 살짝 윙크한 형수가 어머니에게 살갑게 말하자, 어머니의 관심이 순식간에 형수에게 쏠렸다. 금이야 옥이야 뱃속 손주가 나오기만을 기다리는 어머니에게 이보다 더한 유혹은 없었다. 뱃속 아기가 딸인 것을 안 이후로는 더욱더 애닳아 하셨다.

"그럴까? 그럼, 나간 김에 우리 손녀 침대도 하나 사자꾸나."

금세 신이나 이야기하는 어머니의 모습에 성준은 피식 웃음이 나왔다. 그토록 원하던 손녀를 얻어 소원성취를 했다며 기뻐하는 어머니가 살짝 귀엽기도 했다. 어머니의 관심을 돌려준 형수에게 살짝 고개를 숙여 감사를 표한 성준은 해주를 떠올렸다.

어머니에게 해주를 소개시켜준다고 해서 딱히 반대를 하진 않을 것이다. 일에 관해서는 엄격한 아버지도 며느리에 관해서는 욕심을 부리지 않았다. 아들이 사랑하는 여자를 존중해주는 편이었다. 그럼에도 해주의 존재를 밝히지 않는 것은 어머니가 하루가 멀다 하고 불러들일 것이 뻔해서였다. 어머니야 좋아서 그러는 것이지만, 받아들이는 해주 입장에서는 부담스러울 것이다. 아직은 해주에게 그런 부담을 주고 싶지 않았다.

"배고파."

텅 빈 사무실에서 혼자 일에 파묻혀 있던 해주는 뱃속에서 전쟁이 일어난 소리에 책상 위로 뺨을 대고 엎드렸다. 책상 위 유리의 차가운 감촉에 소름이 돋았지만, 느낌이 나쁘지는 않았다. 그대로 누워 점심을 뭘 먹을까 고민하던 해주는 메시지 알람 소리에 몸을 일으켜 휴대폰으로 손을 뻗었다.

[일은 잘하고 있어? 난, 본가에서 점심 먹고 카페 가는 길이야. 보고 싶다.]

무엇을 먹어야 할지 고민하던 해주는 성준의 문자에 산뜻하게 메뉴를 결정했다. 잠시 쉴 틈은 있으니, 단에 들러 커피와 피칸파이를 사며 성준의 얼굴도 볼 생각이었다. 주말인데도 불구하고 이른 아침부터 회사에 나와 업무에 파묻혀 있었더니, 평소의 두 배는 더 피곤이 몰려왔다. 하지만 피곤한 몸과 달리 마음은 깃털처럼 가벼웠다.

성준의 보고 싶다는 한 마디에 두근거리는 가슴 위로 해주는 조심스럽게 손을 올렸다. 두 번 다시는 이렇게 사랑으로 가슴 뛰는 일이 없을 줄 알았다. 남자들에게 선을 긋고 철저하게 그 이상으로 넘어오는 것은 용납하지 않았었다.

두 번 다시는 누구에게도 마음을 열고 싶지 않았었다. 그런데 너무도 쉽고 허무하게 사랑에 빠져버렸다. 사람이 사랑에 빠지는 시간은 딱 10초면 된다는 말을 들은 적이 있었다. 첫눈에 반하던, 친구에서 연인으로 발전하던 10초면 마음이 움직인다는 그 말을 해주는 공감하지 못했었다. 그런데 성준에게 사랑에 빠졌던 순간이 그랬다.

그가 남산에서 머리를 쓸어 올려 주던 그 찰나의 순간에 마음이 송두리째 흔들렸었다. 사랑은 이렇게 갑자기 소나기처럼 찾아와, 순식간에 해주를 흠뻑 적셔버렸다. 사랑이 깊어 갈수록 그 사랑에 대한 두려움도 커져갔다. 하지만 성준이라면 왠지 그라면 믿어도 될 것 같았다. 아니, 믿고 싶었다.

사무실을 나오며 답변을 보낼까 하던 해주는 성준을 놀래게 해주고 싶은 마음에 이내 고개를 저었다. 그와 연인이 된 후로 퇴근 후에 단에 들르는 것이 당연한 일이 되어버렸다. 성준이 자신의 퇴근시간을 기다리는 설렘은 있었겠지만, 갑자기 만난다는 즐거움은 없었을 것이다. 당연히 사무실에서 일할 것이라 생각했던 자신이 갑자기 등장했을 때, 성준이 어떤 반응을 보일까 즐거운 상상을 하며 해주는 단으로 향했다.

　6월 중순으로 접어들자 기온이 무섭게 올라가더니, 어느새 30
도에 육박하는 불볕더위가 찾아왔다. 더위에 약한 해주는 숨을 헐
떡이며 겨우 카페 근처에 도착했다. 잠깐 걸었을 뿐인데, 이마 위
에 땀이 맺힐 정도로 더웠다. 빨리 시원한 음료를 마시고 싶다는
생각에 발걸음을 재촉하던 해주는 성준의 재규어가 카페 앞에 세
워지는 것을 보고 손을 흔들었다.

　반가운 마음에 차로 달리듯 걷던 해주는 그 자리에 그대로 멈추
어 섰다. 운전석에서 성준이 내리기도 전에 보조석에서 내리는 왠
지 낯이 익은 여자 때문이었다. 여자가 카페로 들어가자 성준의 차
가 카페 주차장으로 들어갔다. 순간, 오래전 보았던 끔찍했던 장면
이 떠오르면서 해주는 숨이 턱 막혀왔다.

　뜨거운 햇볕 아래에 서 있다는 것도 잊은 채, 해주는 그 자리에
굳은 듯 서 있었다. 그렇게 얼마나 지났을까, 손에 쥐고 있던 휴대
폰이 요란하게 울렸다. 그제야 정신을 차린 해주는 성준의 이름이
뜨는 액정화면을 확인하고, 이내 마음을 가다듬었다. 이제는 괜찮
아졌다고 생각했는데, 오래전 겪었던 트라우마에서 아직도 벗어
나지 못하고 있었던 모양이었다.

　"응, 성준아."

　-일은 잘하고 있어?

　휴대폰 너머로 들려오는 다정하고 부드러운 목소리에 거짓말처
럼 불안했던 마음이 진정이 되었다. 해주는 아주 잠시라도 마음이
흔들렸던 것에 괜스레 미안한 마음이 들었다.

"일 안 하고 땡땡이치고 있지."

—이런, 땡땡이를 치면 어쩌시나. 그러다 저녁에 한강 산책하러 못 가면 어쩌려고.

"왜? 나 못 만날까 봐 걱정돼?"

—당연하지.

심술이 난 듯 뾰로통하게 이야기하는 성준의 목소리에 해주는 옅게 웃었다. 만날 수 없을지도 모른다는 것에 섭섭해하는 그의 반응이 싫지 않았다.

"걱정하지 마. 어떻게 해서든 자기 가게 닫기 전에 일 마무리할 테니까."

카페 입구를 지나 주차장 방향으로 향하며, 해주는 확신이 선 목소리로 말했다. 주차장으로 들어가자 성준이 차에 기대어 전화를 받고 있었다. 자신과 통화를 하며 행복한 미소를 짓고 있는 성준의 모습에 해주의 얼굴에도 절로 미소가 지어졌다. 저런 남자를 어떻게 사랑하지 않을 수 있단 말인가.

—그 말, 믿어 보겠어.

전화기에 계속 이야기를 하던 성준이 주차장으로 들어온 자신을 발견하고, 양손을 벌렸다. 해주는 망설임 없이 그의 품으로 뛰어들었다.

"아, 좋다."

"언제 온 거야?"

팔에 힘을 주어 세게 안으며, 성준이 한껏 업이 된 목소리로 물었다.

"이제 막. 오다가 자기 차가 주차장으로 들어가기에."

"그런데도 앙큼하게 모든 척 전화를 받았단 말이지?"

"놀라게 해주려 했지."

팔에 힘을 풀고 품에서 놓아주며, 이마와 입술에 살며시 뽀뽀한 성준이 여름 햇살보다 더 뜨겁게 바라보며 말했다.

"그럼, 성공했네. 기대도 안 하고 있었는데 이렇게 보니까, 너무 좋다. 근데, 일은 어쩌고 온 거야?"

다정히 손을 잡으며 물어보는 성준의 모습에 해주의 가슴이 설렘으로 물들었다. 그와 손을 마주 잡고 소소한 이야기를 나누는 순간순간이 해주는 너무 행복했다.

"잠깐 틈낸 거야. 점심도 먹고, 네 얼굴도 보려고."

"뭐야, 아직 점심도 안 먹은 거야?"

"일하느라 시간을 놓쳤네."

"아무리 바빠도 밥은 챙겨 먹고 일해야지. 빨리 들어가서 뭐라도 먹자."

밥 한 끼 안 먹은 것이 무슨 대수라고 서둘러 카페로 이끄는 성준 때문에 해주는 웃음이 나왔다. 카페로 들어가니 시원한 에어컨 바람과 고소한 커피 향기에 더위에 지쳤던 기분이 금세 좋아졌지만 그것도 잠시, 바 앞 스툴에 앉아 커피를 마시던 해진의 목소리에 분위기가 확 깨져버렸다.

"왜 또 왔냐."

건들거리며 이야기하는 해진의 뒤통수를 망설임 없이 때리는 성준의 모습에 고소하다는 듯이 웃던 해주는 두 눈이 커져서 자신을 바라보는 여자의 모습에 웃음을 뚝 멈추었다.

"뭐 먹을래?"

"피칸파이 먹으러 왔는데, 다 떨어졌나 보네?"

점심시간에 사람들이 휩쓸고 갔는지 쇼케이스가 절반 이상이
비어 있었다.

"피칸파이 남는 거 없어?"

"이제 식히고 있는 것밖에 없어. 누나, 미지근한 거는 안 좋아하
잖아. 차게 굳힌 거 좋아하지."

"그럼, 나 샌드위치라도 만들어줘."

자신에게서 눈을 떼지 못하는 여자를 흘긋 바라보던 해주는 해
진의 곁으로 다가가 어깨에 손을 올리며 협박하듯 말했다.

"누님, 이 동생이 휴식 시간이거든요?"

"그냥 좀 가서 만들어 와. 아직 점심도 못 먹었는데."

옆에서 거들며 말하는 성준의 모습에 해진이 의자에서 일어나
며 투덜댔다.

"이 악덕 사장아, 한 끼 굶는다고 안 죽거든?"

말로는 끝없이 투덜거리면서도 결국은 주방으로 들어가는 동생
을 귀엽다는 듯 바라보던 해주는 해진의 옆에 앉아 있던 여자의 뜨
거운 시선에 몸을 돌렸다. 불타는 태양보다 앞에 있는 여자의 눈이
더 이글이글 타오르는 듯했다.

"오빠 이분 누구야?"

"이쪽으로 와봐."

순간 성준의 목소리가 차가워졌다고 느꼈다면, 착각일까. 성준

그녀에겐 뭔가 특별한 것이 있다

의 부름에 스툴에 앉아 있던 여자가 자리에서 일어나 앞으로 다가왔다. 아담한 키에 살짝 웨이브를 넣은 단발머리와 쌍꺼풀이 진한 큰 눈 때문인지 여자는 인형처럼 참 예뻤다. 누가 봐도 보호본능을 일으키게 하는 이미지라고 해야 할까. 왜 낯이 익나 했더니, 저번에 성준과 함께 있던 그 여자였다. 자신을 단에서 도망가게 했던 장본인이었다.

"인사해, 여긴 내 여자친구 강해주야. 해주야, 이쪽은 아버지 친구분 딸."

"안녕하세요, 강해주라고 해요."

눈앞의 여자에게 손을 내밀며 인사하자, 여자도 싱긋 웃으며 인사했다. 무슨 손이 이렇게 작고 예쁜지 악수하는 손이 다 무안했다.

"전, 김지현이라고 합니다. 만나서 반가워요."

목소리마저 맑고 청아했다. 뭐 하나 예쁘지 않은 구석이 없지만, 무엇보다 자신이 가질 수 없는 풋풋함이 느껴졌다. 이렇게 어리고 예쁜 여자가 성준을 향해 계속 하트를 발산하고 있으니, 의식을 하지 않을 수가 없었다.

"친구는 늦는데?"

"아니, 거의 다 왔데."

이곳에서 친구를 만나기로 했는지 성준과 이야기하는 모습을 해주는 말없이 바라보았다. 볼수록 참 인형같이 생겼다는 생각이 들었다.

"여기 사람 많아서 시끄러우니까, 올라가 있어. 내가 커피랑 샌드위치 챙겨서 올라갈게."

성준의 말에 카페 안을 둘러보니, 주말이라 그런지 빈자리 하나 없이 꽉 차있었다. 이곳에 있는 것보다 사무실에서 성준과 조용히 있는 것이 나을 것 같아, 대답 대신 고개를 끄덕인 해주는 이층으로 올라갔다.

계단을 오르다 잠시 뒤를 돌자, 커피를 내리기 위해 바 안으로 들어간 성준을 바라보는 여자의 모습이 눈에 들어왔다. 그런 모습이 괜스레 신경이 쓰였지만, 해주는 애써 마음을 다스렸다. 성준을 믿기로 했으니, 믿으면 그만이었다. 이런 식의 잡생각은 성준의 사랑에 대한 예의가 아니다.

"오빠도 성준 오빠 여자친구랑 친해? 아까 보니까, 꽤 친해 보이던데."

어느새 얼음이 녹아 밋밋해진 커피를 마시던 해진은 이층으로 올라가는 성준의 뒷모습에서 눈을 떼지 못하며 묻는 지현을 안쓰럽게 바라보며 말했다.

"친하지, 무척."

"어떻게 친한데? 두 사람 사귄 지는 오래됐어?"

지현이 성준을 좋아하고 있다는 사실을 해진도 잘 알고 있었다. 하지만 워낙 지현에게 차갑게 대하는 성준을 보며, 늘 안쓰럽게 생각하고 있었다. 생각해보니 성준이 누나 외에 그 어떤 여자에게도 친절한 모습을 본 적이 없었다. 희망 없는 사랑을 하고 있는 지현이 참으로 안타까웠다.

"저 여자가 오빠 따라다닌 거지?"

대답을 하기도 전에 확신에 찬 목소리로 다른 질문을 해오는 모습에 해진은 절로 한숨이 나왔다. 이 안쓰러운 아이를 어쩌면 좋단 말인가.

  "지현아."

  "응?"

  "일단 친한 건, 내 친누나라서 그런 거야."

  "오빠 누나라고?"

  큰 눈을 더 동그랗게 뜨고 놀라 묻는 지현을 향해 해진은 대답 대신 고개를 주억거렸다.

  "그럼, 연상인 거네?"

  "내가 대답해줄 수 있는 것은 딱 여기까지. 근데, 친구 온다더니 늦는 모양이네?"

  "아니야. 잠깐 들르기로 했는데, 그냥 내가 친구 있는 쪽으로 가려고. 나, 갈게 오빠."

  도망치듯 서둘러 카페를 나가는 지현의 뒷모습을 안쓰럽게 바라본 해진은 잔에 남아 있던 커피는 단숨에 들이켰다. 지현이 이곳에 온 이유가 친구와 약속 때문이 아닌, 성준 때문이라는 것에 해진은 전 재산을 걸 수도 있었다.

  성준을 혼자 좋아하는 지현이 안쓰럽긴 하지만, 그래도 팔은 안으로 굽는다고 했던가. 해진은 누나와 성준의 사랑이 시련 없이 잘되기를 빌었다. 아무리 예뻐하는 지현이라 해도 두 사람의 사랑을 방해해 누나를 힘들게 한다면, 아마도 모진 소리를 하게 될 것이다.

두 사람에 대해 생각하고 있자니, 해진은 문득 아영이 보고 싶어져 휴대폰을 집어 들었다.

"우리 예쁜이는 뭘 하고 있으려나."

샌드위치를 오물오물 맛있게도 먹는 해주를 성준은 턱을 괴고 여유롭게 바라보았다. 요즘 밀린 업무가 많은지, 해주가 매일같이 야근을 하는 탓에 요 며칠은 퇴근 후 잠깐 얼굴만 보는 것에 만족해야 했다. 샌드위치를 먹고 곧 사무실로 돌아가야 한다는 것은 알지만, 이렇게 잠시라도 해주를 볼 수 있는 것이 무척이나 만족스러웠다.

"왜, 더 먹지."

반쪽만 먹고 마는 해주를 보며 성준은 이마에 주름을 잡으며 말했다.

"요즘 살이 너무 쪘어. 관리 좀 해줘야 해."

"충분히 예뻐. 뺄 살이 어디 있다는 거야?"

커피를 홀짝이는 해주를 보며 성준은 불만스럽게 말했다. 그가 보기에 해주는 오히려 살을 좀 더 찌워야 할 것 같은데 살을 빼야겠다니, 좀처럼 이해할 수가 없었다.

"요즘 자기가 너무 먹여서 좀 쪘어."

커피를 테이블에 내려놓고 새침하게 이야기하는 해주를 보며, 성준은 자신의 다리를 톡톡 두들겼다. 그러자 해주가 배시시 웃으며 곁으로 다가와 앉았다.

"옆에 말고, 여기 앉으라니까?"

그녀에겐 뭔가 특별한 것이 있다

소파에 앉은 해주를 향해 성준은 자신의 다리를 가리키며 말했다. 그러자 잠시 망설이던 해주가 장난스레 웃으며 말했다.

"나 무거운데? 나중에 딴소리하기만 해."

"천만에."

다리 위에 앉은 해주의 허리를 끌어안으며 성준은 고개를 저었다. 무겁지도 않을뿐더러, 설령 다리가 부러지도록 무겁다 해도 성준은 해주를 놓고 싶지 않았다. 이렇게 함께하는 것만으로도 하루하루가 가슴 벅차도록 행복했다.

"해주야."

"응?"

"사랑해. 나한테 와줘서, 곁에 있어줘서 정말 고마워."

"내가 더 고마워. 사랑해."

다리 위에 앉아 목을 끌어안은 채 눈을 맞추며 사랑을 속삭이는 해주는 숨이 막히도록 아름다웠다. 그렇게 한참을 말없이 서로를 바라보던 두 사람의 얼굴이 점점 가까워졌다. 뜨거운 숨결이 입술을 데우고, 이내 붉은 입술이 겹쳐졌다.

성준은 마시멜로처럼 말캉하고 부드러운 해주의 아랫입술을 맛보는 것만으로도 미친 듯이 심장이 뛰었다. 멈출 것처럼 뛰는 심장 박동에 맞추어 그의 혀가 살짝 열린 해주의 입술 사이로 밀려들어갔다.

해주의 입속은 크림수프처럼 부드럽고 달콤했다. 성준은 그 어느 곳 하나도 놓칠 수 없다는 듯이 해주의 입 안 곳곳을 배회했다. 아껴둔 사탕을 먹는 아이처럼 천천히 해주의 입술을 음미했다. 가만히 그의 리드의 따르던 해주가 장단에 맞춰 입술을 움직이기 시작했다. 한껏 달아올랐던 성준은 해주의 도발에 온몸이 녹아버릴 것만 같았다.

"하아, 미치겠다."

살짝 입술을 뗀 성준은 해주를 안아 그대로 소파에 눕힌 채, 원망어린 목소리로 말했다.

"사랑해, 사랑해 성준아."

옅은 숨을 몰아쉬고 뜨겁게 바라보며 말하는 성준을 숨결이 닿을 정도로 가까이 끌어당긴 해주는 온 마음을 다해 말했다. 말이 끝나기 무섭게 살짝 벌어진 입술 사이로 성준의 혀가 밀려 들어왔다. 부드러웠던 조금 전 키스와는 달리 거칠게 입 안 곳곳을 탐닉하는 성준 때문에 해주의 몸이 움찔거렸다. 가만히 그의 키스를 받아들이던 해주는 블라우스 사이로 밀려들어오는 성준의 손길에 잠시 몸을 굳혔다.

"싫으면 멈출게."

절대 떨어지지 않을 것 같은 입술을 떼어낸 성준은 한숨을 토해내며 힘겹게 말했다. 여기서 멈춰야 한다고 스스로를 애써 달래던 성준은 대답 대신 뺨에 손을 얹은 채, 다시 입술을 겹쳐오는 해주의 반응에 간신히 잡고 있던 이성의 끈을 놓아버렸다.

고개를 젖혀 더욱 깊이 혀를 밀어 넣은 성준은 해주의 허리선을 부드럽게 쓸어내렸다. 점점 농밀해져 가는 키스를 즐기며, 잘록하게 들어간 허리선을 따라 천천히 손을 올렸다. 떨리는 손으로 한껏 기대에 부풀어 가슴으로 손을 뻗으려던 성준의 손이 노크 소리에 굳은 듯 멈추었다.

해주도 놀랐는지 성준을 밀쳐내고 재빨리 몸을 일으켰다. 지금 노크하는 사람이 누가 되었든 간에 평생 괴롭혀주겠다고 결심하며 성준은 신경질적으로 소리쳤다.

"누구야!"

"열어도 되냐?"

문 너머로 악마 같은 해진의 목소리가 들려오자, 성준은 깊은 한숨을 몰아쉬었다. 그리곤 붉게 달아오른 해주의 뺨에 뽀뽀하고 흐트러진 옷을 정리해주며 말했다.

"들어와."

"두 사람 뭐해? 너는 잠깐 점심 먹으러 왔다는 사람이 왜 갈 생각을 안 해?"

"가지 말라고 해도 갈 거거든?"

"빨리 가서 일해."

해주의 등을 떠밀며 말하는 해진을 성준은 뒤에서 매섭게 노려 보았다.

"너 눈에서 레이저 나오겠다?"

사무실을 나가는 해주의 뒷모습을 보며 해진은 얄밉게 이야기 했다. 성준은 그런 친구를 향해 신경질적으로 말했다.

"나왔으면 참 좋았을 텐데. 그냥 죽여버리게."

"어째 빈말이 아닌 거 같다?"

"지금 마음 같아서는 정말 그러고 싶다."

원망어린 눈으로 친구를 매섭게 노려본 성준은 해주를 뒤따라 사무실을 뛰쳐나갔다. 10년을 훨씬 넘게 알아오면서 오늘처럼 강하게 해진을 패고 싶다는 충동을 느낀 적이 없었다.

"해주야."

"뭐 하려고 따라나와? 그냥 저 자식이나 죽여버리지."

얼음이 가득 담긴 냉수를 마시며 해주는 심술이 잔뜩 난 목소리로 말했다.

"사무실까지 바래다줄게. 저 자식은 갔다 와서 죽여도 돼."

해주의 손을 잡고 아래층으로 내려오는 해진을 노려보며, 성준은 얼음이 뚝뚝 떨어지는 목소리로 말했다. 저 자식, 일부러 찬물을 끼얹은 것이 분명했다.

"꼭 그래 줘."

웃음기가 묻어나는 목소리로 말하는 해주의 모습에 성준도 웃고 말았다. 해진이 원망스럽긴 하나, 시간이 지나면 오늘 일도 다 추억이 될 것이다. 이렇게 천천히 해주와의 추억을 성준은 더 많이 쌓고 싶었다.

"안성 별장?"

수화기 너머로 성호가 놀란 목소리로 되물었다. 성준은 로스팅할 생두의 상태를 살피며, 마치 형이 앞에 있기라도 한 것처럼 고개를 주억거리며 말했다.

"응. 형이 양씨 아저씨 휴가 좀 보내줘. 내가 괜히 휴가 가라고하면 의심부터 할 것이 분명하니까."

30년이 넘도록 아버지의 운전기사를 하시던 양씨 아저씨가 정년퇴임을 하고 안성에 있는 별장을 관리하며 농사를 짓고 있었다. 안성 농장에 있는 별장은 아버지가 제일 애착을 가지는 별장이었다. 부모님과 형 내외는 그곳을 자주 찾는 편이지만, 성준이 안성 별장에 가는 것은 고작 일 년에 한두 번이 전부였다.

"양씨 아저씨까지 보내고 거기서 뭘 하려고?"

은근한 목소리로 실실거리며 묻는 형을 향해 성준은 기대에 찬 표정과 달리 담담한 목소리로 말했다.

"뭘 하겠어. 여자친구 데리고 가려고 그러지. 양씨 아저씨 있을 때 갔다가는 분명 부모님 귀에 들어갈 텐데, 뒷감당 귀찮아."

"아직은 꽁꽁 숨겨두고 싶으시다?"

"어머니 형도 알잖아."

"암, 알고말고."

형도 형수와의 관계를 안성 별장에 갔다가 부모님에게 들켰었다. 별장에 가기 무섭게 양씨 아저씨가 어머니에게 이야기하는 바람에 결혼식도 번갯불에 콩 구워먹듯 순식간에 해치웠다.

오랫동안 형수를 쫓아다니던 형은 간신히 마음을 얻어낸 후, 여유롭게 연애를 하고 싶어 했었다. 하지만 늘 딸을 갖고 싶어 하던 어머니는 하루라도 빨리 며느리를 얻고 싶다며, 두 사람의 결혼을 종용했었다. 뿐인가, 하루가 멀다 하고 형수를 집으로 불러들여서 두 사람이 연애할 시간도 제대로 주지 않았다.

형수와 집안 차이가 많이 나서 반대에 부딪힐 줄 알았던 형은 오히려 형수를 너무 예뻐하는 어머니의 모습에 마음을 놓긴 했지만, 아직도 그때 연애를 제대로 하지 못했던 것에 억울해하고 있었다.

"근데 이제는 네 형수도 있고 하니까, 좀 덜하지 않을까?"

"그렇게 생각해?"

"아니."

옅게 웃으며 대답하는 형의 말에 성준도 웃고 말았다. 딸이 갖고 싶었던 어머니가 자신을 낳고 며칠 밤을 잠도 안 자고 울기만 했다는 일화는 그의 집안에서 유명했다. 그 탓에 성준의 어렸을 때 사진을 보면, 여자 옷을 입고 머리를 묶고 있는 사진을 간간이 찾아볼 수가 있었다.

"부탁 좀 하자. 부모님들이 안성으로 못 오게 방패막이도 좀 하고."

"알았다. 근데 여자친구 나는 언제 보여줄 거야?"

"다녀와서 보여줄게. 형도 마음에 들 거야."

"해진이 누나라며? 해진이 됨됨이를 보면 충분히 알고도 남음이다."

학창시절부터 봐온 해진을 성호는 친동생처럼 예뻐했다.

"이번 주말, 잘 부탁해."

형에게 다시 한 번 신신당부를 한 성준은 전화를 끊고, 전면이 투명하게 되어 있는 주방으로 시선을 돌렸다. 주방에서 뭔가를 열심히 만들고 있는 해진을 눈을 가늘게 뜨고 바라보았다. 요즘 해진은 작정이라도 한 사람처럼 해주와의 사이를 감시하고 있었다. 성준은 그것이 무척이나 못마땅했다. 이번 여행의 관건도 바로 저 녀석인데, 어떻게 설득을 해야 할지 절로 한숨이 나왔다.

어떻게 구슬려야 할지 고민에 빠져 있던 성준은 오븐에서 쿠키

그녀에겐 뭔가 특별한 것이 있다

를 꺼내고, 위생모를 벗으며 주방을 나오는 해진에게 다가갔다. 에어컨을 켰는데도 더운지 땀을 뻘뻘 흘리는 모습에 성준은 살갑게 말했다.

"얼음물이라도 한 잔 줄까?"

"오냐. 민수야, 치즈케이크랑 티라미슈 조각내서 쇼케이스 채워놔."

주방에 고개만 쑥 넣고 일을 지시하는 해진을 힐끗힐끗 쳐다보며 성준은 잔에 얼음을 가득 채우고 탄산수를 따랐다. 보글보글 기포가 올라오는 잔을 건네며 성준은 계속 해진의 눈치를 살폈다.

"답지 않게 눈치 보지 마. 재수 없다."

많이 더웠는지 탄산수를 단숨에 들이켠 해진은 스툴에 앉으며 말했다. 하여튼 눈치 하나는 기가 막히게 빨랐다.

"너만 하겠냐."

"킥킥. 너 요즘 아주 내가 죽이고 싶겠다?"

음흉하게 웃으며 말하는 해진의 뒤통수를 내리치고 싶어서 손이 간질간질했지만 성준은 애써 참으로 주먹을 불끈 쥐었다.

"알면 됐다."

"여행을 가신다고? 누나가 엄마한테 말하길 친구들이랑 간다더라?"

"왜, 어머님한테 나랑 간다고 일러바치기라도 하게?"

다분히 장난기가 섞인 목소리로 말하는 해진의 모습에 발끈한 성준이 결국에는 언성을 높였다.

"그럴지도."

"야, 너 진짜 이럴래?"

해주의 몸에 도청장치라도 박아 놓은 것인지 해진은 매일 결정적인 순간에 찾아오거나, 전화를 걸어와 분위기를 흩뜨렸다. 매일 밤 해주를 안고 싶은 생각에 몸이 달아오를 때로 달아오른 성준으로선 그런 친구가 마음에 들 리가 없었다.

"하나만 묻자, 지성준."

어느새 얼굴에서 장난기를 싹 씻어낸 해진이 낮게 깔린 목소리로 물었다.

"일단 올라가서 이야기하자. 여긴, 사람이 좀 많다."

저녁 시간이 되면서 사람들이 몰리기 시작했다. 성준은 일층에 비해 비교적 한산한 이층으로 해진과 함께 올라갔다. 사무실로 들어갈까 하다, 비어 있는 테라스로 향했다. 벌써 열대야가 시작된 것인지 저녁이 되었는데도 바람 한 점 불지 않았다.

"말해."

테라스에 몸을 기대며 성준은 해진을 향해 조심스럽게 말했다.

"내가 널 아무리 믿는다고 해도 어쨌든 동생으로서 누나가 걱정되는 건 어쩔 수가 없어."

그동안 해진의 행동이 좀 얄밉기는 했지만, 다 누나를 생각하는 마음이라는 것을 알기에 성준도 별말을 하지 않고 있었던 것이다. 만약 자신이 해진의 입장이었다고 해도 그와 별다르지 않았을 것이다.

"우리 누나 겉으로는 꽤 씩씩한데, 속이 참 여려. 너도 알겠지만, 너 만나기 전까지 예전 사람 때문에 많이 힘들어했어. 선을 그렇게 열심히 보고 다닌 것도 엄마 성화도 있었지만, 누나 성격상 충분히 거부할 수 있었는데 그러지 않았어. 내가 아는 한, 아마도 적당한 사람 만나서 적당히 결혼해서 살 생각이었던 것 같아. 상처 받기 싫어서. 나도 누나가 받았던 상처가 뭔지 잘 몰라. 말을 안 하니까. 다만, 어렴풋이 예상은 해. 그래서 아무리 너라고 해도 걱정이 되는 것은 어쩔 수 없어. 성준아, 나 우리 누나가 다시 상처 받는 거 싫다."

"그건 나도 싫어. 네 마음을 모르는 것은 아니지만, 날 좀 믿어주면 안 되겠냐? 절대 상처 주지 않아. 나 네 누나 없으면 못 살아."

"앞으로 어쩔 생각인데?"

"당연히 결혼해야지."

해진의 질문에 성준은 일 초도 망설이지 않고 대답했다. 마음 같아서는 당장에라도 결혼해서 같이 살고 싶었지만, 너무 서두르면 해주가 부담스러워할까 봐 참고 있는 중이었다.

"누가 허락해준데?"

이제야 마음이 좀 놓이는지 얼굴을 풀며 말하는 해진의 어깨에 팔을 두르며, 성준은 웃음 섞인 목소리로 말했다.

"이봐, 처남. 이러면 곤란하지."

"처남 같은 소리 한다!"

"어머님한테 나랑 여행 가는 것은 비밀이다?"

"너 하는 거 봐서."

"자꾸 이러면 곤란하지. 이거 오랜만에 아영 씨 좀 만나야겠는데?"

끝까지 알겠다고 대답하지 않는 해진에게 헤드락을 걸어, 성준은 그의 머리를 쥐어박으며 협박에 가까운 말들을 쏟아냈다. 성준은 해주에게 이런 동생이 있다는 것에, 그리고 해진이 자신의 친구임에 진심으로 하늘에 감사했다.

성준을 만나기 위해서 단에 들렀다, 이틀 동안 휴가를 냈다는 직원의 말을 듣고 돌아온 지현은 괜스레 몰려오는 불안감에 잠시도 가만있지 못하고 방 안을 서성였다. 시원한 에어컨 바람으로 방 온도는 낮은데도 몸에 열이 오르고 이마에 땀이 맺혔다.

그녀가 아는 한 성준은 평일이 아닌 바쁜 주말에 휴가를 내어 가게를 비울 사람이 아니었다. 자기 일에 철저한 사람이 바쁜 주말에 이틀씩이나 휴가를 냈다는 것이 이상했다. 여자친구가 생기자마자, 휴가라니……. 함께 여행이라도 떠난 것일까? 생각이 거기까지 미치자 지현은 미칠 것만 같았다.

속이 비치는 검은색 민소매 블라우스에 엉덩이만 간신히 가린 짧은 핫팬츠를 입은 여자의 옷차림은 혀가 내둘러질 정도로 야했다. 성준의 취향이 그렇게 야한 여자였던 것일까? 아니, 아니다. 그렇게 야하기만 했던 것은 아니다. 이목구비가 뚜렷해서 얼굴도 미인형이었고, 자신과 달리 큰 키에 볼륨감 있는 몸매는 인정하고 싶지는 않지만 웬만한 모델은 명함도 못 내밀 정도로 좋았다. 그래서 지현은 더 불안했다.

"천장 안 무너져. 좀 앉지 그러니?"

성준의 생각에 빠져 있던 지현은 인기척에 화들짝 놀라 소리쳤다.

그녀에겐
뭔가 특별한 것이
있다

"엄마! 내가 노크하고 들어오라고 했지? 깜짝 놀랐잖아."

"애가, 애가 어디서 소리를 지르는 거야? 내가 노크를 몇 번을 했는지 알아? 자기가 못 들어놓고는 어디서 심술이야? 정신 사나우니까, 좀 앉아."

침대 옆 소파에 앉은 엄마, 안 여사가 눈을 흘기며 하는 이야기에 지현도 침대에 털썩 주저앉았다. 생각이 생각을 만든다고 했던가. 끝없이 펼쳐지는 잡생각에 불안감은 점점 커져갔다.

"근데 내 방에는 왜 왔어?"

"왜긴, 엄마랑 백화점이나 가자고. 점점 더워지는데 입을 옷이 없다."

쇼핑이라면 자다가도 벌떡 일어나는 지현이지만 지금은 그럴 기분이 아니었다. 대답할 생각도 하지 않고 시무룩해 있던 지현은 자리를 박차고 일어나, 안 여사 곁으로 다가가 앉았다.

"엄마, 엄마."

"왜 갑자기 달라붙어?"

"우리 백화점, 평창동 아줌마랑 같이 안 갈래? 내가 전화해볼게."

"김 여사? 싫어. 불편하게 무슨. 편하게 둘이 가든지, 아니면 말아."

"나 안 도와줄 거야? 성준 오빠한테 시집 보내준다고 했잖아!"

"애가, 애가! 너, 엄마가 뭐라 그랬어? 여자가 줏대 없이 굴면 안된다고 했지? 그리고 내가 언제 그 집안으로 시집보낸다고 했니? 물론 성준이 탐나지. 근데 나는 내 딸한테 관심도 없는 그런 남자한테 시집보낼 생각 없거든?"

당연히 밀어줄 것이라 생각했던 안 여사의 입에서 예상도 못했던 말이 흘러나오자, 지현은 물기가 묻은 목소리로 앙칼지게 소리쳤다.

"약속이 다르잖아!"

"어머, 내가 언제 무슨 약속을 했다고 그러니? 김 여사가 널 워낙 예뻐하고, 며느리로 탐을 내니까 둘이 좋다면 사돈 맺자 했지, 무조건 보내준다고 했니?"

"엄마!"

"네 엄마 귀 안 먹었으니까, 소리치지 마. 너 평생 남자 등만 바라보고 사는 것이 얼마나 외로운 것인지 알아? 헛소리 그만하고 백화점 갈 준비나 해!"

자신이 끼고 있던 팔짱을 매몰차게 떼어내고 나가는 엄마를 보며, 지현은 그 자리에 주저앉아 통곡하듯 소리 내어 울었다. 늘 성준에게 시집가겠단 자신에게 성준의 마음 먼저 얻고 이야기하라던 안 여사의 말에 지현은 자신이 있었다. 그동안 성준이 여자를 제대로 사귄 것을 본 적도 없었고, 다른 여자들에게 살갑게 대하는 모습을 본 적도 없었다. 물론 자신에게도 늘 차갑게 대하기는 했지만, 그래도 어렸을 때부터 알아온 사이라 그런지 전화를 하면 받아주고, 가끔 웃어주기도 했었다. 원래가 좀 차가운 사람이니, 계속 곁에 있다 보면 언제가 마음을 열어주지 않을까 기대했었다. 그런데 이게 뭐란 말인가! 지현은 목이 터져라 더욱더 크게 울었다.

"아휴, 저 못난 것! 내가 정말 속 터져서."

방문 너머로 흘러나오는 딸의 울음소리에 안 여사는 억장이 무너져 내렸다. 유한그룹의 차남 지성준, 왜 탐이 나지 않겠는가. 지금은 카페를 한다며 객기를 부리고 있지만, 결국은 회사로 들어올 것이 분명했다. 지현과 비슷한 또래의 딸을 가진 집안이라면 모두 성준을 탐내고 있을 것이다.

다른 기업의 아들들처럼 스캔들로 사람들 입에 오르지도 않았고, 엘리스 코스를 착착 밟은 탐나는 청년이었다. 거기에 지 회장과 김 여사의 인품만으로도 성준은 사윗감으로 완벽한 남자였다. 하지만 문제는 성준이 지현을 여자로 보지 않는다는 것이었다. 딸을 대하는 성준의 모습은 항상 여동생을 대하는 그 이상도 이하도 아니었다.

김 여사는 지금도 지현을 예뻐해서 흘리듯 며느리로 삼고 싶다 했지만, 단 한 번도 진지하게 이야기한 적은 없었다. 큰아들의 결혼처럼 자식의 의견을 전적으로 존중하는 집안이니, 아무리 김 여사가 딸을 예뻐해도 당사자가 마음이 없으니, 말짱 도루묵이었다.

여자는 자기를 사랑해주는 남자와 살아야 행복했다. 정략결혼을 해서 별 정이 없이 살다 보니, 남편은 평생을 겉돌았다. 안 여사는 딸에게 그런 삶을 물려주고 싶지는 않았지만, 그렇다고 저렇게 서럽게 우는 딸을 외면할 수도 없었다. 금이야, 옥이야 키운 외동딸이 아니던가. 딸아이의 울음소리에 마음이 약해진 안 여사는 결국 전화기를 집어 들었다.

"김 여사, 나예요. 지현이 엄마."

"좋다, 좋다."

그림 같은 푸른 하늘, 사그락 바람이 나뭇잎을 스치는 소리, 시원한 나무 그늘, 눈앞에 펼쳐진 풍경이 너무 아름다워서 해주의 입에서 연신 감탄사가 터져 나왔다. 성준은 그런 해주의 볼을 살며시 꼬집으며 말했다.

"그렇게 좋아?"

"응. 여기 너무 좋다."

눈앞에는 온통 푸르른 밀밭이었다. 바람이 부는 방향에 따라 움직이는 풀조차도 액자 속 그림처럼 아름답기만 했다.

"이렇게 좋은데, 난 왜 여태 여길 몰랐지?"

끝없이 감탄사를 늘어놓던 해주가 팔짱을 끼고 어깨에 기대었다. 규칙적인 숨소리, 익숙한 향기, 사랑하는 여자의 따뜻한 체온에 성준은 지금 이 순간이 더할 나위 없이 행복했다. 해주와 함께하는 하루하루가 달콤하고 찬란하기만 했다. 지금의 이 평화와 행복을 성준은 오랫동안 지키고 싶었다.

"아! 근데 해진이 어떻게 설득했어? 내가 친구들이랑 여행 간다고 엄마한테 이야기할 때, 옆에서 나 죽일 듯이 노려보고 있었거든. 그래서 잔소리 좀 할 줄 알았더니, 별말이 없더라고. 내가 그 자식이랑 해중 오빠 때문에 여행 한 번을 제대로 못 다녔잖아."

해주와의 중요한 순간마다 산통을 깨 놓은 것은 괘씸했지만, 어찌 되었든 간에 그동안 해주를 감시해온 해진에게 성준은 감사할 따름이었다. 세 남매 사이에 해주가 유일한 여자이다 보니, 해중과 해진의 간섭이 엄청났다는 것은 성준도 잘 알고 있었다. 해진은 매일 두들겨 맞으면서도 외박에 관해서는 신기하리만큼 해주를 제압했었다. 생각해보면 워낙에 대단한 이십 대를 보낸 두 사람이니, 불안해하는 것이 어쩌면 당연한 일인지도 몰랐다. 고기도 먹어본 놈이 그 맛을 아는 것이 아니던가.

"그냥."

"그냥? 그동안의 행실을 보면, 이렇게 호락호락 보내줄 리가 없는데."

"실은 어머님한테 다 말한다고 협박하기에 나도 협박을 좀 해줬지."

"협박? 무슨?"

"내가 해진이 비밀을 아주 많이 알고 있거든."

"오호! 그 비밀 나도 좀 알려줘, 좀 써 먹게."

배시시 웃으며 말하는 해주의 머리를 부드럽게 쓰다듬은 성준은 자리를 털고 일어났다.

"어디 가려고?"

"아가씨, 잠시만 기다리세요."

덩달아 일어나는 해주를 다시 돗자리에 앉힌 성준은 차로 가서 트렁크를 열었다. 햇빛에 세워져 있던 차에서 뜨거운 열기가 느껴졌지만, 트렁크 안에 들어 있던 아이스박스를 열자, 시원한 냉기가 확 올라왔다. 새벽부터 일어나 만든 도시락과 커피를 챙긴 성준의 입술이 말아 올라갔다. 이것을 보고 기뻐할 해주의 모습을 생각하니, 벌써부터 기분이 좋아졌다. 양손 가득 도시락과 음료를 챙긴 성준은 저 멀리 나무 그늘에서 자신을 바라보며 손을 흔드는 해주를 보며, 함께 할 미래를 그려보았다. 생각만으로도 가슴이 벅차올랐다.

"와, 이게 다 뭐야?"

"뭐긴, 도시락이지."

큰 눈을 더욱 커다랗게 뜨곤 놀라 묻는 해주를 보며, 성준은 도시락을 열었다. 특별히 만들 수 있는 음식이 없어서 간단한 샌드위치와 샐러드, 과일만 챙겼지만 해주는 대단한 음식을 발견한 것처럼, 끝없는 감탄사를 늘어놓았다.

"와, 이거 정말 자기가 만든 거야? 맛있겠다. 이걸 언제 다 만든 거야? 나, 완전 감동 받았어."

옆으로 다가와 볼에 뽀뽀하며 말하는 해주의 뺨을 살짝 꼬집으며, 성준은 더없이 편안해 보이는 얼굴로 말했다.

"이렇게 서비스 받으려고 준비했지."

"고마워, 정말 잘 먹을게. 대신에 저녁은 내가 맛있는 거 만들어 줄게."

저녁을 만들어 먹기 위해서 출발하기 전에 마트에서 음식 재료를 잔뜩 사두었다. 평소 덜렁거리는 모습을 보면 음식이나 할 수 있을지 걱정이 되었지만, 해진의 말에 의하면 해주의 음식 솜씨는 식당을 차려도 될 정도라 했었다. 늘 해주의 평가가 짠 해진의 칭찬이어서 그런지 괜스레 기대가 되었다.

"맛은 괜찮아?"

"두말하면 입 아프죠. 너무 맛있다. 쳐다만 보지 말고, 자기도

그녀에겐
뭔가 특별한 것이
있다

좀 먹어."

샌드위치를 나눠 먹으며, 소소한 일상 이야기가 흐르는 물처럼 끊이지 않고 이어갔다. 그녀의 일상들을 알게 되고 자신에 관한 것을 끊임없이 궁금해하는 평범한 대화들이 성준은 너무도 좋았다. 눈을 맞추고 나누는 순간순간이 추억이 되어, 오랜 시간 성준의 뇌리에서 지워지지 않을 것이다.

"근데 성준아, 나 언제부터 좋아했어?"

"글쎄 언제부터였을까?"

보온병에서 시원한 커피를 따라 건네며 물어오는 해주의 질문에 성준은 장난기 섞인 목소리로 말했다. 6년 동안이나 짝사랑했다고 말하기엔 뭔가 좀 쑥스러웠다.

"언제부터인데? 응? 응?"

점점 가까이 다가오며 대답을 재촉하던 해주의 얼굴이 어느새 숨결이 닿을 정도로 가까워지자, 성준은 그대로 붉은 입술을 자신의 입 속에 가두었다. 해주의 뺨을 양손으로 감싼 채, 달뜬 숨을 내쉬는 그녀의 입술 사이로 혀를 밀어 넣었다. 조금 전까지 체리를 먹어서일까? 그녀의 입술에서는 달콤한 체리향이 느껴졌다. 그 달콤함에 취해 성준은 정신이 아찔해졌다. 갑자기 달려들어 놀랐는지 주춤했던 해주가 양 팔로 목을 감싸고 적극적으로 키스에 반응해오자, 성준은 순식간에 몸이 달아올랐다.

온몸의 피가 아랫도리로 몰려드는 것 같아 현기증이 다 일었다. 성준은 당장에라도 해주를 안고 싶은 마음을 애써 눌렀다. 힘겹게 입술을 떼어내고, 자잘한 키스를 퍼부으며 애원하듯 말했다.

"가자."

영문을 모르겠다는 얼굴을 하고 있는 해주를 잡아끌어 차에 태운 성준은 급하게 자리를 정리했다. 돗자리와 음식들을 서둘러 정리한 성준은 차에 올라타기 무섭게 출발했다.

"뭐가 그렇게 급한 거야?"

계속되는 해주의 질문에도 대답할 생각을 하지 않던 성준은 빨간 신호등을 원망어린 시선으로 노려보며 차를 세웠다. 고개를 돌려 해주를 바라보자, 키스로 입술이 도톰하게 부어올라 있었다. 그 모습에 순간 열이 확 오른 성준은 손을 뻗어 해주의 얼굴을 가까이 다가오게 했다. 사탕처럼 달콤한 해주의 입술에 끊임없이 자잘한 키스를 퍼붓던 성준은 뒤에서 울리는 클랙슨 소리에 간신히 입술을 떼어내고, 귓가에 속삭이듯 말했다.

"해주, 당신 안을 거야."

신호가 멈출 때마다 쉬지 않고 키스를 퍼붓는 성준 때문에 해주는 정신이 혼미해졌다. 늘 부드럽고 다정했던 키스와 달리, 이곳에 오는 내내 성준의 키스는 성급하고 거칠었다. 잠시 숨을 고르던 해주는 귓가에 안고 싶다 속삭이던 성준의 말을 떠올리자, 얼굴이 뜨겁게 달아올랐다.

"내리자."

도착했는지 어느 건물 앞에 성준이 차를 세웠다. 차에서 내린 해주는 전면이 통유리로 되어 있는 멋진 건물의 외관에 시선을 빼앗겼다. 하지만 건물을 감상할 기회도 주지 않고, 성준이 해주를 별장 안으로 이끌었다.

"여기가 어……."

이곳이 어딘지 물으려던 해주는 안으로 들어오기 무섭게 자신을 벽으로 밀어붙인 채, 입술을 겹쳐오는 성준 때문에 말을 이을 수가 없었다. 절벽에서 물이 쏟아지듯 멈출지 모르는 그의 키스에 숨조차 제대로 쉴 수가 없었다.

"해주야……."

절대 놓아주지 않을 것처럼 굴던 성준이 입술을 떼어내고 벽에 자신을 가둔 채, 거친 숨을 몰아쉬며 말했다.

"싫으면, 지금이라도 말해. 멈출게. 지금이 아니면 못 멈춰, 그러니까 지금 말해."

붉게 달아오른 얼굴로 힘겹게 말하는 성준의 모습에 해주는 피식 웃음이 나왔다. 뜨겁게 몸을 데워놓고 이제 와 멈추겠다니……, 성준이 자신을 원하는 만큼, 해주도 그를 원했다. 멈추고 싶지 않았다.

"나도, 나도 널 원해."

열에 들뜬 눈빛으로 자신을 바라보던 성준의 두 눈이 커다랗게 떠졌다. 해주는 그런 성준의 입술에 천천히 자신의 입술을 내렸다. 뜨겁고 달콤한 그의 입술에선 옅은 커피향이 났다. 그에게선 늘 달콤하고 고소한 커피향이 났다.

"사랑해, 사랑해 해주야."

이마를 맞대고 사랑을 속삭인 성준이 천천히 입술을 겹쳐왔다. 이곳에 오는 내내 성급하고 거칠었던 키스와 달리, 솜사탕처럼 부드럽게 입술을 핥아오는 성준 때문에 해주는 다리에 힘이 풀렸다. 그대로 바닥에 주저앉을 것 같아, 해주는 성준의 목에 매달려 입 안 곳곳을 탐색하듯 핥는 그의 키스에 점점 빠져들었다.

키스가 짙어질수록 더 뜨겁게 달아오른 두 사람은 누가 먼저랄 것도 없이 거칠게 서로의 입술을 탐하고 유린했다. 절대 놓지 않을 것처럼 해주의 입술을 탐하던 성준은 해주의 목선을 따라 입술을 내렸다. 뜨겁고 부드러운 해주의 목에 자잘한 키스를 퍼부으며, 손으로는 얇은 블라우스 단추를 풀기에 바빴다.

떨리는 손으로 단추를 모두 풀어낸 성준은 검은색 레이스에 가려진 해주의 하얀 가슴을 황홀하게 바라보았다. 백설기처럼 하얀 속살에 자신의 여자라고 흔적을 남기고 싶은 강한 욕망이 성준을 휘감았다. 달뜬 숨을 몰아쉰 성준은 해주를 단숨에 안아들었다.

"침대로 가자."

침대로 가자는 말에 고개를 주억거린 해주가 고개를 숙여 다시 성준의 입술을 덮어왔다. 더는 달아오를 수 없을 만큼 달아오른 성준은 해주의 입술을 삼켜버릴 것처럼 거친 키스를 퍼부으며, 침실로 향했다.

아직 낮이라 그런지 밝은 햇살이 커튼을 뚫고 들어왔다. 성준은 햇살에 반짝이는 하얀색 침대 위로 해주를 눕힌 후, 그 위로 올라갔다. 하얀 침대 시트보다, 더 하얀 해주의 속살에 성준은 미칠 것만 같았다. 살아오면서 지금처럼 감정이 통제가 되지 않았던 적은 없었다.

"나, 너무 떨려 성준아."

벌어진 블라우스를 오므리며, 해주가 떨리는 목소리로 말했다. 양 뺨이 붉게 물든 채 말하는 해주를 사랑이 가득 차오른 눈빛으로 바라본 성준은 가슴이 벅차올랐다. 늘 꿈꾸던 순간이었다. 이렇게 해주를 안게 되는 날이, 그녀의 모든 걸 가질 수 있는 것은 상상 속에서만 가능하리라 생각했었다. 하지만 꿈이 아니었다. 지금 눈앞에 있는 해주는 꿈도, 환영도 아닌 현실이었다.

"나도…… 사랑해."

사랑한다는 말에 고개를 주억거린 해주의 두 눈에 눈물이 가득 차올랐다. 성준은 그런 해주의 눈가에 입술을 가져갔다. 입술로 눈물을 핥고, 콧등에 입술에 차례로 입술을 내린 성준은 해주의 목덜미에 낙인을 찍듯 입술을 가져갔다.

블라우스를 오므리고 있는 해주의 손을 떼어낸 성준은 조심스레 블라우스를 벌렸다. 검은색 레이스 브래지어에 수줍게 가려져 있는 뽀얀 가슴을 성준은 황홀하게 보라보다, 떨리는 손으로 조심스레 브래지어 끈을 풀었다. 두부처럼 새하얀 가슴 위로 핑크빛 유두가 드러나자, 성준은 턱 끝까지 차오른 숨을 그대로 멈추었다.

"예쁘다. 정말 아름다워."

자신의 손길에 어느새 반 나신이 된 해주의 상체를 감탄 섞인 시선으로 바라보며, 성준은 낮게 속삭였다. 하느님이 밤새 정성스럽게 빗은 듯한 해주의 가슴은 숨이 막히도록 아름다웠다. 한참을 넋이나가 바라보다, 성준은 조심스레 입술을 내려, 핑크빛 유두를 입속 가득 가두었다.

아껴둔 사탕을 먹듯 부드럽게 유두를 핥으며, 성준은 천천히 손을 내려 날씬한 해주의 다리를 쓰다듬었다. 해주의 살결은 상상했던 것보다 훨씬 부드러웠다. 거칠게 다루지 않기 위해 간신히 이성의 끈을 붙잡고 있던 성준이 혀끝으로 유두를 살짝 핥자, 해주의 입술에서 낮게 신음소리가 흘러나왔다. 너무도 색스러운 신음소리에 성준은 간신히 잡고 있던 이성의 끈을 놓아버렸다.

키스로 붉게 부푼 입술과 자신의 흔적이 곳곳에 남아 있는 가슴을 부드럽게 손으로 쓸어내린 성준은 세차게 뛰는 가슴을 애써 외면하고, 해주의 짧은 미니스커트를 뭔가에 홀린 사람처럼 급하게 끌어내렸다.

"성…… 성준아. 나 창피해."

부끄러워하는 해주를 위해 불이라도 꺼줄 수 있으면 좋겠지만, 햇빛에 비친 침실을 성준도 어찌해줄 수가 없었다. 부끄러워하는 그녀와 달리, 성준은 밝은 햇빛에 그저 감사할 따름이었다.

해주의 은밀한 곳을 아슬아슬하게 가리고 있던 손바닥만 한 팬티를 성준은 숨을 멈춘 채 끌어내렸다. 그의 손길에 감춰져 있던 비밀의 화원이 그대로 드러났다. 부끄러운지 다리를 오므리는 해주를 사랑스럽게 바라보며, 성준은 고개를 숙여 그녀의 다리에 입술을 내렸다.

어느 한 곳도 놓칠 수 없다는 듯 해주의 몸 곳곳을 탐색하듯 애무하던 성준은 아랫도리가 더는 어찌할 수 없을 만큼 묵직해 오자, 몸을 감싸고 있던 옷을 벗어 해주와 같은 나신이 되었다.

"성준아……."

그녀에겐 뭔가 특별한 것이 있다

낮게 달뜬 목소리로 그의 이름을 부르는 해주의 이마에 입술을 내리며, 성준은 그녀의 몸 위로 올라가며 말했다.

"너 때문에 이렇게 된 거야. 그러니까, 네가 책임져야 해."

늘 도도하고 당차던 해주가 평소와 달리 보호본능을 일으키는 연약한 얼굴로 자신을 바라보는 모습이 매우 흡족했다. 매사 활기차고 자신감 있는 그녀의 모습을 사랑했지만, 지금 이 순간만은 철저하게 자신을 의지하는 모습이 더 좋았다.

성준은 수줍게 다리를 오므리고 있는 해주의 다리를 자신의 허리에 감게 하고, 천천히 조심스럽게 그녀의 안으로 들어갔다. 그의 침입에 움찔하는 해주가 놀라지 않게, 성준은 천천히 몸을 움직였다.

바람결에 흔들리는 잔잔한 호수처럼 천천히 몸을 움직이던 성준은 그녀의 안으로 들어갔다 나올수록 점점 더 커지는 쾌감에 순간 이성을 잃어 성난 파도처럼 거칠게 해주를 몰아붙였다.

"하악!"

낮게 비명을 지르듯 신음을 내뱉은 해주가 성준의 목에 매달렸다. 자신의 목에 매달려 달뜬 신음을 내뱉는 해주 안으로 성준은 더욱 깊이 밀고 들어갔다. 그녀 안으로 들어가면 들어갈수록 커져가는 쾌감에 성준의 입에서도 거친 신음소리가 터져 나왔다.

이대로 죽어도 좋을 만큼 강한 쾌감이 성준의 몸을 감싸자, 성준은 그대로 해주의 가슴 위로 쓰러졌다. 거친 숨을 토해낸 성준은 나른해진 몸을 간신히 일으켜 빨갛게 달아오른 해주의 얼굴을 바라보았다. 흐트러진 모습으로 자신의 아래에 있는 해주가 더없이 사랑스러웠다.

"사랑해. 사랑해, 해주야."

"내가 더 많이 사랑해."

서로의 눈을 바라보며 사랑을 속삭인 두 사람은, 또다시 깊은 키스를 나누었다. 아주 작은 틈도 허용할 수 없다는 듯 몸을 밀착시킨 두 사람의 키스는 멈출 줄 모르고 한참 동안 서로를 탐하기에 바빴다.

사랑이, 행복이 가슴 가득 차올랐다.

까만 하늘 위로 별들이 쏟아질 듯 촘촘히 떠 있었다. 성준과 별장 정원 벤치에 나란히 앉아 손을 마주 잡고 하늘을 바라보고 있자니, 지금 이 순간이 꿈만 같았다. 대화 없이 같이 있는 것만으로도 이렇게 좋을 수 있다는 것을 해주는 오늘 처음 알았다.

"여기 정말 좋다."

해주는 자신의 말에 소리 없이 미소 지으며 손등 위에 살며시 뽀뽀하는 성준의 모습에 가슴이 두근거렸다. 지금 곁에서 부드럽게 미소 짓는 모습을 보고 있자니, 아까 무섭게 달려들던 모습이 도무지 현실처럼 느껴지지 않았다. 늘 다정했던 성준은 침대에서만큼은 무섭도록 돌변했다. 잠시도 틈을 주지 않고 몰아붙이는 성준 때문에 해주는 온몸이 욱신거렸다. 이젠 아무래도 좋았다. 그가 어떤 모습을 하든, 해주는 성준의 모든 것을 사랑할 수 있었다. 얼마 전까지 두 번 다시 사랑을 하지 않겠다던 모습은 찾아볼 수가 없었다.

"좋지? 여기 우리 아버지가 어머니 위해서 지은 거야."

"어머님?"

"응. 자재 하나하나, 직접 고르셨어. 결혼 30주년을 기념하신다면서. 이 벤치는 직접 만드셨고."

"와, 정말 로맨틱하시다."

"그치? 나도 우리 부모님처럼 해주 너랑 그렇게 살고 싶어. 평생 사랑하고 서로를 위하면서……."

평생을 사랑하며 살고 싶다는 성준의 말에 해주의 가슴이 세차게 뛰었다. 이번 사랑만큼은 절대 실패하고 싶지 않다는 생각을 했었다. 어렵게 다시 시작한 사랑을, 이젠 멈출 수 없을 만큼 사랑하게 된 성준을 놓고 싶지 않다고……. 그렇게 생각하면서도 그런 마음이 혼자만의 생각은 아닐까, 다시 실패하면 어쩌나 늘 불안했었다. 그런데 성준의 입에서 평생 함께하고 싶다는 말을 들으니, 그동안 가슴 밑바닥에 낮게 깔려 있던 불안감이 신기하리만큼 사라졌다.

그라면, 성준이라면 불안감 따위 모두 떨쳐내고 마음껏 사랑해도 괜찮을 것 같았다.

"해진이 따라서 당신 집에 간 적이 있었어."

"우리 집 자주 왔었잖아."

고등학교 시절부터 늘 해진과 붙어 다니던 성준은 가끔 집에 와서 오랫동안 시간을 보내다 가기도 했었다. 그때는 성준과 이렇게 사랑하는 사이가 될 것이라고는 상상도 못했었다. 사람의 인연이란 참 신기했다.

"그거야 고등학교 때지. 대학 가서는 한 번도 간 적 없었잖아."

"아, 그랬나?"

"근데 해진이 제대하고 집에 간 적이 있었어."

"그랬어? 나 없었을 때였나? 나는 기억이 안 나."

"방에서 엄청 울었으니까, 기억 못하겠지."

"울어? 내가?"

사람들에게 약한 모습을 보이기 싫어하는 해주는 웬만해서는 집에서도 눈물을 보이지 않았다. 그녀가 눈물을 보이는 것은 서영과 이정, 그리고 현진뿐이었다. 이제 현진은 곁에 없지만……. 그런데 동생 친구까지 왔는데, 집에서 울었다니.

"응. 늘 당차고 아무도 건들지 못하던 해진이를 단번에 제압하던 해주 네가 우는 모습에 많이 놀랐었거든. 그때 해진이가 그러더라고, 아들이 병으로 죽어서 그런 거라고, 모르는 척하라고."

해주는 그제야 모든 것이 기억이 났다. 우연히 티브이를 보다 단돈 백 원이 없어서 굶어 죽어가는 아프리카 아이들과 공부를 하고 싶어도 돈이 없어서 못하는 아이들을 보며, 나태하게 살아가는 스스로의 모습이 너무도 창피하게 느껴진 적이 있었다. 그때부터 해주는 아프리카 아이들을 후원하기 시작했었다.

처음엔 그저 돈이나 보내자 하는 생각으로 시작했던 일이, 아이가 책을 들고 활짝 웃으며 보낸 사진과 편지에 온 마음을 빼앗겼었다. 그 뒤로는 돈만 보내는 것이 아닌, 마음 깊이 아이를 생각하고 사랑하게 되었다. 너무 멀어서 만날 수는 없더라도 편지로나마 마음을 교감할 수 있는 것에 감사했다.

"그리고 얼마 후에 당신이 아프리카로 떠났다는 거야. 놀라서 물었더니, 첫 번째 아이라고, 그냥 보낼 수가 없다고 만나러 갔다면서 해진이가 한숨을 내쉬는데, 나는 이상하게 가슴이 철렁했어. 그때 왜 가슴이 철렁했는지는 지금도 모르겠어."

"회사 휴가 내고 무작정 갔었지. 가서 고생은 엄청 했는데, 지금도 후회는 안 해."

"그때부터였던 거 같아. 나도 모르게 당신한테 자꾸 눈이 갔던 것이……. 늘 밝게 웃을 줄만 알았는데, 눈물도 많고 마음도 약하고, 길 잃은 고양이 하나 그냥 못 지나치는 여자더라고. 그렇게 바라보다 어느 순간 나도 모르게 당신을 사랑하게 됐어. 땅에 물이 스미듯, 내 가슴에 해주 당신이 스며들었어."

그때부터였다는 성준의 말에 해주는 두 눈을 커다랗게 떴다. 아이들을 후원하기 시작한 것은 정확히 7년 전부터였다. 첫 아이를 잃은 것은 아이를 후원하기 시작한 지 1년 후였다. 그 말은 그가 자신을 마음에 담은 것이 벌써 6년이나 되었다는 말이기도 했다. 세상에……, 해주는 너무 놀라 한참 동안 아무 말도 할 수가 없었다.

"뭘 그렇게 놀라. 시간이 뭐, 중요한가? 지금 이렇게 함께 하는 것이 중요한 거지. 그리고 이제 놀이터 미끄럼틀 계단에서 혼자 울지 말고, 내 가슴에 기대 울다. 알았지?"

힘든 일이 있거나 울고 싶을 때, 늦은 밤 사람이 없는 놀이터 미끄럼틀 앉아 해주는 한참을 울며 마음을 다독이곤 했었다. 누구에게도 약한 모습을 보이고 싶지 않아 혼자 숨어서 울었던 건데, 성준은 그곳을 알고 있었다. 오래전, 그곳에서 울다 성준에게 들킨 적이 있었다. 그날, 성준은 무섭도록 화를 냈었다. 그때는 그 화의 이유를 이해할 수 없어, 해주도 성준에게 불같이 화를 냈었다.

"그렇게 오랫동안……, 난 몰랐어."

"내가 표현도 안 하고, 말도 안 했으니까 모르는 것은 당연하지. 그 시간이 있었기 때문에 내가 널, 해주 당신을 더 깊이 사랑하는 거야. 그러니까 지난 시간은 생각하지 말자. 우리 지금 함께하는 순간순간을 소중히 하자."

품에 안고 부드럽게 등을 쓰다듬으며 이야기하는 성준의 말에 해주는 대답 대신 고개를 끄덕였다. 너무도 궁금한 것이 많지만, 그가 이야기하고 싶어 하지 않는 것 같아 묻지 않기로 했다. 그의 말처럼 함께하는 지금 이 순간이 중요한 것이었다.

해주는 그를 더 마음 깊이 사랑하며, 그의 사랑에 보답하고 싶었다. 이 사랑을 절대 놓치고 싶지 않았다.

6. 사랑, 사랑, 사랑

한 달에 한 번 있는 가족 모임에 어떻게든 빠지려 궁리하던 성준은 해주의 애교에 녹아 결국은 본가에 왔다. 집에 얌전히 다녀오면 오늘 밤 자신의 집에서 자고 가겠다는 엄청난 미끼를 성준은 덥석 물고 말았다.

"드세요."

"이게 뭐니?"

"뭐긴, 한과지. 좋아하시잖아요."

"오래 살고 볼 일이다. 목석같은 둘째 아들한테 이런 것도 다 얻어먹고."

어린아이처럼 좋아하며 상자를 열어 한과 하나를 바로 꺼내 집어먹는 어머니의 모습에 성준은 괜스레 죄송스런 마음이 들었다.

"다음에 또 사다드릴 테니, 많이 드세요."

"이건 어디서 샀니? 엄마가 사다 먹는 곳보다 여기가 더 맛이 좋네."

다시 하나를 꺼내 입에 넣는 어머니의 모습에 성준의 입술이 기분 좋게 말아 올라갔다. 해주 덕에 오랜만에 효자 노릇을 한 거 같아, 마음이 뿌듯했다. 며칠 전, 부모님이 뭘 좋아하느냐고 묻기에 별생각 없이 흘리듯 했던 말을, 해주는 잊지 않고 기억해 오늘 아침 카페로 찾아와 한과를 건네주고 갔다.

아침잠이 많아서 주말에는 정오까지 시체처럼 자는 해주가 이른 아침 한과를 전해주며, 가족 모임에 절대 빠지지 말라고 신신당부를 했다. 그 마음 씀씀이가 너무 예뻐, 성준은 그곳이 카페인 것도 잊고 해주에게 키스를 했다가, 아침부터 해진에게 진탕 얻어맞았다. 그 생각을 하자, 성준은 피식 웃음이 나왔다. 요즘은 하루하루가 꿀처럼 달콤하고 행복했다.

"갑자기 왜 실없이 웃어?"

"아무것도 아니에요."

"좀 앉아. 매실차 타 줄 테니까. 네 형이랑 아버지는 라운딩 갔다 오는 중인데 한 시간쯤 걸린다니까, 엄마랑 오랜만에 오붓하게 차나 마시자. 아휴, 무슨 날씨가 이렇게 덥니."

8월에 접어들자 기온이 무서울 만큼 올라갔다. 매일 같은 찜통 더위에 숨이 턱턱 막혔다.

"형수는요?"

자신이 오면 늘 제일 반갑게 맞아주는 형수의 모습이 보이지 않자, 성준은 궁금해 물었다.

"자. 몸도 무거운데 날이 더워서 그런지, 요즘 통 뭘 못 먹어서 걱정이야. 애를 가져서 보약을 해 먹일 수도 없고."

매실차를 건네며 걱정이 묻어나는 얼굴로 이야기하는 어머니를 보며, 성준은 해주도 형수님처럼 어머니와 잘 지냈으면 했다. 성격이 워낙 사근사근해서 어른들에게도 붙임성 있게 살가우니, 부모님도 해주를 예뻐해 줄 것이라 성준은 확신했다.

"너희 형이 해진이 데려오고 싶어 하던데, 둘이 이야기는 한 거야?"

"절대 안 된다고 못 박아뒀어요."

"네가 그렇게 나올 줄 알았다. 해진이는 요즘 잘 지낸다니? 요즘 통 못 봤네. 맛있는 거 해준다고, 놀러오라고 해."

"전할게요."

"그래. 근데, 성준아."

요즘 사업이 잘되는지 부쩍 얼굴이 좋아진 아들을 김 여사는 흐뭇하게 바라보았다.

"말씀하세요."

대답을 재촉하는 아들의 모습에 김 여사는 안 여사와의 통화를 떠올렸다. 직접적으로 말하지는 않았지만, 안 여사는 은근히 두 아이의 혼사에 관해 이야기를 흘렸다. 지현이 워낙 성준을 잘 따르기도 했고, 김 여사도 두 아이가 잘됐으면 하는 마음이 있었다. 하지만 그건 어디까지나 그녀의 생각일 뿐이었다.

아들에게 은근히 지현과 진지하게 만나보지 않겠느냐고 여러 번 이야기했었지만, 그때마다 동생일 뿐이라고 못을 박았었다. 지현이 예쁘고 남 주기 너무 아까운 아이기는 하지만, 결혼할 여자에 관해서는 아들의 의견을 존중하자는 것이 자신과 남편의 생각이었다. 평생을 함께 할 사람이니, 진심으로 사랑하는 여자와 결혼하길 바랐다.

아들이 여자라도 데려온다면 이 괜한 미련을 내려놓겠지만, 몇 년 동안 연애 한 번 제대로 하지 않는 아들의 모습에 김 여사는 지현에 대한 괜한 미련을 놓을 수가 없었다. 그래서 안 여사의 말이 솔깃했던 것은 사실이지만, 말을 돌려 대답을 회피했었다. 뭔가 일을 진행하기 전에 아들의 마음을 제대로 알고 싶었다.

"너, 지현이가 영 별로니?"

김 여사의 말에 잔으로 손을 가져가던 성준이 손을 거두고 얼굴을 굳혔다.

"그냥 동생일 뿐이라고 했잖아요. 제가 사랑하지도 않는 여자랑 결혼하길 바라시는 거예요?"

모처럼 화기애애했던 분위기가 순식간에 차게 식어버렸다. 김 여사는 정색하며 말하는 아들의 모습에 깊이 한숨을 내쉬었다.

"누가 그렇다고 했니? 나는 다만, 네가 통 여자한테 관심도 없고, 결혼할 생각도 안 하니까 하는 말이잖아. 지현이도 널 잘 따르고, 그 집에서도 은근히 널 욕심 내고 나도 지현이 예쁘고."

"어머니가 지현이 예뻐하는 것은 알지만, 지금처럼 자주 부르는 것도 앞으로는 좀 자제해주세요."

잘생긴 미간에 주름을 잡으며 이야기하는 아들을 김 여사는 말없이 지켜보았다. 오늘은 무조건 화를 내기만 했던 평소와 좀 달랐다. 지현에 대해서 이야기하는 아들의 분위기가 전과 좀 달라진 듯했다.

"저도 지현이 예쁘지만, 그냥 동생일 뿐이에요. 워낙 어릴 때부터 봐왔으니까. 근데 지현이는 저와 마음이 다르다는 거 아시잖아요. 제가 그동안 차갑게 굴었던 것도 그것 때문이에요. 제 선에서 적당히 거리를 두고 동생으로서만 대하고 있는데, 어머니가 자꾸만 집으로 불러들이면, 애가 괜한 희망을 품잖아요. 어머니가 자꾸 그러시면 저 지현이 아예 못 봐요."

그동안 화를 내긴 했어도 두 번 다시 지현을 보지 않겠다 말한 적은 없었다. 지현이 아무리 욕심이 난다 해도 아들이 이렇게까지 싫다고 하니, 미련을 버려야 할 듯싶었다. 김 여사는 애써 아쉬움을 억누르며 말했다.

"그래, 알았다. 앞으로는 이 엄마가 조심하마."

"화내서 죄송해요. 근데, 어머니."

두 손을 깍지 끼고, 목소리를 낮춘 아들이 은근히 눈을 맞춰왔다.

"무엇보다 여자친구한테 괜한 오해를 사고 싶지 않아요. 그래서 지현이하고도 적당히 거리를 둘 생각이고요. 그러니까 어머니가 좀 도와주세요."

무슨 말을 할지 기다리던 김 여사는 기대도 안 했던 말이 아들 입에서 흘러나오자, 얼굴에 화색이 돌았다. 요즘 얼굴이 좋아진 것이 사업 때문이 아니라, 여자가 생겨 그런 모양이었다.

"아들, 여자 생긴 거니?"

지현 이야기에 시무룩해 있던 어머니의 얼굴에 순간 화색이 돌자, 성준의 입에서 절로 웃음이 나왔다. 두 눈이 호기심으로 반짝이는 어머니의 모습에 성준은 잠시 주춤했지만, 이제 해주의 이야기를 숨기고 싶지 않았다.

"결혼하고 싶은 여자가 있어요."

"그래? 우리 목석 같은 아들 마음을 빼앗은 여자가 도대체 누구라니? 언제 보여줄 거야?"

"마음 같아서는 당장에라도 데리고 오고 싶지만, 아직은 그럴 단계 아니에요. 어머니, 제가 때 되면 데리고 올 테니까, 제발 아무것도 하지 마세요."

"얘는, 내가 뭘 한다고 그러니."

어머니의 머릿속은 이미 해주로 가득할 것이다. 어머니는 그가 돌아가기 무섭게 자신이 만나는 여자가 누군지 알아낼 것이 분명했다. 성준은 그것이 걱정되었다.

"어머니, 제가 정말 사랑하는 여자예요. 부담을 주고 싶지도 않고, 놓치고 싶지도 않아요. 그러니까 천천히 만날 수 있게 조금만 기다려주세요. 좋은 사람이니까, 분명 어머니도 마음에 드실 거예요. 빠른 시일에 소개시켜 드릴게요."

여자친구 이야기를 하는 아들의 얼굴에서 생기가 돌았다. 카페 일이 제외하고는 매사 어떤 일에도 관심을 두지 않고, 시큰둥한 아들이 김 여사는 늘 걱정이 되었었다. 그런 아들이 눈을 반짝이며 웃고 있었다. 아들이 만나는 여자가 누군지 너무 궁금했지만, 김 여사는 일단은 아들의 말을 따라야 할 듯했다. 무엇보다 매사 진중한 녀석의 입에서 좋은 사람이라는 말이 나왔으니, 그 말에는 의심의 여지가 없었다.

"그래, 약속하마. 대신에 빨리 보여줘야 한다."

어젯밤부터 내리기 시작했던 비는 날이 밝았는데도 여전히 그칠 생각을 하지 않았다. 하늘에 구멍이라도 난 것처럼 세차게 내리는 비를 멍하니 바라보던 해주는 새근거리는 숨소리에 고개를 돌렸다. 세상모르고 잠들어 있는 성준의 얼굴을 가만히 바라보았다.

지난밤에 한숨도 못 자게 괴롭히더니, 꽤나 피곤했던 모양이다. 평소 골지 않던 코까지 낮게 고는 모습이 귀여워 해주는 웃음이 나왔다. 아침에 눈을 떴을 때, 사랑하는 사람을 제일 먼저 볼 수 있다는 것이 이렇게 행복한 일인지 그동안 해주는 몰랐었다. 사람들이 이래서 결혼을 하는 것이 아닌가 싶을 만큼, 가슴이 설레었다. 성준과 함께하는 미래를 생각하는 것만으로도 가슴이 벅차 왔다.

한참을 성준이 잠든 모습을 바라보던 해주는 그가 깨지 않도록 조심히 침실에서 나왔다. 그가 일어나기 전에 근사하게 아침을 챙겨주고 싶어, 새벽같이 시장에 다녀왔다. 비에 젖은 생쥐 꼴이 되어 돌아오기는 했지만, 그 마저도 행복한 것이 그에게 빠져도 단단히 빠진 것 같았다.

아침잠이 많아서 주말에는 거의 반 시체처럼 지내는 해주지만 사랑의 힘이 위대하긴 한지, 성준에게 아침을 해주고 싶단 생각에 새벽같이 눈이 떠졌다. 그가 자신이 해준 음식을 먹고 기뻐할 생각에 해주는 마음이 급해졌다.

성준이 좋아하는 것 위주로 간단히 밑반찬을 만들고, 차돌박이 된장찌개를 끓이자, 한 시간이 훌쩍 지나 있었다. 더 재우고 싶지만 성준은 오늘 오후에 출근을 해야 했다. 아침을 먹이고 천천히 준비를 하려면 이제 슬슬 일어나야 했다. 침실로 들어가자 아직도 성준이 세상모르고 잠들어 있었다. 해주는 그런 성준 옆에 나란히 누워 그의 입술에 살며시 키스하며 몸을 흔들어 깨웠다.

"자기야, 자기야. 일어나, 응? 밥 먹자."

"으음……, 몇 시야?"

잠에서 깬 성준이 허리를 끌어안으며 나른한 목소리로 말했다.

"열 시. 이제 일어나야 해."

"열 시? 그럼, 아직 여유가 좀 있네?"

"여유? 무슨?"

"너, 잡아먹을 시간."

순식간에 자신의 몸 위로 올라온 성준은 은근한 눈빛으로 속삭이듯 말했다. 지난밤 그렇게 힘을 빼놓고도 아직 힘이 남은 모양이었다.

"이보세요, 아저씨. 음식 식……."

해주의 말이 끝나기도 전에 성준의 입속으로 스며들었다. 아랫입술을 살짝 깨물어 입술을 벌리게 한 성준의 혀가 망설임 없이 입속으로 밀려들어왔다. 열에 들뜬 그의 입술은 뜨겁고 달콤했다. 음식이 식을까 걱정하던 해주의 머릿속이 순식간이 하얗게 비워졌다. 성준은 다른 그 어떤 생각도 할 수 없게 해주를 몰아붙였다.

"넌 정말……, 날 미치게 해."

숨도 쉴 수 없게 작은 틈도 주지 않고 뇌쇄적으로 키스를 퍼붓던 성준이 입술을 떼어내고, 단숨에 티셔츠를 벗겨 냈다. 옷이 비에 젖어 성준의 커다란 티셔츠 하나만 걸치고 있던 해주는 순식간에 속옷 차림이 되었다.

능숙하게 브래지어를 벗겨 낸 성준이 에어컨 냉기로 꼿꼿하게 선 해주의 유두에 입술을 내렸다. 성준은 혀끝을 세워 유두를 희롱하며 반대편 가슴까지 손으로 그러쥐었다. 해주는 그의 손길에 정신이 아찔해졌다.

"말해봐, 날 얼마나 사랑하는지……."

연한 유두를 손으로 비틀며, 성준은 소유욕이 가득 차오른 눈빛으로 물었다. 쉼 없이 유두를 간질이고, 가슴을 움켜쥐는 그의 손길에 해주의 입술 사이로 달뜬 신음이 절로 흘러나왔다. 해주는 아득해지는 정신을 겨우 잡고, 그의 목에 매달려 신음 섞인 목소리로 말했다.

"이대로 죽어도…… 좋을 만큼. 사랑해……."

"내가 더, 사랑해."

가슴에 머물러 있던 손을 내려 부드럽게 옆구리를 쓸어내리는 성준의 손길에 해주는 그대로 눈을 감았다. 눈을 감은 채 그의 손길을 느끼고 있자니, 온몸의 솜털이 바짝 서는 것 같았다.

가슴 위에서 방황하던 입술이 천천히 내려와 배꼽 주변을 맴돌다, 더 아래 은밀한 곳으로 내려왔다. 해주는 은밀한 곳에서 느껴지는 뜨거운 숨결에 그대로 숨을 멈추었다. 다리를 쓰다듬던 손길로 성준은 망설임 없이 팬티를 벗겨 냈다. 부끄러움에 오므렸던 해주의 다리가 성준의 손길에 스르르 열렸다.

"성, 성준아……."

"예뻐, 정말."

온전히 자신만 가질 수 있는 해주의 은밀한 곳을 황홀한 눈빛으로 바라보며, 성준은 탄성 섞인 목소리로 말했다. 이미 자신을 받아들일 준비로 촉촉하게 젖어 있는 꽃잎으로 성준은 천천히 고개를 내렸다.

"하아……."

혀끝으로 부드럽게 정점을 굴리고, 꽃잎에서 흘러나오는 꽃물을 남김없이 빨아들였다. 그의 손길에 몸을 가늘게 떨며 색스러운 신음을 흘리는 해주의 모습에 성준은 아랫도리가 터질 것처럼 묵직해졌다. 좀 더 해주의 몸 곳곳을 맛보고 싶었지만, 지금 당장 그녀 안으로 들어가지 못하면 죽을 것만 같았다.

급하게 팬티를 벗어 던진 성준은 단숨에 그녀 안으로 밀고 들어갔다. 성준은 자신을 꽉 조여 주는 뜨거움에 정신이 아찔해졌다. 천천히 허리를 움직이며 성준은 참았던 숨을 토해냈다. 조금 더 여유 있게 해주를 맛보고 싶었지만, 자신의 목에 매달려 뇌쇄적인 신음을 내뱉는 모습에 성준은 안달이 났다.

그녀를 알면 알수록 성준은 점점 더 커지는 소유욕에 스스로가 놀라고 있었다. 놓치고 싶지 않았다. 그 누구도 보지 못하게 꽁꽁 숨겨놓고 혼자서만 해주를 차지하고 싶었다. 성준은 해주 안으로 점점 더 깊이 들어가며, 끝없이 사랑한다 말했다.

"하악, 으응……."

점점 속도를 높여가며 성준은 춤추듯 해주의 안에 들어갔다 나오길 반복했다. 그녀 안으로 깊이 들어가면 들어갈수록 깊어지는 쾌감이 성준의 이성을 모두 앗아갔다. 빨갛게 달아오른 얼굴로 아기 고양이처럼 신음을 흘리는 해주의 모습이 성준을 미치게 했다.

"으윽!"

"아악!"

동시에 두 사람의 입술 사이로 신음소리가 흘러나왔다. 성준은 거친 숨을 토해내며, 해주의 가슴 위로 쓰러졌다. 발가락 끝에서부터 몰려오는 기분 좋은 쾌감이 온몸이 감쌌다. 성준은 고개를 들어 땀방울이 맺힌 해주의 이마에 키스했다. 시간이 흐르면 흐를수록 깊어지는 사랑에 가슴이 뻐근해졌다. 이 사랑스러운 여자가 제 여자라는 사실에 성준은 늘 하늘에 감사했다.

"아, 냄새 좋다. 메뉴가 뭐야?"

가스레인지 불을 끄고 뚝배기를 식탁으로 가져가던 해주는 어느새 샤워를 마쳤는지 욕실에서 나오는 성준에게 시선을 돌렸다. 수건을 허리에만 걸치고 나온 탓에 성준의 맨가슴이 그대로 드러났다. 운동으로 단련된 성준의 맨가슴은 탄성이 나올 정도로 완벽했다.

"차돌박이 된장찌개."

"맛있겠다."

"얼른 물기 말리고 와."

어린아이처럼 좋아하며 방으로 들어간 성준은 어느새 뽀송해진 모습으로 식탁에 앉았다. 아침부터 탈진해버린 자신과 달리 너무도 쌩쌩한 성준의 모습에 해주는 피식 웃음이 나왔다. 그가 건강한 건지, 아니면 고작 2살 차이로 체력 차이가 나는 것인지 알 수가 없었다.

"먹어."

그의 밥 위에 골고루 반찬을 올려주자, 성준은 아이처럼 잘도 받아먹었다. 성준이 맛있게 먹는 모습을 보는 것만으로도 해주는 배가 불렀다.

"왜 안 먹고 쳐다만 보고 있어?"

"그냥, 너 먹는 것만 봐도 배가 불러서."

"그게 말이 돼? 그러지 말고, 얼른 먹어. 정말 맛있다. 역시 우리 해주는 음식을 정말 잘한다니까."

성준이 반찬 하나를 밥 위에 얹어주자, 해주는 별수 없이 숟가락을 들었다. 아침부터 너무 기운을 빼서 그런지 입맛이 없었지만, 두 눈을 반짝이며 쳐다보는 성준 때문에 먹는 시늉이라도 해야 할 것 같았다.

"자기 때문에 나 요즘 살 쭉쭉 빠지는 거 알아?"

그렇게 열심히 다이어트를 해도 빠지지 않던 살이 요즘은 매일같이 괴롭히는 성준 때문에 일주일 만에 2킬로나 빠졌다.

"그러니까, 많이 먹어. 안 그래도 말랐는데, 더 빠지면 안 돼."

"그럼 좀 자제해주세요."

"그렇게는 못 하겠는데? 그냥 당신을 많이 먹이는 방법을 택하겠어."

음흉한 눈빛으로 말하는 성준의 모습에 해주는 고개를 절레절레 저었다. 점잖은 줄만 알았던 성준은 알고 보니 욕망으로 이글이글 타오르는 남자였다.

"말은 잘하지요."

"나, 밥 좀 더 주라."

어느새 싹싹 비운 밥그릇을 내밀며 장난꾸러기 어린애마냥 말하는 성준의 모습에 해주는 웃을 수밖에 없었다. 어떻게 이런 남자를 사랑하지 않을 수 있을까?

"가득 주세요."

밥을 푸기 위해서 식탁에서 일어나는 해주를 성준은 흐뭇하게 바라보았다. 하지만 그것도 잠시, 해주의 짧은 치마가 유난히 눈에 거슬렸다. 처음부터 노출이 심한 그녀의 옷차림이 탐탁지 않았지만, 화가 치밀 정도로 거슬리지는 않았었다.

얼마 전에 백화점에 갔을 때도 남자들이 해주의 다리를 힐끔거리는 모습에 성준은 화가 났었다. 멱살이라도 잡아 내동댕이치고 싶은 마음을 간신히 억누르고 돌아온 뒤로 계속 해주의 옷차림에 신경이 날카롭게 섰다. 그녀를 안은 뒤로는 해주를 향한 소유욕이 무서울 정도로 커지고 있었다. 성준은 그런 자신에게 스스로 놀라고 있었다.

"많이 드세요."

"저, 해주야."

성준은 젓가락을 식탁 위에 내려놓고 한숨 섞인 목소리로 그녀의 이름을 불렀다.

"응?"

"내가 좀 참아보려 했는데, 안 되겠다."

"무슨 말이야?"

내내 방글방글 웃던 해주의 얼굴이 낮게 깔린 성준의 목소리에 웃음기가 사라졌다.

"그 치마 말이야, 파진 티셔츠도 그렇고. 좀 더 건전한 옷은 없어?"

"건전? 뭐야, 그럼 지금 내가 입은 옷이 문란하기라도 하단 소리야?"

기분이 상했는지 해주의 목소리가 날카로워졌다. 이미 예민해져 있던 성준도 울컥 화가 치밀어 저도 모르게 목소리를 높였다.

"얌전한 옷은 아니잖아. 지나가는 남자들이 네 다리 힐끔거리는 거, 정말 거슬려."

"내가 분명히 말했을 텐데, 옷 입는 스타일 바꿀 생각 없다고."

한발만 물러서주면 좋으련만, 해주는 오히려 큰 소리를 쳤다. 성준은 자신의 마음도 몰라주고 화를 내는 해주의 모습에 울컥 섭섭함이 몰려왔다. 늘 해주의 입장에 서서 생각하고 배려하는 성준이지만, 이번만큼은 물러서고 싶지 않았다.

"누가 스타일 바꾸라고 했어? 조금만 노출이 덜한 옷을 입으라는 거잖아! 넌 지나다니는 남자들이 힐끔거리는 거, 신경 안 쓰여? 안 민망해?"

"응, 전혀 안 쓰여."

해주는 떨리는 목소리로 성준을 향해 차게 말했다. 무섭게 눈을 치켜뜨고 소리치는 그의 모습이 낯설었다. 그가 자신의 옷 스타일을 좋아하지 않는 것은 해주도 잘 알고 있었다. 성준을 향한 마음이 깊어지니, 그가 싫어하는 것도 하고 싶지 않아졌다. 요즘 해주의 머릿속은 어떻게 하면 그가 기뻐할까, 그런 생각뿐이었다.

무엇을 하면 성준이 좋아할까 생각한 끝에 옷 입는 스타일을 좀 바꿔볼까 싶어, 해주는 오후에 이정과 함께 백화점에 가기로 약속도 해두었다. 그런데 성준이 이렇게 나오니 서러움이 복받쳤다. 남자친구로서 이런 요구를 하는 것은 너무 당연한 일이었다. 그런데 문제는 성준의 표현 방법이었다. 다른 사람도 아닌 성준이 자신을 문란한 여자로 몰아가는 것 같아 해주는 속이 상했다.

"어떻게 신경이 안 쓰여! 설마, 그런 시선을 즐기기라도 하는 거야?"

"뭐? 너 방금 뭐라고 했어?"

"됐다, 그만하자. 벗고 다니든, 입고 다니든 네 맘대로 해."

자리를 박차고 일어나 그대로 집을 나가버리는 성준의 뒷모습을 망연히 바라보던 해주는 문이 닫히는 소리에 그대로 자리에 주저앉았다. 한 번도 보지 못했던 성준의 차가운 모습이 너무 낯설고 무서웠다. 서러움에 복받친 해주는 바닥에 주저앉은 채로 어린아이처럼 소리 내어 울었다.

집을 나와 뒤 한 번 돌아보지 않고 카페로 온 성준은 끓어오르는 화가 좀처럼 사그라지지 않았다. 자신이 괜한 것으로 억지를 부리고 있다는 것은 알았다. 하지만 남자들이 해주를 힐끔거리는 것이 성준은 죽기보다 싫었다. 그저 힐끔거리는 것만으로 끝나는 것이 아니었다. 아마 상상 속에서 해주를 만져도 수백 번은 더 만졌을 것이다.

"젠장! 젠장! 젠장!"

처음엔 해주의 옷차림이 그저 좀 거슬리는 수준이었다. 마음에 들지는 않지만 그래도 그녀가 좋아하는 것이니, 그냥 두자 싶었다. 하지만 해주를 향한 마음이 깊어질수록 소유욕이 점점 커졌다. 문제는 거기에 있었다.

"이봐, 사장. 분위기 너무 살벌하게 만드는 거 아니냐? 아무리 손님이 없어도 말이야."

테이블을 손가락으로 톡톡 치던 성준은 얼음물을 내밀며 말하는 해진의 목소리에 고개를 들었다.

"아주 숨도 못 쉬게 분위기 살벌하게 만들고 있다. 도대체 언제까지 이러고 있을 건데? 날이라도 새게?"

옆에 앉아 담배에 불을 붙이는 해진의 모습에 성준은 밖으로 시선을 돌렸다. 어느새 밖은 어스름이 내려앉았다.

"몇 시냐?"

"8시. 아주 5시간을 넘게 이렇게 인상을 쓰고 계셔주니까."

친구의 말에 성준은 어이가 없어 실소가 새어나왔다. 종일 한자리에 앉아 넋을 놓고 있는 스스로가 너무 우습고 어이가 없어 웃음이 나왔다.

"환장하겠네, 정말."

테이블 위에서 좀처럼 울릴 생각을 하지 않는 휴대폰을 성준은 원망 어린 시선으로 노려보며 낮게 읊조렸다. 자신이 그렇게 화를 내고 나갔는데, 전화 한 통화 없는 해주가 조금은 원망스러워지려고 했다. 하지만 원망보다도 그녀가 지금쯤 어쩌고 있을지가 더 걱정이 되었다. 홧김에 해서는 안 될 말까지 해버린 것이 마음에 걸렸다.

"청승 그만 떨고, 마무리는 애들한테 맡기고 나가자. 이 형님이 술 쏘마."

"그래, 나가자. 오늘은 술이나 좀 진탕 마셔보자."

해주에게 전화를 걸어볼까 잠시 망설이던 성준은 고개를 설레설레 저으며, 자리를 털고 일어났다. 오늘은 해주에게 자신도 화가 많이 났다는 것을 보여주고 싶었다. 이게 무슨 객기인지 모르겠지만, 이번만큼은 굽히고 싶지 않았다.

"어디 갈까?"

"어디든 가자."

"오냐, 오늘은 이 형님만 믿어라."

해진의 차에 몸을 싣고, 성준은 그대로 눈을 감았다. 눈을 감자 아까 해주와 싸웠던 장면이 필름처럼 스쳐지나갔다. 자신이 해주에게 듣고 싶었던 말은 무엇이었을까? 해주가 순종적으로 알았다 말할 사람이 아닌 것은 누구보다 스스로가 더 잘 알고 있으면서, 도대체 무엇을 바란 것일까?

"인마, 내려. 다 왔어."

술집 안으로 들어서자 낮은 재즈 선율에 맞춰 노래를 부르는 고혹적인 목소리가 들려왔다. 성준은 무대 위로 흘깃 시선을 두었다 이내 거두었다.

"이제 말해봐. 도대체 뭐가 문제야?"

자리에 앉기 무섭게 질문을 던지는 해진을 보며 성준은 대답 대신 긴 한숨을 내쉬었다. 해진의 얼굴과, 아까 울 것 같은 얼굴을 하고 있던 해주의 얼굴이 오버랩이 되어 가슴이 아렸다.

"그냥 좀 싸웠어."

"그러니까, 그냥 왜. 네가 웬만해서 우리 누나한테 화를 낼 놈이 아니잖아."

다 안다는 듯한 눈빛으로 이야기하는 친구의 모습에 성준은 한숨 섞인 말을 내뱉었다.

"너무 벗어주고 다니니까. 환장을 하겠다."

"킥킥킥, 언젠가 누나랑 그 문제로 한판 할 줄 알았다, 내가."

"너도 저번에 아영 씨랑 그 문제로 싸웠잖아. 어떻게 됐어?"

잔에 얼음을 채워 넣고 양주를 부으며, 급한 마음과 달리 별로 대수롭지 않다는 듯이 말했다.

"뭐 어떻게 돼. 내가 졌지."

"정말?"

"내가 아영이랑 그 문제로 5년을 넘게 싸웠는데도 고쳐지지가 않는단 말이지. 헤어지자고 협박을 했는데도 소용이 없어. 처음에 잠깐 얌전한 옷 입는다 싶으면 며칠 있다 원래대로 돌아간다,

이 말이야. 아주 환장할 노릇이지."

친구의 말에 한숨이 더 깊어진 성준은 잔에 있던 술을 단숨에 들이켰다. 빈속에 독한 술이 들어가자, 정신이 번쩍 들었다.

"여자들의 꾸미고 싶은 욕구를 남자들은 절대 잠재울 수가 없어. 아영이처럼 순한 애도 거기에는 양보가 없는데, 야 우리 누나는 아유……."

고개를 절레절레 저으며 혀를 내두르는 해진의 모습에 발끈한 성준은 주먹을 쥐고 윽박질렀다.

"해주도 나한테는 순하거든?"

"어이고, 순한 여자들이 다 얼어 죽었나보다?"

"그래, 네가 뭘 알겠냐."

해진과 이야기를 나누면서도 성준은 휴대폰에서 눈을 떼지 못했다. 혹시나 그녀에게 연락이 올까, 휴대폰을 뚫어져라 노려보고 있어도 전화는커녕 문자 하나 없었다. 시간이 흐르면 흐를수록 절대 연락하지 않겠다는 결심은 흐려지고, 해주에게 소리치던 자신의 모습만 선명하게 뇌리에 박혔다.

"푸하하, 천하의 지성준은 여자친구 옷차림에 정신 못 차리는 거 알면, 우리 애들 다 넘어가겠네. 킥킥."

"그래, 맘껏 비웃어라."

배를 부여잡고 웃는 해진을 매섭게 노려보던 성준은 의자에 몸을 기댄 채, 한숨을 내뱉었다. 해진이 자신을 비웃든 말든 그런 것은 아무래도 상관이 없었다. 지금은 그저 해주가 보고 싶다는 생각 외에는 아무 생각도 들지 않았다.

"혼자 놀다 가라."

"어디 가? 난, 아직 시작도 못 했는데!"

"어디 가긴, 애인 만나러 간다."

성준은 해진을 향해 손을 흔들며 술집을 뛰어나왔다. 이런 걸로 더 자존심을 세워서 무슨 소용이 있나 싶었다. 행복하게 해주겠다고 약속해놓고는 고작 이런 걸로 소리나 치는 속 좁은 남자가 되고 말았다. 생각이 거기까지 미치자 성준은 마음이 조급했다.

술집을 빠져나오기 무섭게 해주에게 계속 전화를 걸었지만, 좀처럼 받지 않았다. 아무래도 화가 나도 단단히 난 모양이었다. 성준은 거세게 내리는 빗속에서 지나가는 택시를 향해 무작정 손을 흔들었다. 빨리 해주를 만나야 했다.

이정은 창밖으로 내리는 비를 넋을 놓고 바라보는 친구를 향해 궁금증이 가득한 목소리로 말했다. 백화점을 가기로 한 것도 취소하고 작업실로 찾아와, 종일 멍하니 창밖만 바라보고 있으니 신경이 쓰였다. 아무래도 남자친구와 싸운 듯한데, 좀처럼 이유를 말해주지 않았다.

"오늘 너무 이상한 거 알지?"

"뭐가?"

그제야 창에서 시선을 거둔 해주가 애써 미소를 지으며 아무렇지 않은 척 이야기했다. 말을 하지 않아도 눈빛만으로도 친구의 상황이 이정은 빤히 예상이 되었다.

"성준 씨랑 무슨 문제 있어? 말하기 싫어?"

울었는지 살짝 충혈이 된 눈도 신경이 쓰였지만, 늘 밝은 해주가 축 처져 있는 모습이 이정은 더 신경이 쓰였다. 말하고 싶지 않다면 아무것도 묻지 않겠지만, 걱정이 되는 것은 어쩔 수가 없었다.

"이정아, 나 그 사람이 그렇게 화내는 거 처음 봤어."

자신의 질문에도 아무 대답 없이 허공만 응시하던 해주가, 한참 만에야 무겁게 입을 열었다. 이정은 그런 친구의 이야기를 아무 말 없이 가만히 들었다.

"그냥 알았다고 한 마디만 해주면 될 문제였는데, 내가 너무 내 생각만 했어."

"우리 해주가 성준 씨, 엄청 사랑하는가 보다. 그런 생각도 다 하고."

자기 주관이 뚜렷하고 고집이 센 해주는 본인이 옳다고 생각하면, 웬만해서는 다른 사람의 이야기를 잘 듣지 않는 편이었다. 그건 남자친구와의 관계에서도 별로 다르지 않았다. 그래서 사람을 만날 때마다 마찰이 많았지만, 해주가 굽히는 것을 이정은 별로 본 적이 없었다. 이번 싸움의 원인이 무엇이었는지는 잘 모르지만, 저런 생각을 하고 있다는 것만으로도 성준을 생각하는 해주의 마음이 얼마나 깊은지 짐작하고도 남음이었다.

남자친구와의 작은 다툼에 세상을 잃은 듯한 표정으로 우울해 하는 해주가, 이정의 눈에는 그저 예뻐 보이기만 했다. 새로운 사랑을 시작한 친구가 이정은 너무도 기특했다.

"그래서 무서워. 이 사랑을 잃게 될까 봐……."

"쓸데없는 생각한다. 잃긴, 뭘 잃어. 성준 씨, 너 볼 때마다 아주 눈에서 하트가 장난 아니게 나오던데."

"웃기지 마. 웃을 기분 아니니까."

"그럼, 울어? 이러……, 잠시만 해주야."

아까부터 쉴 새 없이 울리는 전화를 더는 참을 수 없었는지 이정이 짜증이 역력히 드러난 얼굴로 전화를 받았다. 해주는 그런 친구를 잠시 바라보다 가방에서 휴대폰을 꺼냈다. 역시나 성준에게는 아무런 연락이 없었다. 이번에는 화가 나도 단단히 난 모양이었다. 성준이 불같이 화를 내고 집을 뛰쳐나가는 모습에 해주는 섭섭함보다는 덜컥 겁이 났다. 마음 같아서는 먼저 전화를 걸고 싶었지만, 서로의 가슴에 생채기 내는 말을 하게 될까 두려웠다. 성준과 또다시 얼굴을 붉히고 싶지 않았다. 그러기 위해서는 먼저 화해를 청해야 하는데, 그마저도 쉽지가 않았다.

"참 집요하시네요. 그럼 이번 기회에 알아봐요, 세상에는 가질 수 없다는 것도 있다는 걸."

신경질적으로 전화를 끊는 이정의 모습에 해주는 얼음물로 입술을 적시며 물었다.

"누군데 전화를 그렇게 살벌하게 받아?"

"있어, 세상에서 제일 재수 없는 자식. 일어나자, 화해하러 가야지."

"화해?"

"그래. 자, 어디다 모셔다 주면 되는 거야?"

"괜찮아, 혼자 갈 수 있어."

"나도 갤러리 들러야 해. 가는 길에 데려다줄게."

자리를 털고 일어나는 이정의 모습에 해주는 잠시 고민하다, 이내 결심한 듯 말했다.

"그 사람 집으로 가야겠다. 옥수동으로 좀 부탁해."

산뜻하게 화해를 하러 가자는 이정의 말에 해주는 안개로 뒤덮인 머릿속이 맑게 개는 듯한 기분이었다. 그래, 이렇게 사랑하는데 뭘 고민하고 뭘 망설일까. 먼저 찾아가서 미안하다 말하면 될 일이었다.

정리가 되니 한결 마음이 가벼워진 해주는 그의 집으로 돌아가 전화해야겠다 생각하고, 잠시 눈을 감았다. 긴장이 풀리니 피곤이 몰려왔다. 지난밤 성준 때문에 한숨도 못 자고, 한바탕 울기까지 해서 그런지 쏟아지는 졸음에 정신을 차릴 수가 없었다.

짙은 어둠이 뒤덮인 하늘 위로 처량하게 내리는 비를 성준은 쓸쓸하게 바라보았다. 추적추적 내리는 빗소리보다 그의 가슴에서 울리는 슬픔이 더 크게 울렸다. 집으로 돌아온 지 한참이 지났는데도 무력감에 성준은 집으로 들어갈 기운도 나지 않아, 한참을 멍하니 집 앞 놀이터에 서 있었다.

수십 통을 해도 전화를 받지 않던 해주의 휴대폰에서 결국에는 꺼져 있다는 음성이 흘러나오자, 성준은 상실감이 몰려와 아무것도 하고 싶지 않아졌다. 전화가 꺼져 있다는 음성이 나오기 전에는 해진에게라도 전화를 걸어볼까 싶었지만, 이제는 그냥 쉬고만 싶었다.

자신이 불같이 화내고 심한 말도 했으니, 보고 싶지 않은 것이 어쩌면 당연한 일인지도 몰랐다. 그녀에게 생각할 시간을 줘야 할 듯싶었다. 성준은 해주에게 메시지를 보내고, 애써 마음을 다독이고 집으로 향했다.

해주에게 화를 내고 심한 말한 것은 백번 그의 잘못이었다. 하지만 이렇게 철저히 자신을 외면하는 그녀가 원망스럽기도 했다. 사랑하는 여자에게 이런 맘이나 품는 스스로가 성준은 너무도 짜증스러웠다. 술에 힘을 빌려서라도 잠을 청해야 머릿속을 가득 채운 잡념에서 벗어날 수 있을 것 같았다.

후우, 짧은 한숨을 내쉬고 신발을 벗던 성준의 두 눈이 동그랗게 떠졌다. 현관에 놓여 있는 해주의 구두를 보고 꿈인가 싶어 눈을 비벼보았지만, 여전히 그대로였다. 순식간에 지옥에서 천국으로 온 성준은 서둘러 집 안으로 들어갔다.

해주를 부르기 위해 입을 벌렸던 성준은 소파 위에서 잠든 그녀의 모습에 그대로 입을 다물었다. 스탠드 불만 켜놓고 잠든 해주는 무척이나 피곤했는지, 작은 미동도 없이 죽은 듯이 잠들어 있었다. 안도감에 마음이 놓인 성준은 소파 아래에 자리를 잡고 앉았다. 이렇게 얼굴을 보는 것만으로도 마음이 놓이다니……, 어이가 없어 웃음이 다 나왔다.

평화로운 얼굴로 아이처럼 자는 해주의 모습을 성준은 한참을 가만히 바라보았다. 이렇게 소중하고 사랑스러운 여자에게 자신이 무슨 짓을 한 것일까? 해주를 잃게 될 것을 생각하는 것만으로도 성준은 가슴이 철렁했다. 상상만으로도 싫었다, 해주가 없는 삶은. 이젠 정말 그녀 없이는 살 수 없게 되어버렸다.

이렇게 소중한데, 그따위 옷이 뭐라고 상처 주는 말을 했는지…….

"으음……."

스스로를 자책하고 있던 성준은 낮은 신음을 내뱉으며 천천히 눈을 뜨는 해주의 뺨 위로 손을 얹었다. 따뜻한 체온이 성준의 손 바닥을 따뜻하게 데워주었다.

"잘 잤어?"

"어? 몇 시야?"

눈앞에 있는 성준의 모습에 놀라 해주를 자리를 박차고 일어났다. 잠깐 눈을 붙이고 일어나 그에게 전화한다는 것이 너무 깊이 잠이 들어버린 모양이었다.

"12시."

"세상에, 몇 시간을 잔 거야 도대체."

"집엔 언제 온 거야?"

바닥에서 일어나 곁으로 다가와 앉은 성준이 허리를 끌어당겨 안으며 물어왔다. 해주는 그런 성준의 어깨에 기대며 나른한 목소리로 말했다.

"7시쯤? 잠깐 눈만 붙이고 자기한테 전화한다는 것이 완전 깊이 잠들어 버렸나봐."

"계속 연락이 안 되어서 걱정했어. 네가 나 피하는 줄 알고."

허리를 안은 손에 힘을 주며, 성준이 살짝 떨리는 목소리로 말했다. 그제야 해주는 그의 어깨에서 고개를 들고 전화기를 찾기 위해 소파에서 일어났다. 하지만 한 걸음을 떼기도 전에 성준이 손목을 잡아당겨 자신의 무릎 위에 앉게 했다. 허리를 끌어안은 채, 자신의 어깨에 고개를 묻는 성준의 입에서 낮은 한숨 소리가 새어나왔다. 그의 한숨이 너무 아파 해주는 가슴이 철렁했다.

"피한 거 아니야. 전화기 가방에 넣어놓고 잠들어서, 그래서 몰랐어."

"지금 네가 이렇게 내 옆에 있잖아. 그걸로 됐어. 그거면 된 거야."

"아깐 내가 너무 예민했어."

해주는 몸을 돌려 성준의 두 뺨에 손을 얹고 눈을 맞추었다. 까만 밤을 닮은 성준의 검은 눈동자가 자신을 그대로 빨아들일 것 같았다.

"미안해. 한 발도 양보 안 하려……."

해주의 말이 끝나기도 전에 성준의 입술 사이로 사라졌다. 순식간에 소파 위에 눕게 된 해주는 성급하게 입술을 탐하는 그의 키스에서 불안감이 그대로 느껴졌다. 거침없이 밀려들어오는 그의 말캉한 혀를 받아들이며, 해주는 성준의 등을 부드럽게 쓸어내렸다.

작은 숨도 새어 나갈 수 없도록 치열 사이사이를 훑고, 입 안 곳곳을 헤매며 해주의 정신을 아득하게 만든 성준이 힘겹게 입술을 떼어내며, 목선에 입술을 내리며 속삭이듯 말했다.

"내가 더 미안했어. 옹졸하게 굴어서 정말 미안해."

목선에서 머물던 입술이 천천히 가슴으로 내려와 얇은 티셔츠 위에 닿았다. 입술이 닿지 않은 가슴에 성준의 커다란 손이 해주의 가슴을 세게 움켜쥐었다. 그의 강한 힘에 해주의 입술에서 낮은 신음이 새어나왔다.

"그런 말을 하는 것이 아니었는데……, 정말 미안해."

그의 사과에 해주는 대답 대신 손을 뻗어, 성준의 얼굴을 끌어당겼다. 키스로 촉촉이 젖은 그의 입술 사이로 뜨겁게 달아오른 혀를 밀어 넣었다. 아무 말도 필요하지 않았다. 지금은 그저 그가 곁에 있다는 것을, 성준의 모든 것을 느끼고 싶었다.

두려웠다. 화를 내며 돌아서는 성준의 뒷모습에 두 번 다시 그를 보지 못하게 되면 어쩌나 하는 막연한 두려움에 해주는 불안함을 감출 수 없었다. 그를 믿으면서도 가슴 한편에 자리한 불안감을 떨쳐내기가 힘들었다.

"하아."

점점 농밀하게 혀를 감아오는 그의 키스에 해주의 머릿속이 하얗게 비워졌다. 성준은 아무 생각도 할 수 없게 해주를 몰아 붙였다. 혀를 더 깊이 밀어 넣으며, 성준은 티셔츠 위에 머물던 손을 순식간에 옷 속으로 밀어 넣었다. 키스에 정신이 아득해져 있던 해주는 유두를 비트는 그의 손길에 달뜬 신음을 내뱉었다. 평소보다 성급하고 거친 그의 손길에 오히려 더한 흥분이 일었다.

쉴 새 없이 몸 곳곳을 애무하는 성준의 입술에 몸을 비틀던 해주는 아까부터 끊임없이 울리는 전화 벨소리에 간신히 정신을 바로잡았다. 무시하려 했지만, 좀처럼 포기하지 않고 계속 전화를 걸어오는 것이 급한 전화인 듯싶었다.

"전화 받아."

해주의 다리를 부드럽게 쓸던 성준은 불만스런 신음을 내뱉었다. 도대체 누가 이 밤에 전화를 걸어오는 것인지, 마음에 들지 않았다. 간신히 몸을 일으킨 성준은 해주의 이마에 살짝 뽀뽀하고 벗어던진 바지 주머니에서 휴대폰을 꺼냈다. 액정화면으로 발신자를 확인한 성준의 미간에 짙은 주름이 생겼다.

"넌, 좀! 이 시간에 도대체 왜 전화질이야?"

—전화를 왜 이렇게 안 받아? 누나 거기 있지?

수화기 너머로 들려오는 해진의 목소리에 성준은 끓어오르는 분노를 간신히 억누르며 말했다.

"있으면 어쩌게?"

—나, 지금 너희 집 거의 다 와 가니까, 빨리 준비해서 나오라고 해라.

한참 해주와 절정을 맛보고 있던 성준은 예상도 못했던 해진의 말에 발끈해 소리쳤다.

"도대체 왜! 우리 이제 겨우 화해했단 말이야. 너 방해 안 한다며!"

—방해 안 하려고 이 시간까지 참아준 건 알고? 오늘 아버지 오셨어. 아직 안 주무시고 눈에 불을 켜고 누나 기다린다. 도대체 전화기는 왜 꺼놓은 건데? 여태 안 들어왔다고 화 정말 많이 나셨어. 그나마 이정 누나가 얼버무려줘서 산 줄 알아. 너, 우리 아버지 얼마나 무서운 줄 알지?

해진의 말에 성준의 입에서 끙하고 신음소리가 새어나왔다. 군인 장교이신 그녀의 아버지 성격이 얼마나 불같은지, 학창시절 내

그녀에겐 뭔가 특별한 것이 있다

내 봐온 성준도 익히 알고 있었다.

"알았어, 서둘러 준비하고 내려갈게. 근데 너 운전은 어떻게 하는 거냐?"

―아까 술 너 혼자 마셨거든? 나 시작도 하기 전에 가버려놓고선.

"도착하면 전화해라."

전화를 끊은 성준은 어느새 소파에서 일어나 옷을 챙겨 입은 해주 곁에 앉았다.

"해진이야?"

"응. 아버님 오셨다네. 해진이가 지금 여기로 오는 길이래."

"아빠가? 오늘 오시는 날 아닌데 어떻게 오신 거지? 윽, 나 죽었다."

서둘러 가방에서 휴대폰을 꺼내 허둥지둥 배터리를 갈아 끼우는 해주의 모습이 귀여워 성준은 피식 웃음이 나왔다. 이대로 해주를 보내야 하는 것이 너무 아쉽지만, 무서운 미래 장인어른에게 잘 보이기 위해서라도 오늘은 그가 포기해야 할 것 같았다.

"아버님한테 전화하기 전에 이정 씨랑 말 맞춰. 어제 우리 집 올 때, 어머님한테 이정 씨 집에서 잔다고 했지? 해주 네 휴대폰 꺼져 있어서 이정 씨랑 통화했나 보더라."

"그래?"

해주의 물음에 고개를 주억거린 성준은 그녀가 통화하는 모습을 보며, 바지를 챙겨 입고 주방으로 향했다. 순식간에 분위기가 확 깨지긴 했지만, 달아오른 열기가 아직 식지 않은 상태였다.

냉장고에서 탄산수를 꺼내 벌컥벌컥 들이켜며, 애써 열을 삭이려 노력했다.

"자기야."

남아 있던 탄산수를 잔에 붓던 성준은 등 뒤에서 허리를 감아오는 부드러운 감촉에 미소를 지었다. 정말이지 보내고 싶지 않았다. 하루라도 빨리 데려와 함께 살아야 할 것 같았다. 성준은 배 위에 얹어진 해주의 손 위에 자신을 손을 덮었다. 작은 그녀의 손이 그의 커다란 손에 쏘옥 들어왔다.

"자기가 왜 그런 말 했는지, 잘 알아. 앞으론 얌전한 옷도 입어보도록 노력은 해볼게."

예상도 못했던 해주의 말에 성준은 몸을 돌려 그녀를 바라보았다.

"뭘 그렇게 놀란 눈으로 봐? 스타일을 완전히 바꿀 수는 없어. 단지, 아주 가끔은 얌전한 옷도 입어보겠다, 뭐 그런 말이야."

"정말 내가 너 때문에 환장하겠다."

성준은 해주를 품속으로 끌어당기며 낮은 신음을 내뱉었다. 정말이지 이 사랑스러운 여자를 어쩌면 좋단 말인가. 이대로 보쌈이라도 해서 납치해 오고 싶은 심정이었다. 해주를 그냥 돌려보내야 한다는 사실에 성준은 애간장이 녹아내렸다.

일주일 내내 고집스럽게 내리던 비가 그치자, 정원의 푸름이 한층 깊어졌다. 정원 티 테이블에 앉아, 정원을 거니는 아들 내외를 바라보는 김 여사의 눈빛에서 흐뭇함이 묻어났다. 제 아내를 살뜰하게 살피는 모습이 그저 예쁘고 고왔다.

눈으로는 큰아들 내외를 바라보고 있지만, 지금 김 여사의 머릿속에는 오로지 작은아들 생각뿐이었다. 제 아비의 성품을 그대로 닮은 성준이 얼마나 고집스러운지 잘 알기에 여자친구가 누구인지 궁금해도 애써 한 달을 참아냈다. 그런데 이제 슬슬 인내심이 바닥을 드러나고 있었다.

여자도 있으니 올해가 지나기 전에 식을 올렸으면 좋겠는데, 좀처럼 보여줄 생각을 하지 않았다. 답답함에 김 여사는 손을 흔들어 아들 내외를 불러들였다.

"성호 너, 성준이 여자친구는 만나봤니?"

궁금증에 목이 탄 김 여사는 홍차로 입술을 적시며 아들의 대답을 기다렸다.

"우리 어머니 생각보다 오래 참는다 했더니, 인내심이 바닥나셨나 봅니다."

"아, 봤어 안 봤어?"

딴소리를 하는 큰아들의 모습에 애간장이 탄 김 여사는 살짝 짜증이 묻어나는 목소리로 대답을 재촉했다.

"봤어요."

성준의 여자친구를 봤다는 큰아들의 말에 김 여사의 두 눈이 햇빛에 비친 유리알처럼 반짝였다.

"언제?"

"도련님 여자친구 정말 예쁘던데요? 웬만한 배우는 명함도 못 내밀겠더라고요."

"그래?"

"사람이 그늘이 없이 밝더라고요. 생각도 깊은 거 같고요. 무엇보다 성준이를 깊이 사랑하는 것이 눈에 보였어요. 아마, 어머니도 보시면 마음에 들어 할 겁니다. 제가 백 프로 보장해요."

"두 사람, 정말 잘 어울렸어요."

칭찬에 인색한 큰아들 입에서 쉴 새 없이 칭찬이 흘러나오자, 김 여사의 궁금증이 한층 더 깊어졌다. 언제까지 꽁꽁 숨겨놓을 것인지, 궁금증에 애가 닳았다.

"도대체 그 녀석은 집엔 언제 데려온다던? 내가 잡아먹기라도 한데? 고얀 놈."

제 형은 보여주면서 자신에게는 꽁꽁 숨겨놓으려는 작은아들을 향해 김 여사는 섭섭함을 토로했다. 아무래도 자신이 움직여야지, 그렇지 않으면 올해 안에 얼굴은커녕 그림자도 구경을 못 할 듯싶었다.

김 여사는 아들 내외를 들어가라 손짓하며, 휴대폰을 들어 성준의 번호를 눌렀다. 무심한 녀석, 가족 모임 외에는 집에 코빼기도 안 내비치고, 섭섭한 것이 한두 가지가 아니었다. 긴 신호음 끝에야 휴대폰 너머로 익숙한 아들의 음성이 들려왔다.

－네, 어머니.

"너 이 녀석! 엄마한테 전화하면 어디 손가락이 부러지기라도 한다니?"

9월에 접어들었는데도 더위가 가실 생각을 하지 않았다. 그늘에 앉아 있어도 좀처럼 시원하지가 않아, 김 여사는 부채질로 땀을 식히며 아들을 타박했다.

–죄송해요. 요즘 카페 일이 바빠요.

"네가 언제는 안 바빴고? 그리고 너, 이 어미한테 여자친구는 언제 선보일 거야? 언제까지 꼭꼭 숨겨둘 생각인데?"

–다음 주에 데려갈게요. 안 그래도 어머니가 보고 싶어 한다고 말해뒀어요

뭔가 핑계를 댈 줄 알았던 김 여사는 선뜻 여자친구를 데리고 오겠다는 아들의 말에 순간 말문이 막혔다. 무슨 심경의 변화라도 생긴 것일까? 괜한 기대에 김 여사는 상기된 목소리로 물었다.

"어떻게 결혼하려고 마음은 먹은 거야?"

–마음은 예전부터 먹었죠. 그런데 당장은 아니에요. 그저, 형이 어머니가 너무 보고 싶어 한다고 해서, 데려가는 거예요. 괜한 소리 해서, 부담 주지 마세요.

"그래, 그래. 내 약속하마."

용건을 마친 김 여사는 몇 가지 안부만 묻고 전화를 끊었다. 당장 결혼이 시키고 싶어 여자친구를 보여달라 재촉한 것은 아니었다. 물론, 하루라도 빨리 결혼을 해서 가정을 이루면 더할 나위 없이 좋겠지만, 좀 천천히 한다 해도 뭐라 할 생각은 없었다.

회사 일로 남편과 부쩍 사이가 벌어진 둘째 아들은 집에도 발걸음을 잘하지 않고, 밖으로만 겉돌아 늘 마음이 쓰였다. 어떻게 시작한 카페 일이 잘해나가는 것 같긴 했지만, 영 마음에 차지 않았다. 사람에게 곁을 잘 내어주지 않는 성준이 김 여사는 물가에 내놓은 아이처럼 늘 걱정이 되었다. 그래서 곁에서 아들을 편안하게

품어줄 여자가 생기길 바랐던 것이다. 아들에게 지현을 엮어주려 했던 것도 다 그런 걱정에서였다.

어떤 여자인지는 모르지만 요즘 아들의 얼굴은 전보다 눈에 띄게 밝아져 있었다. 그래서 김 여사는 하루라도 빨리 아들이 사귀는 여자를 보고 싶었다. 가벼워진 마음으로 집으로 들어가기 위해 의자에서 몸을 일으키던 그녀는 전화 벨소리에 다시 자리에 앉았다. 안 여사였다.

"여보세요."

—안녕하세요, 저예요. 지현이 엄마.

"그럼요. 안 여사도 편안하죠?"

—덕분에 잘 지내고 있어요. 다름이 아니고, 애들 이야기 좀 할까 해서요.

한 달 내내 일주일이 멀다 하고 전화를 걸어 탐색전만 벌이는 안 여사 때문에 김 여사는 요 근래, 꽤 애를 먹었다. 단도직입적으로 아이들의 혼사에 관한 이야기를 하면 아들의 입장을 이야기했을 텐데, 눈치만 줘서 마음이 불편했었다. 그런데 오늘은 이렇게 직접적으로 이야기를 해주니, 마무리를 지어야 할 것 같았다.

지현이를 예뻐하기는 했지만, 진지하게 혼사 이야기한 적은 단 한 번도 없었다. 그래도 며느리 삼았으면 좋겠다, 하며 애먼 아이의 가슴에 바람을 불어 넣었으니 마무리도 자신이 맺는 것이 옳았다. 김 여사는 떨어지지 않은 입을 힘겹게 열었다.

우울한 마음을 달래기 위해 백화점을 찾은 지현은 좀처럼 옷들이 눈에 들어오지 않았다. 평소 백화점만 오면 눈을 반짝이는 그녀이지만 요즘은 그 어떤 것에도 흥미가 느껴지지 않았다. 김 여사도 근래에는 통 자신을 찾지 않았고, 성준이 보고 싶어 가끔 카페를 찾아도 그가 너무 바빠 인사만 나눌 뿐, 제대로 이야기를 나누지도 못했다.

"와우, 저 여자들 뭐야? 아주 사람 기를 팍팍 죽이네."

건성건성 옷을 훑어보던 지현은 호들갑을 떠는 친구가 가리키는 쪽으로 시선을 돌렸다. 한눈에 보기에도 쭉 빠진 몸매가 시선을 사로잡는 여자 두 명이 나란히 서서 쇼핑을 하고 있었다. 옷을 고르던 여자가 살짝 고개를 돌리자, 익숙한 외모의 여자가 지현의 시선을 붙들었다. 지현은 그 자리에 굳은 듯이 서서 한참을 여자에게서 눈을 떼지 못했다.

"모델인가? 이기적이기도 하지. 몸매가 저런데 얼굴까지 장난 아니다."

"가자."

"응? 옷 안 사?"

"귀찮아졌어."

지현은 친구를 두고 매장을 나와버렸다. 그렇지 않아도 가라앉았던 기분이 더 바닥을 쳤다. 인정하고 싶지 않지만, 성준의 여자 친구가 객관적으로 봐도 예쁜 것은 부정할 수가 없었다. 그것이 지현의 심기를 건드렸다.

"왜 이렇게 저기압이야?"

"그냥 좀 피곤해서 그래."

"그러고 보니, 너 피부도 좀 까칠해진 거 같다. 우리 마사지나 받으러 갈까?"

"다 귀찮아. 그냥 올라가서 시원한 거나 마시자."

옆에서 끊임없이 새처럼 지저귀는 친구의 수다에 지현은 머리가 다 울렸다. 정은은 다 좋은데 말이 너무 많은 것이 문제였다. 라운지로 올라온 지현은 VIP전용 카페로 향했다. 주말이라 사람들이 유독 많아 시끄러웠는데, 이제야 좀 조용해져 살 것 같았다. 간단히 음료를 시킨 지현은 푹신한 소파에 그대로 몸을 기댔다. 몸도 마음도 너무 피곤했다.

눈을 감자 아까 보았던 성준의 여자친구의 모습이 떠올랐다. 생각만으로도 신경질이 나 견딜 수가 없었다.

"너, 그 소문 들었어?"

"무슨 소문."

"성준 오빠 여자 생겼다는 소문 말이야."

눈을 감은 채 친구의 이야기에 귀를 기울이던 지현은 눈을 번쩍 뜨고, 몸을 일으켰다. 사교 모임에도 나가지 않고, 여자친구와 딱히 공식적인 자리에 나오지도 않았는데 정은이 그것을 어떻게 알고 있는 것일까? 지현의 신경이 날카롭게 섰다.

"너, 그 이야기는 어디서 들었어?"

"성준 오빠, 얼마 전에 태산갤러리에 여자랑 같이 왔었다던데?"

"성준 오빠가?"

"성준 오빠 소식엔 제일 빠삭한 네가 이번엔 왜 이렇게 깜깜해? 그렇게 눈에 띄는 자리에 여자를 데리고 나타나고, 정말 별일이지 않아? 둘이 분위기가 장난 아니었다고 하더라고."

정은의 이야기를 듣는 지현의 얼굴이 석고상처럼 딱딱하게 굳어졌다. 기업가 사람들이 많이 모이는 장소에 얼굴을 드러내는 것을 성준은 끔찍이 싫어했다. 그런 성준이 다른 곳도 아닌, 사람들의 이목이 늘 집중되어 있는 태산갤러리에 여자친구와 함께 왔다니…….
정은이 알고 있다면, 머지않아 엄마의 귀에도 들어갈 것이다. 그러면 간신히 설득해둔 엄마가 돌아서는 것도 시간문제였다. 지현의 불안감이 점점 더 깊어져만 갔다.

"난 네가 성준 오빠랑 결혼할 줄 알았거든. 너 오빠랑 잘 되어가는 거 아니었어?"

"전시회 한 번 같이 온 거 가지고 왜 호들갑이야? 잘 알지도 모르면서 너도 헛소문 퍼트리고 다니지 마."

"앤, 왜 성질을 부리고 난리야? 난 그냥 들은 그대로 말한 것뿐이야."

"아, 몰라. 갈래."

괜스레 정은에게 신경질을 부린 지현은 자리를 박차고 일어났다. 엄마의 귀에 소문이 들어가기 전에 일을 좀 더 빨리 진행을 해야 할 듯싶었다. 이런 식으로 성준을 다른 여자에게 빼앗길 수는 없었다.

주말 낮이라 그런지 백화점은 사람들로 북적였다. 세 시간이 넘도록 돌아다녀 겨우 고른 옷을 들고 녹초가 되어 해주는 주차장으로 향했다. 한 번만 입고 거의 입을 일이 없을 것 같은 옷을 너무 비싸게 주고 산 것이 아닌가 싶었지만, 성준의 부모님에게 예쁘게 보이고 싶었다.

"성준 씨 부모님은 언제 만나기로 했는데?"

"다음 주에."

"와우, 우리 해주 드디어 시집가는 거야?"

장난기가 다분히 섞인 이정의 목소리에 해주는 자동차 시동을 걸며 어깨를 으쓱했다. 아직 성준과 결혼에 대해서 진지하게 이야기 나눠본 적은 없었다. 막연히 그와 결혼을 하고 싶다고 생각한 적은 있었지만, 뭔가에 쫓기듯 급하게 서두르고 싶지는 않았다. 지금은 좀 더 이렇게 연애를 즐기고 싶었다.

"아니, 그냥 너무 궁금해하신데. 몇 번 이야기했었는데, 내가 미뤘었거든. 더 미룰 수가 없어서."

성준이 부모님을 만나자고 했을 때, 사실 해주는 덜컥 겁이 났었다. 너무 오래 알고 지내서인지, 성준이 유한그룹의 차남이라는 것을 까맣게 잊고 살았었다. 그런데 부모님을 만나자는 말에 바짝 정신이 들었다. 그 사실을 깨달은 순간부터 그의 집안이 부담스러워 견딜 수가 없었다.

어떻게든 변명을 만들어서 만남을 피하려 했던 해주가 마음을 돌린 것은 그의 형 내외를 만난 후였다. 우연히 카페에서 성준의 형과 마주쳤고, 그 뒤로 여러 번 넷이 만나 시간을 보냈다. 그의 형 부부를 보면서 해주는 저도 모르게 쌓았던 벽을 허물 수가 있었다.

그의 형수의 첫인상은 하얀 백합 같았다. 청순한 외모에 웃는 모습이 참 예쁜 자신과 정반대의 스타일이었다. 반면 성호는 무섭도록 성준과 외모가 닮아 있었다. 하지만 외모만 닮았을 뿐, 분위기는 전혀 다르다고 해야 할까. 어쨌든 높게만 보였던 그의 집안의 벽을 허물 수 있었던 것은 그의 형수 영향이 컸다. 청초하게 웃으며, 어머님이 너무 좋아할 거 같다 말하던 모습에 눈이 녹아내리듯 사르르 마음이 풀어졌다.

그녀의 웃음은 가식이 아닌 정말 행복이 묻어나는 미소였다. 저런 미소를 짓게 해주는 분이라면, 왠지 지레 겁을 먹지 않아도 되지 않을까 하는 생각이 들었다. 그래서 그의 부모님을 만날 용기가 생겼다.

"달달한 거 당긴다."

"안 그래도 내가 해진이한테 네가 좋아하는 초코타르트 챙겨 놓으라고 했어."

"정말? 아 입에 침 고인다."

"생긴 거랑 안 어울리게 단것 참 좋아해."

"단것 좋아하게 생긴 얼굴도 있냐?"

이정의 말에 해주는 피식 웃었다. 첫인상이 꽤 차가운 이정은 왠지 에스프레소 같은 쓴 것만 좋아할 것 같은 분위기를 풍겼다. 하지만 알고 보면 혀가 녹아내릴 정도로 달달한 초콜릿을 좋아하는 달콤한 여자였다. 그런 이정을 놓친 해중을 해주는 세상 제일가는 머저리라고 생각하고 있었다.

요즘 누군가를 만나고 있는 것 같긴 한데, 내색을 하지 않아 해주도 모른 척하고 있었다. 진지한 관계가 되기 전에는 만나는 사람에 대해서 이야기하지 않는 이정의 성격을 알기에 궁금증을 애써 참으며 끈기 있게 기다리는 중이었다.

"아! 너무 정신없어서 잊고 있었는데, 전시회 와줘서 정말 고마워."

"별소리를 다 한다. 새삼스럽게 왜 그래?"

"새삼스럽긴. 바쁜 성준 씨까지 데리고 왔는데, 당연히 감사인사는 해야지."

"감사할 것도 많다. 들어가자."

"너희 낭군님, 버선발로 나와 계신다."

주차장에 차를 세우고 카페로 향하던 해주는 입구에서 이정을 향해 고개를 숙이는 성준에게 달려가 팔짱을 끼었다.

"더운데 왜 나와 있어."

"조금이라도 빨리 보려고."

"성준 씨는 그렇게 안 생겨서, 은근히……, 아!"

성준을 향해 장난스럽게 이야기하던 이정이 말을 마치기도 전에 웬 낯선 남자가 다가와 손목을 잡아당겼다. 순식간에 남자의 품으로 끌려간 이정이 낮은 비명을 질렀다.

"언제까지 피할 생각인데?"

갑자기 나타난 남자가 이정을 향해 분노를 억누른 목소리로 낮게 말했다. 두 사람 사이에서 느껴지는 묘한 스파크에 해주는 눈앞의 남자가 요즘 이정이 만나는 남자임을 직감했다.

"진혁이 형."

서로를 무섭게 노려보는 두 사람의 기에 질려 아무 말도 하지 못하고 있던 해주는 친숙하게 남자의 이름을 부르는 성준에게로 시선을 돌렸다. 성준이 저 남자를 어떻게 알고 있는 것일까?

"성준아, 나중에 이야기하자. 갑자기 죄송합니다. 이정 씨는 제가 좀 데려가겠습니다."

"이거 놔요."

자신을 향해 살짝 고개를 숙여 인사한 남자가 뿌리치려는 이정을 거의 납치하다시피 자신의 차에 태웠다. 말려야 하는지 망설이는 동안 차가 순식간에 시야에서 사라졌다.

"말려야 했나?"

"나쁜 사람 아니니까, 너무 걱정하지 마."

"근데 자기는 저 사람을 어떻게 알아?"

"우리 형, 친구."

성준은 예상도 못했던 진혁의 등장에 퍽이나 놀랐다. 천하의 서진혁이 여자를 만나러 직접 찾아오다니……. 그가 아는 진혁은 여자를 직접 찾아올 만큼 다정한 사람이 절대 아니었다.

"형님 친구?"

갑자기 등장한 친구의 남자에 호기심이 생겼는지, 해주가 눈을 반짝이며 질문을 쏟아냈다.

"글쎄, 덥다. 우리는 들어가자."

입구에 서서 고개를 갸우뚱거리는 해주의 모습에 성준의 입술 사이로 피식 웃음이 새어나왔다. 저런 모습마저 예뻐서 미치겠으니, 이 정도면 거의 중증환자 수준이 아닐까 싶었다. 아무래도 하루 빨리 해주를 데리고 와야 할 듯싶었다.

통화를 마친 안 여사는 손이 부들부들 떨려 주먹을 꽉 쥐었다. 세상에 치욕도 이런 치욕이 없었다. 아들에게 여자가 있다는 김 여사에게 그녀는 어떤 반박도 할 수가 없었다. 성준과 지현이 연애한 것도 아니고, 집안끼리 정략결혼을 시키자며 일을 진행한 적도 없었다. 그걸 알면서도 딸에게 휘둘려 이 사달을 냈으니, 누굴 탓할 수도 없었다.

좀처럼 사그라지지 않는 분노에 안 여사는 자리를 털고 일어나, 이층으로 뛰어올라갔다. 벌컥 문을 열고 들어가자, 화장을 지우고 있던 지현이 자리에서 일어나 곁으로 다가오며 기대에 부푼 목소리로 물었다.

"아줌마랑 통화해봤어? 뭐라고 하셔?"

"너! 똑바로 말해봐. 혹시 성준이 여자 있는 거, 알았어?"

성준의 여자에 대해 묻는 말에 놀라지 않는 딸의 모습에 안 여사는 순간 맥이 탁 풀렸다. 끓어오르는 화가 주체가 되지 않았다.

"왜 대답이 없어! 여자 있는 거 알고 있었느냐고!"

"응."

"그걸 알면서, 어쩜! 엄마 망신을 시켜도 유분수지!"

"아줌마가 알고 있어? 오빠 여자친구에 대해서?"

어느새 눈물이 가득 차오른 눈으로 묻는 딸의 말이 너무 어이가 없었다. 세상에, 이 아이를 어쩌면 좋을까? 늘 밝고 매사 자신감에 넘치던 딸의 모습은 사라지고 없었다. 지금 눈앞에 있는 아이가 너무 낯설어 안 여사는 절망감이 몰려왔다.

"지금 그게 중요해?"

"응, 나한테는 중요해! 오빠가 여자가 있던, 없던 나는 포기할 생각이 없으니까! 나……."

미친 듯이 소리치는 딸의 뺨을 안 여사는 망설임 없이 세게 내리쳤다.

"정신 차려! 네가 뭐가 부족해서! 뭐가 부족해서 널 원하지도 않는 남자한테 매달린다는 거야? 내가 분명히 말했지, 널 사랑해주는 남자를 만나라고."

"엄마, 난 오빠가 아니면 안 돼. 그러니까, 제발…… 날 좀 도와줘. 응?"

눈물이 범벅이 된 얼굴로 팔에 매달려 애원하는 지현 때문에 안 여사는 억장이 무너져 내렸다. 성준이 딸에게 마음이 없다는 것을 알면서도 진작 말리지 못한 자신의 잘못이 컸다. 늘 자랑스럽게 여겼던 딸이 무너지는 모습에 안 여사는 깊은 절망감을 느꼈다.

"오늘은 그만하고 좀 쉬어야 할 것 같다. 너도, 나도 마음 좀 진정시키고 나중에 차분히 이야기하자."

안 여사는 끓어오르는 화와 동시에 몰려오는 딸에 대한 실망감에 맥이 풀려 더는 아무 말도 하고 싶지가 않았다. 간신히 딸의 방을 나와 이층 거실 소파에 쓰러지듯 앉은 안 여사는 손을 이마에 얹은 채, 깊은 한숨을 몰아쉬었다.

"절대 포기하지 않아!"

고개를 절레절레 저으며 방을 빠져나가는 엄마의 뒷모습을 향해 지현은 절규하듯 소리쳤다. 성준이 여자를 사귀는 것을 처음 보았기에 두려운 생각이 들기는 했었다. 하지만 집안 차이가 나는 만큼 그리 오래갈 것이라 생각하지 않았었다. 무엇보다 자신을 예뻐하는 김 여사가 있으니, 희망을 놓지 않았었다. 그런데 모든 것이 착각이었던 모양이다.

사람들 이목을 끄는 곳에 여자친구를 데리고 오는 것으로도 부족해, 집에도 여자친구의 존재를 밝혔다는 사실에 지현의 불안감이 배로 증가했다. 이럴 수는 없었다. 그를 이렇게 다른 여자에게 보낼 수는 없었다. 절대.

거실 바닥에 앉아 손톱을 다듬는 딸의 뒷모습을 윤 여사는 주방 식탁에 앉아, 뚫어져라 쳐다보았다. 지난 3개월간의 모습을 보아하니 남자가 생긴 것 같은데 죽어도 아니라 잡아떼니, 답답할 노릇이었다. 뿐인가, 좋은 선 자리를 다 마다하는 해주 때문에 윤 여사는 속이 탔다. 이제 한 해만 지나면 33살인데, 어쩜 저렇게 태평한지 절로 한숨이 다 나왔다.

"엄마는 아들 밥 먹는데, 앞에서 한숨을 쉬냐."

"내가 그랬니? 미안해. 근데 아들."

배가 퍽이나 고팠는지 밥통에서 밥을 한 그릇 더 퍼담는 막내아들을 향해 윤 여사는 궁금증이 역력히 배어난 목소리로 물었다.

"너, 혹시 뭐 아는 거 있어?"

"뭐?"

"네, 누나 말이야. 저거, 저거 남자가 생긴 거 같은데 끝까지 아니라고 우기니까."

저지방우유를 마시며 잡지를 뒤적이던 해중의 눈빛이 일순 날카롭게 빛났다. 좀처럼 잡지에서 눈을 떼지 않던 그는 어머니의 물음에 해진이 뭐라 대답하는지 유심히 지켜보았다.

"없으니까, 없다는 거겠지. 그걸 내가 어떻게 알아. 누나가 나한테 그런 걸 말하는 사람이야?"

아무것도 모른다는 듯 시치미를 떼던 해진이 자신을 흘끗 쳐다보며 흔들리던 눈빛을 해중은 놓치지 않았다. 요즘 일이 너무 바빠 신경을 쓰지 못했더니, 자신이 모르는 사이 해주에게 남자가 생긴 모양이었다.

"그래? 어쨌든 수상해. 어떻게 우리 집 자식들은 결혼할 생각을 안 하는 거니? 해중이 너! 지금 네 나이가 몇이니, 너 언제 장가갈 거야? 여자는 있니?"

해주에게 향하던 화살이 어느덧 자신에게 바뀌자, 해중은 아무것도 못 들은 것처럼 다시 잡지로 시선을 내렸다. 하지만 그런 그의 행동은 윤 여사의 화에 기름을 부은 격이었다. 해중은 등 뒤에서 느껴지는 따가운 감촉에 낮게 신음했다.

"왜 대답을 안 해?"

등짝을 세게 내려친 윤 여사가 잡지를 덮으며 매섭게 물어오는 말에 해중은 어깨를 으쓱하며 대답했다.

"나는 결혼 안 한다고 했잖아."

해중의 말이 끝나기 무섭게 크고 두툼한 윤 여사의 손이 그의 등으로 향했다.

"아파!"

"아프라고 때린 거야! 어떻게 된 것이 자식 셋이 다 결혼할 생각을 안 해! 그리고 해진이 너는 언제까지 아영이랑 연애만 할 거야?"

"엄마, 앞에 똥차 두 대 먼저 해결하고 이야기하는 것은 어떠십니까?"

"그게 무슨 상관이야! 다 꼴 보기 싫어. 아휴, 징글징글한 것들."

질린다는 듯이 고개를 내저은 윤 여사가 거실로 향하는 모습에 해진과 해중의 입에서 동시에 안도의 한숨이 나왔다. 아마도 지금부터는 해주를 심문하기 시작할 것이다.

"자, 강해진. 밥은 다 먹었고?"

"왜 그런 눈으로 보냐? 무섭게."

"빨리 설거지 끝내고, 이 형님이랑 옥상이나 좀 올라갔다 올까?"

아직 해진의 밥그릇에 밥이 남아 있음에도, 해중은 식탁을 정리하기 시작했다. 급한 그의 성격을 익히 잘 알고 있는 해진이 낮게 한숨 쉬더니 이내 함께 식탁을 정리했다. 순식간에 설거지까지 끝낸 해중과 해진은 옥상으로 향했다. 여름의 끝자락이라 그런지, 밤바람이 제법 시원했다. 해중은 옥상 위에 놓여 있는 평상에 몸을 눕히고, 별 하나 떠있지 않은 까만 밤하늘로 시선을 고정시킨 채 물었다.

"너 뭐 아는 거 있지? 빨리 불어."

"뭐가 알고 싶은 건데?"

"네가 알고 있는 전부."

해중은 아직도 그때 그 일을 잊지 못하고 있었다. 버릇이 좀 없는 것 빼고는 눈에 넣어도 아프지 않은, 귀하고 귀한 여동생을 일주일이 넘도록 침대에서 일어나지 못하게 했던 천하의 개망나니 자식을 생각하면, 아직도 피가 거꾸로 솟았다. 그때 그 자식을 죽여버리지 못하고 갈비뼈만 부러트린 것이 천추의 한이었다.

"있어, 남자친구. 형도 아는 사람이고."

평상에 몸을 눕히고 있던 해중은 자신이 아는 사람이라는 말에 몸을 벌떡 일으켰다. 불길한 기운에 등골이 오싹해졌다.

"내가 아는 사람? 뭐야, 혹시 그 개자식 다시 만나는 거야? 그래서 내가 해주 남자 생기면 말하라고 했는데도 여태 입 다물고 있었던 거냐?"

"무슨 헛소리야? 만약 그랬다면 내가 가만히 있었겠어?"

정색하며 소리치는 동생의 모습에 해중은 안도의 숨을 내뱉었다.

"그럼, 도대체 누구야? 내가 아는 사람이라니."

두 눈을 번득이며 대답을 재촉하는 눈빛으로 자신에게서 눈을 떼지 않는 형을 향해 해진은 나직하게 말했다.

"성준이야."

"뭐? 누구라고?"

화들짝 놀라 팝콘이 튀듯 평상에서 몸을 일으킨 해중이 곁으로 다가와 되묻는 모습에 해진은 웃음이 나왔다. 놀라긴 퍽이나 놀란 모양이었다.

"성준이랑 사귀고 있다고. 그러니까 안심해. 성준이가 얼마나 괜찮은 남자인지는 형도 잘 알잖아. 예전처럼 참견하지 말고, 당분간은 그냥 모르는 척 지켜봐줘."

"정말 쇼킹하네. 어쩌다 둘이 엮인 거야?"

"성준이가 6년 동안이나 짝사랑을 했다네. 천하의 마녀 강해주를."

"뭐어?"

놀라 입을 다물지 못하는 형의 반응이 재미있어 해진은 웃음을 멈출 수가 없었다.

"그러니까 좀 지켜보자고. 6년 동안이나 짝사랑했던 여자를 제 것으로 만들었는데, 얼마나 달콤하겠어? 방해하지 마. 내가 방해하다 놓아준 지 얼마 안 됐으니까."

요즘 성준과 해주는 그야말로 반짝반짝 빛이 났다.

성준을 오랫동안 알아온 그이지만, 요즘처럼 행복해 보이는 친구의 모습은 본 적이 없었다. 손님과 친한 사람들 외에는 마음을 열지 않고 늘 차갑기만 하던 모습도 부쩍 유해졌고, 웃음도 많이 늘었다. 그건 해주도 다르지 않았다. 누나의 얼굴에서 미소가 지워지지 않는 것만으로도 얼마나 사랑받고 있는지 충분히 느껴졌다.

해진은 그런 두 사람을 곁에서 그냥 지켜보고 싶었다.

7. Don't cry

어스름이 내려앉은 하늘을 차창 밖으로 바라보던 성준은 손목시계로 시선을 내렸다. 어느덧 시곗바늘이 8시를 가리키고 있는데도 해주는 퇴근할 생각을 하지 않았다. 모처럼 가게가 쉬는 금요일이라 해주와 저녁을 함께 먹을까 했는데, 오늘은 퇴근이 늦어지는 모양이었다.

"이럴 줄 알았으면 전화하고 올 걸 그랬나."

전화를 해볼까 망설이던 성준은 때마침 울리는 벨소리에 보조석에 두었던 휴대폰을 잽싸게 집어 들었다. 혹시 해주인가 싶었던 성준은 액정화면에 뜬 지현의 이름에 살며시 입술을 깨물었다.

액정화면을 바라보며 성준은 지난주에 어머니가 했던 말을 떠올렸다. 지현의 어머니와 자신과의 이야기를 마무리했고, 그동안 괜스레 지현의 가슴에 바람을 불어넣은 것을 사과했다고 들었다.

사과를 했다는 어머니의 말에 성준은 살짝 심기가 불편했었다. 이유가 어찌 되었든 간에 자신의 일로 어머니가 다른 사람에게 고개를 숙인 일이 결코 유쾌하지는 않았다.

자신을 향한 지현의 마음을 잘 알고 있는 어머니는 그녀를 위해서 적당히 거리를 두어야 한다는 사실에 무척이나 가슴 아파했다. 친딸처럼 예뻐했던 아이를 전처럼 편히 볼 수 없으니 그 마음이야 오죽하겠는가. 하지만 지현을 위해서라도 전처럼 지내는 것은 무리였다. 그래서 성준은 지현과 더 거리를 두고, 전보다 좀 더 차갑게 대했다. 그럼에도 지현은 좀처럼 달라지지가 않았다.

끊겼던 전화가 또다시 이어서 울리자, 성준은 낮은 한숨을 내쉬며 통화버튼을 눌렀다.

─오빠!

"그래, 지현아."

전화를 받으며 차에서 내린 성준은 차에 기댄 채, 눈을 감았다.

─요즘 왜 이렇게 연락이 안 돼? 응? 가게 가도 바쁘다고 말 걸어도 대답도 잘 안 해주고.

"지현아. 오빠가 지금 좀 바쁜데, 용건 있어서 전화한 거 아니면 끊어도 될까? 네가 이렇게 용건 없이 전화하는 거……."

차게 자르려 했던 성준은 자신의 말이 끝나기도 전에 말을 끊는 지현 때문에 깊은 한숨을 내쉬었다.

─오빠 오늘 쉬는 날 아니야? 근데 왜 바빠? 혹시 여자친구 만나고 있어?

휴대폰 너머로 들려오는 지현의 목소리에서 약간 취기가 느껴졌다. 아무래도 술을 마시고 전화를 하는 모양이었다. 요즘 들어 부쩍 술에 취해 전화를 걸어오는 날이 늘었다. 이런 식으로 전화하지 말라 수차례 말했지만 소용이 없었다.

"그래, 같이 있어."

—그래도 조금만 더 통화하면 안 돼? 나, 오빠랑 할 말이 참 많단 말이야

"그럴 수는 없어. 내가 말했잖아. 난 네 친구가 아니라고. 술 마셨으면 그냥 자. 전화해서 귀찮게 하지 말고."

—어쩜 나한테 그렇게 말할 수 있어? 오빠 차갑긴 해도 나한테 그런 심한 말은 안 했었잖아. 왜 이렇게 변했어?

어느새 젖은 목소리로 원망의 말을 쏟아내는 지현 때문에 성준은 두통이 몰려왔다. 아버지와 지현이의 아버지 관계를 생각해서 어떻게든 좋게 정리를 하려고 했지만, 계속 이런 식이라면 그럴 수조차 없었다. 휴대폰 너머로 점점 짙어지는 지현의 흐느낌을 가만히 듣고 있던 성준은 회사 빌딩에서 나오는 해주의 모습에 자동차에 기댔던 몸을 일으켰다.

"다시는 전화하는 일 없었으면 좋겠다. 이만 끊을게."

단호하게 전화를 끊은 성준은 손을 흔들며 가까이 다가오는 해주를 향해 양팔을 벌렸다. 지현에게는 미안했지만, 이런 식으로 연락하는 것조차도 해주에게는 예의가 아니라 생각했다. 그녀가 오해할 일은 아주 작은 것도 만들고 싶지 않았지만, 지현을 위해서도 자신이 이렇게 단호하게 끊어주는 것이 옳다고 생각했다.

"언제 온 거야? 연락하지!"

품에 안기며 허리를 끌어안은 해주가 가슴에 얼굴을 비비며 말했다. 성준은 그런 해주의 정수리에 키스하며 말했다.

"일하는데 방해할까 봐. 저녁은 먹었어?"

"아니, 나 너무 배고파서 배가 등가죽에 붙었어."

"빨리 저녁 먹으러 가자. 뭐 먹을래?"

보조석 문을 열어주며 묻자, 해주가 고개를 절레절레 저었다.

"안 돼. 오늘 저녁은 굶을 거야."

몸을 숙여 차에 상체만 집어넣은 성준은 해주에게 안전벨트를 매어주며, 미간에 주름을 잡으며 말했다.

"밥을 왜 안 먹어?"

"왜긴. 모레 자기 집에 가잖아. 조금이라도 예쁜 모습으로 어른들 뵙고 싶단 말이야."

"지금도 충분히 예뻐. 그러니까 간단하게라도 뭐 좀 먹자."

절레절레 고개를 젓는 해주의 뺨을 살짝 꼬집으며 보조석 문을 닫은 성준은 주머니에서 쉼 없이 울리는 휴대폰을 꺼내 전원을 꺼버렸다. 이러는 것이 지현에게 얼마나 상처를 주는지 알지만, 그래도 어쩔 수 없었다.

쓸데없이 작은 희망을 주는 것보다 이편이 지현을 위한 길이라 생각했다.

"나, 정말 저녁 굶을 거야."

차에 오르기 무섭게 양손으로 엑스를 그리며 말하는 해주를 향해 성준은 엄한 표정으로 단호히 말했다.

그녀에겐 뭔가 특별한 것이 있다

"끼니 거르는 것은 안 돼. 그리고 나도 저녁 안 먹어서 좀 허기져."

"배고파? 우리 자기가 배고프면 뭐라도 먹어야지, 뭐. 뭐 먹고 싶은 거 있어?"

"밖에서 먹는 것은 다 거하니까, 카페로 갈까? 가서 간단히 샌드위치나 먹자."

"그래, 그럼. 안 그래도 나 오늘 집에 일찍 들어가야 하거든. 바빠."

"뭐가 그렇게 바쁜데?"

"손톱 손질도 해야 하고, 팩도 해야 하고 얼마나 바쁜지 알아?"

심각한 얼굴로 해야 할 일들을 쏟아내는 해주의 모습이 너무 예뻐 성준은 절로 웃음이 났다. 자신의 부모님에게 잘 보이려 노력하는 모습이 정말 예뻤다.

"아! 자기야."

순식간에 카페에 도착한 차를 주차장에 세우던 성준은 갑자기 몸을 돌려 다급하게 자신을 부르는 해주에게로 시선을 돌렸다.

"응?"

"조심해. 조만간 괴물이 들이닥칠 거야."

"그게 무슨 말이야? 괴물이라니."

해주는 안전벨트를 풀면서도 자신에게서 시선을 떼지 않는 성준을 보며, 아까 전화로 으름장을 놓던 해중의 말이 떠올랐다. 참견하기 좋아하는 해중이 자신과 성준의 관계를 알아버렸으니, 앞으로 좀 귀찮아질 것 같았다.

"오빠가 자기랑 나 사이 알아버렸거든. 오늘 화보촬영 때문에 파리 갔는데, 돌아오면 분명 자기 찾아올 거야."

"형이? 잘됐네. 어차피 알게 될 거, 조금 더 일찍 알았다고 문제될 거 없잖아."

"그래도. 귀찮아."

"내가 알아서 할게. 내리자."

알아서 하겠다는 성준의 말이 해주의 근심을 조금도 덜어주지 못했다. 해진이가 좀 풀어주나 싶었더니, 더한 사람이 옆에서 눈을 번득이고 있으니 한숨이 절로 나왔다. 제발 자신은 내버려두고 본인들의 연애나 신경 써주면 좋으련만.

"뭐해. 이리 와."

차에서 내려 멍하니 서 있는 자신을 향해 손을 내미는 성준의 손을 해주는 힘주어 잡았다. 자신의 손을 감싸는 커다란 그의 손이 따뜻하고 한없이 든든했다. 그의 온기가 느껴지자 걱정으로 가득했던 마음이 한결 가벼워졌다. 그래, 성준이라면 해중도 분명 믿고 좋아 해줄 것이다.

아무리 전화를 걸어도 꺼져 있는 성준의 휴대폰은 다시 켜질 생각을 하지 않았다. 지현은 끝까지 자신을 피하는 성준에게 화가 나 들고 있던 잔을 바닥으로 집어던졌다. 유리가 깨지는 커다란 소음에 사람들의 시선이 몰렸지만, 신경 쓰지 않았다.

"지현아!"

맞은편에 앉아 있던 정은이 놀라 곁으로 다가왔지만, 지현은 그마저도 귀찮았다. 지금 지현의 머릿속에는 그저 자신을 피하는 성준에 대한 원망으로 가득할 뿐이었다.

"안 다쳤어? 괜찮아?"

"괜찮아, 그러니까 소란 피우지마."

지현은 손사래를 치며 병째 술을 들이켰다. 아무리 술을 마셔도 정신만 맑아질 뿐, 좀처럼 취기가 오르지 않았다. 머릿속에는 온통 성준 생각뿐이었다. 다른 여자를 향해 다정하게 미소 짓는 성준을 떠올리는 것만으로도 미칠 것만 같았다. 요즘은 매일이 화가 나 견딜 수가 없었다.

"너 자꾸 왜 이래? 네가 이런다고 뭐 달라지는 거 있어? 네 몸하고 마음만 망가질 뿐이야. 그러니까 제발 정신 좀 차려."

마시고 있던 술을 강제로 빼앗은 정은이 걱정스러운 얼굴로 한숨을 토해내듯 말했다. 그런 친구를 바라보는 지현의 눈동자에 눈물이 가득 차올랐다. 알고 있다. 자신이 무슨 짓을 해도 변하는 것이 하나도 없다는 것을 지현이 누구보다 제일 잘 알고 있었다. 알면서도 성준을 놓을 수가 없었다. 이렇게 쉽게 놓아버리기엔 그를 좋아한 세월이 너무도 길었다.

"아는데, 그거 아는데 정은아. 나, 정말 죽을 거 같아."

"널 정말 어쩌면 좋으니……."

자신을 품에 안고 등을 다독여주는 친구의 가슴에 얼굴을 묻고 지현은 목 놓아 통곡하듯 울었다. 이대로, 성준을 두 번 다시 볼 수 없다고 생각하니 죽을 것만 같았다. 그의 여자친구 따위 죽어버렸으면 좋겠다는 생각밖에 들지 않았다. 이대로 그를 포기할 수가 없었다.

"유난도 병이다, 정말."

머리에 염색약을 바르고 열처리 기계 아래에서 여유롭게 잡지를 넘기던 해주는 옆에서 불평을 토해내는 서영의 모습에 피식 웃음이 나왔다. 출판사 일로 서울에 온 서영을 낚아채, 억지로 미용실을 데려온 것이 영 불만인 모양이었다.

"나 유난스러운 거 하루 이틀인가 뭐. 너도 머리 좀 하라니까, 왜 싫데?"

"당장 다음 주부터 마감이야. 마감하는 내내 머리 질끈 묶고 있을 건데, 뭐 하려고 머리를 하니? 귀찮아. 근데 너는 도대체 얼마나 잘 보이려고 염색까지 다시 하니?"

"아침에 거울을 보는데, 머리카락색이 너무 밝잖아. 그래서 좀 다운시키려고. 나 성준 씨 부모님한테 정말 잘 보이고 싶단 말이야."

"너, 성준 씨랑 결혼하기로 마음먹은 거야?"

두 눈을 호기심으로 반짝이며 물어오는 서영의 말에 해주는 대답 대신 어깨를 으쓱했다. 그와 결혼까지 생각하고 만나고 있는 것은 맞지만, 당장 결혼할 생각으로 그의 부모님을 만나는 것은 아니었다. 성준의 말처럼 이번에는 가볍게 얼굴도장만 찍는다는 생각으로 찾아뵙고 싶었다. 이제 만난 지 3개월이 조금 지났을 뿐이었다. 아직은 시간을 두고 그와의 연애를 즐기고 싶었다.

"언젠가 하겠지. 근데 당장은 아니야."

서영과 이야기를 나누면서 잡지를 건성건성 넘기던 해주의 손이 순간 굳은 듯이 멈추었다. 잡지 속 익숙한 남자의 모습에 놀라 숨을 들이켜고 재빨리 잡지를 덮은 해주는 서영에게 시선을 돌렸다.

"이제 그러지 않아도 돼. 나, 괜찮아."

재빨리 덮는다고 덮었는데도 서영이 현진의 사진을 봐버린 모양이었다. 해주는 자신 때문에 간신히 잊고 있던 서영의 기억을 헤집어놓은 것은 아닌지 걱정스러웠다.

"나, 정말 괜찮다니까. 내가 고작 사진 한 장에 동요할까 봐, 그런 눈으로 보는 거야?"

"손님, 샴푸 도와드릴게요."

서영에게 뭔가 말하려던 해주는 미용사의 말에 자리에서 일어났다. 정말 괜찮다는 듯이 더 환하게 미소 짓는 친구의 모습이 오히려 해주의 가슴을 더 아리게 했다. 다른 사람들은 사랑하던 사람과 헤어지면 그걸로 끝이지만, 늘 이런 식으로 사랑했던 사람을 마주쳐야 하는 서영이 너무 안쓰러웠다. 친구에 대한 안쓰러움이 커지는 만큼 현진에 대한 원망도 커졌다. 친구를 잃은 자신도 지금까지 이렇게나 아픈데, 사랑을 잃은 서영은 오죽하겠는가. 성공을 위해서 친구도 사랑도 모두 버린 현진을 해주는 평생 용서할 수 없을 것 같았다.

눈을 감은 채, 머리 위로 쏟아지는 미지근한 물길을 맞고 있자니, 불현듯 민섭이 떠올랐다. 처음으로 결혼을 결심했었고, 또 배신당했었다. 그래서 새로운 사랑이 두려웠고, 아직도 현진을 잊지 못하는 서영이 해주는 가슴이 사무치도록 아팠다.

내일 당장 성준의 부모님을 만나려 하니, 머릿속이 수없이 많은 생각으로 가득했다. 자신을 사랑해주는 성준의 마음을 의심하는 것은 아니었다. 하지만 오래전 받았던 상처 때문인지, 자꾸만 불안한 마음이 드는 것은 해주 자신도 어떻게 되지 않았다. 또다시 상처받을까 두려웠다. 이번 사랑까지 실패하게 된다면, 정말 두 번 다시는 누구도 사랑할 수 없게 될 것 같았다.

"와, 머리카락색 하나에 사람이 완전 달라 보이네."

"왜 이래, 청순해 보이려고 파마도 풀었는데. 어떻게 효과가 좀 있는 거 같아?"

계산을 하고 미용실을 나오며 해주는 서영을 향해 눈을 반짝이며 물었다. 그의 부모님에게 예쁘게 보이고 싶어서 파마까지 푼 효과가 조금이라고 있기를 간절히 바랐다.

"그래, 예쁘다. 우리 해주 완전 다른 사람 같네. 내일 가서 말만 좀 예쁘게 하면 되겠는데?"

걱정했던 것과 달리 머리를 감고 다시 자리로 돌아왔을 때, 서영의 얼굴에서 작은 그늘도 찾아볼 수가 없었다. 정말 괜찮은 것인지, 아니면 괜찮은 척하는 것인지 해주로서는 알 길이 없었다. 다만, 이제는 서영이 조금 편안해지길 바랄 뿐이었다.

"나 기다려줬으니까, 맛있는 거 사줄게. 뭐 좀 먹자."

"나 밥 생각 없는데."

"그러지 말고 뭐라도 먹어. 너, 마감 시작하면 또 잠수 탈 거잖아. 잠수 타기 전에 수다나 왕창 떨자."

"너, 내일을 위해서 오늘 저녁은 좀 굶어 줘야 하는 거 아니야?"

"조금만 먹지 뭐. 점심도 굶었더니 허기진다. 뭐 먹고 싶은 거 있어?"

자꾸만 돌아가려 하는 서영의 팔짱을 끼고, 꽉 붙들어 맨 해주
는 애원하는 눈빛으로 친구를 바라보며 말했다. 오늘은 왠지 뭐라
도 맛있는 것을 먹여 돌려보내고 싶었다.

"나 당장 오늘 밤부터 작업 시작해야 해서 일찍 들어가야 돼. 근
처로 가자."

서영의 말에 해주의 머릿속에 떠오르는 음식점 한 곳이 있었다.
그 집 스파게티를 참 좋아했었는데, 민섭과 헤어지고 나서 발길을
끊은 곳이었다. 어떻게 해야 할까 잠시 망설이던 해주는 결심이 선
듯 말했다.

"근처에 스파게티 잘하는 집 있는데 거기로 가자. 스파게티 괜
찮지?"

"괜찮아."

"가자, 가자. 내가 밥만 먹이고 얼른 보내줄게. 근데 넌 뭐가 그
렇게 매일 바쁘냐."

"마감 때만 아니면 매일이 한가한 여자거든, 내가."

"말은 잘하지. 다 왔어, 들어가자."

미용실에서 몇 걸음만 걸으면 도착하는 이 레스토랑을 이렇게
다시 찾을 날이 올 줄은 몰랐었다. 이곳을 지나는 것만으로도 가슴
이 찢어질 듯 아팠던 날들이 있었다. 그런데 지금은 신기하리만큼
담담했다. 모두가 다 성준이 곁에 있어준 덕분이었다.

"해주야."

서영과 함께 레스토랑에 들어서려던 해주는 귓가를 스치는 익숙

한 목소리에 그대로 몸을 굳혔다.

"너, 해주 맞지?"

당황스러움에 레스토랑에 들어가지도, 그렇다고 뒤도 돌아보지 못한 채, 잠시 주춤했던 해주는 몸을 돌려 반갑지 않은 남자를 마주했다. 그였다, 송민섭.

"내가 혹시라도 나 다시 보면 모르는 척 그냥 지나가라고 했을 텐데?"

"지난번에 그렇게 헤어지고, 내내 네 생각했었어."

자신을 생각했다는 민섭의 말에 해주는 순간 속에서 열이 확 올랐다. 싫었다. 민섭이 자신을 떠올리고 추억하는 것조차 너무도 싫었다. 할 수만 있다면, 그와 함께했던 기억들을 모두 칼로 도려내고 싶었다.

"오랜만이네요, 민섭 씨."

"안녕하세요, 서영 씨."

"그 입에 해주도 내 이름도 올리지 말아요. 불쾌하니까. 가자, 해주야. 밥맛 떨어졌다."

자신과 민섭이 어떻게 헤어졌는지 모두 알고 있는 서영이 몸을 부들부들 떨며, 분노 섞인 목소리로 말했다. 서영에게 손목이 잡혀 레스토랑 입구에서 끌려 나오던 해주는 반대편에서 다른 손목을 잡는 민섭 때문에 더는 앞으로 나갈 수 없게 되었다.

"뭐하는 거야. 안 놔?"

"지금 뭐하시는 거예요!"

서영과 해주의 입에서 동시에 고함소리가 나왔지만, 민섭은 좀처럼 잡은 손목을 놓지 않았다. 놓기는커녕 팔을 빼려 할수록 더욱 세게 잡았다.

"시간 오래 안 빼앗을게. 10분, 아니 5분만 나랑 이야기 좀 하자."

"나, 너랑 할 말 없어. 그러니까 이 손 놔."

"제발 부탁이야. 서영 씨, 해주 금방 보내겠습니다. 부탁드립니다."

자신의 손목을 잡은 채, 서영에게 허리까지 숙여 인사하는 민섭의 모습에 해주는 아랫입술을 세게 깨물었다. 아마, 그는 오늘 쉽게 자신을 놓아주지 않을 것이다. 오래전 그와 헤어졌지만, 기억까지 온전히 지워진 것은 아니니까. 아직도 민섭에 대해서 기억하고 있는 스스로가 너무도 못마땅했다.

해주는 낮은 한숨을 내쉬며 서영과 눈을 맞추고 고개를 끄덕였다. 이렇게 실랑이하는 것도 피곤했다. 성준의 부모님을 만나기 전날, 예전 남자를 만나 괜히 문제를 일으키고 싶지 않았다.

"헤어지면 바로 나한테 전화해. 알겠지?"

"알겠어. 저녁도 못 먹고, 미안해 서영아."

손목을 놓아주고 민섭을 매섭게 노려본 서영이 등 돌려 멀어지는 모습을 보며, 해주는 그에게 잡혔던 손을 거칠게 떼어냈다.

"어디 들어가자."

"싫어, 너랑 길게 이야기하고 싶지 않아. 빨리 끝내."

"여기 서서 이야기할 수는 없잖아."

"너랑 마주 앉아서 이야기할 기분 아니야. 그리고 싶지 않아."

"후우, 그럼 요 앞 공원이라도 가자."

민섭의 말에 해주는 몸을 돌려 공원으로 향했다. 얼굴을 마주 보는 카페보다는 차라리 공원이 나을 듯했다. 빨리 끝내고 싶었다. 민섭과 이렇게 잠시라도 함께하는 것은 성준에 대한 예의가 아니었다. 그를 조금이라도 배신하는 행동은 하고 싶지 않았다. 그건 사랑하는 사람에 대한 예의가 아니었다.

형형색색의 스프레이 카네이션을 꽃병에 담아 거실 테이블에 올려놓은 김 여사의 얼굴이 설렘으로 가득했다. 파스텔 톤의 카네이션에 왠지 마음까지 젊어지는 듯한 착각이 들었다.

"어머님, 너무 예뻐요."

이제 곧 출산을 앞둔 큰 며느리가 허리에 손을 얹고 천천히 소파에 앉았다. 손녀를 만날 수 있는 날이 가까워질수록 김 여사는 하늘을 날아갈 듯한 기분이었다.

"그러니? 너희 것도 만들었으니까, 좀 있다 방에 들고 가렴. 아가, 너는 뭐가 좋니?"

스프레이 카네이션과 노란색 칼라가 담긴 꽃병을 가리키며 김 여사는 기대에 찬 목소리로 물었다.

"와, 저 노란색 칼라는 처음 봐요. 너무 예뻐요."

"그래? 그럼 너희 방은 칼라로 하자."

"우리 어머님, 내일 서방님 여자친구 온다고, 꽃 싹 바꾸시는 거예요?"

"어머 티 났니? 가족이 될지도 모르는 사람이 오는데, 집이 화사하면 좋잖니. 꽃은 사람 마음을 여유롭게 해주니까."

김 여사는 아들의 여자친구를 만날 생각에 벌써부터 가슴이 벅차 왔다. 혹, 가족이 될지도 모르는 아이가 오는 것이니, 조금이라도 집 안 분위기를 화사하게 만들고 싶어, 종일 꽃과 씨름 중이었다. 덕분에 온 집 안이 꽃으로 화사하게 물들어 있었다.

"저, 사모님. 손님이 왔는데요."

"손님이요?"

"네. 지현 아가씨가 왔어요."

"지현이가요? 지금 어디에 있어요?"

"응접실에 계세요."

"알겠으니까, 차가운 음료 좀 내와요."

늘 연락하고 찾아오던 지현이 불쑥 찾아왔다는 말에 김 여사는 들고 있던 꽃을 테이블 위로 내려놓았다. 안 여사에게 아들에게 여자가 있다고 말한 뒤, 미안함에 지난 2주 동안 지현과 전화 한 통하지 못했다. 친딸같이 생각했던 아이에게 상처를 준 거 같아, 김 여는 가슴이 아팠다.

"아가, 쉬고 있으렴."

저절로 새어 나오는 한숨을 억누르며 김 여사는 응접실로 향했다. 지현을 어떤 얼굴로 마주해야 할지 그저 막막하기만 했다.

"아줌마."

소파에 앉아 있던 지현이 자리에서 일어나 해사한 얼굴로 고개 숙여 인사했다. 김 여사는 안 본 사이 얼굴이 핼쑥해진 지현에게 가까이 다가가, 손목을 마주 잡았다.

"우리 지현이 오랜만이네. 왜 이렇게 말랐어. 좀, 앉자."

"잘 지내셨죠?"

"나야 그렇지 뭐."

"아줌마, 아줌마도 이제 저 안 보실 거예요?"

눈물이 가득 차오른 눈으로 물어오는 지현의 모습에 김 여사는 마음이 무거웠다.

"오빠처럼 아줌마도 저 피하시는 거예요? 그래서 이제 저 안 부르시는 거예요?"

결국에는 눈에 맺혀 있던 눈물이 뺨을 타고 흘러내렸다. 그런 지현을 보면서도 김 여사는 한참 동안 아무런 말도 할 수가 없었다. 자신이 입을 열어 해줄 수 있는 말은 모두 지현에게 상처가 되는 말뿐이었다. 그것이 참으로 가슴이 아팠다. 양손으로 얼굴을 덮은 채, 고개를 숙이고 흐느끼는 모습이 너무 안쓰러워 김 여사는 자리에서 일어나 지현의 곁으로 가 앉았다. 그리고 부드럽게 등을 토닥이며 힘겹게 입을 열었다.

"힘들게 해서 미안하구나. 내가 어떻게 널 안 보겠니. 친딸처럼 얼마나 예뻐했는데. 다만, 당장은 널 전처럼 보기가 좀 힘들지 않을까 싶어. 네가 성준이를 편하게 볼 수 있을 때, 우리 그때 편하게 보자."

자신의 말에 지현의 흐느낌이 더 커졌다. 어깨를 떨며 우는 모습에 김 여사는 지금 자신이 무슨 짓을 하고 있는가 싶었다. 괜스레 가만히 있는 아들마저 미워지려 했다.

"아줌마, 저 이제 어떡해요? 어쩜 좋아요. 흑흑……."

등 뒤로 느껴지는 김 여사의 부드러운 손길에 지현은 소리 내어 서럽게 울었다. 김 여사를 찾아온다고 해서 뭐 하나 변하지 않는다는 것은 잘 알고 있었다. 그럼에도 매달려 보고 싶었다. 성준이 만나는 여자를 반대해달라고 애원이라도 해보고 싶었다.

"지현아, 지현아. 그렇게 울면 탈진해. 그만 좀 진정해봐. 응?"

"아줌마, 아줌마가 오빠한테 저 좀 만나달라고 하면 안 돼요? 저, 오빠한테 정말 잘할게요. 잘할 수 있어요."

고개를 든 지현은 김 여사의 팔에 매달려 애원하듯 말했다. 엄마도 이미 마음을 돌리고 다른 사람과 선을 보라며 종용했고, 성준은 전화조차 받아주지 않았다. 이렇게 매달릴 수 있는 사람이 김 여사밖에 없었다.

"그건 내가 해줄 수 있는 일이 아니야. 지현아, 그러니 이제 그만 진정하자. 이렇게 운다고 달라지는 건 없어."

얼굴에서 인자함을 지운 김 여사가 단호하게 말했다. 그 모습에 지현은 서러움이 더 복받쳤다. 엄마보다 더 따랐던 그녀가 오늘따라 너무 낯설었다. 마지막 희망이었던 김 여사까지 등 돌린 지금, 지현은 길 잃은 아이처럼 어떻게 해야 할지 갈피가 잡히지 않았다.

"아줌마, 저 오빠 이렇게 포기 못해요. 아직 제대로 고백도 못해봤어요. 오빠도 제 마음을 제대로 몰라서 그러는 걸 거예요. 제가 오빠 마음 돌릴 수 있어요. 돌릴게요. 이런 모습 보여서 죄송해요."

"지현아, 너만 상처받을 뿐이야."

"이만 가볼게요."

지현은 눈물을 훔쳐내고 도망치듯 성준의 집에서 빠져나왔다. 대문 밖으로 나온 지현은 그대로 바닥에 쪼그리고 앉아, 어린아이처럼 크게 소리 내어 울었다. 누군가 심장을 움켜쥐고 놓아주지 않는 것처럼 아팠다. 너무 아파서 숨도 제대로 쉴 수가 없었다.

아침까지 맑았던 것이 거짓말이었던 것처럼 하늘이 온통 검은 구름으로 뒤덮여 있었다. 당장에라도 비를 쏟아낼 것 같은 하늘을 근심 어린 표정으로 올려다본 해주는 발걸음을 재촉했다. 우산을 챙기지 못해 잘못하다가는 물에 빠진 생쥐 꼴이 되게 생겼다.

어깨를 으쓱하곤 해주는 휴대폰을 꺼내 민섭에게 전화를 걸었지만, 좀처럼 연락이 되지 않았다. 아마도 오프라고 이 시간까지 늘어지게 자고 있을 것이 분명했다. 오늘은 민섭과 만난 지 딱 3주년이 되는 날이었다. 뭔가 특별한 것을 원했지만, 레지던트인 민섭은 얼굴을 볼 수 있는 것만으로도 감사해야 할 정도로 바빴다.

저녁에 따뜻한 밥이라도 먹이고 싶은 마음으로 서두른 탓에 늦지 않게 그의 집에 도착할 수 있었다. 잠든 민섭을 깨우고 싶지 않아, 현관문을 조용히 열고 안으로 들어간 해주는 식탁 위에 장 봐온 재료를 두고 침실로 향했다. 잠든 얼굴이라도 잠깐 보고 음식을 만들 생각이었다.

"그래서 도대체 언제 헤어지겠다는 건데?"

침실로 들어가려던 해주는 문틈으로 새어나오는 목소리에 그 자리에 굳은 듯이 멈췄다. 침실에서 들리는 여자 목소리에 등 뒤로 소름이 쫙 돋았다.

"좀만 기다려봐. 곧 정리하겠다고 했잖아."

"너 그 말 한 지가 도대체 언제야? 내가 무슨 첩도 아니고, 맨날 몰래 이게 뭐니? 너, 설마 아직도 그 여자 좋아하는 거야?"

해주는 거짓말처럼 귓가를 파고드는 목소리에 정신을 차릴 수가 없었다. 당장 문을 열고 들어가 소리라도 쳐야 할 것 같은데, 몸이 움직이지 않았다. 손이 덜덜 떨렸다.

"무슨 헛소리야? 진작 마음 식었다고 했잖아. 채린이 너처럼 어리고 싱싱한 여자 두고, 나보다 나이 많은 여자가 더 좋을 리가 없잖아. 안 그래?"

"그러니까 제발 그 노땅이랑 빨리 헤어지라고. 서른이 넘은 여자랑 계속 만나고 싶어?"

"무슨 그런 무서운 말을 하냐? 영양가 없는 말은 그만하고 이리 좀 와봐."

"쿡쿡, 간지러워."

민섭의 입에서 흘러나오는 말들에 해주는 두 손으로 양쪽 귀를 틀어막았다. 이건 꿈이었다. 현실일 리가 없었다. 해주는 문틈으로 흘러나오는 두 사람의 웃음소리에 벌컥 문을 열었다. 꿈일 것이다. 문을 열어 이게 꿈이라는 것을 확인하고 싶었다. 이런 끔찍한 상황이 현실일 리가 없었다.

"해……주야!"

문이 열리자 알몸으로 여자 위에 올라가 있는 민섭이 눈에 들어왔다. 자신의 등장에 놀란 여자가 이불로 몸을 가렸고, 놀란 민섭이 자리를 박차고 일어나 서둘러 옷을 챙겨 입었다. 지금 자신의 눈앞에 펼쳐진 상황을 눈으로 보면서도 해주는 좀처럼 믿을 수가 없었다.

"지금 뭐하는 거야?"

"일단, 나가. 나가서 이야기해."

옷을 챙겨 입은 민섭이 손목을 잡고, 억지로 침실에서 끌고 나왔다. 그의 강한 힘에 종이인형처럼 휘청이며 거실로 나온 해주는 눈물이 가득 차오른 눈으로 그를 바라보았다. 지금 눈앞에서 자신을 아무 감정이 담기지 않은 눈빛으로 바라보고 있는 남자는 더 이상 자신이 사랑했던 남자가 아니었다. 해주는 지난 3년 동안 사랑했던 남자가 처음 보는 사람처럼 낯설기만 했다.

"일단 집 앞 카페에 좀 가 있어라. 내가 금방 정리하고 따라나갈게."

그의 입에서 흘러나온 말에 해주는 분노를 참지 못하고 세게 뺨을 때렸다. 그것으로도 분이 풀리지 않아, 주먹으로 그의 배를 온 힘을 다해 내리쳤다.

"야 이 개자식아, 이런 상황에서는 저 여자를 보내야 하는 것이 맞는 거 아니야? 나가 있으라고? 곧 나오겠다고? 그게 다 무슨 헛소리야!"

"넌 바로 나갈 수 있지만, 채린이는 바로 나갈 수 있는 상황이 아니잖아."

해주는 민섭의 입에서 흘러나오는 낯선 여자의 이름에 또다시

그녀에겐 뭔가 특별한 것이 있다

그의 뺨을 향해 손을 뻗었다. 그래도 분이 풀리지 않아 반대편 뺨도 때렸지만, 그는 피할 생각을 하지 않았다. 해주는 그것이 더 화가 났다.

"때려서 분이 풀리면 맘껏 때려."

"뭐?"

"대신에 나가서 하자. 채린이 앞에서 이런 모습 보이고 싶지 않다."

"하! 송민섭, 너 정말 잔인하구나. 우리가 더 할 이야기가 있기나 하니? 나 같은 노땅이랑 무슨 얘기가 더 필요하겠어. 너 같은 쓰레기랑 더 말 섞고 싶지 않아."

해주는 손가락에 끼고 있던 반지를 그의 얼굴을 향해 집어던지고 몸을 돌렸다. 하지만 한 걸음을 떼기도 전에 그에게 손목이 잡혀 그 자리에 멈춰 섰다.

"그럼 지금 같이 나가자. 조금만 기다려."

"싫다고 했잖아! 날 얼마나 더 비참하게 할 생각이야? 마음이 변할 수는 있어. 그래, 네 마음이 식었다고 치자. 그래도! 둘이 엉켜서 내 이야기를 하는 건 아니지. 우리가 했던 지난 3년을 생각하면, 너 그러면 안 되는 거였어."

"해주야."

"그 더러운 입으로 내 이름 부르지 마. 소름끼쳐. 다시는 마주치지도 말자."

해주는 손목을 잡고 있던 민섭의 손을 거칠게 뿌리치고 도망치듯 집을 빠져나왔다. 이를 악물고 눈물을 참던 해주의 두 뺨 위로 문이 닫히기 무섭게 눈물이 흘러내렸다. 흐르는 눈물을 닦아낸 해주는 비상구로 뛰어 내려가 그대로 바닥에 주저앉았다.

두 사람의 대화가 메아리가 되어 귓가를 맴돌았다. 심장이 산산이 부서져 내렸다. 모든 것이 꿈이길 간절히 빌었지만, 이게 현실이라는 것은 누구보다 해주 자신이 더 잘 알고 있었다. 사랑이, 끝나버렸다.

어둠이 내린 공원은 더위를 피해 나온 사람들로 북적였다. 사람들의 소음을 들으며 해주는 가로등 아래 벤치로 향했다. 선선한 바람이 할퀴듯 뺨을 스치고 지나갔다,

"시간 내줘서 고마워."

"할 말 있으면 빨리해. 너랑 같이 있는 거, 별로야."

"먼저, 미안하다. 나 그때 너한테 미안하다는 말을 못 했어. 그게 계속 마음에 걸렸어."

아랫입술을 잘근거리며 세게 깨물던 해주는 그의 입에서 나온 미안하다는 말에 온몸이 소름이 돋았다. 시끄럽게 울리던 사람들의 소음이 거짓말처럼 들리지 않고, 바로 옆에서 위선을 떠는 민섭의 목소리만이 오롯이 귓가를 맴돌았다. 해주는 주먹을 세게 말아 쥐고 그를 노려보았다. 미안하다니, 도대체 이제 와서 무엇이!

지금에 와서야 아무 효력도 없는 무의미한 사과를 그는 왜 하는 것일까. 그의 말에 해주는 그날 그의 집에서 나와, 비를 맞으며 미친 듯이 거리를 헤맸던 것이 떠올랐다. 차가운 비가 몸에 닿는 소름 돋는 느낌과 세찬 빗소리가 아직도 귓가에 윙윙거렸다.

"그때 호텔에서 마주쳤을 때도 이 이야기가 하고 싶었어."

"위선 떨지 마. 네가 내게 미안한 마음이 있었다고? 그날 그 놀이터에서도 넌 나한테 미안하다는 말, 한 마디 하지 않았어. 그저 후회 안 할 자신이 있느냐고 물었지. 그 위선은 아직도 생각하는 것만으로도 속이 뒤틀려 난!"

민섭의 집에서 그 여자와 함께 있는 모습을 보고 혼자 비를 맞으며 집으로 돌아와, 꼬박 일주일을 앓았다. 일주일 동안 앓으면서도 해주는 하루도 휴대폰을 손에서 놓지 못했었다. 혹시나 민섭에게 연락이 오지는 않을까 하는 미련한 기다림 때문이었다. 하지만 그에게는 전화는커녕 메시지조차 오지 않았었다.

정신이 들고나니, 바람을 피운 남자의 연락을 기다린 스스로가 너무 한심해 애써 아무렇지 않은 듯 자리를 털고 일어나 출근을 했었다. 죽을 것 같은 마음을 다스리며 겨우 일을 마치고 퇴근하는 길에 민섭이 회사 앞에서 자신을 기다리고 있었다.

회사 앞에 있는 그를 마주쳤을 때, 분노와 동시에 느껴지는 반가운 감정에 해주는 스스로를 얼마나 저주했는지 모른다. 하지만 그날 민섭은 미안하다는 말, 한 마디 하지 않았다. 아무런 사과도 없이 그저 자기변명만 하려는 그가 원망스러웠다. 그래서 해주는 궁금한 것들이 너무 많은데도 아무 변명도 듣지 않았다.

고작 무릎을 꿇는 것으로 모든 것을 해결하려 하는 민섭을 해주는 이해할 수 없었다. 고작 몇 십 분의 설득으로도 넘어가지 않자, 후회할 자신이 없냐며 돌아선 그였다. 해주의 기억 속의 민섭은 그저 상처일 뿐이었다.

"그때 아무 말도 듣지 않으려고 한 것은 너였어."

"일주일이 넘도록 날 방치한 것도 너였지. 그때 넌 내게 진심이 없었어. 그리고 네가 내게 정말 미안한 마음이 있었다면, 최소 한 번만이라도 더 날 찾아와 미안하다 했어야 했어. 그랬다면 내 지난 3년이 그토록 비참하지는 않았겠지."

"그때는……, 그럴 수밖에 없는 이유가 있었어."

철저하게 배신을 당하고도 이별의 아픔에서 벗어나지 못한 채, 가끔은 그를 그리워한 스스로가 혐오스러워 해주는 견딜 수가 없었다. 길고 긴 시련의 고통에서 벗어나 이제야 좀 살 것 같은데, 왜 또다시 지난 상처를 헤집는 것일까.

"그 병원장 딸이 나 절대 만나지 말라고 그랬나 보지?"

여자의 존재에 대해서 이야기하자 민섭이 놀란 눈으로 자신을 바라보았다. 해주는 그런 민섭의 시선을 피해 고개를 돌려버렸다. 그날 침대 위에 있던 여자가 민섭이 다니는 병원장의 딸이라는 사실을 알고, 얼마나 비참하고 죽고 싶었는지, 아마도 그는 평생 알지 못할 것이다.

"어떻게 알았어? 혹시, 형님이 이야기해준 거야?"

"형님? 무……, 너 혹시 우리 오빠 만났었니?"

민섭의 입에서 나온 형님이라는 말에 해주는 소스라치게 놀라 물었다. 해중이, 오빠가 자신이 민섭과 어떻게 헤어졌는지 알고 있단 말인가!

"만났었지. 딱 죽지 않을 만큼만 얻어맞고, 3개월이 넘게 병원에 입원했어."

민섭은 아직도 그때 일이 어제 일처럼 생생하기만 했다. 처음으로 죽음의 공포를 느꼈던 순간이었으니까.

"너, 그렇게 보내고 나 후회 많이 했어."

"오빠한테 몇 대 맞고 나니, 정신이 번쩍 들었나 봐?"

"그런 거 아니야."

해주와 헤어진 며칠은 후련하고 좋았다. 채린을 편하게 만날 수 있는 것이 좋았고, 오랫동안 자신을 괴롭히던 권태로움에서 벗어날 수 있었으니까. 하지만 일주일이 지나고 열흘이 지나자, 생각했던 것보다 해주의 빈자리가 너무 커, 공황상태에 빠졌었다.

시간이 지날수록 마지막으로 보았던 해주의 상처받은 눈빛이 선명하게 머릿속에 각인이 되어 괴로웠다. 그때는 죄책감과 괴로움에 해주를 만나 사과해야 한다는 생각밖에 들지 않았었다. 마음을 굳히고 해주를 만나러 가려 했던 날, 해중이 자신을 찾아왔었다.

모든 걸 알고 찾아온 해중은 정말이지 그동안 자신이 알던 사람이 아니었다. 말할 기회도 주지 않고 살기 어린 눈빛으로 노려보며, 주먹을 휘두르는 그에게 아무 반항도 하지 못하고 죽도록 얻어맞았다. 해중에게 온몸이 멍들고 뼈가 부러지도록 얻어맞으면서 죽음의 공포까지 느꼈었다.

얼마든지 신고하라는 말과 함께 해주 앞에 나타나면, 두 번 다시 의사 생활 못하게 하겠다는 해중의 으름장에 덜컥 겁이 났었다. 해중을 3년 동안 봐온 민섭은 한다면 하는 그의 성격을 잘 알고 있었다. 성공하고 싶은 욕망이 컸기에 그대로 해주를 외면했었다. 하지만 시간이 지나면 지날수록 비겁했던 스스로에게 환멸이 느껴져 마음이 괴로웠다. 퇴원을 하고 정상적인 생활로 돌아왔지만, 겉모습만 그럴 뿐 모든 것이 변해있었다.

해주가 떠난 뒤, 민섭은 채린에게도 아무 감정을 느낄 수가 없었다. 오로지 어떻게 하면 해주를 되찾을 수 있을까 하는 생각뿐이었다. 하지만 3년을 만났던 여자이기에 자신이 아무리 찾아간다 해도 만나주지 않을 것을 알기에 오랜 시간을 고민했다. 호텔에서 해주를 만나던 날, 민섭은 자신의 눈을 의심했었다. 보고 싶다고 생각하는 자신의 소원을 하느님이 도와준 것이 분명하다 믿었다.

다시 얼굴을 마주한 것이 반가운 자신과 달리 해주는 아직도 그날의 분노에서 벗어나지 못하고 있는 것 같았다. 그래서 더 찾아올 수가 없었다. 하지만 또다시 이렇게 만난 이상 이대로 해주를 보내고 싶지 않았다.

"널 그런 식으로 보낸 것이 줄곧 마음이 걸렸어. 그러면 안 되는 거였는데……, 언젠가 한 번은 꼭 사과하고 싶었다."

"너무 늦었다는 생각 안 드니?"

벌레를 보는 듯한 눈빛으로 자신을 바라보는 해주의 모습에 민섭은 실소했다. 그럼, 무엇을 바란 걸까? 다 지난 일이니 괜찮다는 말이라도 해주길 바란 것일까? 스스로의 욕심에 너무 어이가 없었다.

"그래도 용서를 비는 것이 맞아. 상처 줘서 미안했어."

미안하다 말하는 민섭의 위선에 해주는 속이 뒤틀려 벤치에서 일어나 그의 앞에 섰다. 고개를 수그리고 있던 민섭이 고개를 들고 자신을 바라보고 있었다.

"결국은 네 마음 편하자고 사과하는 거잖아! 너랑 이렇게 이야기하는 것이 아니었어. 이미 다 지나버린 이야기를……, 다 부질없는 짓인데……. 나는 할 수만 있다면 너하고의 모든 기억을 지우고 싶은 사람이야. 그러니 제발 두 번 다시 보지 말자. 혹시라도 보게 되면 그냥 모르는 척 지나가. 그게 네가 나한테 해줄 수 있는 유일한 일이니까. 나, 너 절대 용서 안 해."

해주는 부들부들 떨리는 손을 마주 잡고 공원을 빠져나왔다. 하지만 몇 걸음을 걷기도 전에 또다시 그에게 손이 잡혀 발이 묶기고 말았다.

"채린이랑은 바로 헤어졌어."

등 뒤로 다급하게 들리는 민섭의 목소리에 해주는 실소가 새어나왔다. 도대체 무슨 의미로 저런 말을 하는 것일까? 해주는 잡힌 손목을 거칠게 떼어내며 분노 섞인 목소리로 말했다.

"그래서? 그게 뭐?"

"난 너 아니면 안 돼."

"네가 미쳐도 단단히 미쳤구나? 이제라도 내 소중함을 알았다니, 다행이네. 그런데 어쩌지? 난 너만 아니면 되겠는데."

"해주야, 제발."

"그 입으로 제발 내 이름 좀 그만 불러! 내 지난 사랑에 먹칠 좀 그만해. 날 버린 것은 너야. 그러니까 좀 멋진 모습 좀 보여봐. 이렇게 찌질한 모습 말고."

"한 번만 더 기회를 줘."

공원 바닥에 무릎을 꿇고 애원하듯 말하는 민섭의 모습에 해주는 그대로 눈을 감아버렸다. 오늘 이렇게 이야기를 나누는 것이 아니었다. 그랬다면 이렇게까지 바닥을 보지 않아도 됐을 텐데.

"너하고 나는 이미 끝났어. 지금 이 모습은 못 본 것으로 할게."

등 뒤로 자신을 부르는 민섭을 뒤로하고 해주는 도망치듯 공원을 빠져나왔다. 차라리 못되게 구는 모습이 나왔다. 이런 식으로 비참한 모습을 보는 것이 더 괴로웠다. 민섭과의 만남으로 지우고 싶었던 오래전 기억이 떠올라 버렸다. 해주는 고개를 세차게 흔들었다. 흥분한 마음을 가라앉히기 위해 천천히 걸으며, 어떻게든 마음을 진정시키려 노력했다. 그렇게 얼마나 걸었을까, 손에 쥐고 있던 휴대폰에서 진동이 울렸다.

[아무리 성준이가 네 애인이라고 해도 외박은 용서 안 해. 엄마한테 전화로 확인할 테니까, 집에 12시 전에 들어가라. 넘기기만 해, 성준이 그 자식 제대로 괴롭혀 줄 테니까! 너, 내가 한다면 하는 거 알지?]

해중의 문자에 굳게 굳어 있던 해주의 얼굴에 미소가 걸렸다. 지금쯤 프랑스는 새벽일 텐데 이렇게 문자로 감시하는 오빠의 열의에 웃을 수밖에 없었다. 해중이 모든 것을 알고 있다는 사실에 해주는 꽤 충격을 받았다. 하지만 생각해보니 그가 모든 것을 알고 있는 것이 어쩜 당연한 일이었다.

이정과 계속 연락하고 지냈으면 이정을 통해 모든 이야기를 들었을 것이다. 이정의 성격상 절대 먼저 말하지 않았을 것이고,

자신이 힘들어하니 해중 성격에 이유를 알아내려 이정을 꽤나 괴롭혔을 것이다. 해주는 이제야 오빠의 모든 행동이 이해가 되었다.

워낙 감시가 심하긴 했지만, 남자친구를 사귀는 것까지 간섭을 하지는 않았었다. 통금 시간에 맞춰서 들어오면 다른 것에는 크게 관여하지 않던 해중이, 민섭과 헤어진 뒤로는 모든 일거수일투족을 감시하려 들었다. 엄마가 선을 주선하는 것도 해중은 탐탁지 않아 하며 싫은 소리를 했었다. 그것이 짜증스럽고 귀찮아 해중에게 심한 말도 많이 했었는데, 다 이유가 있었던 것이다.

[알았어, 알았으니까 오빠는 잠이나 좀 자지?]

평소의 그녀라면 가볍게 해중의 메시지를 무시했겠지만, 왠지 오늘은 답변을 해주고 싶었다. 오빠에게 답변을 보내고 나니, 해주는 갑자기 성준이 너무도 그리워졌다. 지난 기억 따위 아무래도 상관없었다. 성준이 있으니, 더는 아파하지 않아도 괜찮았다.

그는 절대 자신을 배신하지 않을 것이란 강한 믿음이 해주의 가슴 깊은 곳을 단단히 채워주고 있었다. 목소리라도 듣고 싶은 마음에 전화를 걸어보았지만, 바쁜지 계속 받지 않았다. 마음이 급해진 해주는 택시를 향해 손을 흔들었다.

휴대폰 속 사진을 바라보는 성준의 눈이 보기 좋게 곡선을 그렸다. 밝은 오렌지색에서 짙은 갈색으로 염색하고 파마를 푼 해주가 너무 예뻐 성준은 사진에서 눈을 뗄 수가 없었다. 파마를 한 모습도 예뻤지만 이렇게 긴 생머리도 잘 어울렸다.

"휴대폰 구멍 나겠다. 못생긴 얼굴 뭐가 좋다고 그렇게 들여다 보고 있냐?"

"관심 끄지 그러냐."

"관심 가져달라고 해도 끊을 거거든. 이 몸은 데이트가 있어서 먼저 퇴근한다."

손을 흔들며 가게를 빠져나가는 해진의 뒷모습을 보며 성준은 시간을 확인했다. 어느새 8시가 넘어 있었다. 내일 집에 가기 전에 얼굴을 좀 보고 싶은데, 서영과 저녁 먹는 시간이 좀 길어지는 모양이었다. 성준은 해주에게 전화해서 목소리라도 듣고 싶은 것을 간신히 참고 있었다.

이정과는 자주 만나지만 서영은 멀리 살아 자주 보지 못해, 오늘 오랜만에 만나는 것이란 걸 알기에 방해하고 싶지 않았다. 사진 속 해주의 뺨을 엄지손가락으로 살짝 훑던 성준은 바 테이블을 톡톡 두들기는 인기척에 고개를 들었다.

"사장님, 손님 왔는데요."

늦은 저녁임에도 주말이라 그런지 카페는 사람들로 가득 차 있었다. 성준은 손님들 사이에 서서 자신을 바라보던 지현과 눈이 마주쳤다. 평소와 달리 조금은 흐트러진 모습으로 자신에게서 눈을 떼지 않는 지현을 바라보며 성준은 낮에 어머니가 전화로 했던 말이 떠올랐다. 어쩌면 지현이 찾아올지도 모르겠다던 어머니의 말이 맞아떨어졌다.

'많이 울었어. 내가 가슴이 다 아프더라. 네가 지현이 보는 것이 힘들겠지만, 혹시 오늘 찾아가더라도 너무 차갑게 대하지 마. 확실히 끊어줘야 하는 것은 맞지만, 안쓰럽잖아. 널 몇 년을 따라다니면서 좋아했니. 지현이도 정리할 시간이 필요할 거야. 찾아오거든 잘 타일러서 돌려보내.'

스툴에서 일어난 성준은 지현에게 가까이 다가갔다. 술을 마셨는지 알코올 냄새가 희미하게 났다. 여름 햇살처럼 생기로 가득했던 지현의 얼굴이 까칠하고, 핏기가 하나도 없이 파리했다. 그런 지현을 보는 성준은 마음이 좋지 않았다.

"오빠."

"올라가자, 사무실 올라가서 이야기하자."

사무실로 올라가자는 말에 지현의 두 눈이 커다랗게 떠졌다. 찾아와도 바쁘다는 핑계로 제대로 눈도 마주치지 않았던 자신이 이야기하자는 말에 퍽이나 놀란 모양이었다. 해주를 위해서라도 지현과 단둘이 이야기를 나눠서는 안 된다는 것을 알지만, 이렇게 피하기만 해서는 안 될 것 같았다.

짝사랑이 얼마나 아프고 힘든지 성준이 누구보다 잘 알고 있었다. 마음을 접는다는 것이 뜻대로 안 된다는 것을 잘 알기에 어머니의 말처럼 시간이 필요할 듯싶었다.

"좀 앉아."

대답 대신 고개를 주억인 지현이 소파에 앉자, 성준도 건너편에 앉았다. 지현은 한참 동안 아무 말도 하지 않았다. 성준은 끈기 있게 지현이 무슨 말이든 하길 기다렸다. 숨소리마저 크게 들릴 정도로 고요한 정적이 한참 동안 사무실을 가득 채웠다. 그렇게 얼마의 시간이 지났을까, 지현이 무거운 공기를 가르고 힘겹게 입을 열었다.

"오빠, 나는 왜 안 돼? 나는 왜 안 되는 거야?"

눈물이 가득 차오른 눈으로 물어오는 지현의 목소리가 가늘게 떨렸다. 그런 지현을 바라보는 성준은 마음이 무거웠다. 하지만 더는 지현이 미련을 가질 수 없도록 하는 것이 옳았다. 상처를 받겠지만, 이편이 모두를 위하는 길이었다.

"내가 널 사랑하지 않으니까."

"내가 사랑해. 내가 오빠를, 사랑해. 잘할게, 노력할게 오빠. 응?"

젖은 목소리로 애원하듯 말하는 지현의 모습에 성준은 자리에서 일어나 창가로 다가갔다. 얼굴을 마주 보고 이야기하는 것이 힘들었다. 성준은 지현에게서 등을 돌린 채, 별 하나 떠 있지 않은 짙은 하늘을 보며 차게 말했다.

"원하지 않아. 지현아 오빠는 네 사랑 같은 것은 원하지 않아. 네가 여자로 보이지 않아. 그런데 어떻게 널 좋아할 수 있겠니."

"내가 노력한다고 했잖아!"

"오빠, 지금 만나는 여자친구를 사랑해. 그 여자를 위해서는 내 목숨 따위 아깝지 않을 정도로 사랑해. 그리고 결혼할 생각이야."

창밖을 바라보며 이야기하던 성준은 몸을 돌려 지현을 바라보았다. 어느새 지현이 소파에서 일어나 바로 앞까지 다가와 있었다. 성준은 바로 앞에 있는 지현과 눈을 맞춘 채, 다시 한 번 단호하게 말했다.

"너 때문에 여자친구한테 괜한 오해 사고 싶지 않아. 네가 이러는 거, 솔직히 좀 귀찮고 피곤해. 그러니까 그만하자 지현아."

"어떻게…… 나한테 이래? 어쩜 이렇게 잔인해?"

눈물이 범벅된 얼굴로 소리치는 지현의 모습에 성준은 그대로 눈을 감아버렸다. 지금 자신의 말들이 아마 지현에게는 평생 지울 수 없는 상처가 될 것이다. 그걸 알면서도 이럴 수밖에 없는 성준도 마음이 좋지 않았다.

"너만 상처 받아. 그러니까 그만하자."

"오빠, 이러지 마. 나한테 이러지 마. 응? 내 마음 돌리려고 일부러 차갑게 대하는 거, 다 알아. 그러니까 마음에도 없는 그런 말 이제 그만해."

앞으로 다가온 지현이 갑자기 허리를 끌어안으며 소리치듯 말했다. 예상도 못 했던 지현의 행동에 놀라 밀어내려던 성준은 그럴수록 세게 안는 지현의 행동에 절로 한숨이 새어나왔다.

"너, 정말 안 되겠구나. 우리 두 번 다시 보면 안 되겠다."

지현의 행동에 화가 난 성준은 겨울바람보다 더 차게 말했다. 그럼에도 팔을 풀지 않은 지현을 억지로 떼어내려 그녀의 어깨 위로 손을 올리던 성준의 손이 순간 굳은 듯이 멈추었다.

해주가, 그녀가 문 앞에 서서 자신을 바라보고 있었다.

아무리 전화를 걸어도 좀처럼 받지 않는 성준 때문에 해주는 이상하게 마음이 불안했다. 답답함에 카페로 가는 택시 안에서 해진에게 전화를 걸어보았지만, 이미 퇴근을 해버린 후라고 했다. 주말 밤이니 카페가 사람들로 북적여 바쁠 것이라는 것을 알면서도 이상하게 마음이 불안했다.

어느새 카페 앞으로 도착한 택시에서 내린 해주는 불안한 마음을 애써 누르고 안으로 들어갔다. 카페로 들어가기 무섭게 늘 성준이 있는 바로 향했지만, 그의 모습이 보이지 않았다.

"어? 누나."

"지훈아 사장님은?"

"손님 와서 사무실에 올라갔어."

"손님? 무슨?"

손님이 왔다는 말에 해주는 왠지 모르게 등에 한기가 쫙 느껴졌다. 왜일까, 이토록 불안한 마음이 드는 이유는. 그래, 아마도 민섭 때문일 것이다. 괜스레 지난 기억을 끄집어내 신경이 날카로워져 예민한 것이 분명했다.

"누군지 이름은 기억이 안 나는데 누나도 알지 않아? 해진이 형도 알던데. 가끔 카페 오는 여자 있어."

아마도 지현을 말하는 듯싶었다. 해주는 지현과 함께 사무실에 올라갔다는 말에 의아한 기분이 들었다. 딱히 말은 안 했지만, 성준이 요즘 지현과 거리를 두고 있다는 것을 해주도 잘 알고 있었다. 그런데 무슨 일일까? 아래에서 기다릴까 하던 해주는 궁금증을 이기지 못하고 이층 사무실로 올라갔다.

카페에서 울리는 음악 소리에 사무실 안에서 무슨 말을 하는지 전혀 들리지 않았다. 해주는 문 가까이 다가가 노크해보았지만, 안에서 아무런 기척이 없었다. 다시 한 번 노크한 해주는 조심스레 문을 열었다.

"하."

문을 열자 눈앞에 펼쳐진 광경에 해주의 입에서 저도 모르게 실소가 새어나왔다. 몸을 딱 붙인 채, 포옹하고 있는 두 사람의 모습이 해주의 눈에 가시가 박히듯 깊이 박혔다. 마음이 산산이 부서져 내렸다.

"해주야……."

놀란 눈으로 굳은 듯이 서서 자신을 부르는 성준을 뒤로 하고 해주는 그대로 도망치듯 일층으로 내려갔다. 직접 눈으로 확인하고도 믿을 수가 없었다. 성준이, 어떻게 그가 자신에게 이럴 수 있을까?

"해주야!"

일층으로 내려오기 무섭게 카페 밖으로 나가려던 해주는 성준에게 손목이 잡혀 더는 움직일 수가 없었다. 너무도 익숙한 장면, 익숙한 상황에 몸이 덜덜 떨렸다.

"이거 놔."

"나랑 얘기 좀 해. 오해야."

"이거 놔, 놓으라고!"

거칠게 손목을 떼어낸 해주는 카페가 떠나가라 크게 소리쳤다. 순간 카페 안의 모든 시선이 두 사람에 집중되었다. 하지만 지금 해주에게는 그런 것에 신경 쓸 여유가 남아 있지 않았다.

"설명할게. 그러니까 좀 진정해."

"설명? 무슨? 내가 내 눈으로 직접 봤는데, 뭘 설명하겠다는 거야? 무슨 말이 더 필요하긴 한 거니?"

그를 믿어야 했다. 성준이 자신을 절대 배신할 사람이 아니라고 끝없이 머리가 외치고 있었다. 분명 다른 이유가 있을 것이라고, 하지만 마음이 받아들이지를 못했다. 산산이 부서져 어떤 말을 들을 여유도 없었다. 그저, 지금 이 상황에서 도망가고 싶다는 생각밖에 들지 않았다.

"강해주! 제발 좀 진정하고 내 말 들어!"

빨갛게 충혈된 눈으로 성준은 단 한 번도 본 적 없는 무서운 얼굴로 소리쳤다. 해주는 자신의 어깨 위에 손을 얹고 소리치는 성준의 손을 쳐냈다. 순간, 지현의 어깨 위에 손을 올리는 모습과 오버랩되어 참을 수가 없었다.

"이 손 치워. 어딜 만지는 거야! 다른 여자 만진 손 따위로 내 몸에 손대지 마."

"일단 나가자. 내가 다 설명할게."

"싫어."

"해주야."

"부르지 마! 날 만지지도 말고, 내 이름 부르지도 마! 지금은 너랑 아무 말도 하고 싶지 않아. 보고 싶지 않다고 네가."

뭔가 이유가 있을 것이다. 분명 뭔가 그럴 만한 이유가 있을 것이라고 머릿속에서 외치지만, 해주는 아무 생각도 할 수가 없었다. 그저 이 순간을 피하고만 싶었다. 왜 하필 민섭을 만난 오늘 내게 이런 모습을 보인 걸일까? 왜…….

해주는 자신보다 더 상처받은 눈으로 아프게 바라보는 성준을 두고 몸을 돌렸다.

"해주야."

"내 몸에 손대지 마."

성준은 돌아서는 해주의 손목을 잡아 세웠지만, 거칠게 손을 떼어내며 뒤 한 번 돌아보지 않고 차갑게 말하는 그녀의 뒷모습에 가슴 아팠다. 카페 입구로 향하는 해주의 뒷모습을 보며, 성준은 재빨리 해주를 따라나섰다. 하지만 한 걸음을 떼기도 전에 허리를 끌어안는 강한 힘에 움직일 수가 없었다.

"가지마! 오빠, 가지마."

언제 따라 내려왔는지 지현이 뒤에서 허리를 끌어안고 매달려 놓아주지 않았다. 거칠게 지현을 떼어내리던 성준은 유리문 너머로 자신을 바라보는 해주의 모습에 심장이 쿵하고 내려앉았다. 이런 모습을 또다시 보이고 말았다.

잠시 서서 자신을 바라보던 해주가 몸을 돌려 점점 멀어지기 시작했다. 성준은 허리를 감싸 안은 지현을 거칠게 떼어내고, 조금의 망설임도 없이 뺨을 향해 손을 뻗었다. 좀처럼 분노가 주체가 되지 않았다.

"오빠……."

"네가, 네가 방금 무슨 짓을 했는지 알아? 너, 정말 바닥이구나. 너란 애, 진절머리가 난다. 두 번 다시 보고 싶지 않다. 다시는 내 앞에 나타나지 마."

뺨 위로 손을 얹은 채, 그대로 바닥에 주저앉는 지현을 뒤로하고 성준은 서둘러 카페를 빠져나왔다. 해주가 걸어간 방향으로 뛰어갔지만, 어디에서도 그녀의 모습이 보이지 않았다. 성준은 불안감에 심장이 떨어져 나갈 것처럼 뛰었다. 살아오면서 지금처럼 두려움을 크게 느껴본 적이 없었다.

한참을 이곳저곳 해주를 찾아 헤매던 성준은 전화를 걸기 위해서 휴대폰을 찾았지만, 아무리 주머니를 뒤져봐도 휴대폰이 나오지 않았다.

"젠장! 젠장!"

아까 해주의 사진을 보다 갑자기 지현이 와서, 그대로 바 테이블 위에 휴대폰을 놓고 사무실로 올라갔었다. 성준은 해주에게 전화를 걸어야 한다는 생각에 서둘러 다시 카페로 향했다. 안으로 들어가자 지현이 아까 자신이 나갔던 모습 그대로 바닥에 주저앉아 있었다. 성준은 그런 지현의 모습에 얼굴을 찌푸리며 고개를 돌려버렸다. 지금은 저 아이를 보고 싶지 않았다.

"지훈아."

"네, 사장님."

"데리고 나가서, 택시 태워 보내."

"네."

지훈이 지현을 데리고 나가자, 성준은 스툴에 쓰러지듯 앉았다. 등 뒤로 사람들의 따가운 시선이 느껴졌지만, 지금은 그런 것에 신경 쓸 때가 아니었다. 깊은 한숨을 내쉬고 휴대폰을 집어든 성준의 얼굴에 절망의 빛이 떠올랐다. 해주에게 5통이 넘게 전화가 와 있었다. 아까 지현과 이야기를 나눌 때 전화를 했던 모양이었다.

떨리는 가슴을 진정시키려 크게 숨을 들이켠 성준은 해주에게 전화를 걸어보았다. 하지만 휴대폰은 이미 꺼져버린 상태였다. 일이 왜 이렇게 꼬여버린 걸까? 절망감에 성준은 양손을 머리카락 사이로 밀어 넣고 그대로 고개를 숙였다.

해주에게 상처를 줬다는 사실에 성준은 깊은 절망감을 맛보았다. 지금쯤 그녀는 어디서 무엇을 하고 있는 것일까? 걱정스러운 마음에 숨도 제대로 쉬어지지가 않았다. 잠시 그렇게 자책하던 성준은 차키를 들고 그대로 카페를 나왔다. 더 늦기 전에 해주를 만나야 했다.

"네가 그렇지 뭐."

영화표를 예매한다는 것이 날짜를 잘못 선택해서 오늘 밤이 아닌, 내일 밤으로 예매한 해진은 토라져 고개를 돌리고 있는 아영을 향해 두 손 모아 빌었다.

"내가 잘못했어. 아까 빵 나올 시간이라 정신없이 예약하느라, 날짜를 잘못 눌렀나 봐. 내가 죽을죄를 지었어. 그러니까 화 좀 풀어라, 예쁜아. 응?"

"됐어. 나, 내일 너 안 만날 거니까 영화 혼자 봐."

토라져 고개를 확 돌린 아영의 어깨에 얼굴을 비비며 해진은 어린아이처럼 애교를 부리기 시작했다. 토라져서 입을 톡 내밀고 있는 아영의 모습이 해진은 그저 귀엽기만 했다. 본인은 화가 나 입을 내밀고 있는 것이겠지만, 해진은 그런 아영의 모습을 볼 때마다 몸에 열이 확 올랐다.

"너, 내가 그렇게 입술 내밀지 말라고 했을 텐데. 확 키스해버린다?"

키스하겠다는 말에 보조석에 앉아 있던 아영이 문 쪽으로 몸을 기울며, 양손으로 엑스를 그렸다.

"너, 나 지금 화난 거 안 보여? 허튼짓하기만 해."

"화난 모습도 귀여운 걸 어쩌겠어. 이리 와봐."

해진은 아영을 느끼하게 바라보며 말했다. 그러자 아영의 정색하며 소리쳤다.

"이런 식으로 또 얼렁뚱땅 넘어가려고!"

"에이, 화 그만 내고 이리 와봐."

"저리 안 가? 여기 극장 주차장이거든?"

"왜 이래, 아마추어같이."

자꾸만 밀어내려는 아영에게 가까이 다가간 해진은 손을 뻗어 여자친구의 손목을 잡아, 가까이 당겼다. 힘없이 끌려온 아영이 눈을 흘기며 손목을 세게 깨물었다. 하지만 이미 예상했던 상황이기에 해진은 당황하지 않고 손을 뻗어 아영의 턱을 잡았다. 천천히 아영의 입술을 향해 고개를 내리던 해진은 갑자기 시끄럽게 울리는 벨소리에 인상을 썼다.

"전화 받아."

"안 받아도 돼."

"그냥 받지?"

눈을 흘기며 이를 악물고 이야기하는 아영의 모습에 해진은 별수 없이 주머니에서 휴대폰을 꺼냈다. 지훈에게 걸려온 전화였다. 인상을 확 쓴 해진은 신경질적으로 소리쳤다.

"왜!"

-아, 좀! 형은 왜 전화 받자마자 소리 지르고 그래?

"네가 중요한 순간에 전화 걸어서 그런다, 왜!"

-방해해서 미안하긴 한데, 비상상황이라 어쩔 수 없었어.

"비상상황? 왜, 가게에 불이라도 났냐?"

보조석에 앉아 자신을 바라보고 있는 아영에게 손을 뻗어, 그녀의 팔을 만지작거리던 해진은 귀찮음이 톡톡 배어난 목소리로 말했다.

-해주 누나랑 사장님 엄청 심하게 싸웠어.

"뭐? 야, 너 정말 죽을래? 연인들이 사귀다 보면 싸울 수도 있지. 둘이 사랑싸움한 걸로 귀찮게 전화할래?"

-사랑싸움이 아니었으니까 전화했지. 정말 살벌했어. 해주 누나, 몸을 덜덜 떨면서 카페 뛰쳐나갔단 말이야.

"몸을 떨어? 무슨 일이 있었는지 제대로 이야기해봐."

장난기로 가득했던 해진의 얼굴이 지훈의 말에 점점 차갑게 굳어갔다. 자신의 눈으로 직접 본 것이 아니라 정확한 상황을 파악할 수는 없지만, 지현이 원인인 것은 분명했다. 지현이 언젠가 한 번은 사고를 치지 않을까 불안하긴 했었는데, 결국은 터트린 모양이었다.

"일단 알았다."

지훈과 통화를 마친 해진은 담배를 꺼내 물며, 해주에게 전화를 걸었다. 하지만 휴대폰이 꺼져 있는 상태였다.

"무슨 일이야? 뭔데 그렇게 얼굴이 굳었어?"

아영이 걱정스러운 얼굴로 물어왔지만, 해진은 대답하지 않고 바로 어머니에게 전화를 걸었다. 아까 카페를 뛰쳐나갔다는 해주가 아직도 집에 돌아오지 않았다고 했다. 초조한 마음에 이정과 서영에게도 전화를 걸어보았지만, 두 사람 모두 함께 있지 않다고 했다.

"뭐야, 뭔데 그렇게 심각해?"

"누나랑 성준이가 좀 싸운 거 같은데, 심각했나 봐. 누나 좀 찾아봐야 할 것 같아. 지금 누나 휴대폰 꺼져 있거든? 너는 계속 연락해봐."

고개를 끄덕이는 아영을 보며, 해진은 차를 출발시키며 성준에게 전화를 걸었다. 신호음이 울리기도 전에 성준의 목소리가 들려왔다.

―해진아.

"도대체 뭐야, 뭔데 누나랑 카페에서 그렇게 싸운 거야? 지현이가 무슨 짓을 했는데?"

―해진아, 해진아……. 나 어떡하지? 해주가 아무리 찾아도 보이지가 않는다. 가볼 만한 곳 다 찾아봤는데도 없고, 이정 씨랑 서영 씨도 같이 안 있다고 하고……. 아무리 찾아도 없어.

휴대폰 너머로 들려오는 힘 빠진 친구의 목소리에 해진은 입술을 세게 깨물었다.

"아직 집에도 안 온 모양이야. 지금 나도 찾으러 가고 있으니까, 너도 좀 찾아봐. 찾으면 연락할게."

전화를 끊은 해진은 평소 해주가 자주 가는 곳 위주로 누나를 찾기 시작했다. 한 시간 가까이 해주가 갈만한 곳은 다 찾아 헤맸지만, 어디에도 모습이 보이지가 않았다. 답답한 마음에 해진은 일단 카페로 향했다. 이렇게 찾아다닌다고 해결될 일이 아닌 듯 싶었다.

"전화 아직도 꺼져 있어?"

"응. 걱정돼서……, 자기야! 차, 세워봐. 저기 언니 아니야?"

아영의 말에 차를 세운 해진은 여자친구가 가리키는 쪽으로 시선을 돌렸다. 카페에서 5분도 안 걸리는 도로변 벤치에 해주가 멍하니 앉아 있었다. 차에서 내리려는 아영의 손목을 잡아 제지시킨 해진은 성준에게 전화를 걸었다.

"나다. 누나 찾았어."

어둠이 내린 거리는 가로등 불빛으로 환하게 밝혀져 있었다. 퇴근을 하는 차들로 도로는 복잡했고, 거리에도 끊임없이 사람들이 지나갔다. 해주는 멍하니 지나가는 사람들을 바라보며 쉴 새 없이 흐르는 눈물을 손등으로 닦아냈다.

울고 싶지 않은데 흐르는 눈물이 좀처럼 멈추지가 않았다. 마지막으로 보았던 성준의 모습이 잊혀지지가 않았다. 매몰차게 뿌리치고 카페를 나왔지만, 그래도 잡아주길 원했었다. 바로 따라나와 뭔가 변명해주길 간절히 원했었다. 그런데 그는 그러지 않았다.

혹시나 하는 마음에 몸을 돌려 바라보았던 마지막 모습, 지현에게 안겨 나오지 않고 자신을 바라만 보던 모습이 해주의 가슴에 아프게 박혔다. 민섭과 헤어졌던 마지막과 조금도 다르지 않았다. 자신에게는 왜 매번 이런 일이 일어나는 것일까? 이제는 모든 것이 다 부질없이 느껴졌다.

깊어지는 절망감에 해주는 두 손으로 얼굴을 덮고 흐느껴 울었다. 민섭과 헤어졌을 때와는 비교도 되지 않을 만큼 가슴이 아팠다. 더는 울고 싶지 않았다. 입술을 세게 깨물고 눈물을 참으려던 해주는 갑자기 어깨에 느껴지는 따뜻한 체온에 고개를 들었다.

그가, 성준이 눈앞에 서 있었다.

"해주야."

예상도 못 했던 성준의 등장에 해주는 어깨 위에 얹어 있던 성준의 손을 뿌리치고 벤치에서 일어났다. 지금은 그를 보고 싶지 않았다. 아직 마음도 추스르지 못한 이런 상태에서 그와 이야기를 나눈다고 해도 엇나갈 것이 분명했다. 이야기를 나누더라도 좀 더 마음을 진정시킨 후에 하고 싶었다.

"해주야, 제발."

"나 좀 그냥 내버려 둘래? 지금은 아무 말도 듣고 싶지 않아."

"왜, 왜! 왜 날 못 믿는 건데? 왜 내 이야기를 들으려고도 안 하는 거야?"

앞을 가로막고 절규하듯 소리치는 성준의 말에 해주는 눈을 감아버렸다. 믿고 싶었다. 성준이 자신을 절대 배신할 사람이 아니라고 해주도 믿고 싶었다.

"네가 나한테 변명할 생각이 있었다면, 아까 해야 했어. 너, 날 그냥 뒀잖아. 카페에서 그 여자한테 안겨서 날 잡지 않았어!"

지현에게 안겨 유리 너머로 자신을 바라보던 성준의 모습이 눈앞에 아른거렸다. 생각만으로도 몸이 덜덜 떨렸다.

"아니야. 바로 따라나갔어. 근데, 네가 어디에도 없었어. 전화도 꺼져 있고, 내가 얼마나 답답했는지 알아? 얼마나 찾아다녔는지 알기나 해?"

"됐어. 아무 말도 하지 마. 듣고 싶지 않아."

"강해주!"

"그 여자한테나 가. 난 이제 필요 없어."

아니, 아니다.

그를 믿어야 했다. 그의 말을 듣고 오해를 푸는 것이 옳았다. 하지만 마음과 달리 입이 멋대로 움직였다. 자꾸만 지현을 안고 있던 성준과 다른 여자와 침대에 엉켜 있던 민섭의 모습이 오버랩되어 해주를 괴롭혔다.

"난, 이제 널 더 믿을 수가 없어."

"내가 너한테 그거밖에 안 되는 사람이었어? 그렇게 단 한 순간에 끝나버릴 정도로 믿음을 못 줬니?"

"그래."

해주의 손목을 세게 잡고 있던 성준의 손에 스르르 힘이 풀렸다. 조금의 망설임도 대답하는 그녀의 모습에 맥이 풀렸다. 자신의 잘못이 맞았다. 해주가 이렇게 화를 내는 것도 당연했다. 그런데 자신을 믿을 수 없다 말하는 해주에게 왜 이렇게 실망스러운 것일까?

"내가 정말 필요 없어?"

제발 아니라고 대답해주길 간절히 빌며, 성준은 힘겹게 입을 열었다. 해주가 잡아주길 원했다. 무슨 변명이든 해보라고 소리쳐주길 원했다.

"……그래."

한참을 망설이던 해주의 입에서 한숨 섞인 목소리가 흘러나왔다. 그녀의 말에 성준의 뺨 위로 굵은 눈물이 흘러내렸다. 성준은 갑자기 주체할 수 없이 복받치는 서러움에 숨조차 제대로 쉴 수가 없었다. 거칠게 눈물을 닦아낸 성준은 손으로 가슴을 움켜쥐며 간신히 입을 열었다.

"넌 내게……, 끝까지 기회를 주지 않는구나."

성준의 뺨 위로 흘러내리는 눈물에 해주는 심장이 쿵하고 내려앉았다. 저도 모르게 뺨으로 향하는 손을 주먹을 쥐며 애써 참아냈다. 왜 이렇게 삐뚤어진 것일까? 해주는 저도 모르게 나온 대답에 놀라 두 손으로 입을 틀어 막아버렸다. 지금 자신이 무슨 말을 해버린 것일까?

"오늘은 못 데려다주겠다. 먼저 갈게."

"성준아……."

"상처 줘서 미안해."

미안하다는 말과 함께 등 돌려 멀어지는 성준의 모습에 해주는 흐르는 눈물을 주체할 수가 없었다. 쉴 새 없이 흐르는 눈물을 닦을 생각도 하지 않고, 멀어지는 성준을 그저 멍하니 바라만 보았다. 잡아야 하는데, 그를 잡아야 하는데 다리에 힘이 풀려 한 발자국도 움직일 수가 없었다. 도대체 자신이 무슨 짓을 해버린 걸까?

'제발, 제발, 제발…….'

해주를 두고 돌아서 걸어가며 성준은 그녀가 자신을 잡아주길 속으로 간절히 바랐다. 하지만 등 뒤에서는 아무 말도 들리지 않았다. 혹시나 하는 기대감에 천천히 걸어가던 성준은 차 앞에 도착할 때까지도 자신을 잡지 않는 해주의 모습에 절망했다. 이대로, 이대로 그녀와 끝나버리는 것일까? 두려웠다. 그리고 그녀 없이 살아갈 자신이 없었다.

성준의 세상이 무너져 내렸다.

8. 네가 없는 세상

짙은 어둠이 걷히고 어느새 한강 위로 푸른 새벽이 찾아왔다. 성준은 멍하니 초점 없는 눈으로 창밖을 바라보았다. 눈앞에 펼쳐진 세상은 어제와 다른 것이 하나도 없는데, 성준의 세상만이 무너져 있었다.

어제 해주를 뒤로하고 집으로 돌아와 성준은 아무것도 하지 않았다. 술을 마시지도 잠을 자지도, 그렇다고 울지도 않았다. 그저 멍하니 허공만 바라보고 있을 뿐이었다. 모든 것이 꿈을 꾼 것처럼 아득하기만 했다. 자신을 믿을 수 없다던 해주의 말이 머릿속에 맴돌아 가슴이 찢어질 것처럼 아팠다. 이렇게 아플 것이라면 차라리 숨이 멈춰버렸으면 했다.

어떻게 살아야 할까.

해주 없는 삶을 살아갈 수는 있는 것일까? 아니, 살 수 없다. 자신이 필요 없다던 해주의 말을 성준은 잠시도 잊을 수가 없었다.

어디서부터 잘못된 것일까. 지현을 사무실로 들이는 것이 아니었다. 그냥 일층에서 이야기를 했다면 이런 일도 없었을 텐데……. 성준은 스스로의 어리석음에 진저리가 쳐졌다.

점점 밝아지는 세상과 달리 성준의 가슴에는 어둠이 짙게 드리워졌다. 그녀는 왜 자신을 믿지 못하는 것일까? 왜 아무 말도 듣지 않으려는 걸까? 어쩔 수 없이 몰려오는 원망을 성준은 떨쳐낼 수가 없었다. 변명조차 들으려 하지 않는 해주가 참으로 원망스러웠다.

끝을 모르고 바닥을 치는 마음을 어쩌지 못하고 있던 성준은 휴대폰 벨소리에 화들짝 놀라, 재빨리 휴대폰으로 손을 뻗었다. 혹시나 해주가 아닐까 싶어 기대했던 성준은 어머니에게 걸려온 전화에 깊은 한숨을 내쉬었다.

지금은 어머니와 통화할 기분이 아니었지만, 받지 않을 수가 없었다. 오늘은 해주와 함께 집에 가기로 했던 날이었다. 부모님에게 잘 보이기 위해 머리를 하고 옷을 사며, 애를 쓰던 해주의 모습이 떠오르자 가슴이 산산이 부서져 내렸다.

"여보세요."

-아들, 내가 괜히 잠 깨운 것은 아니지?

8시도 안 된 시간에 상기된 목소리로 전화를 건 어머니의 음성에 성준은 눈을 감아버렸다. 이른 새벽부터 일어나 어린아이처럼 좋아하며, 자신과 해주를 맞을 준비를 했을 어머니의 모습이 눈에 선했다. 그 모습을 떠올리자, 차마 입이 떨어지지 않았다.

"아니에요."

─이따, 점심에 몇 시에 올 거니? 네 아버지도 오늘은 라운딩 약속까지 취소했지, 뭐니. 말씀은 안 하셔도, 은근히 기대하시는 눈치야.

　어머니의 이야기를 들으며 성준은 소파에서 일어나 주방으로 향했다. 냉장고에서 맥주 한 캔을 꺼내 단숨에 들이켠 성준은 옥죄어 오는 가슴을 외면하며 힘겹게 입을 열었다.

　"어머니."

　─응?

　"죄송해요. 오늘 못 갈 거 같아요."

　─그게 갑자기 무슨 말이니? 어제 낮에 통화할 때만 해도 그런 말 없었잖아.

　"갑자기 그렇게 됐어요. 어제 연락해야 했었는데, 경황이 없어서 못했어요. 죄송해요."

　맥주 캔을 신경질적으로 바닥에 집어던진 성준은 그대로 주방 바닥에 주저앉았다. 이대로 통곡해 울고 싶은 심정이었다.

　─둘이 무슨 문제 있니? 네 아버지한테 뭐라 변명할 말은 있어야 하잖아.

　지금 상황을 뭐라고 설명해줘야 하는 것일까.

　부모님이 해주를 만나보지도 않고, 첫인상부터 점수를 깎이게 하고 싶지는 않았다. 헤어질 생각도 없지만, 설사 헤어지게 된다 해도 그녀의 기억은 안 좋게 남기고 싶지는 않았다. 성준은 절로 새어나오는 한숨을 삼키며 입을 열었다.

　"제가…… 크게 잘못한 것이 있어서, 마음을 좀 많이 다쳤어요.

그녀에겐 뭔가 특별한 것이 있다

어제 좀 많이 울어서, 오해도 아직 못 풀었고, 그래서 지금은 어머니랑 아버지를 만날 수 있는 상태가 아니에요."

어머니에게 이야기하며 성준은 자신도 모르게 덜덜 떨었다. 목소리가 떨리는 것이 그대로 전해졌는지, 어머니가 놀란 목소리로 걱정스레 물었다.

－성준아, 너 괜찮니?

"괜찮아요."

－그래, 알았다. 무슨 일인지는 모르겠다만, 네가 잘못했으면 가서 빌어. 오해한 것이 있으면 풀고. 남자가 여자 울리는 거 아니야. 아버지한테는 엄마가 잘 이야기할 테니까, 걱정하지 말고.

"이해해줘서 감사해요."

－엄마한테 별소리를 다 한다. 너무 기운 빼지 말고, 밥 거르면 안 된다. 알겠지?

어머니와 통화를 마친 성준의 두 뺨 위로 쉴 새 없이 눈물이 흘러내렸다. 지난밤, 벤치에 홀로 앉아 서럽게도 울던 해주의 모습이 떠올랐다. 자신과 헤어지고 어제 또 홀로 얼마나 많이 울었을지 생각하니, 걱정이 되어 견딜 수가 없었다. 그렇게 소리도 내지 않고 한참을 흐느껴 울던 성준은 바닥에 떨어뜨린 휴대폰을 집어 들었다. 이대로 그녀를 보낼 수는 없었다.

[해주야, 해주야, 해주야……]

떨리는 손으로 간신히 메시지를 보낸 성준은 바닥에서 일어나, 글라스에 얼음을 담고 양주를 가득 따랐다. 도저히 맨정신으로 있을 수가 없었다. 숨도 쉬지 않고 독한 술을 단숨에 들이켠 성준은 다시 해주에게 메시지를 보냈다.

[자고 있을까 봐, 전화 대신 메시지 보내. 오늘 집에 가는 건, 내가 부모님한테 잘 설명했어. 그러니까 신경 쓰지 않아도 돼. 해주야, 우리가 어쩌다 이렇게 되어버렸을까?]

메시지를 보낸 성준은 그대로 주방 바닥에 쓰러지듯 누웠다. 그녀에게 메시지를 보내는 것만으로도 가슴이 터질 것 같았다. 사랑하는 여자를 보고 싶을 때 볼 수 없고, 목소리를 듣고 싶을 때 들을 수도 없다면 살아간다 한들 무슨 의미가 있을까.

해주는, 곧 성준이 살아가는 이유였다.

에이치라인의 하얀색 자수 원피스가 걸려 있는 벽을 해주는 눈물이 그렁그렁한 눈으로 바라보았다. 그의 부모님에게 잘 보이기 위해서 몇 시간을 돌아다녀, 간신히 고른 원피스였다. 오늘 성준의 부모님을 만나러 가기로 했는데, 어떻게 해야 하는 것일까? 자신과 성준을 기다릴 어른들을 생각하니, 죄송스러움에 고개를 들 수가 없었다.

어쩌다 이렇게 되어버린 것일까?

눈물을 흘리며 왜 자신에게 기회를 주지 않느냐고 묻던 성준의 애처로운 모습이 가슴에 사무쳤다. 아무 말도 듣지 않으려 하고 그에게 차갑게만 굴었던 스스로에게 해주는 진저리가 쳐졌다.

술에 힘을 빌려서라도 잠으로 도망가고 싶었지만, 흐트러지지 않고 맑은 정신으로 생각을 정리하고 싶었다. 지난밤, 한숨도 자지 않고 생각했다. 그 생각의 끝의 답을 해주는 여전히 찾지 못했다.

성준을 믿지 못하는 것이 아니었다.

어제는 너무 많이 놀라고 당황스러워 그에게 심한 말을 했지만, 성준이 자신을 배신하고 다른 여자를 안을 사람이 아니라는 것은 세상 누구보다 해주 자신이 제일 잘 알고 있었다. 그럼에도 민섭의 트라우마에서 벗어나지 못하고 성준에게 상처를 준 스스로가 한심해서 견딜 수가 없었다.

믿을 수 없다는 말로, 다른 여자에게 가라는 말도 안 되는 소리를 해가며 상처를 줘서는 안 되는 것이었다. 이렇게 한심하고 자격 없는 자신이 과연 성준의 곁에 있어도 될까? 돌아간다 한들 그가 자신을 용서해줄까?

눈앞의 원피스가 점점 흐려지는 것을 보며, 해주는 무릎 위로 고개를 묻었다. 밤새 울었는데도 아직 더 흐를 눈물이 남았는지, 좀처럼 멈출 생각을 하지 않았다. 가슴이 너무 아파 숨도 제대로 쉬어지지가 않았다.

왜 그를 믿지 못한다는 한심한 말을 해버린 것일까? 도대체 다른 여자에게 가라는 무서운 이별의 말을 왜 했을까. 그가 변명할 수 있도록, 그 상황을 설명할 기회를 줬어야 했다. 뒤늦은 후회를 하며 해주는 가슴을 치며 오열했다.

얼마나 울었을까.

정신이 아득해져 오고, 현기증이 났다. 잠시 누워야겠다는 생각에 간신히 몸을 일으켜 침대로 향하던 해주는 메시지 알림소리에 화들짝 놀랐다. 재빨리 침대 위에 있던 휴대폰으로 손을 뻗은 해주는 성준의 문자에 그대로 바닥에 주저앉아 버렸다.

[해주야, 해주야, 해주야······.]

아무 말 없이 그저 이름만 보낸 성준의 문자가 가슴에 박혀 아렸다. 앞을 볼 수 없을 정도로 흐르는 눈물을 닦을 생각도 하지 않은 채, 해주는 성준이 보낸 문자를 손으로 쓸어내렸다. 그가 보고 싶었다. 보고 싶어 죽을 것만 같았다.

[자고 있을까 봐, 전화 대신 메시지 보내. 오늘 집에 가는 건, 내가 부모님한테 잘 설명했어. 그러니까 신경 쓰지 않아도 돼. 해주야, 우리가 어쩌다 이렇게 되어버렸을까?]

바닥에 고개를 묻고 하염없이 울던 해주는 얼마 지나지 않아 또다시 온 성준의 문자에 그대로 무너져 내렸다. 그는 부모님에게 뭐라 말했을까? 정말 성준과 어쩌다 이렇게 되어버린 것일까?

해주는 성준에게 온 메시지가 꼭 마지막을 의미하는 것 같아서, 가슴이 먹먹해왔다. 아니, 먼저 두 번 다시 보고 싶지 않다고 말한 것은 바로 자신이었다. 아마 성준은 이런 자신에게 실망했을 것이다. 어쩜, 진저리가 쳐졌을지도 모른다.

지금쯤 어떻게 하고 있을까? 걱정스러운 마음에 애가 끓었지만, 자신이 할 수 있는 것은 아무것도 없었다. 해주는 물에 젖은 솜처럼 무거운 몸을 간신히 일으켜 침대에 몸을 눕혔다. 지쳤다, 좀 쉬고 싶었다.

가게를 며칠 잘 부탁한다는 문자만 남기고 벌써 3일째 모습을 보이지 않는 성준 때문에 해진은 심기가 몹시 불편했다. 도대체 무슨 일이 있었기에 두 사람 모두 정신을 놓고 있는지, 해진으로서는 알 방법이 없었다.

　이틀 전, 성준과 해주가 싸운 다음 날 새벽, 가게를 나가기 위해 집을 나서던 해진은 문틈으로 새어나오는 해주의 울음소리에 가슴을 쓸어내렸다. 울음소리가 너무도 서럽고 구슬퍼서 해진도 마음이 좋지 않았다.

　"형, 사장님 언제 나와요?"

　"글쎄다."

　가게를 마감하고 청소를 하던 지훈의 물음에 해진은 위생모를 벗어던지고, 가방을 챙겨 들었다. 남의 사랑싸움에 끼어드는 것이 아니라지만, 도저히 가만히 있을 수가 없었다.

　"나 먼저 퇴근할게. 다들 정리 잘하고, 빨리 퇴근들 해."

　카페를 나오기 무섭게 해진은 성준에게 전화를 걸어보았지만, 좀처럼 받지를 않았다. 아파 죽는 한이 있어도 가게를 비우는 일이 없는 녀석이 3일 동안 연락 한 번 없는 것이 해진은 마음에 걸렸다. 연락도 계속되지 않아 초조한 마음에 해진은 자동차 속력을 높였다.

　늦은 밤이라 다행히 차가 밀리지 않아 금방 성준의 집에 도착한 해진은 초인종을 아무리 눌러도 인기척이 없자, 자연스레 비밀번호를 누르고 안으로 들어갔다. 집 안으로 들어가자 현관 센서등이 켜진 것을 제외하고는 불 하나 켜있지 않았다.

　"성준아, 지성준."

　집 안으로 천천히 들어가, 거실 불을 켠 해진은 눈앞에 펼쳐진 광경을 믿을 수가 없었다. 집 안이 술병으로 널브러져 있고, 성준은 소파 위에서 몸을 말고 누워 있었다. 성준은 술을 즐기지도 않을뿐더러, 힘든 일이 있다 해도 술로 도망치는 녀석이 아니었다. 그런데 지금 성준의 모습은 그동안 자신이 알던 친구의 모습이 아니었다.

"야 이 자식아! 정신 좀 차려봐."

성준의 곁으로 다가간 해진은 친구의 어깨를 흔들며 말했다. 그의 부름에도 인기척이 없던 성준은 그제야 간신히 소파에서 몸을 일으켰다.

"왔냐."

"왜 이렇게 전화를 안 받아? 사장이라는 새끼가 이렇게 무책임해도 되는 거야?"

"미안하다."

사과하며 소파에서 일어난 성준은 주방으로 가 물을 꺼내 벌컥벌컥 들이켰다. 해진은 그런 친구를 안쓰럽게 보며 말했다.

"너 이 술은 도대체 다 뭐야? 종일 집에서 술만 마시고 있었던 거야? 술도 잘 못 마시는 놈이 무슨 술을 이렇게 많이 마신 거야?"

긴 한숨을 내쉰 성준은 식탁 의자에 앉으며 한 손으로 머리를 흩뜨리며 말했다.

"해주는 잘 지내? 어때? 좀 괜찮아?"

"그걸 왜 나한테 물어봐? 네가 직접 가서 봐."

"아까 보고는 왔는데, 얼굴이 말이 아니더라."

"보고와? 둘이 만났어?"

해진의 질문에 병째 생수를 들이켜던 성준은 대답 대신 고개를 끄덕였다. 말할 기운도 남아 있지 않았다.

"그냥 차에서 퇴근하는 모습만 보고 왔어. 너무 멀리서 봐서……."

"뭐? 너도 참 가지가지 한다. 거기까지 갔으면 만나고 와야지. 문제가 있으면 풀어야지, 이러고 있으면 뭐가 해결이 돼? 집에 콕 박혀 있음 아무것도 해결 안 돼."

"나도 알아. 근데 해진아, 나 해주한테 시간을 주겠다고 했어."

"시간?"

해진의 말에 성준은 자리에서 일어나 테라스로 향했다. 꼭꼭 닫혀 있던 문을 열고, 테라스 바닥에 앉아 새까만 한강을 바라보았다. 몇 번이고 해주를 찾아가려 했었다. 만나서 이유를 설명하면 해주도 다 이해해주지 않을까 생각했었다. 하지만 성준은 그렇게 하지 않았다. 잠시 떨어져 지내며, 해주가 자신에 대해서 진지하게 생각할 시간을 주고 싶었다. 그리고 무엇보다 성준은 해주가 이렇게 쉽게 자신을 놓을 리 없다고 믿었다.

"그래, 시간."

"그렇게 마음 결정해놓고 술은 왜 이렇게 많이 마신 건데?"

"보고 싶어서."

"뭐?"

"술이라도 안 마시면 미쳐버릴 거 같아서."

성준은 아까 저녁에 보았던 해주의 모습을 떠올렸다. 파리해진 얼굴로 회사에서 나오던 모습을 생각하니, 가슴이 먹먹해왔다. 당장에라도 뛰쳐나가 억지로라도 품에 안고 싶었지만, 먼저 시간을 주겠다고 말한 사람은 자신이었다.

"뭐야? 지현이가 무슨 짓을 했는데, 이 사달이 난 거야?"

"그냥 오해가 좀 있었어."

"무슨 오해? 도대체 무슨 오해가 있었기에 그 독한 마녀가 통곡을 하고 우느냐고!"

입술을 잘근거리며 발끝만 보고 있던 성준은 해진의 말에 고개를 번쩍 들었다.

"많이…… 울었어?"

"몰라, 나도. 나 확 돌아서 이 시간에 지현이 찾아가기 전에 뭔지 불어. 그래야 내가 돕던, 어쩌던 할 거 아냐."

바닥에서 일어난 성준은 초조하게 한참을 테라스를 왔다, 갔다 했다. 해주가 통곡해 울었다는 말에 당장에라도 달려가고 싶은 마음을 억누르기가 힘들었다. 해주의 눈물의 원인이 자신이라는 사실에 정말 죽고만 싶었다.

"성준아."

"알았으니까, 재촉하지 마. 네가 안 그래도 지금 돌기 직전이니까."

숨을 고르고 마음을 진정시키려 노력하며, 성준은 테라스 난간을 두 손으로 세게 쥐었다. 어느새 제법 선선해진 밤바람에 답답한 가슴이 조금이나마 해소가 되는 듯했다. 한참을 그렇게 한강을 바라보던 성준은 천천히 입을 열었다.

"내가 그걸 확! 아오, 진짜!"

자리를 박차고 일어나며 주머니에서 휴대폰을 꺼내는 해진의 모습에 성준은 재빨리 다가가 휴대폰을 빼앗으며 말했다.

"하지 마. 이런 식으로라도 연관되는 거 싫다. 그리고 이미 나한 테 맞았어. 그냥 둬. 그렇게까지 했으니까, 두 번 다시 연락 안 할 거다."

"내가 분이 안 풀려서 그래! 그래, 사무실에서는 그럴 수 있었다 고 치자. 근데 왜 따라 내려와서 그 난리야? 그때 네가 바로 따라 나가서 해명했음 일이 이렇게까지 안 커졌을 수도 있잖아."

"다 내 생각이 짧아서 일어난 일이야. 누굴 탓할 것도 없다. 그 리고 이미 지난 일 이야기해서 뭘 해."

성준은 화를 어쩌지 못하는 해진의 어깨를 살짝 두들겼다. 이제 자신이 할 수 있는 것은 해주를 믿고 기다리는 일뿐이었다. 성준은 복잡한 마음을 애써 눌렀다.

"나, 내일부터는 가게 나갈 거야. 이제, 정신 차려야지."

"듣던 중 반가운 소리네. 집에 가기도 귀찮은데, 자고 가야겠다. 한잔할까?"

"술 마시지 말라며?"

"혼자 먹지 말란 소리였지! 나랑 먹는 것은 괜찮아. 집에 뭐 먹 을 것 좀 있냐?"

주방으로 향하는 해진의 뒷모습을 보며, 성준은 복잡한 마음을 애써 눌렀다. 무기력하게 아무것도 하지 않는 모습은 해주도 바라 지 않을 것이다. 해주가 자신을 찾아왔을 때, 이렇게 망가진 모습 이 아닌, 멋진 모습으로 맞이하고 싶었다. 그러기 위해서는 힘을 내야 했다.

세상의 모든 시간이 멈춰버리기라도 한 듯 해주는 아무런 시간의 흐름도 느낄 수가 없었다. 성준과 그렇게 이별을 하고 난 뒤, 해주의 시간도 그대로 멈춰버렸다. 도대체 어디서부터 잘못된 것일까? 어디서부터 해결의 실마리를 찾아야 하는 것일까? 가슴만 답답할 뿐, 한 치 앞도 내다볼 수가 없었다.

"강해주, 이 머저리!"

성준에게 그 어떤 대답도 들으려 하지 않았던 스스로의 아둔함을 탓하며 해주는 허공을 향해 크게 소리쳤다. 아무 소용없는 외침은 허공을 향해 흩어져 사라질 뿐이었다. 답답함에 쉴 새 없이 한숨을 쉬며 옥상 난간을 잡고 있던 해주는 하늘을 붉게 물들인 노을을 멍하니 바라보았다.

성준과 함께 할 때는 아름다워 보이던 노을도 이렇게 혼자가 되어 바라보니 한없이 쓸쓸하기만 했다. 그와 함께 한지 고작 몇 개월밖에 되지 않았는데, 어느새 그녀의 삶은 성준을 중심으로 돌아가고 있었다. 이렇게 순식간에 사랑에 빠지다니……. 그를 향해 거침없이 빠져드는 사랑이 두려울 정도였다. 그런 사람에게 상처를 주다니, 얼마나 한심한 일이던가.

그를 믿지 못했던 스스로를 탓하며 난간을 더 힘주어 잡던 해주는 집 앞에서 서성이는 검은 실루엣이 눈에 들어왔다. 혹시나 성준은 아닐까 떨리는 마음으로 자세히 실루엣을 살피던 해주는 예상도 못 했던 사람의 모습에 심장이 덜컹 내려앉았다.

"왜 너까지 힘들게 하니."

어느새 희미해져 생각조차 하게 되지 않은 사람이 이제 와 자꾸만 다가오려는 것이 해주는 마음에 들지 않았다. 되돌리기엔 그가 준 상처가 너무도 컸다. 그리고 너무 늦어버렸다. 그는 그것을 모르는 것일까? 한참을 서성이던 민섭이 대문으로 향하는 모습에 해주는 놀라 소리쳤다.

"너 뭐 하려고!"

초인종을 누를 생각이었는지 대문 앞에 섰던 민섭이 해주의 고함소리에 놀라 뒷걸음질을 쳤다. 해주는 그런 민섭을 향해 신경질적으로 소리쳤다.

"나 지금 내려가니까, 거기 꼼짝 말고 있어!"

지금 집에는 아버지가 있었다. 초인종을 눌러 아버지를 마주쳤다가는 사달이 나도 단단히 날 것이 분명했다. 서둘러 대문 밖으로 나간 해주는 민섭의 손목을 잡아끌며 신경질적으로 말했다.

"너 미쳤어? 여기가 어디라고 와!"

"너한테 연락할 길이 없으니, 별수 없잖아."

민섭과 헤어지고 해주는 바로 휴대폰 번호를 바꿔버렸었다. 그와 연관이 된 사람들과 천천히 연락을 끊고 싶기도 했지만, 뒷번호가 그와 같은 것을 더 견딜 수가 없었다. 아마도 그로서는 이렇게 찾아오는 것이 최선이었을 것이다.

"너 이리 와."

이제 곧 해진이 퇴근을 하고 돌아올 시간이었다. 민섭과 함께 있는 모습을 해진에게 들켰다가는 골치 아픈 일이 생길 것은 불보듯 뻔한 일이었다. 해주는 인적이 드문 곳으로 민섭을 데리고 갔다.

"너 도대체 나한테 왜 이래? 뭐 잘못 먹었어?"

"말했잖아. 너랑 다시 시작하고 싶다고."

"나는 싫다고 했잖아!"

"내가 잘할게. 한 번만 더 기회를 줘, 해주야."

그의 겉모습은 조금도 변함이 없었다. 준수한 외모와 큰 키까지 어디 내놓아도 빠질 것이 없을 정도로 근사한 모습이었다. 하지만 그뿐이었다. 그는 더 이상 예전에 해주가 사랑했던 사람이 아니었다. 해주가 기억하는 민섭은 자존심이 세고 자기 주관이 뚜렷한 사람이었다. 모든 일에 후회 없이 계획대로 삶을 개척해나가는 멋진 사람이었다. 그런데 지금 눈앞에 있는 사람은 해주가 기억하고 있던 사람이 아니었다. 안 되는 일에 떼를 부리는 어린아이 같은 남자를 해주는 사랑한 적이 없었다.

"우리가 다시 시작하기엔 너무 늦었어. 알잖아. 난 널 보면서 그 끔찍했던 기억들을 떠올리고 싶지 않아. 네가 나에 대한 애정이 조금이라도 남아 있다면, 다신 나 찾아오지 마."

"미안했어. 상처 줘서 미안해. 두 번 다시는 네 가슴에 상처 줄 일 없을 거야."

또다시 바닥에 무릎을 꿇으며 애원하는 민섭의 모습에 해주는 낮은 한숨을 내쉬었다. 차라리 헤어지고 나서 두 번 다시 마주치지 않는 편이 서로를 위해서 더 좋을 뻔했다. 지금 그의 행동들은 해주의 지난 사랑을 모두 허무하게 만들고 있었다.

"이미 나는 다른 사람을 사랑해. 너는 왜 내 곁에 누군가 있을 것이란 생각을 안 하는 거니?"

지금 이 순간 성준이 더 사무치게 보고 싶은 이유는 무엇일까? 해주는 깊은 한숨을 내쉬며 민섭을 향해 말했다.

"다른 사람?"

정말 조금도 예상을 못했었는지 놀란 얼굴로 되묻는 민섭을 향해 해주는 망설임 없이 고개를 끄덕였다.

"그래. 결혼을 전제로 진지하게 만나는 사람 있어. 지금 너랑 이렇게 마주하고 있는 것만으로도 나는 그 사람한테 죄를 짓는 것 같아. 그러니까, 제발 그만해. 너는 네 삶을 찾아. 날 버린 건 너잖아. 제발 널 보는 것이 오늘이 마지막이었으면 좋겠다."

충격을 받은 듯 아무런 말도 하지 못하는 민섭을 뒤로하고 해주는 집으로 향했다. 오늘 이후로 이제 더는 그를 원망하지 않기로 했다. 지난 과거는 모두 잊고 오로지 성준에게만 집중하고 싶었다. 그를 잊고 민섭처럼 후회하고 싶지 않았다.

해주는 지금 이 사랑을 지키고 싶었다.

깨질 듯한 두통에 지현은 감은 눈을 힘겹게 뜨고, 침대에서 몸을 일으켰다. 시곗바늘은 2시를 가리키고 있었다. 새벽 2시인지, 낮 2시인지 파악이 되지 않았다. 요 며칠 잠이 깨기 무섭게 수면제로 현실에서 도망만 친 지현은 시간 개념조차 없었다.

침대 위에서 몸을 말고 앉아, 며칠 전 자신을 향해 불같이 화를 내던 성준의 모습을 떠올렸다. 아직도 그에게 맞은 뺨이 얼얼한 것 같았다. 자신을 바라보는 성준의 얼굴에서 경멸의 빛이 떠오르자, 지현은 차라리 죽어버리고 싶은 심정이었다.

성준에게 기회를 달라고 매달릴 생각으로 찾아갔지만 하필 그때 그 여자가 나타날 줄은 몰랐었다. 그 일로 성준에게 이렇게까지 미움을 받게 될 것이라고는 상상도 하지 못했었다. 그 여자와 결혼할 것이라는 성준의 말에 지현은 잠시 이성을 잃었었다.

자신이 생각했던 것보다 훨씬 두 사람의 관계가 깊은 모양이었다. 두 번 다시 나타나지 말라던 성준의 말이 귓가에 맴돌아 고통스러웠다.

지현은 쉴 새 없이 흐르는 눈물에 그대로 이불 위로 쓰러지듯 누워, 어린아이처럼 통곡해 울었다. 그렇게 불같이 화를 내는 성준의 모습은 처음 보았다. 자신을 향해 끝없이 분노를 표출하던 성준은 자신이 알던 사람이 아니었다. 그럼에도 그를 향한 마음이 포기가 되지 않는 스스로가 지현은 너무도 싫었다.

한참을 엄마 잃은 아이마냥 통곡하던 지현은 고개를 들고, 어두운 허공을 멍하니 응시했다. 울고 또 울어도 현실에선 변하는 것이 하나도 없다는 사실에 죽고만 싶었다. 성준에게 그렇게 미움을 받느니, 차라리 죽어버리는 것이 나을 것 같았다.

"일어났으면 커튼 좀 쳐. 도대체 언제까지 이러고 있을 거야?"

방으로 들어온 안 여사가 암막커튼을 걷어내며, 근심이 묻어나는 목소리로 말했다. 커튼을 걷어내자 햇살이 방 안 가득 들어왔다.

"김지현, 도대체 무슨 일이야? 뭔데 이래? 그리고 그날 누구한테 맞고 들어온 거야?"

범인을 취조하는 형사의 눈빛을 한 안 여사가 숨 쉴 틈도 주지 않고 질문을 쏟아냈다. 지현은 그런 안 여사 때문에 두통이 더 심해지는 듯했다.

"아무것도 아니야. 그러니까, 나가. 혼자 있고 싶어."

"아니긴 뭐가 아니야! 밥도 안 먹고 방에서 나오지도 않으면서 아무 일도 아니라니? 너, 또 울었니? 무슨 일인데 종일 울기만 해? 엄마 속 터져서 죽는 꼴 보고 싶어서 이래?"

"혼자 있고 싶다고 했잖아!"

지현은 끝없이 자신을 채근하는 안 여사의 모습에 두 손으로 양쪽 귀를 틀어막으며 소리쳤다. 혼자 있고 싶었다. 지금은 누구도 만나고 싶지 않았고, 아무 말도 하고 싶지 않았다.

"너, 성준이 때문에 이래? 성준이랑 무슨 일 있었니?"

자신의 물음에 눈빛이 흔들리는 딸의 모습에 안 여사는 지현이 이러는 것이 성준과의 문제임을 확신했다. 며칠 전, 정신이 나간 모습으로 집에 온 지현은 누군가에게 맞았는지 얼굴이 빨갛게 부어 있었다. 그 모습에 경악했지만, 딸의 상태가 너무 안 좋아 아무것도 물을 수가 없었다.

밥도 먹지 않고 잠에서 깨면 수면제를 먹고, 잠에서 깨면 또다시 수면제를 먹는 딸의 모습에 안 여사는 덜컥 겁이 났다. 그리고 딸을 저렇게 만든 사람이 누구일까 곰곰이 생각해보았다. 아무리 생각을 해보아도 지현을 저렇게 휘두를 수 있는 사람은 성준뿐이었다. 그래도 확신할 수 없기에 지현이 좀 더 정신을 차릴 때까지 기다리고 있었던 것이다.

"아니야."

"아니긴 뭐가 아니야! 너, 설마 **뺨**도 성준이가 때린 거니?"

"아, 아니야."

자신의 말에 크게 동요하며 부정하는 딸의 모습에 안 여사는 자리를 박차고 일어났다.

"아니긴 뭐가 아니야! 내, 내가 이 녀석을 가만히 안 둬!"

"엄마, 아니야. 성준 오빠가 그런 거 아니라니까!"

침대를 박차고 나와 자신의 팔에 매달려 고개를 저으며 부정하는 딸을 매섭게 노려보며 안 여사는 소리쳤다.

"그렇게 맞고도 뭐가 좋다고 편을 들어? 헛소리하지 말고 성준이 번호 불러."

"엄마."

"번호!"

고개를 절레절레 젓는 지현을 뒤로하고 안 여사는 일층으로 뛰어 내려가며 소리쳤다.

"아줌마, 양 기사 차 대기시키라고 해요."

둘 사이에 무슨 일이 있었는지는 알 수 없지만, 자신의 딸에게 손을 댄 성준에게 화가 치밀어 견딜 수가 없었다. 금이야 옥이야 귀하게 키운 딸이, 좋다고 쫓아다닌 것만으로도 속상한데, 그 당사자한테 맞고 왔다니 속이 부글부글했다.

"엄마, 어디 가려고. 설마 오빠한테 가려고?"

가방을 챙겨 방을 나서려던 안 여사는 일층까지 뛰어내려와 자신의 앞을 가로막는 딸을 향해 매섭게 말했다.

"비켜."

"오빠가 그런 거 아니라니까!"

"내가 널 몰라? 이게 어디서 거짓말이야!"

지현을 밀쳐낸 안 여사는 가라앉지 않는 흥분을 애써 누르며 김 여사에게 전화를 걸었다. 신호음이 울린 지 얼마 지나지 않아, 반갑지 않은 음성이 들려왔다.

－여보세요.

"접니다, 지현이 엄마. 바쁘니까, 용건 먼저 말할게요. 성준이 번호 좀 알려주세요."

－갑자기 저희 아들 번호는 왜……. 무슨 일이라도 있나요?

"네, 있고 말고요. 김 여사님의 귀한 아드님께서 저희 딸한테 손을 대서 말이죠."

기사가 열어준 차에 올라탄 안 여사는 흥분에 찬 목소리로 날카롭게 말했다.

－우리 성준이가요? 그럴 리가요.

"그럼, 제가 지금 거짓말이라도 한다는 소리예요? 둘이 무슨 일이 있었는지 우리 애가 다 죽어 가는데! 김 여사가 안 가르쳐주면 그냥 제가 알아내죠. 이만 끊습니다."

김 여사가 무슨 말을 하기도 전에 전화를 신경질적으로 끊어버린 안 여사는 분노에 손이 부들부들 떨렸다. 만나는 여자가 있다며 치욕을 받은 게 바로 얼마 전이었다. 그런데 그것으로도 부족해 성준에게 뺨까지 맞고 들어온 사실에 안 여사는 좀처럼 분노를 삭일 수가 없었다.

"속도 좀 높여요."

어디다 감히 손을 댄단 말인가!

아무리 지현이 혼자 좋아하는 짝사랑이라 해도 사람을 그렇게 대해서는 안 되는 것이었다. 그동안 지현이 자신을 좋아하는 것을 알면서도 아무 대처도 없이 가만둔 성준에게도 분명히 책임이 있었다. 그런데 자신의 딸만 이렇게 아파하는 것이 안 여사는 마음에 들지 않았다.

성준을 심성이 곧고 바르다고 생각했었다. 그래서 여자가 있음에도 성준을 포기하지 못하는 딸을 안 여사는 잘 타이르고, 더는 귀찮게 하지 말라고 끊임없이 다독였다. 그런데 자신이 성준을 잘못 생각했던 모양이었다. 안 여사는 부들부들 떨리는 손을 마주 잡고 어느새 대학로로 들어서는 차창 풍경을 분노 섞인 시선으로 노려보았다.

[해주야, 나 너 이렇게 못 놔. 기다릴게. 네가 내 이야기를 들을 준비가 될 때까지, 나 기다릴게. 사랑해, 사랑한다.]

수백 번은 더 본 메시지를 해주는 다시 보고 또 보았다. 성준을 보지 못했던 며칠 동안 해주는 수 없이 많은 생각을 했다. 그리고 스스로에게 물었다. 그가, 성준 없이 살 자신이 있느냐고……. 해주는 그 물음에 단 일 초도 망설이지 않고 대답할 수 있었다. 살 수 없다고, 그가 없는 세상은 더 이상 해주에게 아무런 의미가 없었다.

"너 밥은 먹고 다니는 거야?"

휴대폰에서 시선을 떼지 못하던 해주는 이정의 물음에 한참만에야 고개를 들었다. 물감이 덕지덕지 묻은 앞치마를 벗으며, 가까이 다가오는 친구를 향해 해주는 애써 환하게 미소 지었다.

"그럼."

"먹고 다니는 애가 며칠 사이에 이렇게 말라? 서영이가 나한테 전화해서 너 챙기라고 신신당부를 했어. 마감 때문에 너 만나러 못 와서 애가 타나 보더라."

원고 마감이 시작되면 연락이 되지 않는 서영이 요즘은 하루에도 몇 번씩 전화를 걸어와 자신의 상태를 확인하려 했다. 민섭을 만나고 나서 갑자기 해진과 성준에게 전화가 걸려오고, 자신이 사라졌다는 말에 많이 놀랐는지 이정과 함께 집으로 찾아왔었다. 모든 상황을 알게 된 서영과 이정은 괜찮다는데도 자신을 그냥 가만히 두지 않았다.

"자기 몸이나 잘 챙기라 그래. 안 그래도 요즘 전화를 너무 많이 해주시는 거지. 너희 둘 때문에 내가 아주 정신이 없어."

귀찮다는 듯이 말하긴 했지만, 친구를 바라보는 해주의 얼굴에 살짝 미소가 걸려 있었다. 자신을 생각하는 친구들의 마음이 온전히 느껴져서, 그것이 정말 고마웠다.

"뭣 좀 해줄게. 좀 먹자."

"아니야. 집에서 나오면서 밥 먹었어."

"알았다. 그 거짓말 내가 믿어보마. 기다려, 대신에 마실 거랑 간단히 먹을 것 좀 챙겨올게."

주방으로 향하는 친구의 뒷모습을 보며 해주도 유화 냄새로 가득한 작업실을 나와, 작업실 옆 테라스로 향했다. 테라스에 마련된

티 테이블 의자에 앉아, 정원을 바라보았다. 잘 정돈된 정원에서 깔끔한 이정의 성격이 그대로 드러났다.

숨이 막힐 정도로 푸른 잔디와 나무를 바라보고 있자니, 성준과 함께 갔던 안성 여행이 떠올랐다. 길지 않은 시간을 만났음에도 성준과의 추억이 셀 수도 없이 많았다. 해주는 그 시간을 떠올리는 것만으로도 가슴이 아릿했다.

"뭘 그렇게 봐?"

어느새 간단한 과일과 커피를 티 테이블에 올려놓으며 묻는 친구를 향해, 해주는 대답 대신 어깨를 으쓱했다.

"마셔."

이정이 건네준 차가운 냉커피를 마시니, 답답한 가슴이 뻥 뚫리는 듯했다. 빈속에 차가운 것이 들어가자, 속에서 아우성을 쳐대는 것 같았다. 성준과 그렇게 헤어지고 나서 해주는 아무것도 먹을 수가 없었다. 엄마의 강요에 간신히 음식을 입에 넣으면, 곧바로 토해버렸다. 요 며칠 해주가 먹은 음식이라곤 우유밖에 없었다.

"맛있네."

"맛있겠지. 네 애인이 로스팅한 원두인데."

"성준이가?"

"응. 몰랐어? 나하고 서영이 커피는 성준 씨가 책임지는 거. 우리가 괜찮다고 하는데도 항상 떨어지기 전에 챙겨줘. 처음에는 미안해서 돈을 줬는데도 안 받고, 자꾸 거절하는 것도 그래서 이제는 그냥 받아. 선물이라고 챙겨주니까."

테이블 위로 잔을 내려놓던 해주의 손이 허공에서 멈추었다. 성준이 친구들까지 챙기는 줄은 몰랐었다.

　"내가 이번 일에 과민하게 반응하지 않는 이유가 바로 그거야. 널 바라보는 성준 씨 눈빛, 친구까지 챙기는 그 세심함은 널 사랑하지 않으면 절대 나올 수 없는 것들이거든. 나는 그래서 뭔가 사정이 있을 거라고 생각해."

　"알아, 나도."

　이정의 말에 해주는 고개를 주억거리며 말했다.

　그날은 너무도 혼란스러웠고, 그런 장면을 보고도 아무렇지 않게 받아들일 정도의 정신상태가 아니었다. 모든 것이 다 부질없이 느껴졌고, 그저 보이는 것만이 전부인 것 같았다. 하지만 성준이 자신을 배신할 사람이 아니라는 것은 세상 누구보다 해주 자신이 제일 잘 알고 있었다. 그럼에도 기다린다는 성준을 바로 찾아가지 않았던 것은 시간이 필요했기 때문이었다.

　"근데, 왜 안 만나? 네 연락 기다리겠다고 했다면서. 지금 얼마나 애가 닳겠니."

　"내가 그날 성준이를 믿지 못하고 화를 냈던 것은 아마 민섭이를 만났던 영향이 컸을 거야. 만약에 민섭이를 만나지 않았다면, 차분히 성준이 말을 들었겠지. 그때 트라우마가 아직 남아 있긴 하지만 성준이를 밀어낼 정도로 크진 않았어. 시간이 많이 흘렀고, 현재 나는 성준이 때문에 많이 행복했으니까. 근데, 민섭이 만난 것 때문에 오래전, 그 일이 나는 마치 어제 당한 일처럼 느껴졌었거든."

이야기를 하자 해주는 목이 바싹 타서, 커피로 입술을 적셨다. 고소하고 시큼한 원두에서 늘 성준이 머금고 다니는 그리운 향이 났다.

"과거의 남자 문제로 성준이한테 상처를 준 거야, 난. 성준이처럼 좋은 남자를 만날 자격이 없는 거지."

"그런 말이 어디 있어. 사랑하는데 무슨 자격이 필요해."

발끈하며 말하는 이정의 말에 해주의 얼굴에 씁쓸함이 묻어났다.

"그걸 아는데도 나, 성준이를 놓을 수가 없어. 놓기에는 내가 그 사람을 너무 많이 사랑하거든. 이번에 알았어. 내가 생각했던 것보다 성준이를 훨씬 많이 사랑하고 있다는 걸. 그래서 오늘 만나러 갈 거야."

"정말? 잘 생각했어!"

손을 마주 잡으며 기뻐하는 이정의 모습에 해주는 모처럼 오랜만에 환하게 웃었다. 그가 기다리는 걸 알면서도 바로 찾아가지 못했던 가장 큰 이유는 오래전 그 일을 완전히 떨쳐내기 위해서였다. 그 일을 떨쳐내지 않고서는 성준을 만나면 안 될 것 같았다.

"너, 휴가도 그래서 냈구나?"

"응. 오늘 내일 딱 붙어 있으려고."

"네가 오늘 성준 씨, 만나러 갈 줄 알았으면 내가 안 부르는 거였는데. 얼른 가봐, 얼른!"

자리에서 일어나 손목을 잡고 일으키려 애쓰며 말하는 친구의 모습에 해주는 피식 웃음이 나왔다. 자신의 일을 자기 일처럼 여겨주는 이정이 참 고마웠다.

"안 그래도 가려고 했어. 너! 조만간 진혁 씨에 대해서 제대로 불어야 할 거야."

진혁이란 이름이 나오자 이정의 얼굴이 확 빨갛게 변해버렸다. 세상에 도도여왕 이정의 얼굴을 저렇게 만드는 남자가 세상에 존재했단 말인가? 순간 궁금증이 확 솟았지만, 지금은 성준이 더 급했다.

"갈게."

"두 사람, 화해하면 서영이 마감하고 나서 술이나 찐하게 하자."

이정의 말에 고개를 주억거리며 밖으로 나온 해주는 서둘러 택시를 잡아탔다. 성준을 만나러 갈 생각에 가슴이 세차게 뛰었다. 카페로 향하는 동안 화장을 고치고 머리를 정돈한 해주는 낮게 숨을 내쉬었다. 성준과 처음으로 사랑을 나누던 날보다 지금 이 순간이 더 떨리는 것 같았다.

오는 내내 숨을 고르고, 그에게 해야 할 말을 떠올리던 해주는 어느새 도착한 택시에서 내렸다. 택시에서 내리자, 곧 그를 만날 수 있다는 생각에 숨도 쉴 수 없이 심장이 떨렸다. 막상 오긴 했지만, 그를 어떤 얼굴로 봐야 할지 막막하기만 했다. 하지만 두려운 것 이상으로 성준이 보고 싶었다.

가슴 위로 손을 얹고, 다시 한 번 숨을 고른 해주는 천천히 카페 안으로 들어갔다. 그가 자신을 어떤 얼굴로 맞이해줄지 생각하며, 카페 안으로 들어간 해주의 두 눈이 커다랗게 떠졌다. 성준 앞에서 어떤 중년의 여성이 목소리를 높이고 있었다.

"뭐? 아무리 지현이가 잘못을 했다고 해도, 네가! 네가 어떻게 우리 지현이한테 손을 댈 수가 있어?"

중년 여성의 입에서 나온 이름에 해주는 그녀가 지현의 어머니임을 알 수 있었다. 카페가 떠나가라 소리치는 바람에 사람들의 이목이 두 사람에게 집중이 되었다. 그나마 다행인 것은 평일 낮이라 사람이 많지 않은 것이었다.

두 사람에게 가까이 다가가던 해주는 쉬지 않고 소리치는 지현의 어머니가 성준을 향해 손을 드는 모습에 화들짝 놀라, 그녀의 손목을 잡아 제지시켰다. 갑자기 손목을 잡자, 성준을 바라보던 여자의 시선이 해주에게 옮겨졌다. 성준에게 손을 대려는 여자에게 머리끝까지 화가 난 해주는 분노로 떨리는 목소리로 차갑게 말했다.

"제 남자 몸에 손대지 마세요."

생두 상태를 살피고, 로스팅을 하고, 커피를 내리며 성준은 쉬지 않고 몸을 바삐 움직였다. 평소 직원들이 하던 일까지 모두 해가며, 작은 틈도 주지 않으려 노력했다. 시간이 나면 해주의 생각으로 빠져들었고, 그렇게 되면 그리움에 가슴이 옥죄어와 당장에라도 만나러 가고 싶은 마음을 억누르기가 쉽지 않았다.

또다시 해주 생각이 머릿속에 밀려들어오자, 성준은 고개를 가로젓고 얼음이 가득 담긴 쉐이커에 에스프레소를 담고 시럽을 살짝 넣은 뒤 세게 흔들었다. 투명한 유리잔에 샤케라토를 따르자,

크레마가 풍부하게 만들어졌다.

"나도 한 잔만 만들어주라. 아주 달달하게."

만들어진 사케라토를 지훈에게 건네던 성준은 해진의 말에 다시 쉐이커에 얼음을 가득 담았다. 사케라토는 해주가 좋아하는 커피였다. 해진처럼 아주 달게 만들어주면 아이처럼 좋아하며 한 잔을 단숨에 마시곤 했다. 그녀와 함께한 길지 않은 시간동안 추억이 너무 많았다. 무엇을 해도 해주와 연관이 되어 성준은 너무도 고통스러웠다.

어느덧 해주를 만나지 않은지 일주일이 훌쩍 지나버렸다. 기다리는 일분일초가 성준은 10년처럼 길게만 느껴졌다. 기다리겠다는 메시지에도 해주는 아무런 반응이 없었다. 기다림이 길어질수록 해주가 이대로 자신을 놓는 것은 아닌지 두려워졌다.

"캬, 죽인다."

위생모를 벗고 사케라토를 마시던 해진이 한쪽 눈을 찡그리며 말했다. 성준은 그런 해진의 맞은편에 앉으며 친구를 말없이 바라보았다.

"부담스럽게 왜 그렇게 쳐다보냐."

"그냥."

"거짓말한다. 누나 소식이 궁금해서 그런 것이겠지. 오늘 휴가 낸 거 같더라."

"휴가?"

멍하니 해진을 바라보던 성준은 해주가 휴가를 냈다는 말에 친구에게 가까이 다가가며 다급하게 물었다.

"갑자기 휴가는 왜? 어디 간데?"

"글쎄, 그런 것 같진 않던데? 좀 쉬고 싶은 것이 아닐까? 네 말 따라 생각할 시간이 필요할 수도 있고."

어깨를 으쓱하는 해진을 보며 성준은 가슴 끝에서부터 올라오는 한숨을 내쉬었다. 해주에게 기다리겠다고 말했지만, 솔직히 자신 없었다. 얼마나 더 찾아가지 않고 버틸 수 있을지. 그녀가 어디서 무엇을 하는지, 밥은 먹었는지 잠은 잘 자는지……, 하나도 알 수 없다는 것이 답답했다.

"와우, 엄청 화려한 아줌마네."

위생모를 다시 머리에 쓰던 해진의 말에 성준은 고개를 돌렸다. 가게 안으로 들어오는 예상도 못한 지현의 어머니 등장에 성준은 화들짝 놀라 자리에서 일어났다.

"안녕하세요."

바에서 나가 안 여사 앞에 선 성준은 고개를 숙여 인사했다.

"하! 너는 지금 내가 안녕할 거 같니?"

인사를 받아주기는커녕, 얼굴을 마주하자마자 커다랗게 소리치는 안 여사의 모습에 성준은 낮은 한숨을 내쉬었다. 지현이 좀 조용하다 싶었더니, 이번에는 그녀의 어머니라니……. 정말이지 너무도 피곤했다.

"일단 좀 앉으세요."

"내가 지금 너랑 한가하게 앉아서 이야기할 기분일 거 같아? 너, 도대체 우리 지현이한테 무슨 짓을 한 거야?"

불같이 화를 내며 소리치는 안 여사의 모습에 성준은 잠시 눈을 감았다 떴다. 정말이지 머리가 아팠다. 도대체 자신을 왜 이렇게 괴롭히는 것인지 성준은 도무지 이해할 수가 없었다. 지현과 단둘이 밥을 먹은 적도 없었고, 따로 먼저 전화를 한 적도 없었고, 단한 번 살갑게 대하며 여지를 준 적이 없었다. 그런데 자신에게 왜 이러는 것일까?

이건 사랑이 아니었다. 사랑과 집착은 종이 한 장 차이라고 했던가. 성준은 지현의 집착이 정말이지 지긋지긋했다.

"저는 아무 짓도 안 했습니다."

"네가 아무 짓도 안 했는데, 지현이가 울고불고 난리야? 너, 지금 우리 지현이 상태가 어떤지 알아?"

성준은 지현에게 손을 댄 것은 손톱만큼의 후회도 없었다. 지현의 욕심 때문에 해주가 받았을 상처를 생각하면, 더 심한 짓도 할수가 있었다. 성준은 허리에 손을 얹고 카페가 떠나가라 소리치는 안 여사를 향해, 분노를 억누르며 말했다.

"제가 무슨 짓을 했는지 생각하기 전에, 왜 그랬는지 먼저 물어야 하는 거 아닙니까?"

"아무리 큰 잘못을 했어도, 어떻게 애를 때릴 수가 있니?"

눈이 빠져라 부릅뜬 안 여사가 가까이 다가와 절규하듯 소리쳤다. 사람들의 이목이 집중되자 해진이 가까이 다가왔다. 성준은 손짓으로 해진의 행동을 저지하고, 차갑게 말했다. 변명 따위는 하고 싶지 않았다.

"그럴 만한 이유가 있었습니다. 그 일에는 조금도 잘못했다고 생각하지 않습……."

안 여사를 향해 망설임 없이 대답하던 성준은 가게 안으로 들어오는 해주의 모습에 그대로 입을 다물었다. 너무 보고 싶어 환영을 보는 건가 싶어 눈을 다시 감았다 떴지만, 여전히 해주가 눈앞에 서 있었다.

하필이면 지현의 어머니가 있을 때 온 것일까? 절망의 빛이 역력한 얼굴로 성준은 해주에게서 눈을 떼지 못했다. 또다시 지현의 일로 그녀와 오해를 만들기는 싫었다. 이렇게 찾아와주었는데……

"뭐? 아무리 지현이가 잘못을 했다고 해도, 네가! 네가 어떻게 우리 지현이한테 손을 댈 수가 있어?"

안 여사가 뭔가 소리를 지르는 것 같았지만, 성준의 귀에는 아무 소리도 들리지 않았다. 성준의 모든 신경은 해주에게 쏠려 있었다. 지금 그에게 중요한 것은 해주가, 그녀가 눈앞에 있다는 것이었다.

"제 남자 몸에 손대지 마세요."

넋을 놓고 해주를 바라보던 성준은 갑자기 안 여사의 손목을 잡고 무섭도록 차게 말하는 그녀의 모습에 화들짝 놀라 정신을 차렸다. 손을 들고 있는 것이 아무래도 뺨을 때리려 했던 모양이었다.

"해주야."

안 여사가 뺨을 때리려 했다는 사실보다, 성준은 그녀의 입에서 흘러나온 말에 더 신경이 갔다. 돌아온 것일까? 그녀가 이제 자신에게 돌아오는 것일까?

"무례하게 뭐하는 짓이에요?"

"제가 보기에 무례는 아주머니가 범하고 있는 거 같은데요? 남의 영업하는 가게에 와서 이게 뭐하는 것인지 모르겠네요."

지지 않고 안 여사를 향해 날카롭게 말하는 해주의 모습에 성준은 그녀의 손을 잡아 곁으로 끌어당겼다. 안 여사와의 일에 해주를 끌어들이고 싶지 않았다.

"뭐라고? 아, 이제 보니, 성준이가 만난다는 여자가 당신이구나. 하! 난 또 얼마나 대단한 여자를 만난다고. 고작 이런 여자를 만나려고 우리 지현이를 울린 거야?"

"말씀 삼가세요. 그렇게 함부로 말해도 되는 여자 아닙니다!"

해주에 대해서 함부로 말하는 것에 화가 난 성준은 간신히 누르고 있던 분노를 터트렸다. 해주에 대해서 함부로 하는 사람은 누가 되었든 간에 용서할 수 없었다.

"함부로? 그럼 이 여자는 함부로 하면 안 되고, 우리 지현이는 함부로 해도 된다는 소리야? 성준이 너 그렇게 안 봤더니, 아주 형편없구나!"

"지금 이게 뭐하시는 겁니까!"

안 여사의 말에 반박하려던 성준은 번개보다 더 무섭게 울리는 어머니의 목소리에 놀라 고개를 돌렸다. 언제 왔는지 어머니 김 여사가 얼굴이 빨갛게 달아올라 자신의 앞을 가로막고 안 여사 앞에 섰다.

"어머니."

갑자기 일이 너무 커져버린 것에 두통이 몰려왔지만, 그 와중에도 성준은 해주의 잡은 손을 놓지 않았다. 이제는 무슨 일이 있어도 두 번 다시 이 손을 놓지 않을 것이다. 해주의 손에도 힘이 들어가자 성준은 그녀를 향해 환하게 미소 지었다. 심각한 상황인데 이상하게 자꾸만 웃음이 나왔다.

"좀 서둘러요."

"네, 사모님."

안 여사와 통화를 마친 김 여사는 서둘러 준비를 마치고 아들의 가게로 향하는 중이었다. 무슨 일인지는 모르겠지만, 안 여사가 화가 나도 단단히 난 듯했다. 아까 통화 상태를 봐서는 분명히 성준을 찾아가 사달을 내도 백번은 낼 듯한 분위기였다.

아들이 지현에게 손을 댔다는 안 여사의 말이 김 여사는 좀처럼 믿어지지 않았다. 다른 것은 몰라도 아무에게나 함부로 손을 댈 정도로 막 키우지는 않았다. 어디 내놓아도 부끄럽지 않을 정도로 바르게 키웠다고 자부할 수 있었다. 그런 성준이 지현에게 정말 손을 댔다면. 분명 그만한 이유가 있을 것이라 생각했다.

혹시나 하는 노파심에 카페로 향하고 있는 것이지만, 만약 안 여사가 정말 아들을 찾아가 카페에서 행패를 부리고 있으면 뭐라 반박할 타당한 이유가 있어야 했다. 눈을 감은 채, 오만가지 생각에 빠져 있던 김 여사는 해진에게 전화를 걸었다. 아마, 해진이라면 무슨 일이 있었는지 분명 알고 있을 것이다.

-아줌마!

신호음이 울린 지 얼마 지나지 않아 해진의 명랑한 목소리가 들려왔다. 언제나 힘이 넘치는 해진과 함께 있으면 덩달아 밝아지는 기분이었다.

"그래, 해진아. 잘 지내지?"

—물론입니다. 바빠서 찾아뵙지도 못하고 죄송해요.

"바쁜 거 다 아는데 뭐. 근데, 해진아 혹시 성준이 옆에 있니?"

—아니요. 저는 지금 주방이에요. 무슨 일 있어요?

"저, 그럼 성준이한테는 나랑 통화했다는 말하지 말고, 뭐 하나만 묻자."

—말씀하세요.

장난기 가득했던 해진이 분위기가 좋지 않음을 감지했는지 한 톤 낮아진 목소리로 답했다. 답답함에 김 여사는 차창을 내리며 조심스럽게 물었다.

"너, 성준이랑 지현이한테 무슨 일이 있었는지 혹시 아니? 성준이가 지현이를 때렸다는 것이 정말이니?"

—그걸 다 어떻게 알고 계세요?

"세상에, 정말 때렸다는 거야?"

혹시나 했는데 정말 아들이 지현에게 손을 댔다는 말에 김 여사는 놀라 물었다.

—그럴 수밖에 없는 이유가 있었어요. 지현이 때문에 지금 성준이 많이 힘들거든요. 아마 저라도 성준이처럼 행동했을 겁니다.

"그게 무슨 말이니? 내가 알아들을 수 있도록 이야기해줄래?"

—이건 성준이한테 직접 들어야 하지 않을까요? 제삼자인 제가 끼면 분명 말이 와전될 테니까요.

선뜻 입을 열지 않는 해진의 마음을 충분히 이해했다. 가벼워 보이지만 해진이 결코 가벼운 사람이 아니라는 것은 김 여사도 잘 알고 있었다. 말을 옮기는 것을 싫어하는 해진에게는 어려운 부탁 이라는 것은 알지만, 지금은 꼭 알아야 했다.

"꼭 알아야 할 이유가 있어. 그 이유는 나중에 이야기해줄게. 부 탁한다, 해진아."

휴대폰 너머로 옅은 한숨 소리가 들려왔다. 고민하는 것이 역 력히 느껴졌지만, 안 여사와 이야기를 나누려면 어쩔 수가 없었 다.

"지현이 때문에 성준이가 여자친구랑 오해가 있었습니다."

해진의 말을 가만히 듣고 있던 김 여사는 눈을 감은 채, 주먹을 말아 쥐었다. 지현이 안쓰러운 것은 사실이지만, 자신의 아들에게 그런 시련을 주었다니 미운 감정이 드는 것은 어쩔 수 없었다. 내 자식만 귀한 것이 아니라 남의 자식도 귀하다는 것을 알지만, 김 여사도 어쩔 수 없는 평범한 엄마일 뿐이었다.

김 여사는 아직도 지난번에 아들과 통화했던 것을 잊지 못하고 있었다. 가늘게 떨리는 아들의 목소리에 얼마나 놀랐던지 말로 다 표현할 수가 없었다. 단 한 번도 약한 모습을 보인 적이 없던 아들 이 전화로도 느껴질 만큼 무너져 있었다. 그 사실에 김 여사는 가 슴을 쓸어내렸었다. 그런데 그 원인이 지현이라 하니, 미운 마음이 드는 것은 당연한 일이었다.

전화를 끊고도 한참을 눈을 뜨지 못하고 마음을 다스리던 김 여 사는 천천히 감은 눈을 떴다. 어느새 차가 아들의 가게 근처까지

와있었다. 차가 주차장으로 들어서기 무섭게 김 여사의 시선에 익숙한 차 한 대가 들어왔다. 역시 기우가 아닌 모양이었다. 안 여사의 차가 주차장에 주차되어 있는 것을 보고, 서둘러 차에서 내려 카페로 향했다.

카페로 들어가니 안 여사가 아들을 향해 소리를 지르고 있었다. 그런 아들의 곁에 예쁘장한 여자 한 명이 서 있었다. 김 여사는 한눈에 옆에 있는 여자가 아들의 여자임을 직감했다. 두 사람이 손을 꼭 마주잡고 있는 모습이 아무래도 화해를 한 모양이었다. 김 여사는 무거운 마음이 한결 놓였다.

"함부로? 그럼 이 여자는 함부로 하면 안 되고, 우리 지현이는 함부로 해도 된다는 소리야? 성준이 너 그렇게 안 봤더니, 아주 형편없구나!"

두 사람을 인자하게 바라보고 있던 김 여사는 안 여사의 독설에 순간 열이 확 올랐다. 아들의 여자면, 곧 자신의 자식이기도 했다. 감히, 어디다 대고 함부로 입을 놀린단 말인가!

"지금 이게 뭐하시는 겁니까!"

"어머니."

아들의 부름에 곁에 있던 여자의 얼굴에 당황한 빛이 역력했다. 곁으로 다가가 괜찮다 손이라도 잡아주고 싶었지만, 그럴 수 있는 상황이 아니었다. 그럼에도 고개를 숙여 인사하는 모습이 참으로 고왔다.

"알만하신 분이 손님도 있는 카페에서 교양 없이 이 무슨 행패예요?"

"하! 방금 교양이라고 하셨습니까? 내 딸이 남자한테 맞고 들어왔는데, 지금 제가 교양 지키게 생겼습니까?"

얼굴이 빨갛게 달아오른 안 여사가 거칠게 소리쳤다. 그 모습에 고개를 절레절레 저으며, 김 여사는 한숨 섞인 목소리로 말했다.

"성준이 성품에 괜히 그랬겠습니까? 이렇게 사달을 내기 전에, 어떻게 된 일인지 먼저 알아보셨어야죠. 교양 없는 행동 그만하시고, 나가서 얘기합시다."

"김 여사! 말씀 좀 가려서 하세요!"

"내 자식을 함부로 대하는 사람한테 별로 예의를 지키고 싶지 않군요."

"뭐라고요? 이봐요, 김 여사!"

"해진아, 여사님 나가신단다."

김 여사의 말에 해진과 아르바이트생 한 명이 안 여사를 데리고 카페 밖으로 나갔다. 안 여사는 나가지 않으려 발버둥을 쳤지만, 두 청년을 당해낼 수 없었는지 결국에는 카페 밖으로 끌려나갔다. 김 여사는 안 여사가 완전히 밖으로 나간 모습을 보고, 아들의 여자친구에게 가까이 다가갔다.

"많이 놀랐죠?"

안 여사를 향해 무섭게 소리치던 모습을 지우고, 김 여사는 인자한 미소를 지으며 해주의 손을 마주 잡으며 말했다. 아들의 여자친구는 생각보다 훨씬 고왔다.

"아니에요, 어머님. 심려를 끼쳐드려서 오히려 죄송합니다."

"무슨 그런 말을. 우리 아들이 사랑하는 여자면, 내 자식이기도 한데. 더 이야기하고 싶지만 지금은 상황이 좀 그러니까, 내가 다음에 정식으로 초대할게요."

"죄송해요, 어머니."

고개 숙여 인사하는 아들의 모습에 김 여사는 이번에는 성준의 손을 잡으며 말했다.

"이유가 어찌 되었건 지현이한테 손을 댄 건, 네 잘못이야. 알지? 다음에 이야기하자. 나는 이만 가봐야 할 것 같아."

"다음에 찾아뵙겠습니다."

허리 숙여 인사하는 아들의 여자친구를 향해 고개를 끄덕인 김 여사는 서둘러 카페를 빠져나왔다. 그리고 화가 나 얼굴이 빨갛게 달아오른 안 여사 앞으로 다가가 말했다.

"길에서 이야기하기 뭐한데, 어디 들어갈까요?"

"지금 김 여사님이랑 마주 앉아 이야기할 기분 아닙니다."

"그럼 주차장에서 이야기하죠. 저도 지금은 오래 얼굴 마주하고 싶지 않으니까요."

"뭐, 뭐라고요?"

김 여사는 화가 나 한 톤 높아진 목소리로 소리치는 안 여사를 뒤로하고 주차장으로 향했다. 카페 입구에서 아들의 영업을 방해하고 싶진 않았다.

"먼저, 성준이가 지현이한테 손을 댄 건 사실이니 제가 대신 사과하죠."

내키지는 않았지만, 김 여사는 안 여사에게 살짝 고개를 숙여 진심으로 사과했다. 이유를 불문하고 남자가 여자에게 손을 댄 것은 잘못한 것이었다. 하지만 딱 거기까지였다. 아들이 왜 그렇게까지 했는지 김 여사는 이해하고도 남음이었다.

"마음에도 없는 그 사과를 제가 받아줄 거 같습니까?"

"받기 싫으면, 받지 않으셔도 됩니다. 저도 지현이한테 실망이 이만저만이 아니라, 안 여사 하고도 별로 이야기 나누고 싶지 않으니까요."

"실망? 지금 누가 누구한테 실망을 했다는 겁니까? 저야말로 성준이를 다시 본 사람입니다."

점점 목소리가 높아지는 안 여사의 모습에 김 여사는 절로 한숨이 새어나왔다. 꽤 교양이 있다고 생각했는데, 자신이 사람을 잘못 봐도 단단히 잘못 본 듯했다.

"성준이가 지현이한테 손을 댄 것은 분명 잘못한 일이지만, 그게 안 여사가 이렇게까지 나설 일이었는지는 모르겠습니다. 앞뒤 상황 가리지 않고, 행동하는 것은 지현이나 안 여사님이나 똑같은 거 같군요."

"이봐요, 김 여사!"

"그렇게 큰 소리 안 내도 다 들려요. 성준이가 왜 그런 행동을 했는지, 지현이한테 먼저 가서 묻는 것이 순서인 거 같네요. 몸에 남은 상처만 상처가 아니죠. 지현이가 성준이 애인한테 남긴 상처도 엄연한 상처이니까요. 다시는 얼굴 마주하는 일, 없었으면 좋겠네요. 이만 가보겠습니다."

입을 다물지 못하고 눈만 깜박이는 안 여사를 뒤로하고 김 여사는 차에 올랐다. 잠깐 사이에 기운을 다 쏟아낸 것 같아서 피곤했다. 이번 일로 지현의 집안과는 척을 지게 되겠지만, 후회는 없었다. 누가 되었든 간에 내 자식에게 상처를 주는 사람은 용서할 수 없었다.

아들의 성품에 지현에게 손을 댈 정도면 지금 만나는 여자친구를 자신이 생각하는 것보다 훨씬 더 깊이 사랑하는 것 같았다. 평생 여자에는 관심 없는 것처럼 굴더니, 열렬히 사랑할 여자가 따로 있어 그런 모양이었다.

김 여사는 잘 어울리는 두 사람을 떠올리며 눈을 감았다. 몸이 노곤하니, 피곤했다.

어머니가 가게를 완전히 빠져나가자, 성준은 그제야 해주의 얼굴을 제대로 볼 수 있었다. 며칠 사이에 얼굴이 많이 상해 있었다. 성준은 자신과 눈을 맞추고 있는 해주의 뺨 위로 손을 뻗었다.

"왜 이렇게 말랐어. 속상하게."

"너야말로 얼굴이 이게 뭐야. 살 빠지니까, 잘생긴 얼굴이 더 도드라지잖아."

파리한 해주의 얼굴을 속상하게 바라보던 성준은 그녀의 장난스런 말에 피식 웃음이 나왔다. 얼마 만에 웃어보는 것인지, 이제야 숨통이 트였다. 해주의 얼굴을 마주하는 것만으로도 살 것 같았다.

"두 사람, 풍기문란 그만하고, 그냥 가지? 가게는 이 형님이 지키마."

"부탁할게."

해진의 말이 끝나기 무섭게 성준은 해주를 이끌고 가게를 빠져 나왔다. 차가 주차장에 있긴 하지만, 지금 기분으로는 도저히 운전할 수 없을 것 같았다. 성준은 해주의 잡은 손에 힘을 주고, 서둘러 택시를 잡으러 향했다.

"어디가?"

"집."

말없이 따라오며 묻는 해주의 말에 성준은 걸음을 멈추고, 그녀 앞에 섰다. 그리고 당장이라도 해주를 태울 듯한 뜨거운 눈빛으로 바라보며 말했다.

"너, 안을 거야."

그 말에 대답 대신 얼굴을 붉히며 고개를 주억거리는 모습이 너무 예뻐, 성준은 거리에 사람들이 있는 것도 잊고 단숨에 해주를 품으로 끌어당겨 입술을 덮었다. 익숙한 해주의 향기에 그녀가 정말 자신에게 왔음을 실감했다. 아쉽게 짧은 키스를 끝낸 성준은 택시를 잡아타고, 해주를 가까이 끌어당겼다.

"해주야."

"응?"

"고마워, 돌아와줘서."

잡은 손에 힘을 주며, 성준은 온 마음을 다해 말했다. 이번 일로 해주가 자신에게 얼마나 큰 존재인지 다시 한 번 실감했다.

"기다려줘서 내가 더 고마워."

젖은 목소리로 대답하는 해주의 모습에 성준은 그녀의 뺨 위로 쉴 새 없이 흐르는 눈물을 엄지손가락으로 닦아주었다. 일주일 사이 얼굴이 한 손으로 다 가려질 정도로 살이 빠져 속상했다.

어느새 택시가 집 앞으로 도착하자 성준은 서둘러 집으로 향했다. 지금 당장 해주를 안고 싶다는 생각 말고는 아무 생각도 할 수가 없었다. 어서 빨리 그녀의 체취를 느끼고, 자신의 것으로 만들고 싶었다. 내 여자라고, 두 번 다시는 날 떠날 수 없다고 소리치고 싶었다.

집 안으로 들어가기 무섭게 해주를 현관문으로 밀어붙인 성준은 그녀의 입술에 열에 들뜬 제 입술을 덮었다. 해주가 자신을 떠나면 어쩌나 두려웠던 마음을 모두 쏟아내듯, 숨 쉴 틈도 주지 않고 그녀를 몰아붙였다.

"하아, 성준아……. 미안해, 아프게 해서 정말……."

입술을 잠시 떼어내기 무섭게 눈물을 흘리며 말하는 해주의 입술을 성준은 다시 제 입속으로 빨아들였다. 티라미슈처럼 달콤한 해주의 입술을 맘껏 음미하던 성준은 고개를 들었다. 쉴 새 없이 흐르는 그녀의 눈물 위로 입술을 가져가며, 성준은 열에 들뜬 목소리로 말했다.

"내가 미안해. 오해고 아니고를 떠나서……, 널 아프게 했으니까. 사랑해, 사랑해 해주야."

"난 이제 너 없이 못 살……."

해주의 말이 채, 끝나기도 전에 성준은 그녀의 입술을 다시 삼켰다. 이번에는 해주도 열렬히 반응하며 성준의 셔츠 단추를 성급하게 풀어 내렸다. 열에 들뜬 성준은 혀끝을 세워 입 안 곳곳을 탐했다. 뜨거운 입속을 샅샅이 훑으며, 손을 뻗어 해주의 원피스 지퍼를 내린 성준은 단숨에 원피스를 끌어내렸다.

하늘색의 얇은 원피스가 사라지자, 새하얀 해주의 속살이 그대로 드러났다. 하얀색 레이스 속옷 안에 감추어져 있는 가슴 위로 자잘한 키스를 퍼붓던 성준은 그대로 해주를 이끌고 소파 위로 눕혔다. 검은색 소파 위에 하얀 살을 드러내놓고 누워있는 해주는 섹시하고 자극적이었다.

성준은 단숨에 셔츠를 벗어 던지고, 그녀의 어깨 위로 입술을 내렸다. 어깨선을 따라 천천히 입술을 내리며, 가슴으로 내려온 성준은 브래지어 위로 유두를 깨물었다. 허리를 세우며 달뜬 신음을 내뱉는 해주를 뜨겁게 바라보며, 성준은 한숨 섞인 목소리로 말했다.

"정말 아름다워……."

뜨겁게 바라보며 말하는 성준의 눈빛에 해주는 온몸이 녹아버릴 것만 같았다. 해주는 부끄러움에 그대로 눈을 감아버렸다.

"눈 떠, 그리고 날 봐."

손을 뺨 위로 얹으며 달콤하게 말하는 그의 음성에 해주는 천천히 감은 눈을 떴다. 자신에게서 잠시도 눈을 떼지 않는 성준 때문에 해주는 긴장감에 목이 바싹 탔다. 그가 바라보는 것만으로도 몸이 달아올랐다.

눈을 떼지 않고 브래지어를 벗겨 낸 성준은 집게손가락으로 양쪽 유두를 살짝 꼬집어 잡아당겼다. 온몸이 떨리는 짜릿한 감각에 해주는 허리를 비틀었다. 그가 주는 야릇한 감각에 해주는 정신이

그녀에겐
뭔가 특별한 것이
있다

아득해졌다.

가슴을 부드럽게 움켜쥔 성준이 다른 가슴으로 입술을 내렸다. 혀끝을 세워 희롱하듯 유두를 배회하던 그의 혀가 천천히 위로 올라왔다. 가슴 언저리에 감질나게 입술을 내리며 천천히 위로 올라온 성준이 목을 살짝 깨물자, 해주는 절로 신음이 새어나왔다.

"하아⋯⋯."

몸이 부들부들 떨리는 감각에 입술을 깨물던 해주는 곧바로 밀려들어오는 그의 혀에 숨을 멈추었다. 모든 것을 삼켜버릴 듯 작은 틈도 주지 않고 입 안을 훑으며, 손으로는 부드럽게 허리선을 쓸어내렸다. 허리에서 맴돌던 손이 엉덩이를 감싸더니, 이내 허벅지 안쪽을 부드럽게 쓸었다. 아찔한 감각에 참았던 숨을 내뱉었지만, 성준은 작은 숨조차 모두 자신의 입속으로 삼켜버렸다.

허벅지에서 맴돌던 손을 천천히 얇은 레이스 팬티 안으로 밀어넣은 성준이 은밀한 속살을 부드럽게 쓸었다. 그 짜릿한 감각에 해주는 그의 혀를 그대로 깨물어버렸다. 움찔하며 몸을 떨던 성준은 입술에 살짝 키스하고, 다시 입술을 아래로 내렸다.

유두를 입 안 가득 베어 물고 촉촉이 젖은 손가락으로 정점을 쓸어내리는 성준 때문에 해주는 세게 입술을 깨물며, 가늘게 몸을 떨었다. 그가 주는 아찔한 감각에 숨조차 제대로 쉴 수가 없었다.

"하아⋯⋯, 하⋯⋯."

색스러운 해주의 신음소리에 성준은 아랫도리에 바짝 힘이 들어갔다. 당장에라도 그녀 안으로 밀고 들어가고 싶었지만, 아직 아니었다. 지금은 그녀의 몸 구석구석을 좀 더 음미하고 싶었다.

마지막으로 남아 있던 팬티마저 끌어내린 성준은 해주의 다리가 있는 소파 끝 부분에 앉아, 수줍게 다리를 오므리려는 그녀의 다리를 벌려 자신의 허리를 감싸게 했다. 검푸른 수풀 사이로 촉촉이 젖은 해주의 여성이 그대로 드러나자, 성준은 숨을 삼키며 단숨에 손가락 하나를 밀어 넣었다.

"흐음……."

뜨겁게 자신의 손가락을 옥죄는 그녀 안에서 성준은 아찔함에 정신을 차릴 수가 없었다. 몸을 비틀며 자신의 손길에 반응하는 해주를 바라보며, 성준은 묘한 쾌감을 느꼈다. 몸을 비틀며 바르르 떠는 해주를 만족스럽게 바라보며, 미끈한 여성 안으로 더욱 깊이 손가락을 밀어 넣으며, 다른 손으로는 말캉한 가슴을 세게 움켜쥐었다.

"하아……, 성준아 제발……."

애원하듯 제 이름을 부르는 해주의 모습에 손가락을 살짝 뺐다, 밀어 넣기를 반복하던 성준의 분신이 파르르 떨려왔다. 그녀의 샘 안에서 아쉽게 손가락을 뺀 성준은 고개를 내려, 달콤한 과즙이 흘러내리는 여성 안으로 혀를 밀어 넣었다.

"하악! 하아, 하아……."

해주의 모든 것을 소유하고 싶었다. 그녀의 작은 부분도 놓치지 않고 온전히 자신만의 것으로 만들고 싶었다. 온전히 소유하고, 두 번 다시는 떠날 수 없도록 곁에 묶어 두고만 싶었다. 성준은 발끝에서부터 몰려오는 강한 소유욕에 정신을 차릴 수가 없었다.

"하아……. 제발, 제발 자기야……."

그가 주는 아찔한 감각에 해주는 새어나오는 신음을 참을 수가 없었다. 다리에 힘이 풀리고 발가락에 힘이 들어갔다. 해주는 온몸이 바르르 떨려오는 은밀한 감각에 그의 머리카락 사이로 손을 밀어 넣었다.

점점 농밀해지는 그의 애무에 아득해지는 정신을 간신히 바로잡은 해주는 손을 뻗어 그의 뺨을 감싸 얼굴을 끌어당겼다. 그제야 은밀한 곳에서 고개를 든 성준이 이글이글 타오르는 눈빛으로 자신을 바라보고 있었다.

"제발……, 들어와. 널…… 느끼고 싶어."

"원하던 바야."

번들거리는 입술로 숨이 멎을 만큼 섹시한 목소리로 말한 성준이 단숨에 바지를 벗어 내리자, 성이 날 때로 난 분신이 그대로 드러났다. 흥분에 파르르 떨리는 분신 위로 성급하게 콘돔을 씌운 성준이 제 분신으로 촉촉이 젖은 여성을 부드럽게 문질렀다. 해주는 그가 주는 야릇한 감각에 고개를 뒤로 젖혔다.

"사랑해, 사랑해 해주야."

성준은 끊임없이 사랑을 속삭이며, 그녀 안으로 밀고 들어갔다. 뜨겁게 자신을 조이는 해주 안에서 성준은 천천히 엉덩이를 움직이기 시작했다.

"넌, 내 여자야. 누구에게도 보내지 않아……."

"하아, 안 가……. 아무 곳에도……."

제 아래에서 달뜬 신음을 뱉은 해주는 그 어느 때보다 아름답고 매혹적이었다. 성준은 자신이 주는 감각에 시시각각 표정이 변하는 해주에게서 잠시도 눈을 떼지 않았다. 숨이 막히도록 아찔한 감각에 성준은 잠시 움직임을 멈추고 온몸에 전해오는 쾌감을 음미했다.

"날 사랑해?"

다시 천천히 엉덩이를 움직이며 성준은 이글이글 타오르는 눈빛으로 해주를 바라보며 물었다.

"사랑해."

"한 번 더 말해봐."

"사랑해!"

원두 위로 원을 그리며 물을 붓듯, 부드럽게 엉덩이를 돌리며 해주 안으로 더욱 깊이 밀고 들어간 성준은 소유욕이 가득 들어찬 목소리로 소리쳤다.

"더!"

"사랑해, 사랑해 성준아."

해주에게 아무리 사랑한다는 말을 들어도 갈증이 채워지지 않았다. 그녀를 잃을 수도 있다는 두려움이 너무 컸던 탓일까? 그녀를 안고 있는데도 성준은 이 모든 현실이 꿈만 같았다.

"하아……, 성준아, 성준아, 사랑해……."

"넌, 내 여자야."

그녀 안으로 들어갈수록 깊어지는 쾌감에 성준은 정신을 차릴 수가 없었다. 그의 움직임이 빨라질수록 해주의 입에서 흘러나오는 신음소리도 커져만 갔다. 마치 악기를 연주하듯 해주의 몸 위에서 연주를 하던 성준은 점점 아득해지는 정신에 거친 숨을 내쉬었다.

"사랑해, 사랑해 해주야."

"나……도, 사랑해. 하아……."

"으윽!"

자신의 목에 매달려 사랑을 속삭이는 해주의 음성에 성준의 입에서도 결국 신음이 새어나왔다. 어스름이 내려앉은 거실 안은 두 사람의 달뜬 신음소리로 가득 찼다. 거친 숨을 토해내며 끝없이 해주를 몰아붙이던 성준은 낮은 신음을 토해내며, 그대로 그녀 위로 쓰러졌다.

"사랑해."

"내가 더 많이 사랑해, 성준아."

부드럽게 등을 쓰다듬으며 사랑한다 말하는 해주의 말이 너무 달콤해 성준은 눈물이 날 것 같았다. 그녀가, 해주가 돌아왔다는 사실에 성준의 가슴 가득 행복이 차올랐다.

주방에서 커피를 내려 거실로 나간 성준은 헐렁한 티셔츠만 입은 채, 창밖을 바라보는 해주의 모습을 한참 동안 가만히 바라보았다. 무슨 생각을 하는 것인지 작은 미동도 없이 한 곳만 바라보는 해주가 마치 사진 속에 담겨 있는 것 같다는 착각이 들었다. 성준은 아직도 그녀가 눈앞에 있다는 것이 믿어지지 않았다. 온몸으로 그녀를 느꼈는데도 지금 이 순간이 꿈만 같았다.

"무슨 생각을 그렇게 해?"

테이블 위로 커피를 내려놓은 성준은 그녀를 뒤에서 끌어안으며 말했다. 익숙한 해주의 향기에 잠시 불안했던 마음이 안정되었다.

"자기 생각. 지금은 자기 생각 외에는 아무 생각도 들지 않아."

해주의 말에 성준은 희미한 미소를 지으며, 그녀의 어깨에 턱을 내리며, 나른한 목소리로 말했다.

"당신이랑 이러고 있으니까, 정말 행복하다."

"나도 그래."

"그러니까, 두 번 다시는 내가 필요 없다는 그런 무서운 말 하지 마. 나, 정말 가슴이 철렁했어."

성준은 해주의 어깨에 자잘한 키스를 퍼부으며 말했다.

"네가 날 배신할 사람이 아니라는 것을 알면서도 그 순간에는 아무 생각도 들지 않았어. 아무 말도 듣고 싶지 않았고⋯⋯."

"그런 모습 보여서 미안해."

몸을 돌려 자신을 바라본 해주가 세차게 고개를 저었다. 사랑을 나눈 후, 성준은 고해성사를 하듯이 지현과 있었던 일들을 털어놓았다. 그리고 해주도 왜 그런 반응을 보였고, 사랑에 대한 두려움을 가지게 된 이유도 말해주었다. 그제야 성준은 해주가 왜 그토록 예민하게 반응했는지 이해했다. 감싸줘야 할 상처를 자신이 더 덧나게 한 것 같아 가슴이 아팠다.

"아니야. 내가 너무 예민하게 굴었잖아. 이제 지난 일은 생각하지 말고, 우리 앞으로만 생각하자, 응?"

부드럽게 뺨을 쓸며 말하는 해주의 모습에 성준은 고개를 주억거렸다. 그래, 모든 것은 이제 다 지난 과거였다. 이번 일로 서로가 얼마나 사랑하는지 알게 되었으니, 지난 일은 모두 잊고 앞으로만 생각하고 싶었다.

"자기야."

"응?"

해주의 이마에 살짝 입을 맞춘 성준은 그녀의 부름에 눈을 맞추며 대답했다.

"어머님 말이야 아까 그러고 가셨는데, 전화 안 해봐도 되겠어? 지현 씨 어머님이랑 그러고 나가서, 좀 걱정되는데."

해주의 말에 성준은 그제야 정신이 바짝 들었다. 해주에게 빠져 잠시 어머니를 잊고 있었다. 성준은 스스로의 무심함에 혀를 내두르며, 서둘러 소파에서 일어나 휴대폰을 찾았다.

"잠시만, 통화하고 올게."

"응."

휴대폰을 들고 테라스로 나가던 성준은 다시 뒤를 돌아, 해주를 바라보았다.

"마음 써줘서 고맙다."

"그런 말이 어디에 있어, 당연한걸. 아! 그리고 어머님 언제 뵈러 가도 되는지 물어봐줘. 난 언제든 괜찮아."

"알겠어."

해주를 뒤로하고 성준은 테라스로 나와 어머니에게 전화를 걸며, 어스름이 내려앉은 하늘을 바라보았다. 어제와 달라진 것이 전혀 없는 하늘인데, 그것을 바라보는 성준의 마음은 전혀 달랐다.

해주와 함께 하는 것만으로도 세상은 충분히 아름다웠다.

9. 내겐 너무 달콤한 그대

성준의 품에 안겨 얕은 잠에 빠져 있던 해주는 쉴 새 없이 울리는 휴대폰 벨소리에 침대에서 힘겹게 몸을 일으켰다. 저녁을 먹기 무섭게 잠시도 쉬지 못하게 하고 몰아붙이는 성준 때문에 간신이 잠이 들었던 해주는 단잠을 깨우는 휴대폰을 원망 섞인 시선으로 노려보았다. 벨소리에 몸을 뒤척이는 성준의 등을 부드럽게 쓰다듬은 해주는 전화를 걸어온 사람이 누군지 확인하고, 신경질적으로 전화를 받았다.

"해진아, 제발. 오늘 못 들어간다고 아까 전화했잖아."

성준의 잠을 깨우지 않기 위해 조심스럽게 침실에서 나온 해주는 한숨 섞인 목소리로 말했다. 엄마에게도 서영과 입을 맞춰 허락을 받았고, 해진도 눈감아주기로 약속을 했었다. 그런데 새벽 1시가 넘은 시간에 전화를 걸어온 해진이 원망스럽지 않을 수가 없었다.

"지금 그렇게 불평이나 하고 있을 때가 아니야! 얼른 두 사람 옷 제대로 갖춰 입고 있어. 아니면 다른 곳으로 피신하든지!"

냉장고에서 생수를 꺼내 컵에 물을 따르던 해주는 다급한 동생의 목소리에 왠지 모르게 등에 한기가 느껴졌다.

"지금 형, 그쪽으로 가고 있어."

"뭐?"

해중이 이곳으로 오고 있다는 말에 해주는 화들짝 놀라 되물었다.

"언제? 언제 출발했는데!"

"한 15분 됐어. 막 밟았으면, 형 집에서 가까우니까 도착할 때쯤 됐어. 그러게 전화를 왜 이렇게 늦게 받아!"

"잤어. 알았으니까, 일단 끊어봐."

해주는 서둘러 침실로 가 불을 켜고 성준을 흔들어 깨웠다. 이렇게 흐트러진 모습 그대로 해중을 만나면, 오빠의 성격상 사달이 나도 단단히 날 것이었다.

"자기야, 일어나. 얼른!"

"음……, 왜 무슨 일인데."

거울을 보며 대충 머리끈으로 머리를 묶고 성준의 헐렁한 티셔츠를 벗으려던 해주는 요란하게 울리는 초인종 소리에 절망했다.

"이 시간에 누구지?"

침대에서 일어나 밖으로 나가려는 성준을 해주는 재빨리 가로막았다.

"해중 오빠야. 그러니까 빨리 옷부터 제대로 챙겨 입어."

"뭐? 형이 이 시간에 왜?"

"파리에서 돌아왔나 봐."

침실 옆 드레스 룸으로 들어간 해주는 그의 집에 여분으로 가져다 둔 반바지와 티셔츠를 재빨리 챙겨 입었다. 흐트러진 모습으로 아까 입고 왔던 원피스를 다시 입는 것은 우스울 것 같았다.

쾅! 쾅! 쾅!

"당장 문 안 열어? 너희 둘 안에 있는 거 다 알거든?"

초인종을 눌러도 문을 열어주지 않자, 해중이 문을 부숴버리기라도 할 것처럼 두들겼다. 거울을 한 번 더 보고, 모습을 점검하고 현관으로 나가려던 해주는 성준의 제지에 발걸음을 멈추었다.

"내가 나갈게. 그게 나을 거야."

머리가 좀 흐트러지기는 했지만, 말끔한 옷으로 갈아입은 성준이 현관으로 향했다. 해주는 그런 성준의 뒷모습을 마른침을 삼키며 바라보았다.

"강해주!"

얼굴이 빨갛게 달아올라 씩씩거리며 자신의 이름을 크게 부르는 해중이 해주에게는 마치 저승사자같이 보였다.

"오빠……."

"너희 둘! 어째 꼴이 좀 야릇하다?"

"자다 깨서 그래, 형."

어떻게든 위기를 모면할 생각은 하지 않고, 태평하게 자다 깼다고 솔직하게 대답하는 성준의 모습이 답답해 해주는 그의 옆구리를 세게 꼬집었다.

"뭐가 어쩌고 어째?"

성준의 말에 눈에서 레이저를 뿜으며, 고함에 가까운 소리를 지르는 해중의 모습에 해주는 그대로 눈을 감아버렸다. 참견 대마왕에게 이런 모습을 들켰으니, 앞으로 성준과의 연애사가 꽤나 험난해질 것 같았다.

"해주 너! 오빠가 뭐라고 했어? 그리고 성준이 너도 시간 되면 애를 보내야지, 이게 말이 돼?"

열이 나는지 손부채질을 하며 소리를 지르는 해중의 곁에 다가가, 해주는 끓어오르는 화를 참으며, 애써 다정히 말했다.

"오빠, 일단 앉자. 응?"

"앉긴 뭘 앉아! 너 빨리 집에 갈 준비나 해."

자신을 걱정하는 해중의 마음을 이해 못하는 것은 아니나, 해주는 가슴 저 끝에서부터 스멀스멀 올라오는 짜증에 이를 악물었다.

"알았으니까, 일단 앉아."

"너 오빠를 보는 눈에서 살기가 느껴진다?"

"알면, 그냥 좀 앉지?"

"그래, 형. 이렇게 만난 거, 나도 할 말 있어. 좀 앉아, 마실 것 좀 가져올게."

해주는 한 치의 흐트러짐도 없이 평소처럼 해중을 대하는 성준의 모습에 혀를 내둘렀다. 어쩜 저렇게 조금도 당황하지 않고 이성적일 수 있는 것일까?

"됐어. 지금 한가하게 뭐 마실 기분 아니야."

소파에 털썩 주저앉으며, 해중이 신경질적으로 말했다. 그런 해중 앞에 성준과 나란히 앉은 해주는 매섭게 노려보는 오빠를 향해 물었다.

"파리에서는 언제 온 건데?"

"지금 그게 중요해? 해주 너는 됐고, 성준이 너 정말 실망이다. 네가 우리 해주 사귀는 것은 진작 알고 있었지만, 나 너 믿어서 그냥 지켜보고 있었는데 이게 뭐냐?"

내내 불같이 화를 내며 소리치던 해중이 이번에는 한결 차분한 목소리로 말했다. 하지만 말투와는 상반되게 그의 표정은 얼음이 툭툭 떨어질 정도로 차갑고 무표정했다.

"형, 나 해주 사랑해."

"누가 지금 사랑하느냐고 물었어?"

"한 번 만나면 헤어지기 싫어. 보내는 것이 죽기보다 싫어. 그래서 결혼할 생각이야."

성준의 입에서 예상도 못했던 말이 튀어나오자, 해주는 놀란 눈으로 그를 보았다. 한 치의 표정의 흐트러짐도 없이 해중을 바라보던 성준이 소파에서 일어나 바닥에 무릎을 꿇었다. 해주는 그런 성준을 그저 바라만 보았다.

"어른들한테 먼저 허락 받아야 하는데, 이렇게 된 거 형한테 먼저 허락받고 싶어. 나 해주, 결코 가벼운 마음으로 만나는 거 아니야. 사랑해서 같이 있고 싶었을 뿐이야."

해중은 무릎을 꿇고 자신과 똑바로 눈을 맞춘 채, 단호한 목소리로 말하는 성준을 유심히 바라보았다. 성준이 괜찮은 녀석인 것은 해중도 잘 알고 있었다. 다만, 오빠로서 동생이 결혼 전부터 남자 집에서 밤을 지새우는 것이 탐탁지 않을 뿐이었다.

"누가 너 반대한데? 나, 너 좋아. 우리 해주 짝으로 반대 안 해. 근데, 결혼 전부터 이렇게 남자 집에서 자고 그러는 것은 용납 못 한다는 소리야. 네가 나라면 여동생이 이러고 다니는 거 알면서, 가만히 두고만 보겠어?"

"그거야……."

"됐고, 오늘은 해주 데려갈 테니까 그리 알아."

"오빠!"

성준에게서 잠시도 눈을 떼지 못하던 해주가 앙칼지게 자신을 부르는 소리를 해중은 못 들은 척 무시했다. 겉으로는 씩씩거리며 화를 내고 있지만, 마음은 그 어느 때보다 가벼웠다. 그 망나니 같은 놈이랑 헤어지고 좀처럼 사람에게 마음을 열지 않은 해주가 걱정이었는데, 오늘 두 사람이 서로를 바라보는 눈빛을 보아하니 이제 마음을 놓아도 될 것 같았다. 동생이 새로 만난 사람이 허튼 놈이 아니라, 믿을 수 있는 성준이라는 사실이 해중은 퍽이나 만족스러웠다. 하지만, 딱 거기까지였다.

"오늘은 그냥 형이랑 돌아가. 내가 내일 데리러 갈게. 응?"

해중은 성준이 부드럽게 뺨을 쓸며 말하자, 순순히 고개를 주억이는 동생의 모습에 놀라 입을 다물 수가 없었다. 세상에 천하의 강해주를 길들이다니, 성준이가 대단하긴 대단한 모양이었다.

"아래에서 기다리고 있을 테니, 적당히 하고 내려와."

"형, 조만간 술이나 한잔해."

"너 하는 거 봐서."

끝까지 심술을 부리며 집을 나서는 해중을 향해 혀를 내두르며 해주는 문이 닫히는 소리에 그의 품에 고개를 묻었다. 내일까지 온전히 같이 있을 줄 알았는데, 이렇게 헤어지려니 너무 아쉬웠다.

"보내려니까, 아쉬운데 좀만 참자. 곧 같이 살게 될 테니까."

성준의 가슴에 얼굴을 묻고 있던 해주는 고개를 들고 그의 얼굴을 바라보았다. 온화한 미소를 지으며 자신을 내려다보는 성준의 표정은 그 어느 때보다 진지했다.

"너, 아까 오빠한테 한 말 진심이었어?"

"당연하지. 당신한테는 다음에 정식으로 청혼할 테니까, 오늘 일은 못 들은 거다?"

"이미 들은 것을 어떻게 못 들은 걸로 하냐."

새침하게 말한 해주는 가방을 챙겨 떨어지지 않는 발걸음을 애써 떼었다. 정말 가고 싶지 않았다.

"같이 내려가."

"됐어, 그냥 집에 있어."

"싫어. 가는 거 봐야, 맘 놓여."

"오빠랑 같이 가는 건데 뭐."

"그래도."

손을 잡고 먼저 집을 나서는 성준에게 이끌려 해주는 집 밖으로 나왔다. 엘리베이터가 올라오길 기다리며, 어깨를 감싸는 성준의 품에 기대었다. 포근하고 따뜻했다.

"막상 보내려니, 너무 아쉽다."

엘리베이터가 점점 일층에 가까워지자 성준이 몸을 돌려 해주를 바라보며, 양 뺨을 감싸며 말했다. 해주는 그런 성준의 목에 팔을 감고, 살짝 키스했다. 정말 헤어지기 싫었다.

"내가 오늘의 복수는 꼭 잊지 않고 해줄게."

어느새 엘리베이터 문이 열리자 밖으로 나가며, 해주는 이를 악물고 말했다. 아파트 현관 바로 앞에 차를 세우고 자신과 성준을 뚫어져라 바로 보고 있는 해중을 보며, 해주는 오늘 일을 꼭 응징하리라 마음먹으며 차에 몸을 실었다.

"도착하면 전화해. 알았지?"

"문자 할게. 자기 피곤할 텐데, 들어가서 바로 자."

"너 도착하면."

"아주 놀고들 있다, 진짜. 이산가족이 따로 없네."

운전석에 오른 해중이 혀를 내두르며 어이없다는 얼굴로 바라보며 말했다. 해주는 그런 오빠를 향해 혀를 내밀고, 성준과 아쉽게 작별 인사를 했다. 차가 출발하자, 얼마 지나지 않아 백미러로 보이던 성준의 모습이 완전히 사라져버렸다.

"꼭 이렇게까지 해야 속이 시원해?"

"자꾸 까불면, 아버지한테 다 불어버리는 수가 있어."

"치사하게!"

해주는 아버지가 알게 된다는 생각만으로도 몸서리가 쳐졌다. 만약, 외박이 서영의 집이 아닌 남자친구의 집에서 자고 왔다는 사실을 알게 된다면, 머리를 빡빡 밀어 방에 가둘 것이 분명했다.

"그러니까 까불지 마. 세상 어느 오빠가 그 꼴을 가만 두고 보겠어?"

"세상 어느 오빠 같은 소리 한다. 오빠가 좀 유난스러운 걸 인정하는 건 어때?"

"성준이니까, 이쯤에서 참아준 줄 알아. 딴 놈이었으면 오늘 갈비 몇 대 나갔을 거다."

해중의 말에 콧방귀를 뀐 해주는 고개를 획 돌려 창밖을 보았다. 그런데 집으로 가는 방향이 아니었다.

"어? 어디 가는 거야? 여기 집 방향 아니잖아."

"우리 집 간다. 너는 오빠 집도 모르냐?"

"별로 안 궁금하거든. 근데 왜 오빠 집으로 가는데?"

"서영이 집에서 잔다고 했다며? 이 시간에 돌아가면 의심받지 않겠어? 우리 윤 여사님 안테나 바짝 세우실 것이 뻔한데. 해진이도 집으로 오라고 했으니까, 오랜만에 셋이서 술이나 한잔하자."

"이 새벽에? 술은 무슨 술이야, 자야지."

성준 때문에 온몸이 맞은 듯이 욱신거리는 해주는 잠이 필요했다. 어둠이 내려앉은 세상은 고요하고 차분했다. 늘 차로 북적이는 도로도 한산했고, 사람들의 소음도 전혀 들리지 않았다. 성준과 헤어진 것이 좀 아쉽긴 하지만, 이렇게 새벽 도로를 달리는 기분도 나쁘지 않았다.

하늘은 맑고, 바람은 딱 기분 좋을 만큼 선선히 불었다. 차창 틈으로 새어 들어오는 바람을 눈을 감은 채 맞던 해주는 세차게 뛰는 가슴 위로 손을 얹었다. 차가 그의 집과 가까워질수록 점점 더 커져가는 두근거림에 해주는 숨을 골랐다. 가슴이 터질 듯한 긴장감이지만, 왠지 기분 좋은 이 떨림을 해주는 한껏 만끽했다. 사랑하는 사람의 부모님을 만나러 가는 길, 그 어느 때보다 설레고 두근거렸다.

"다 왔어."

차에서 잠시 내린 성준이 차고 비밀번호를 누르자, 굳게 닫혀 있던 문이 스르르 올라갔다. 문이 열리자 넓은 차고에 여러 대의 차가 주차되어 있었다. 성준이 빈 공간에 차를 주차하고 운전석에서 내리자, 해주도 곧바로 따라 내렸다.

"하여튼 문 열어줄 기회를 안 주지."

"나는 남자가 문 열어주길 기다리는 여자, 정말 별로거든."

"오죽하시겠어요. 준비됐지? 가자."

성준의 말에 고개를 주억인 해주는 천천히 그를 따라 차고 밖으로 나갔다. 차고를 나온 해주는 눈앞에 펼쳐진 광경에 그대로 입을 다물었다. 그의 집안이 유한그룹이라는 것을 자꾸 잊어버렸다. 성준을 편하게 대할 수 있는 이유가 바로 그 때문이기도 했다. 하지만 생각했던 것보다 훨씬 으리으리한 그의 집에 괜스레 주눅이 들었다.

성준보다 나이도 많고, 집안도 너무 평범한 자신을 과연 그의 집안에서 좋아해줄까? 설렘으로 가득했던 가슴이 순식간에 불안감에 휩싸였다.

"나, 긴장돼."

"그럴 필요 없어. 당신은 내가 선택한 여자니까, 부모님도 우리 해주 분명히 좋아하실 거야."

눈을 맞추고 이마에 살짝 입을 맞춘 성준의 말에 해주는 대답 대신 고개를 끄덕였다.

"이제 가자."

"응."

돌계단을 올라 초록으로 가득 채워진 정원을 지나자, 성준의 어머니가 현관 밖으로 나와 기다리고 있었다. 해주는 그의 어머니를 향해 허리 숙여 인사했다.

"안녕하세요, 어머님."

"잘 왔어요, 해주 양. 오느라 고생 많았죠? 배고플 텐데, 얼른 들어가요."

손을 꼭 잡고 집 안으로 안내하는 성준의 어머니를 따라 안으로 들어가자. 익숙한 그의 형 내외와 아버지가 반갑게 맞아주었다.

"어서 와요. 해주 씨."

"반가워요."

"왔어요, 해주 씨?"

저마다 인사를 건네는 가족들에게 해주는 심장이 튀어나올 것 같은 가슴을 겨우 부여잡고 인사했다. 그의 가족들은 하나같이 성준처럼 따뜻하고 친절했다. 표정에서 느껴지는 따뜻함에 해주는 긴장이 조금 풀리는 것 같았다.

점심을 먹는 내내 누구 한 명 불편하게 하는 사람이 없었다. 오랫동안 알아온 사람처럼 자연스럽게 대화가 이어졌고, 성준의 어렸을 때 이야기도 하며, 해주는 기분 좋게 점심을 먹을 수 있었다. 성준의 바른 성품은 다 화목하고 따뜻한 부모님에게 물려받은 것 같았다.

"온통 마음에 안 드는 것투성이더니, 여자친구는 잘 골랐구나."

식사를 마치고 차를 마시던 지 회장이 옅은 미소를 지으며 태연하게 말했다.

"제가 여자 보는 눈은 아버지를 닮아서 말입니다."

장난스런 표정으로 지 회장의 말을 받아치는 성준 때문에 거실은 순신 간에 웃음바다가 되었다. 어쩌면 좋을까. 그의 가족을 보니, 성준이 더 좋아져버렸다.

"그래, 해진이가 동생이라고?"

계속 존대를 하는 그의 부모님 때문에 진땀을 뺀 해주는 겨우 편해진 말투에 한결 마음이 놓였다. 어른들에게 존댓말을 듣는 것보다 이편이 훨씬 좋았다.

"네."

"해주도 그렇고 해진이도 그렇고, 두 사람을 보니 부모님 성품이 눈에 선하네. 자식들을 이렇게 훌륭하게 키워낸 것을 보면 말이야. 해진이가 왜 그렇게 예쁜가 했더니, 다 우리 가족이 되려고 그랬던 모양이네."

김 여사의 말에 해주는 싱그럽게 웃으며 말했다.

"예쁘게 봐주셔서 감사합니다."

"어떻게 우리 성준이가 속은 안 썩이고?"

무서우리만큼 성준과 꼭 닮은 얼굴을 한 지 회장이 다정히 물었

그녀에겐 뭔가 특별한 것이 있다

다. 성준과 사이가 좋지 않은 것으로 알고 있었는데, 아들을 바라보는 지 회장의 눈빛은 한없이 온화했다.

"잘해줘요."

성준은 부모님과 도란도란 이야기를 나누는 해주를 말없이 가만히 바라보았다. 어른들에게 살갑게 구는 해주의 모습이 너무 예뻐, 눈에 넣어도 아프지 않을 것 같았다.

"해주가 오니까, 전 완전 찬밥이네요."

"네가 뭐가 예쁘다고 너한테 관심을 두겠냐. 해주 씨, 잠깐 성준이 좀 빌려갑니다."

어느새 가족이랑 친해졌는지 조금의 망설임도 없이 고개를 끄덕이는 해주의 모습에 성준은 왠지 모르게 가슴이 벅차올랐다. 가족들과 잘 동화되는 모습이 너무 보기 좋았다. 하루라도 빨리 해주를 데려오고 싶다는 욕구가 더 커졌다.

"왜?"

"너, 이정이라는 여자 알지? 어떻게 아는 여자야?"

형에게 이끌려 이층 서재로 온 성준은 안으로 들어오기 무섭게 다그치듯 묻는 형의 모습에 피식 웃음이 나왔다. 드디어 진혁에게 이정의 존재를 들은 모양이었다.

"내가 이정 씨랑 아는 사이인 걸, 형은 어떻게 아는데?"

"저번에 진혁이가 너랑 통화하는 거, 들었거든. 도대체 어떤 여자이기에 천하에 서진혁을 쥐락펴락하는 거야?"

남의 일에는 통 관심을 두지 않는 형이 유일하게 관심을 두는 사람이 있다면, 그건 바로 진혁의 일이었다. 어렸을 때부터 절친한 친구였고, 천상천하 유아독존인 진혁이 유일하게 인정해주고 마음을 연 사람 또한 형뿐이었다.

"해주 친구야. 우리 가게 자주 오고. 저번에 진혁이 형이 카페에 찾아왔더라? 이정 씨 데리러. 아주 눈에서 불이 이글거리던데?"

"내 말이 그 말이잖아. 나는 진혁이가 여자 때문에 그렇게 절절매는 거 처음 봤다니까? 요즘 그 자식 보는 재미가 아주 쏠쏠해."

성호가 한참 진혁의 변화에 대해서 이야기할 때였다. 요란한 소리가 들리더니, 아래층에서 가사 도우미 아주머니가 뛰어 올라왔다.

"사장님! 사장님!"

"무슨 일이에요?"

"사모님 진통 시작했어요! 지금 난리 났어요."

아주머니의 말에 빛보다 빠른 속도로 뛰어 내려가는 형을 뒤따라 성준도 아래층으로 내려갔다. 부모님은 물론 해주까지 모두 형수님을 부축하며, 현관을 나서고 있었다.

"여보!"

"하아, 우리 아기……, 나오려나 봐요."

형을 보자 땀을 뻘뻘 흘리면서도 미소 지으며 말하는 형수의 모습이 성준의 눈에는 참으로 아름다워 보였다. 헐레벌떡 형수와 함께 집을 나서는 형과 부모님을 뒤따라 정신없이 병원을 찾은 성준은 해주와 함께 분만실 앞에서 초조하게 서성였다.

해주의 손을 꼭 부여잡고 조카의 소식을 기다리던 성준은 분만실 안에서 울리는 아기 울음소리에 그대로 움직임을 멈추었다. 의자에 앉아 계시던 부모님도 자리를 박차고 일어났고, 얼마 지나지 않아 간호사가 나와 형수와 아기 소식을 전해주었다. 그제야 마음이 놓였는지, 다시 의자에 털썩 주저앉는 어머니 곁으로 해주가 재빨리 다가갔다. 어머니와 나란히 있는 해주의 모습을 바라보던 성준은 곁에 서 있는 아버지를 향해 상기된 목소리로 말했다.

"할아버지 되신 거, 축하드립니다."

대답 대신 고개를 끄덕이는 아버지는 목이 메는 모양이었다. 곧, 분만실에서 형이 아기를 안고 밖으로 나왔다. 순식간에 아기에게 가족들의 시선이 집중되었다.

"축하해, 형."

"고맙다. 아버지, 어머니 우리 딸 예쁘죠?"

"그걸 말이라고 하니. 어쩜 이목구비가 이렇게 뚜렷하다니? 아이고, 예뻐라."

아기에게서 잠시도 눈을 떼지 못하는 부모님 곁에서 해주도 눈을 반짝이며 아기를 바라보고 있었다. 성준은 해주의 곁으로 다가가 손을 꼭 마주 잡으며 말했다.

"우리도 빨리 결혼해서, 아기 만들자."

해주를 꼭 닮은 아이를 생각하는 것만으로도 성준은 가슴이 벅차올랐다. 그녀와 함께하는 미래를 머릿속으로 상상하며 성준은 잡은 손에 힘을 주었다.

"하아, 하아."

한 시간이 넘도록 러닝머신 위에서 쉬지 않고 달리던 지현은 가쁜 숨을 몰아쉬며, 정지 버튼을 눌렀다. 목 끝까지 차오른 숨을 고른 지현은 생수를 벌컥벌컥 들이켜며 헬스장을 나와 샤워실로 향했다.

한동안 폐인처럼 방에 콕 박혀 나오지 않는 자신 때문에 결국 병원 신세를 지게 된 엄마의 모습에 지현은 별수 없지 자리를 털고 일어나야만 했다. 모든 일에 의욕도 없고, 재미도 없었다. 하지만 한 달의 시간이 지나니, 이제 조금은 정신이 들었다.

단 한 번도 성준이 없는 삶을 생각해본 적이 없었다. 하지만 자신의 미련 때문에 엄마도 성준도 다 힘들어한다는 걸 알게 된 이상, 더는 고집을 피울 수가 없었다. 자신이 진저리치도록 싫다는 남자에게 더는 매달릴 수가 없었다. 지현은 세차게 떨어지는 물줄기 아래서 한참 동안 서서 입술을 잘근잘근 씹었다.

'유학 가라는 말은 안 해. 한 달만 유럽 좀 돌아다니면서 머리 좀 식히고 와. 다녀와서 선을 보든지, 아니면 아버지 회사 들어가서 일을 배우든지 해. 난 우리 딸이 좀 더 멋진 여자가 됐으면 좋겠다. 지금 너는 내가 보기에도 아무런 매력도 느껴지지 않아. 내 딸은 생기 넘치고 매력이 철철 흐르는 그런 여자였다.'

항공권을 건네며 말하던 엄마의 말을 떠올리며 샤워기 아래에서 나온 지현은 깊은 한숨을 몰아쉬었다. 얼마 전, 성준이 평창동에 집을 짓고 있다는 소식을 들었다. 미련하게도 지현은 그 집을 멀찍이 보고 온 적이 있었다. 이제 거의 완공이 되어가고 있는 그

집은 자신의 예감이 틀리지 않다면, 아마도 성준이 결혼을 해서 살 집일 것이다. 이런 상황에서 더 미련을 둔다는 것은 말도 안 되는 일이었다.

서울에 계속 있는 한, 원하지 않아도 성준의 소식을 계속 듣게 될 것이다. 그 모든 것들을 덤덤하게 받아들이기엔 아직 지현은 마음 정리를 하지 못했다. 어쩜, 엄마의 말처럼 잠시 외국에 나가 머리를 식히고 오는 것이 나을지도 몰랐다.

"한심하다, 김지현."

간단히 화장을 마치고 거울을 보며 지현은 낮게 읊조렸다. 거울 속 핼쑥하게 살이 빠진 모습이 스스로도 너무 낯설고 모르는 사람 같았다. 거울을 외면하며 헬스장을 나오던 지현은 벨소리에 휴대폰을 집어 들었다.

"응, 엄마."

―어디니?

"헬스장, 왜?"

―저녁 집에 와서 먹으라고. 아버지가 너 나가기 전까지는 매일 함께 저녁 먹자고 하신다.

"알았어. 늦지 않게 들어갈게."

전화를 끊은 지현은 차에 올라 시동을 걸었다. 비행기 티켓은 다음 주 월요일 날짜였다. 짧은 시간이라고는 하나, 이제 이곳을 떠날 날도 며칠 남지 않았다. 지현은 마지막으로 성준을 딱 한 번만이라도 보고 싶었다. 그가 자신을 보고 싶어 하지 않는다는 것을 알면서도 보고 싶은 미련에 지현은 그의 가게로 차를 몰았다. 멀리서라도 좋으니, 잠깐 얼굴이라도 봐야 떠날 수 있을 것 같았다.

어느새 카페 근처까지 도착한 차를 카페가 잘 보이는 곳으로 주차한 지현은 선글라스를 벗고, 차창을 반쯤 내렸다. 투명한 유리문 너머로 바삐 움직이는 성준이 보였다. 이제 이렇게 멀리서 숨어 볼 수밖에 없는 사이가 되어버렸다. 지현은 아직도 자신을 경멸어린 눈으로 바라보던 성준의 눈빛을 잊을 수가 없었다.

사랑하는 사람을 가슴 속에서 지워낸다는 것이 이토록 힘든 일이라는 것을 알았다면 애초에 시작도 하지 않았을 것이다. 매 순간이 너무 아팠다.

"오빠⋯⋯."

잠시나마 가까이서 얼굴이 보라고 하느님이 도와주신 것일까? 성준이 카페를 나와 입구 앞에 섰다. 잠시 하늘을 올려다본 그는 주변을 두리번거리며 누군가와 통화를 하고 있었다. 차 안에서 그 모습을 그저 아련하게 바라보던 지현은 갑자기 자신의 차로 시선을 돌리는 성준 때문에 그대로 숨을 멈추었다.

성준과 눈이 마주친 지현은 숨을 쉬지도 움직이지도 못한 채, 한참 동안 굳어 그의 시선을 받아냈다. 멀어서 그가 어떤 눈으로 바라보는지 알 수는 없지만, 다가와 빨라 가라며 다그치지 않는 것만으로도 감사했다.

지현은 당장에라도 터질 것 같은 눈물을 애써 참으며, 입술을 세게 깨물었다. 한참 동안 굳은 얼굴로 뚫어져라 자신을 바라보던 성준의 얼굴이 순식간에 반짝반짝 빛이 났다. 환하게 웃으며 카페 계단을 내려오는 그의 모습에 지현은 순간 가슴이 두근거렸지만,

이내 고개를 숙일 수밖에 없었다.

그 여자였다.

성준이 자신의 목숨보다 더 사랑한다던 여자. 성준은 거의 뛸 듯이 여자에게 다가가 손을 마주 잡고, 카페 안으로 들어갔다. 지현은 여자친구와 함께 있을 때, 반짝반짝 빛이 나는 성준을 보며 씁쓸하게 웃었다. 함께 있는 모습을 보는 것만으로도 여자친구를 사랑하는 성준의 마음이 느껴져 가슴이 아팠다.

그가 원하는 것처럼 두 번 다시 성준의 앞에 나타나지 않을 것이다. 이번 여행을 하면서 성준을 깨끗이 지우고 돌아올 것이다. 이제는 정말 이 미련한 사랑을 끝내고 싶었다.

오늘 얼굴을 본 것으로 됐다. 그래, 그것으로 충분했다.

클래식이 흐르는 음악을 배경으로 사랑하는 친구들과 맛있는 와인을 먹고 있자니, 이곳이 바로 지상낙원이었다. 해주는 친구들과 쉴 없이 수다를 떨며, 금요일 밤 오후를 한껏 만끽했다.

"그래서 우리 해주 이제 시집가는 거야?"

치즈 하나를 입 안에 넣고 오물거리던 이정은 호기심이 배어난 목소리로 물어왔다. 해주는 그런 친구를 향해 어깨를 으쓱하며, 와인으로 입술을 적셨다. 성준의 집 안에 인사를 다녀온 뒤, 얼마 지나지 않아, 자신의 집으로도 인사를 갔었다.

"아저씨 여전히 완강하신 거야?"

엄마는 그동안 성준을 예뻐했기에 처음에는 좀 당황했지만, 이내 자연스럽게 그를 받아주었다. 하지만 아버지의 반대가 생각보다 너무 완강해 요즘 성준의 근심이 컸다. 시간이 좀 지나면 허락을 해줄 것이라 생각했지만, 한 달이 지난 지금도 여전히 성준을 만나주지 않았다.

"우리 아빠 알잖아. 한 번 아니면, 죽어도 아닌 거."

깊은 한숨을 몰아쉬며 해주는 성준의 이야기만 나와도 자신과 말도 하지 않으려는 아버지를 떠올렸다. 자신을 걱정하는 아버지의 마음을 모르는 것은 아니나, 무조건적으로 성준을 반대하는 아버지가 야속하기도 했다.

성준 자체는 엄마만큼 아버지도 바르고 건실하다며 좋아했었다. 하지만 그건 어디까지나 아들의 친구일 때다. 딸의 남자로서는 성준을 받아들일 수 없다고 단호하게 말씀하시던 아버지의 말씀이 해주는 뇌리에 콕 박혀 지워지지가 않았다.

'성준이 자체가 싫다는 것이 아니야. 하지만 집안이 너무 차이가 나면, 결혼해서 네가 고생해. 지금은 좋을지 몰라도, 자라 온 환경이 너무 다르면, 살면서 갈등이 생기기 마련이야. 무엇보다 나는 네가 그 집안으로 시집가서 기죽어 사는 꼴, 절대 못 본다. 더 정들기 전에 하루라도 빨리 헤어져.'

아버지의 말을 떠올리며 해주는 와인을 단숨에 들이켰다. 너무도 완강한 아버지를 어떻게 설득해야 할지 암담하기만 했다.

"그렇게 반대가 심해?"

"응. 만나주기라도 해야 설득할 텐데, 성준이는 아예 만나주지도 않아. 미치겠다, 정말."

"그래도 자식 이기는 부모 없다고 했어. 너무 급하게 서두르지 말고, 천천히 시간을 두고 설득해."

서영의 말에 고개를 주억인 해주는 테이블 위에서 울리는 진동에 휴대폰으로 손을 뻗었다. 성준이었다.

"응, 성준아. 가게 끝난 거야?"

―응. 지금 그쪽으로 가고 있어. 친구들한테 늦어서 죄송하다고 전해주고, 맛있는 거 많이 시켜 먹어. 알겠지?

"이미 잔뜩 시켜서 먹고 있어. 걱정 말고 너무 서두르지 말고 운전 조심해서 천천히 와."

―빨리 갈 건데? 너 보고 싶어서 지금 나 눈에서 진물 나려고 하거든.

"하여튼 갈수록 능글맞아지지."

성준의 말에 해주의 얼굴에 환한 미소가 걸렸다. 방금 전까지 아버지 때문에 고민하던 사람이 맞나 싶을 정도로 얼굴이 환해진 해주는 전화를 끊으며, 가슴 위로 손을 얹었다. 아버지 때문에 힘들 텐데도 성준은 조금도 내색하지 않고, 매 순간 자신에게 최선을 다했다. 해주는 그런 그의 마음 씀씀이가 너무도 고마웠다.

"성준 씨, 일 끝났데?"

"응, 오는 중이라네."

"아이고, 우리 해주. 전화 한 통화에 얼굴이 쫙 폈네."

이정의 말에 해주는 배시시 웃었다. 성준의 이야기만 나와도 절로 새어나오는 웃음을 막을 수가 없었다.

"그건 그렇고 우리 이정이 연애사나 좀 들어볼까?"

와인을 마시던 서영이 호기심이 배어난 목소리로 이정을 향해 말했다. 성준 생각에 입을 귀에 걸고 있던 해주도 이정을 바라보며 서영을 도와 질문을 쏟아냈다.

"그래, 맞아! 꼭꼭 숨기지 말고, 남자친구에 대해서 이야기 좀 해봐."

"말하고 말 것도 없어."

내내 웃는 얼굴로 자신과 성준에 대해서 묻던 이정은 남자친구 이야기를 묻자, 얼굴을 굳히며 정색했다. 한 달 전만 해도 남자친구에 대해서 물으니 얼굴을 붉히더니, 그 사이 무슨 일이 있었던 것일까?

"뭐야, 싸웠어?"

"헤어졌어. 여기까지! 더, 이야기하지 말자."

표정의 변화도 없이 무덤덤하게 헤어졌다는 이정의 말에 해주는 눈을 가늘게 뜨고 친구를 유심히 바라보았다. 이번에 만나는 사람은 왠지 느낌이 달랐었다. 그런데 이렇게 쉽게 헤어졌다니, 무슨 일이 있는 것이 분명한데 아무 말도 하지 않으려 하니 걱정이 되었다. 하지만 본인이 말하고 싶지 않다고 하니, 달리 강요할 수가 없었다.

"다음에 말하고 싶을 때 이야기해, 그럼."

"알았어. 자, 자 술이나 마시자. 건배."

애써 웃으며 잔을 드는 이정의 모습에 서영과 함께 잔을 든 해주는 와인을 마시며 친구들과 평범한 일상 이야기를 나누었다. 그림 이야기와 이번에 나오는 서영의 책에 관한 이야기, 그리고 자신의 회사 이야기까지, 소소한 이야기들이 끊이지 않고 이어졌다. 이런 평범한 일상들에 해주는 괜스레 행복함이 느껴졌다.

"안녕하세요, 저 왔습니다."

"성준 씨!"

"어서 와요."

"뭐, 맛있는 것 좀 많이 드셨어요? 오늘은 제가 쏘는 건데, 비싼 거 많이 시켜서 드세요."

성준이 옆에 자리를 잡고 앉으며, 친구들을 향해 다정히 말했다. 해주는 친구들과 이야기를 나누는 성준의 옆모습을 지긋이 바라보았다. 사랑하는 사람의 친구까지 소중히 대해주는 이런 좋은 남자를 아버지는 왜 반대하는 것일까?

걱정하는 마음은 백번 이해하지만, 그의 부모님은 여느 부잣집 어른들과 다르다는 말을 믿어주었으면 했다. 성준의 부모님을 보고 그가 더 좋아졌다는 것을 아버지는 알기나 할까. 해주는 친구들과 다정히 대화를 나누는 성준의 손을 테이블 밑에서 꼭 잡았다. 이제는 무슨 일이 있어도 절대, 이 손을 놓지 않을 것이다.

"죽이네."

성준은 멋들어지게 지어지고 있는 집을 보며, 세상을 얻는 사람 마냥 행복한 미소를 지으며 말했다. 외관도 거의 완성이 되었고, 이제는 집 안쪽 인테리어만 남은 상태였다. 처음 보았던 설계도보다 훨씬 훌륭하게 나온 것 같아 몹시 흥분이 되었다.

"당연하지. 누구 머리에서 나온 건데."

"천하의 태산건설 사장님께서 이렇게 직접 디자인해주신 집인데,

황송할 따름입니다."

집이 어느 정도 지어졌는지 확인하기 위해서 집을 찾은 성준은 집 안 곳곳을 돌아다니며 지시를 내리고 있는 진혁을 보고 퍽이나 놀랐다. 집 설계를 부탁했을 때만 해도 단칼에 거절하던 그가 이정의 한 마디에 너무도 허무하게 수락을 해주었다. 이렇게 직접 찾아와 설계 하나하나 확인해주는 모습을 보니, 진혁이 이정에게 빠져도 단단히 빠진 모양이었다.

"알면 됐고."

"근데, 이거 언제쯤이면 완전히 공사가 끝날 거 같아?"

"빠르면 보름, 아무리 늦어도 한 달 안에는 마무리될 거다."

"고마워, 형, 이 은혜는 평생 안 잊을게."

"됐다, 행복하기나 해. 난, 바빠서 이만 간다."

딱딱하게 인사하고 돌아서는 진혁의 뒷모습을 보다, 성준은 어제 집으로 돌아가며 해주가 했던 말이 떠올라, 진혁을 불러 세웠다.

"형!"

"왜. 바쁘니까, 간단히 말해."

"이정 씨랑 오늘 연락해봤어? 어제 술을 좀 많이 마셔서, 힘들어했거든. 해장국이나 챙겨 먹었나 싶어서."

"뭐?"

이야기를 들으면서도 뒤를 돌아보지 않고 차로 향하던 진혁이 발걸음을 멈추었다. 그리고 몸을 돌려 미간에 주름을 잡으며, 딱딱하게 굳은 목소리로 말했다.

"어제 같이 술 마셨어?"

"응."

"알았다."

술을 마셨다는 말에 주먹을 세게 말아진 진혁이 그대로 차에 올랐다. 진혁의 반응을 보아하니, 헤어졌다는 이정의 말은 그에게는 포함되지 않은 모양이었다. 얼굴 표정이 변하지 않는 것으로 유명한 진혁의 얼굴이 이정의 이야기에 단번에 구겨지다니, 요즘 진혁의 모습을 보는 재미가 쏠쏠하다는 형 성호의 말이 이해가 되었다.

진혁의 차가 멀어지는 것을 보며 히죽거리던 성준은 차 트렁크를 열어, 아이스박스에 넣어둔 커피와 샌드위치를 꺼냈다. 바쁘게 집 안으로 차와 음식을 옮긴 성준은 박수를 치며 인부들을 향해 소리쳤다.

"자, 자 이것들 좀 드시면서 잠시 쉬면서 하세요."

"마침 출출하던 참인데, 고맙습니다."

"잘 먹을게요."

"맛있게들 드시고, 공사 꼼꼼히 잘 좀 부탁드립니다."

곳곳에서 흩어져 공사를 하던 인부들이 모여 음식을 먹는 모습을 잠시 바라보다, 성준은 그곳을 떠나 천천히 집 안 곳곳을 훑어보았다. 이 집이 완성이 되면 해주에게 청혼할 생각이었다.

아직, 해주의 아버지에게 허락받아야 하는 큰 장애물이 남기는 했지만, 그래서 성준은 조금씩 완성이 되어가는 집을 볼 때마다 기분이 좋았다. 이제 곧, 이곳에서 해주와 함께 살 것이라 생각하는 것만으로도 가슴이 두근거렸다.

　서재와 주방, 그리고 침실로 꾸며진 일층을 지나, 천천히 이층으로 올라가던 성준은 주머니에서 울리는 진동에 휴대폰을 꺼냈다. 액정화면에 뜬 해주의 사진에 성준은 입술을 말아 올리며 전화를 받았다.

　"응, 해주야."

　―자기 카페에 없네. 어디야?

　"응? 어, 생두 좀 보려고 나왔어."

　지금껏 해주에게 단 한 번도 거짓말을 해본 적이 없던 그였지만, 이 집에 올 때마다 부득이도 매번 해주에게 거짓말을 하게 되었다. 그녀를 좀 더 놀라게 해주고 싶은 선의의 거짓말이니, 이해해줄 것이라고 믿었다.

　―요즘 생두 보러 자주 나가네?

　"응? 좀. 근데 이 시간에 가게는 어떻게 온 거야? 회사에 있을 시간 아니야?"

　―잠깐 외근 나갔다가 들렀어. 급하게 해줄 말도 있고.

　"무슨 말?"

　―아빠, 오늘 집에 오신데. 엄마한테 좀 전에 전화 왔어.

　"정말? 언제 오신데?"

　군인으로 계신 그녀의 아버지는 집을 비우는 날이 많았다. 그래서 만나는 것이 하늘에서 별 따기였다. 해주와의 결혼을 허락받기 위해서는 일단 만나야 하는데, 도통 만날 수가 없었다. 그런데 오늘 집에 오신다니, 한 번이라도 얼굴을 비춰야 할 것 같았다.

─집에 와서 저녁 드신다고 했데. 그러니까 자기도 우리 집에 가자.

"알겠어! 어머님한테 미리 말해둬. 내가 집에 들러서 옷 갈아입고 전화할게."

─응. 자기가 마음고생이 많다. 미안해.

"그런 말이 어디에 있어. 별소리를 다 한다. 퇴근 시간 맞춰서 회사 앞에서 전화할게."

해주와 통화를 마치고 재빨리 아래층으로 뛰어내려온 성준은 인부들에게 인사하고 서둘러 차에 올랐다. 도통 자신을 만나주지 않으려는 그녀의 아버지 때문에 벌써 한 달이 넘도록 숨바꼭질 중이었다. 이번에는 제발 얼굴이라도 볼 수 있길 간절히 빌며, 성준은 차 속력을 높였다.

─아침부터 비가 무섭게 몰아치네요. 항상 운전 조심하십시오.

─아버님, 오늘은 괜스레 서글퍼지는 날입니다. 지난밤, 아버님이 집에 다녀가셨는데도 만나 뵙지 못한 아쉬움에 가슴이 답답해 옵니다. 제발, 전화라도 받아주십시오.

─아버님, 가을 햇볕이 많이 뜨겁습니다. 이런 때일수록 식사 거르시지 말고, 잘 챙겨 드세요. 항상 건강 챙기시고요.

석현은 한 달이 넘도록 하루도 거르지 않고 아침마다 오는 성준의 문자를 하나, 하나 살펴보았다. 매몰차게 반대를 하는데도 포기하지 않고 달려드는 끈기가 퍽이나 마음에 들었다. 성준 자체는 너무도 마음에 들었다. 딸 해주보다 두 살이나 어린 것이 전혀 문제가 되지 않을 정도로 괜찮은 녀석이라는 것을 석현도 잘 알고 있었다. 하지만 딱 거기까지였다.

어느 정도만 되어도 딸아이가 그렇게 좋다는데, 이토록 심하게 반대하지는 않을 것이다. 하지만 성준이 어느 집안 아들이던가. 국내 열 손가락 안에 드는 유한그룹의 차남이었다. 차이가 나도 적당히 나야 허락할 텐데, 이건 정말이지 너무 심했다.

지금이야 사랑하는 마음이 깊으니 두 사람 모두 좋다 하겠지만, 살아온 환경은 절대 무시할 수 없었다. 석현은 항상 밝고 자신감으로 똘똘 뭉친 딸이 그런 집안으로 시집가서 기죽어 사는 꼴은 죽어도 보고 싶지 않았다.

유한그룹까지는 아니더라도 주변에 그보다 못한 집안으로 시집을 가서도 적응하지 못하고, 이혼을 하고 돌아온 친구의 딸에 대한 이야기를 들으며 많이 안타까웠었다. 석현은 자신의 딸을 그렇게 만들고 싶지 않았다.

휴대폰을 내려놓은 석현은 아쉬움에 입맛을 다셨다. 반대는 하고 있지만, 성준이 아까운 것은 어쩔 수가 없는 사실이었다.

"후우."

짧은 한숨을 내쉰 석현은 차에서 내려 집 앞에 섰다. 크지는 않지만, 자식들과 살기에 부족함이 없는 이 집을 석현은 늘 자랑스러워했었다. 이층집에 살고 싶다는 아내를 위해, 이 집을 지을 때 얼마나 가슴이 뿌듯했는지 말로 다 표현할 수 없었다. 하지만, 집안의 차이로 결혼을 반대해야 하는 순간이 오니, 스스로가 한없이 초라해졌다.

그녀에겐 뭔가 특별한 것이 있다

"아빠."

초인종을 누르지 못하고 한참을 집 앞에 서 있던 석현은 대문 너머로 들려오는 딸의 목소리에 얼굴에서 재빨리 근심을 지워냈다. 두 아들 사이에서 말괄량이로 자란 딸이지만, 그의 눈에는 그저 여리고 여린 외동딸일 뿐이었다.

"왜 나와 있어?"

"아빠 도착하실 때 된 거 같아서."

대문을 연 해주가 팔짱을 끼며 애교 섞인 목소리로 말했다. 석현은 그런 딸을 애정이 듬뿍 담긴 눈으로 바라보았다.

"배고프죠? 엄마가 아빠 좋아하는 버섯전골 했어."

"그래? 이거, 입에 침 고이는데?"

"아빠."

마당을 가로질러 현관으로 향하던 석현은 딸의 부름에 발걸음을 멈추었다.

"성준 씨 왔어요. 오늘은 좀 만나주세요."

온화함으로 가득했던 석현의 얼굴이 일순 딱딱하게 굳었다. 성준을 피하는 이유는 모질게 굴고 싶지 않아서였다. 그런데 이렇게 집에 와 있다니, 심기가 불편할 수밖에 없었다.

"해주야."

"아빠, 제발. 아빠가 뭘 걱정하는지 잘 알아. 그 부분은 나도 많이 걱정하고 염려했던 부분이야. 근데, 정말 좋으신 분들이야. 뵙고 나니까, 성준 씨가 더 좋아질 만큼 좋으신 분들이었어."

석혁은 자신의 허락을 받으려 애쓰는 딸의 모습이 안타까워

씁쓸하게 웃었다. 그래, 이렇게 된 거 오늘은 대화라도 나눠봐야 할 것 같았다.

"성준이가 그렇게 좋으냐?"

"이런 마음 처음이에요. 아빠, 나 성준 씨 정말 사랑해."

자신의 손을 마주 잡고 눈을 꼭 맞춘 채, 애원하듯 이야기하는 딸의 말에 석현은 별수 없이 고개를 끄덕였다.

"일단, 들어가자. 밥 먹고 이야기해."

석현은 자신을 불안한 눈빛으로 바라보다 집 안으로 들어가는 딸을 뒤따라 들어갔다. 성준과 아내가 현관에 나와 있었다.

"왔어요?"

"오셨습니까, 아버님."

허리까지 숙여 인사하는 성준을 향해 살짝 고개를 숙인 그는 안 방으로 들어가 편안한 옷으로 갈아입었다.

"여보."

"마당에서 해주한테 잔소리 들었으니까, 당신은 아무 말 마."

"알겠어요. 빨리 나와서 식사해요."

방을 나서는 아내를 따라 주방으로 가자, 성준이 자리에 앉지도 못하고 자신을 기다리고 있었다. 어떻게든 잘 보이려 애쓰는 모습 이 애처로워 보이기까지 했다.

"왜 서 있어. 앉아."

"예, 아버님."

"먹자."

"잘 먹겠습니다."

넉살 좋게 웃으며 말하는 성준을 보며, 석현은 반대하던 마음이 바람에 흔들리는 갈대처럼 세차게 흔들렸다. 그가 아는 한, 성준은 저렇게 넉살 좋은 녀석이 아니었다. 오히려 무뚝뚝한 편에 가까운 그의 성격을 아는 석현으로선, 노력하는 성준이 예뻐 보일 수밖에 없었다.

저녁을 먹는 내내 아내와 자연스레 대화를 나누고, 해주를 살뜰히 챙기는 모습이 보기 좋았다. 서로를 향한 눈빛에서 애틋함이 묻어나는 두 사람을 보며, 석현은 자신이 아무리 강하게 반대한다고 해도 두 녀석이 절대 헤어지지 않을 것이란 확신이 들었다.

"성준아."

"네, 아버님."

"차나 한 잔 하자. 여보, 이층 서재로 차 좀 부탁해."

저녁을 다 먹은 석현은 아내에게 차를 부탁하고 이층으로 향했다. 아무래도 성준과는 가족의 연이 있는 모양이었다.

차를 마시자는 석현의 말에 성준은 기분이 하늘을 날아갈 것만 같았다. 결혼 허락을 받은 것도 아닌데, 함께 이야기를 할 수 있게 된 것만으로도 대단한 진전이었다.

"자기야, 잘해. 응?"

"걱정하지 마. 올라갔다 올게."

걱정스러운 눈빛으로 바라보는 해주의 정수리에 살며시 키스한 성준은 재빨리 이층으로 올라가 서재 안으로 들어갔다. 소파에 앉은 석현 앞에 자리를 잡은 성준은 초조하게 그를 바라보았다. 신기하리만큼 해주와 꼭 닮은 얼굴을 한 석현은 그가 아는 한, 참 좋은 아버지였다. 어렸을 때부터 봐온 그는 집에 자주 오지는 못하더라도 자식들에게는 늘 다정한 아버지였다. 그런 석현이니, 걱정하며 반대하는 것이 어쩌면 당연한 것인지도 몰랐다.

"성준아."

"예, 아버님."

"나는 너한테 아버님이기보다는 아저씨이고 싶다. 언제까지나 아들의 친구로 널 봤으면 좋겠구나."

석현이 아무리 강력하게 반대한다 해도 성준은 절대 물러설 생각이 없었다. 그렇기에 어떻게든 잘 보이고 싶었다. 성준은 소파에서 일어나 바닥에 무릎을 꿇었다. 그에게 뜨겁게 끓어오르는 자신의 마음을 보일 수만 있다면, 무엇이든 할 수 있을 것 같았다.

"어허, 뭘 하는 거야. 얼른 못 일어나?"

"무조건 허락해달라는 말은 못합니다. 아버님이 무엇을 걱정하는지 잘 알고 있으니까요. 하지만 아버님, 저 해주 씨 정말 사랑합니다. 죽어도 좋을 만큼 사랑해요. 그래서 이 사랑 절대 포기 못합니다."

"결혼은 사랑만으로 할 수 있는 것이 아니야. 결혼은 가족과 가족의 만남이기도 해. 지금이야 사랑에 눈이 멀어 아무것도 보이지 않겠지. 하지만 세월이 흐르면 저절로 알게 될 거야. 사람은 절대 자라 온 환경을 무시 못해."

단호하게 말하는 석현의 얼굴에서는 절대 허락할 수 없다는 결연한 의지가 엿보였다. 그럼에도 성준은 절대 물러설 생각이 없었다.

그녀에겐 뭔가 특별한 것이 있다

"압니다. 하지만 아버님, 저희 부모님 해주 씨 정말 좋아해요. 아들이 사랑하는 여자를 존중해주시는 분들입니다. 저희 형수님도 평범한 집안의 자제입니다. 결혼한 지 3년이 넘었지만, 어떤 불화도 없이 아이 낳고 행복하게 잘 살고 있습니다. 저희도 그렇게 살 수 있어요. 그러니 제발, 저희 두 사람 허락해주세요."

성준의 형의 아내가 평범한 집안의 아내라는 것은 석현도 잘 알고 있었다. 두 사람이 결혼할 때 신문 일면을 장식할 정도로 크게 화제가 되었었다. 성준은 회사 일을 하고 있지 않아, 형보다는 화제가 덜 되겠지만, 그래도 아마 사람들의 입에 오르내릴 것이 분명했다. 석현은 그것이 너무도 싫었다.

"그래, 너희 부모님들이 우리 해주를 예뻐한다 치자. 그래도 사람들 입에 오르내리는 것은 막을 수는 없어. 나는 우리 해주가 모르는 사람들 입에 오르는 거, 싫다."

그의 말에 성준은 잠시 말없이 고개를 떨어트리고 있었다. 석현은 그런 성준을 말없이 바라보았다. 이미 마음은 많이 기울어 있었다. 그럼에도 계속 곤란한 질문들을 쏟아내는 것은 성준의 마음가짐을 확인하고 싶어서였다.

"그건 막을 수 없을 겁니다. 부정하지 않겠습니다. 하지만 아버님, 이거 하나만은 약속할 수 있습니다. 평생 사랑하며 행복하게 해줄 자신 있습니다. 오랫동안 사랑했고, 힘겹게 얻은 사람입니다. 절대, 울리지 않겠습니다."

단호한 얼굴로 말하는 성준의 얼굴에서 진심이 묻어났다. 저토록 사랑한다는데 무슨 수로 막을 수 있단 말인가. 석현은 단단히 닫았던 마음의 문을 열고, 내내 굳히고 있던 얼굴을 풀며 인자한 목소리로 말했다.

"좋아. 그럼, 네 말 한 번 믿어보지. 대신에 우리 딸 울리면, 내가 바로 데려올 거야. 그 말 꼭 명심해라."

"아버님! 감사합니다, 감사합니다."

"꺄아, 아빠!"

자리에서 박차고 일어나 연신 고개를 숙여 인사하던 성준과, 밖에서 모두 엿듣고 있었는지 갑자기 뛰어 들어와 목을 끌어안으며 소리치는 해주 때문에 석현은 혼이 쏙 빠져나가는 듯했다. 반대해도 소용이 없다면, 아이들 마음고생을 조금이라도 덜 시켜야 할 것 같았다. 아직도 걱정이 많이 되지만, 저렇게까지 사랑한다는 아이들을 억지로 떼어놓을 수가 없었다. 석현은 목을 끌어안은 딸을 등을 부드럽게 두들겨 주었다.

10. 결혼할까요?

붉게 달아오른 통통한 볼에 작은 입술을 오물거리며 잠든 예린을 해주는 애정이 듬뿍 담긴 눈으로 바라보았다. 이제 태어난 지 고작 3개월밖에 안 된 예린은 이 집에서 최고 영향력 있는 사람이었다.

"해주 씨."

한참 동안 예린에게 눈을 떼지 못하던 해주는 뒤에서 작게 속삭이듯 자신을 부르는 아영의 목소리에 고개를 돌렸다.

"어머님이 찾으셔."

"네. 내려가 볼게요."

일층으로 내려가며 해주는 어느새 익숙해진 집안 풍경에 피식 웃음이 나왔다. 자주 드나들어서 그런지 이제는 성준의 집이 너무도 익숙해져버렸다. 상견례까지 무사히 마치고, 결혼 날짜까지 잡고 나니, 이제는 이 집안사람들과 정말 가족이 된 것 같았다.

"사모님, 응접실에 계세요."

"감사합니다."

도우미 아주머니가 친절하게 말해주자, 해주는 살짝 고개를 숙여 감사를 표하고 응접실로 들어갔다. 한쪽 벽면이 모두 통유리 되어 있는 응접실은 정원이 한눈에 들어왔다. 초록으로 가득했던 정원은 어느새 나뭇잎이 다 떨어지고, 쓸쓸한 기운마저 감돌았다.

"어머님."

"응, 앉아."

꽃병에 분홍 장미를 꽂으며, 김 여사가 환하게 웃으며 말했다. 꽃꽂이가 취미인 김 여사 덕분에 쓸쓸한 정원과 달리, 응접실 안은 여전은 봄처럼 화사하기만 했다.

"예린이는 자니?"

"네. 볼 때마다 크는 거 같아요."

"그러게 말이다. 아주 쑥쑥 잘 자라는구나. 네 아버님은 아주 예린이만 보면 뒤로 끔뻑 넘어가신다."

미소가 어린 얼굴로 이야기하는 김 여사를 보며, 해주의 얼굴에도 같은 미소가 걸렸다. 결혼을 허락하기는 했지만, 상견례를 할 때까지 마음을 놓지 못하던 아버지가 두 분을 만나고 무척이나 좋아하셨다. 성준이 바른 것이 두 분 때문인 것 같다며, 걱정하지 않아도 될 것 같다고 하셨다. 아버지가 끝까지 반대하면 어쩌나 걱정했던 해주는 양가 집안의 축복 아래 결혼할 수 있다는 사실에 기뻤다.

그녀에겐 뭔가 특별한 것이 있다

"해주야, 성준이한테 청혼은 받았니?"

"청혼이요?"

그러고 보니, 해주는 아직까지 성준에게 청혼을 받지 못했다. 지금까지 생각도 못하고 있었다.

"아니요."

"그 녀석 무뚝뚝해서는. 그 중요한 것을 아직도 안 했단 말이야? 달달 볶아서라도 꼭 받아내렴. 여자는 결혼해서 추억할 것이 있어야 해. 그래야 살면서 미워 죽겠어도 그걸 추억하면서 참고 살지."

"충분히 잘해줘요. 그리고 성준 씨, 꽤 다정해요."

"제 여자한테는 다정하다니, 다행이구나. 그건 그렇고 해주야."

따뜻한 얼그레이로 입술을 적시던 해주는 김 여사의 부름에 찻잔을 내려놓았다. 언제나 다정하게 이름을 불러주는 것이 해주는 참으로 좋았다. 형님이 될 아영에게도 김 여사는 아직까지 다정하게 이름을 불러주었다.

"예, 어머님."

"이거 받으렴."

"이게 뭐예요?"

"네 아버님이랑 내가 주는 결혼 선물이야. 뭘 그렇게 멀뚱히 보고 있어? 열어보지 않고."

김 여사의 재촉에 상자를 연 해주는 안에 들어 있는 목걸이를 보고 두 눈이 커졌다. 과하지는 않지만, 그렇다고 결코 심플하지도 않은 디자인의 목걸이는 한눈에 해주를 사로잡았다.

"어머님, 이건……."

마음은 너무 고마웠지만, 좀 과하다 싶었다. 줄 전체에 작게 박힌 다이아도 그렇지만, 꽃 모양의 펜던트도 분명 다이아일 것이다.

"네 아버님이 더 큰 거 하자는 걸, 네가 부담스러워할까 봐 줄인 거야. 그러니, 부담 갖지 않아도 돼."

"그래도 너무 과해요, 어머님."

"네 형님도 받았고, 나도 결혼할 때 시어른에게 받았다. 며느리에게 결혼 선물로 목걸이 해주는 것은 집안 전통이니까, 사양하지 마."

집안 전통이라 말하는 김 여사의 말에 해주는 더는 목걸이를 거절할 수가 없었다.

"그럼, 감사히 받겠습니다. 정말 감사합니다, 어머님."

"그게 뭐라고, 그렇게 거창하게 감사 인사를 하니? 나는 우리 해주처럼 예쁘고 다정한 며느리가 들어와서 얼마나 좋은지 모른다. 우리 앞으로 잘 지내보자."

곁으로 다가와 손을 마주 잡으며 말하는 김 여사의 말에 해주는 말없이 고개를 주억거렸다. 다정한 말에 해주는 눈물이 날 것 같았다. 너무 좋은 사람들을 만난 것 같아서, 해주는 정말 하늘에 감사했다.

"킥킥킥. 싫다면 어쩔 건데?"

성준은 청혼 준비를 도와달라는 말에 히죽거리며 딴죽을 거는 해진을 향해 허리를 꼿꼿이 세우고, 턱을 바짝 올리며 말했다.

"그럼 앞으로 날 철저히 매형이라고 불러야지. 뿐이야? 존댓말
도 해주길 바란다, 처남."

"뭐?"

"내 이름을 부를 시, 바로 장인어른한테 전화할 테니까."

"하! 치사한 자식."

군인인 석현은 누구보다 위계질서를 중시하는 사람이었다. 해
주와의 결혼을 허락한 순간부터 해진에게 자신을 형님으로 모시라
는 엄명이 떨어졌다고 들었다.

"그러게 좀 좋은 마음으로 도와주면 얼마나 좋냐? 나 이제 결혼
한 달도 안 남았어. 청혼은 해야 할 거 아냐!"

성준은 그라인딩 하던 것을 멈추고 해진에게 윽박질렀다. 일주
일 전에 집이 완공이 되었고, 오늘 오전에 가구와 가전제품까지 모
두 채워 넣었다. 모든 것이 완벽해졌으니, 이제 청혼하는 것만 남
았다.

"내가 도와주는 대신에 나, 절대 너 매형이라고 안 불러. 아, 이
럴 줄 알았으면 밀어주는 것이 아닌데."

"뭘? 뭘, 밀어주는 것이 아냐?"

언제 왔는지 해주가 두 눈을 반짝이며 물어왔다. 갑작스런 해주
의 등장에 당황한 해진은 벗어두었던 위생모를 뒤집어쓰고, 도망
치듯 주방으로 들어갔다.

"나는 오븐에서 빵 나올 시간이라."

"무슨 이야기를 했는데, 응? 뭘 밀어주는 것이 아냐?"

해진이 주방으로 도망가자, 질문이 성준에게 쏟아졌다. 커피를

내리기 위해 드리퍼에 여과지를 넣던 성준은 헛기침을 하며, 뭔가에 쫓기는 사랑처럼, 허둥지둥 말했다.

"나를 매형이라고 불러야 하는 것이 영 못마땅한가 봐."

"웃겨. 난, 또 뭐라고. 어차피 매형이라고 부를 것도 아니면서 유난은."

해진을 너무 잘 아는 해주는 입술을 뾰족 내밀며 불만스럽게 말했다. 성준은 그런 해주가 너무 귀여워 견딜 수가 없었다.

"계속 그렇게 입술 내밀고 있으면, 확 키스해버린다?"

"갈수록 능글맞아진단 말이지."

"당신한테만 그런 거야."

"오죽하시겠어요."

"근데, 서영 씨랑 이정 씨는 언제 온데?"

"지금 오고 있데. 곧 올 거야."

휴대폰으로 시간을 확인하며 말하던 해주는 등 뒤에서 그녀를 부르는 목소리에 그대로 얼굴을 굳혔다. 성준은 모자를 깊이 눌러 쓰고 해주를 바라보는 남자를 유심히 보았다. 모자를 깊이 눌러쓰고는 있지만, 성준은 그가 영화배우 강현진이라는 것은 단숨에 알아차릴 수 있었다.

"오랜만이다, 해주야."

"사람 잘 못 보신 것 같은데요."

자리에서 일어난 해주는 지금껏 단 한 번도 듣지 못했던 차가운 목소리로 날카롭게 말했다. 그런 해주의 말에 남자가 깊이 눌러썼던 모자를 벗었다.

"아닌데, 잘못 본 거. 나야, 현진이."

남자의 모습에 주먹 쥔 손을 가늘게 떠는 해주를 보며 성준은 재빨리 바에서 나와 해주의 곁으로 다가가 그녀의 손을 잡았다. 강현진, 한때는 해주에게 서영과 이정만큼 귀하게 여겼던 친구라 들었다. 서영을 아무도 사랑하지 못하게 만든 남자라고 했다. 두 사람 이야기를 하며, 해주는 참으로 많이 울었었다.

"제 여자한테 무슨 볼일입니까."

그가 누군지 알면서도 성준은 일부러 차게 아무것도 모르는 사람처럼 말했다.

"안녕하세요. 해주 친구, 강현진이라고 합니다."

"지성준입니다."

악수를 청하는 현진에게 손을 내민 성준은 해주를 살폈다. 곧 서영과 이정이 이곳으로 오기로 해서 그런지, 많이 불안해 보였다. 무엇보다 모자를 벗고 얼굴이 드러나자, 현진을 알아본 사람들의 이목이 집중이 되었다.

"성준 씨, 나 사무실 좀 빌릴게. 그리고 애들 오면, 사무실 쪽으로 못 오게 해."

"걱정 마."

사무실로 향하는 해주의 어깨를 살짝 두들기며, 성준은 그녀를 안심시키려 애썼다. 지금껏 이렇게까지 초조해 보이는 해주는 처음 보았다.

"헐, 대박. 지금 누나랑 이층으로 올라간 사람 현진 형 맞지?"

주방 유리 너머로 두 사람을 보았는지, 해진이 뛰어나와 놀란 얼굴로 물었다. 성준은 그런 해진의 질문에 답할 생각도 하지 않고, 걱정스럽게 사무실 방향을 뚫어져라 바라보았다. 갑작스러운 현진의 등장에 많이 놀란 듯한 해주가 걱정이 되었다.

찰싹!

"아! 아파, 엄마!"

해주는 집에 들어오기 무섭게 등짝을 세게 내리치는 윤 여사 때문에 몸을 부르르 떨며 소리쳤다. 아무리 생각해도 저 두툼한 손은 무기에 가까웠다.

"낼모레 시집갈 년이 집에 일찍 들어와야지, 어떻게 매일 술이야?"

"내가 언제 매일 술을 마셨다고 그러냐. 오늘은 그냥 이정이랑 서영이랑 처녀파티 개념으로 한잔한 거야. 나, 내일부터는 다이어트할 거거든."

"처녀파티 같은 소리 한다!"

방까지 따라 들어와 옷을 갈아입는 해주 옆에서 쉴 새 없이 잔소리를 쏟아내는 윤 여사를 보며, 해주는 순간 가슴에서 울컥 뭔가가 꿈틀거렸다. 원래 잔소리가 심하긴 하지만, 요즘 들어 부쩍 더한 이유를 해주도 모르지 않았다.

"윤 여사, 내가 시집가는 것이 그렇게 섭섭해?"

옷을 다 갈아입은 해주는 두툼한 엄마의 허리를 끌어안으며 애교 섞인 목소리로 말했다. 그러자 윤 여사가 눈을 흘기며, 허리를 감고 있는 손을 살짝 때리며 말했다.

"얘가 징그럽게 뭐 하는 거야? 섭섭하긴 뭐가 섭섭해. 아주 속이 다 시원한데."

"에이, 거짓말. 섭섭하면서."

"섭섭하긴 무슨. 네가 어디 외국으로 시집가니? 엎어지면 코 닿을 때, 살 거면서."

해주는 윤 여사의 허리를 끌어안은 팔에 힘을 더 주어 세게 안고, 등에 코를 박았다. 아무리 가까이 산다고 해도 막상 떨어져 살 것이라 생각하니, 괜스레 코가 찡해졌다. 이렇게 있다가는 눈물이 날 것 같아, 해주는 애써 장난스럽게 말했다.

"엄마, 라면 좀 끓여주면 안 돼? 술 마셨더니, 괜히 라면 당긴다."

"살 뺀다며?"

"내일부터 뺀다니까?"

"내가 정말, 너 때문에 못 살아. 지금 시간이 몇 시인데 라면을 끓여달라는 거야?"

불만스럽게 말하면서도 윤 여사는 재빨리 주방으로 가 냄비에 물을 올렸다. 해주는 식탁에 앉아, 그런 윤 여사를 지긋이 바라보았다. 언제 봐도 좋은 엄마였다.

"근데, 너 정말 살림 장만 안 해도 돼? 내가 마음이 영 불편해서 그래."

냉장고에서 파를 꺼내 썰며, 윤 여사가 걱정스레 물어왔다.

"응. 성준 씨 쓰던 것들 다 새것이라, 안 사도 괜찮아. 나도 몇 개 바꿀까 성준 씨한테 이야기해봤는데, 다 산 지 얼마 안 됐다고,

그냥 쓰자던데?"

"그래도 아무것도 안 해 보내는 것 같아서, 영 마음에 걸린다."

사실 해주도 그 부분은 걱정을 많이 했었다. 하지만 성준이 워낙 강경하게 반대를 해서, 침대와 화장대 같은 것들만 새로 하고 나머지는 그냥 쓰기로 했다. 끝까지 고집을 피워볼까 했지만, 성준이 자신을 생각해 그러는 것 같아, 굳이 말씨름을 하고 싶지 않았다.

"모레 드레스 가봉하고, 침대랑 화장대 보러 가기로 했어. 엄마, 주말에 백화점 가기로 한 거 안 잊었지? 이불이랑 커튼도 봐야 하고, 그릇도 사야 해. 가구랑 전자제품은 그대로 두더라도 그런 소소한 것들은 새로 해야겠더라고."

"내가 그래서 빨리 준비하자 그랬지? 결혼 한 달 남겨두고 이게 뭐야? 하여튼 게을러서는!"

어느새 다 끓여진 라면을 식탁 위에 내려놓으며 눈을 흘기는 윤 여사를 향해, 해주는 변명하듯 말했다.

"회사가 너무 바빴단 말이야. 그리고 성준 씨가 미리 집 분위기 바꿔놓으면 혼자 있는 것이 쓸쓸할 것 같다고 천천히 하자고 했어."

"지 서방이 그랬어? 하긴, 그럴 수도 있겠다. 아무리 자기가 살았던 집이라고 해도, 침구랑 다 바꾸고 하면, 신혼집 분위기 날 텐데 기분이 좀 그럴 수도 있겠네."

"어찌나 편애를 해주시는지. 내가 그러는 것은 게으른 거고, 성준 씨가 그러는 것은 당연한 거야?"

윤 여사의 말에 해주는 피식 웃으며 말했다. 사위 사랑은 장모라지만, 성준을 향한 윤 여사의 애정은 어마어마했다. 오죽하면 해중과 해진이 질투를 할 정도일까.

"어? 라면이다! 엄마, 나도 라면. 야, 한 젓가락만 먹자."

찰싹!

"이게 누나한테 어디 야야? 네 매형 앞에서도 그렇게 불러라."

"아파!"

윤 여사에게 등짝을 세게 맞는 해진을 고소하다는 눈으로 바라보던 해주는 라면을 먹으며, 술을 먹는 내내 우울해하던 서영을 떠올렸다. 간신히 두 사람이 마주치는 것은 막았지만, 아무래도 서영이 현진이 가게에 왔었던 것을 알아버린 것 같았다. 하긴, 사람들이 수근거렸을 테니, 모르는 것이 더 이상했을지도 모른다.

현진이 아직도 해중과 연락을 하며 지내는 것을 알고 있기에, 그가 결혼 소식을 듣게 된다면 연락을 해올지도 모른다고 생각은 했었다. 하지만 이렇게 직접 찾아올 줄은 상상도 못 했었다. 성공을 위해 친구도 사랑도 모두 버렸던 현진을 해주는 아직도 용서하지 못하고 있었다. 하지만 오늘 일층에 있던 서영을 아프게 바라보던 현진을 보며, 해주는 왠지 모르게 가슴이 철렁했다. 뭔가 자신이 모르는 일이 있는 것은 아닐까 하는 의구심이 들었다.

"안 먹고 뭐해? 다 불어."

"응? 어."

머릿속을 가득 채우는 생각들을 떨쳐내고, 해주는 윤 여사와 동생과 함께 라면을 먹으며 수다를 떨기 시작했다. 곧 이 집을 떠날 것이라 생각하니, 가족들과 함께 하는 매 순간, 순간이 소중하게 느껴졌다.

　잡지를 뒤적이면서도 좀처럼 집중하지 못하고, 성준은 초조하게 커튼과 잡지를 번갈아 보았다. 웨딩촬영을 하면서 해주의 드레스 입은 모습을 보았는데도 본식 드레스를 가봉하러 들어간 해주의 모습이 궁금해 조바심이 났다.

　결국 잡지를 내려놓고 자리에서 일어난 성준은 같은 자리를 왔다갔다 걸으며, 해주가 나오길 기다렸다. 그렇게 얼마의 시간이 지났을까? 커튼이 걷어지고, 순백의 드레스를 입은 해주가 성준의 시선을 사로잡았다.

　"와, 와."

　"나, 어때?"

　말을 잇지 못하고 탄성만 지르는 성준을 향해 해주가 물어왔다. 어깨선을 모두 드러내고, 가슴선부터 무릎까지 피트가 되고, 그 아래가 풍성하게 퍼진 머메이드라인 드레스였다. 날씬한 해주의 몸매가 매력적으로 드러나고, 무릎 아래로 꽃잎을 여러 겹 겹쳐놓은 것 같은 드레스는 해주에게 너무 잘 어울렸다.

　항상 해주가 예쁘다고 생각했지만, 지금껏 보아온 모습 중, 지금이 제일 아름다웠다. 성준은 천천히 해주에게 다가가 그녀의 손등에 살며시 키스하며 말했다.

　"너무 아름답다. 와, 이런 여자가 내 신부라니……."

　"정말 괜찮아?"

"괜찮은 정도가 아니야. 숨도 쉴 수 없을 정도야."

"신부님, 신랑님 말씀이 맞으세요. 너무 아름다우세요."

그제야 얼굴에서 걱정스러움을 지우고 화사하게 웃는 해주를 보며, 성준은 가슴이 벅차올랐다. 웨딩촬영을 할 때만 해도 결혼하는 것이 실감이 나지 않았는데, 이제야 정말 실감이 났다. 그녀가, 해주가 자신과 결혼을 하는 것이다. 성준은 세상을 얻은 듯했다.

"정말 예뻐."

"다행이다. 자기 마음에 들어서."

화사하게 웃는 해주는 마치 현실 속 사람이 아닌 듯했다. 신부화장도 하지 않고, 그저 드레스 가봉을 위해 잠시 입어봤을 뿐인데도 이렇게 혼을 쏙 뽑아놓는데, 결혼식 당일 날은 얼마나 더 아름다울까 생각하는 것만으로도 가슴이 벅차올랐다.

"준비 오케이다. 근데 너, 이걸 언제 다 준비했냐? 징그러운 자식."

해주가 옷을 갈아입으러 간 사이, 청혼을 위한 준비 마무리를 부탁한 해진에게 전화를 건 성준은 꼼꼼하게 상황을 체크했다.

"밤새 준비했지. 어때, 좀 괜찮아?"

"뭐, 감동 좀 받겠네. 죽인다. 이 몸은 자리를 피해줄 테니까, 잘해봐라."

"고맙다."

"알면 됐고."

해진과 통화를 마친 성준은 옷을 갈아입고 나온 해주와 함께 웨딩샵을 나와 차에 올랐다. 성준은 그녀에게 청혼할 생각에 처음 마음을 고백할 때보다 가슴이 더 두근두근 뛰었다.

"가구 보러 가기 전에 잠시 들를 곳이 있어."

안전벨트를 매던 해주가 성준을 바라보며 궁금증이 배어난 얼굴로 물었다.

"어디?"

"비밀. 가보면 알아."

"뭐야, 궁금하게 말도 안 해주고."

뾰로통하게 이야기하는 해주의 뺨을 살짝 꼬집은 성준은 부드럽게 차를 출발시켰다. 4개월이 넘도록 꼼꼼히 하나하나 그의 정성으로 지어진 집을 해주에게 보일 생각을 하니, 두근거림과 혹시나 마음에 들어 하지 않으면 어쩌나 하는 걱정스러움이 교차했다.

"이제 다 왔어. 조금만 기다려."

"정말 어디 가는 건데 말을 안 해줘? 나 궁금한 것은 못 참는 거 알면서."

어린아이처럼 투정을 부리는 모습조차 너무 예뻐 성준은 옅은 미소를 지었다. 하지만 투정도 잠시, 피곤했는지 잠든 해주를 힐끔거리며 성준은 어느새 집 앞으로 도착했다. 집 앞에 도착해서도 너무 곤히 자는 해주를 깨울 수 없어 한참을 바라만 보던 성준은 시간이 너무 늦어질 것 같아, 그녀의 도톰한 입술에 살며시 뽀뽀했다.

"해주야, 좀 일어나 봐. 도착했어."

"으음. 다 왔어?"

"응. 내리자."

그의 말에 고개를 주억거리는 해주를 보며, 성준은 차에서 내려 그녀 곁으로 섰다.

"여기가 어디야?"

차에서 내려 주변을 둘러보며, 해주는 궁금증이 배어난 목소리로 물었다.

"이리 와."

성준은 해주를 이끌어 공을 들여 만든 새하얀 대문 앞에 섰다. 담과 대문을 낮게 만들었더니, 말끔하게 정리된 정원이 한눈에 들어왔다. 성준은 해주의 잡은 손에 힘을 주며, 대문을 열고, 안으로 천천히 들어갔다.

"여기가 어디냐니까?"

해주는 자신의 물음에는 답할 생각도 하지 않고 낮은 돌계단으로 자신을 이끄는 성준을 지긋이 바라보았다. 이곳이 어디기에 자신을 데려오는 것일까? 호기심으로 주변을 두리번거리던 해주는 궁금증도 잠시, 그림처럼 예쁜 집에 금세 정신이 팔렸다. 하지만 집보다 해주의 시선을 더 사로잡는 것은 정원 한쪽에 예쁘게 자리를 잡고 있는 벤치였다.

"어때? 저 벤치 마음에 들어?"

"응, 너무 예쁘다. 안성 별장에 있던 벤치보다 더 예뻐."

"당연하지, 누가 만든 건데. 이리 와봐."

성준에게 이끌려 벤치 앞에 선 해주는 그의 얼굴을 가만히 바라보았다.

"당신을 위해서 내가 직접 만든 벤치야. 만드는 내내 오로지 해주 당신만 생각했어."

"성준아……."

"결혼해서 우리가 살 집이야. 지금은 정원이 조금 썰렁한데, 내년 봄에는 초록으로 가득할 거야."

해주는 그가 무슨 말을 하는 것인지 잠시 이해가 되지 않았다. 결혼을 해서 지금 그가 사는 집에 살기로 했었다. 그런데 이곳이 우리가 살 집이라니…….

"무슨 말이야. 우리는 지금 자기가 사는 집에……."

"집이 완공될 때까지 변명거리가 없어서 둘러댄 거야. 선의의 거짓말이니까, 이해해줄 거지?"

"성준아 난……."

"들어가자."

당황스러움에 말을 잇지 못하던 해주는 성준에게 집 현관으로 이끌려왔다. 현관문 앞에서 숨을 고른 성준이 번호 키를 눌러 문을 열어주고, 안으로 들어갈 수 있도록 비켜서 주었다. 마른침을 삼킨 해주는 조심스럽게 집 안으로 들어갔다.

"하……."

집 안으로 들어간 해주는 그대로 말문이 막혀, 그 자리에 굳은 듯이 섰다. 집 안이 온통 꽃 천지였다. 꽃향기로 가득한 집 안 곳곳 파스텔 톤의 장미로 가득 채워져 있었다. 현관 입구에서부터 만들어진 꽃길을 천천히 걸어간 해주는 꽃길의 끝인 침실에서 발걸음을 멈추었다.

침실 천장은 풍선으로 가득 채워져 있었고, 침실 테라스창에는 그동안 두 사람이 함께 찍은 사진들이 쭉 붙어 있었다. 천천히 걸어 사진 앞에 선 해주는 그동안의 추억을 되돌아보며, 절로 새어나오는 눈물을 연신 닦아냈다.

"해주야."

그의 부름에 천천히 몸을 돌린 해주는 자신의 앞에서 무릎을 꿇는 성준의 모습에 양손으로 입을 틀어막고 쉴 새 없이 흐르는 눈물을 그대로 쏟아냈다. 지금 느끼는 감정들을 말로 다 표현할 수가 없었다.

"내 여자가 되어줘서 고마워. 나는 당신이 있어서 숨을 쉬고 살 수 있는 사람이야. 해주 너는, 당신은 내 모든 것이고, 내가 살아가는 이유야. 평생을 연인처럼, 친구처럼 사랑하면서 살고 싶어. 해주야, 나랑 결혼해줄래? 행복하게 해줄게. 평생 당신만 사랑하면서 살게."

무릎을 꿇은 채, 반지를 내밀며 온 마음을 다해 청혼하는 그의 모습에 목이 메어 말을 이을 수 없었던 해주는 연신 고개를 주억거렸다. 어떻게 이런 남자를 거부할 수 있단 말인가. 이런 남자가 자신을 사랑해준다는 것이, 제 남자라는 것이 해주는 믿어지지 않았다.

"고마워, 해주야. 사랑해, 사랑한다."

그녀의 수락에 자리에서 일어난 성준은 해주를 품에 끌어안고 입술에 살짝 뽀뽀하고, 그녀의 네 번째 손가락에 반지를 끼워주었다.

"나 같은 여자 사랑해줘서, 너무 차고 넘치는 사랑을 줘서……
고마워. 나도 당신 너무 사랑해. 내 남자가 되어줘서 정말 고마워."

쉴 새 없이 눈물을 흘리는 해주를 가까이 끌어당긴 성준은 그녀
를 품에 꼭 끌어안았다. 익숙한 해주의 체취에 미친 듯이 뛰던 심
장이 천천히 안정을 찾아갔다. 한참을 해주를 안고 있던 성준은 그
녀를 품에서 놓아주며, 눈물이 범벅이 된 해주의 눈물을 손등으로
닦아주었다.

"사랑해."

"나도, 사랑해."

서로의 마음을 확인한 두 사람의 입술이 천천히 서로의 입술을
찾았다. 눈물에 젖은 해주의 입술을 입 안 가득 빨아들인 성준은
마음속으로 결심하고 또 결심했다. 기쁨의 눈물을 흘리게 할망정,
절대 자신으로 인해 아픈 눈물은 흘리게 하지는 않겠다고.

해주의 입술은 달콤했고, 그녀와 함께 할 인생은 더 달콤할 것
이라 성준은 믿어 의심치 않았다.

천천히 집 안을 둘러보는 해주의 눈빛은 햇살에 반짝이는 유리
보다 더 환하게 빛을 발하고 있었다. 성준은 그런 해주를 흐뭇하게
바라보았다. 사랑하는 여자가 행복해하는 일보다 세상에 더 가슴
벅찬 일이 또 있을까.

"근데 어쩜 가구랑 전자제품들이 이렇게 딱 내 취향대로 고른
거야?"

주변을 두리번거리며 물어오는 해주를 향해 성준은 낮게 웃으

며 말했다.

"당신 허락 없이 가구랑 채워 넣으면서 좀 걱정이 되어서 이정 씨 도움 좀 받았어. 모든 것을 완벽하게 갖추고 보여주고 싶었거든. 다행히 이정 씨가 당신 취향을 잘 알고 있더라."

"이정이랑 서영이는 무서울 정도로 나에 대해 모르는 것이 없지."

"침구랑 커튼까지 다 갖추고 싶었는데, 이정 씨가 그건 당신이 직접 고르는 것이 좋을 것 같다고 해서 참았어. 부엌살림도 쓰는 당신이 직접 보는 것이 좋을 것 같다고 해서 그냥 뒀어."

"잘했어. 내가 해올 것도 좀 남겨둬야지. 이건 정말 몸만 오는 거잖아."

"네 몸보다 좋은 것이 없는데?"

성준은 해주에게 가까이 다가가 입술에 입을 맞추며 은근한 목소리로 말했다. 당장에라도 품에 안고 싶지만, 어린아이처럼 좋아하며 집 안을 둘러보는 모습에 그럴 수가 없었다.

"말이라도 못하면."

품에서 벗어나며 말하는 해주의 모습에 피식 웃은 성준은 주방으로 가 커피를 내렸다. 부엌살림 중 커피잔만큼은 그의 취향대로 잔뜩 채워놓았다. 핸드드립을 할 수 있는 기구를 모두 갖춘 성준은 가게에서보다 더 정성껏 커피를 내려 주방을 벗어났다. 집 안을 둘러본다던 해주는 이정의 그림 앞에 서 있었다.

"이정이 그림이네. 어떻게 된 거야?"

침실 입구 벽을 커다랗게 차지한 그림 앞에 선 해주가 놀란 얼굴로 물었다.

"당신이 가지고 싶어 했던 그림이라고, 결혼 선물이라면서 이정 씨가 걸어뒀어."

"내가 괜찮다고 했는데. 이건 정말이지……."

해주에게 커피를 건넨 성준도 이정의 그림 앞에 섰다. 전시회장에서 보았던 그림인데도 집에서 보니, 느낌이 완전 달랐다. 캔버스한 면을 가득 채운 푸른 유화는 바다를 표현한 듯했다. 햇빛을 받은 바닷속을 수영하는 여자의 검은 실루엣이 있는 심플하면서도 신비한 그림이었다.

이 그림이 이번에 얼마나 큰 화제가 되었고 사고 싶어 하는 사람들이 줄을 섰다는 것은 성준도 기사를 봐서 익히 잘 알고 있었다. 가격 또한 어마어마하다는 것도 알기에 그냥 받을 수가 없었다.

"너무 어마어마한 결혼 선물을 받았지. 아무리 생각해도 과하다 싶어서 그냥 구입하겠다고 말했다가, 엄청 욕먹었어. 나는 이정 씨 그렇게 화내는 거, 처음 봤어. 마무리는 당신 생각하면서 했다던데? 시작은 어떨지 몰라도, 마무리는 당신에게 선물하겠다는 마음으로 그린 것이라, 누가 뭐라 해도 이 그림은 해주 네가 주인이라고 못을 박더라. 더 거절하는 것은 예의가 아니다 싶어서 받았어. 그러니까 그냥 고맙다고 해. 우리도 이정 씨 결혼할 때, 근사한 선물 해주자."

"그놈의 계집애, 정말이지 못 말린다니까."

말은 그렇게 하면서도 해주는 그림에서 잠시도 눈을 떼지 못했다.

"그림에는 별로 관심이 없어서 몰랐는데, 이정 씨 정말 어마어마하던데?"

"응. 나도 자꾸 까먹기는 하는데, 잡지에서 나오고 그러면 깜짝깜짝 놀라."

두런두런 이야기를 나누면서 집 안 곳곳을 훑어보며, 성준은 해주와 함께 할 미래를 머릿속으로 그려 보았다. 하루라도 빨리 함께 살고 싶은데, 아직도 결혼이 한 달이나 남았다는 것에 절로 한숨이 새어나왔다. 마음 같아서는 당장에라도 데려와 살고 싶은데, 그럴 수가 없는 현실이 원망스러울 뿐이었다.

요즘은 다들 결혼 전에 먼저 함께 살기도 하던데, 워낙에 엄하신 장인어른 때문에 그건 상상도 할 수 없는 일이었다. 뿐인가, 해중의 철저한 감시 때문에 몇 달 동안 함께 밤을 보낸 적도 없었다. 아무래도 해중과 결판을 내야지 아무래도 안 될 것 같았다.

"자기 무슨 생각을 하는데 그렇게 주먹을 꽉 쥐고 있어?"

"응? 아니야, 아무것도."

"싱겁기는. 가구 보러 갈 필요 없게 됐으니까, 밥이나 먹으러 갈까? 배고프다."

"그래. 뭐 먹고 싶어?"

해주와 집을 나서며, 성준은 어떻게 해중을 설득할까 곰곰이 머리를 굴려보았다. 하지만 아무리 머리를 굴려도 고집불통 해중을 당해낼 재간이 없었다. 그러면 방법은 무대포로 나가는 것밖에 없었다.

성준은 결혼까지 남은 한 달이 마치, 십 년처럼 길게만 느껴졌다.

"영화 같은 소리 한다."

소파에 기대어 전화를 받던 해중은 테이블 위에 있던 시나리오를 바닥으로 집어던지며 매니저를 향해 짜증 섞인 목소리로 말했다. 그렇지 않아도 화보촬영으로 피곤함에 지쳐 있던 해중은 자꾸만 헛소리를 해대는 매니저가 영 마음에 들지 않았다.

─잘 좀 생각해보라니까, 형.

"내가 모델이지, 배우냐?"

─모델 수명이 얼마나 될 거 같아? 이제 다른 쪽으로도 눈을 좀 돌려야지!

"웃기고 있다. 수명 다하면 관둘 거니까, 쓸데없는 소리 하지 말고 끊어!"

신경질적으로 전화를 끊은 해중은 그대로 소파에 몸을 눕혔다. 현진의 부탁으로 그의 영화에 딱 한 번 카메오로 나간 적이 있었다. 그 영화가 이번에 대박이 난 바람에 자꾸만 쓸데없이 시나리오가 들어오고 있었다.

가만히 누워 잠을 청하려던 해중은 머릿속으로 소리치던 해주의 목소리가 메아리처럼 울렸다. 현진이 서영을 떠난 이유를 알고 난 뒤, 해주는 모든 것을 알고도 아무 말 하지 않은 자신에게 불같이 화를 냈다.

방으로 갈 기운도 없어 소파에서 억지로 잠을 청하던 해중은 좀처럼 잠이 오지 않아, 자리를 박차고 일어나 주방으로 향했다. 술이라도 한잔해야지, 그렇지 않으면 오늘은 잠을 잘 수가 없을 것 같았다.

"서진혁이라……."

얼음이 채워진 잔에 양주를 따라 마시던 해중은 이정의 남자를 가만히 떠올려 보았다. 태산그룹의 후계자가 이정의 남자라니, 어이가 없어 실소가 새어나왔다. 이제는 영원히 잡을 수 없는 여자가 되어버린 것인가. 우울함에 비워진 잔에 다시 술을 따르던 해중은 초인종 소리에 잔을 내려놓고 현관으로 향했다. 이 시간에 자신의 집을 찾을 사람은 현진과 매니저밖에 없었다.

당연히 아까 이야기를 끝내지 못한 매니저일 것이라 생각하고 문을 연 해중은 문 앞에 서 있는 성준의 모습에 놀란 눈으로 그를 보았다.

"뭐냐, 너."

"뭐긴. 형이랑 술 한잔하러 왔어."

손에 들고 있던 양주를 흔들며 말하는 성준의 모습에 해중은 그가 들어올 수 있도록 옆으로 자리를 피해주었다.

"어? 혼자 한잔하고 있었어?"

"응. 잠이 안 와서. 앉아라."

잔 하나를 꺼내 식탁 위에 올려놓고 얼음을 넣던 해중은 들고 온 종이가방에서 가벼운 안주를 꺼내는 성준의 모습에 피식 웃음이 나왔다. 무슨 이야기를 하려고 저렇게 만반의 준비를 하고 왔는지 대충 짐작이 되었다. 요 몇 달만 어떻게든 동생과 함께 있으려 애를 쓰는 성준의 모습이 떠올랐다. 무뚝뚝한 녀석인데 해주를 만나면서 많이 변했다.

"안주까지 챙겨왔냐?"

"형 집에 먹을 것이 있을 리 없잖아."

"눈치 빠른 놈."

해중은 성준의 잔에 술을 따르며, 그의 입에서 무슨 말이 나올지 가만히 기다렸다. 그렇지 않아도 이제 결혼을 앞두고 있으니, 꽉 조이고 있던 줄을 좀 느슨하게 풀어줄까 생각하고 있었지만, 애가 타 이렇게 찾아온 성준을 좀 놀려주고 싶어 장난기가 발동했다.

"오늘 해주한테 청혼했어."

"그걸 이제 했냐?"

"그럴 수밖에 없는 사정이 있었어. 어쨌든 우리가 살 집에 살림도 다 넣었고, 이제 식만 올리면 돼."

잠시 말을 멈춘 성준이 잔에 있던 술을 단숨에 들이켜더니, 이글이글 타오르는 눈으로 자신을 뚫어지게 노려보았다. 해중은 그런 성준을 흥미롭게 쳐다보았다.

"눈으로 레이저 쏴서 나 죽이게? 눈알 튀어나오겠다. 그만 노려봐."

"그러니까, 우리 좀 이제 그냥 내버려둬."

"언제는 내가 안 내버려뒀냐?"

"아, 쫌! 내가 뭘 말하는지 알잖아."

"모르겠는데?"

그녀에겐
뭔가 특별한 것이
있다

성준이 가져온 샐러드를 입에 넣고 오물거리며, 해중은 모른 척 시치미를 뗐다. 매사 냉철한 녀석이 해주만 관련되면 그답지 않게 절절매는 모습을 보는 재미가 쏠쏠했다.

"형!"

"너는 우리 해주가 그렇게 좋냐? 아주 같이 못 있으면 죽겠어?"

"그러니까 결혼하지."

일 초도 망설이지 않고 대답하는 성준을 보며, 해중의 얼굴에 미소가 번졌다. 해주만을 바라보는 성준의 지고지순한 사랑이 해중은 좀 부럽기도 했다. 왠지 성준이라면 평생 동생을 울리지 않고 행복하게 해줄 것 같았다.

"하긴, 그러네."

마음만 먹으면 해중을 거역하고 해주를 외박시킬 수도 있었다. 하지만 그러지 않았던 것은 사랑하는 여자의 가족에 의견을 존중하고 싶어서였다. 해주가 소중한 만큼 그녀의 가족에게 걱정을 끼치고 싶지 않았다. 단지, 해주가 안고 싶어서 해중에게 이렇게 사정을 하는 것이 아니었다. 안고 싶다면 그건 대낮에도 얼마든지 가능하니깐. 성준이 원하는 것은 그녀를 품에 안고 잠들고, 눈을 떴을 때 해주의 얼굴을 제일 먼저 보는 것이었다.

"알았다. 어차피 결혼하는 거, 이제 해방시켜주마."

다 알면서도 모르는 척 시치미를 떼는 해중의 모습에 한숨을 쉬며 잔으로 손을 가져가던 성준은 술을 들이켜며 말하는 해중의 말에 자리를 박차고 일어났다.

"정말이지? 약속한 거다?"

"어차피 결혼할 것들 더 지켜서 뭐해. 나도 이제 귀찮아."

불같이 화를 내며 절대 안 된다고 말할 줄 알았던 해중이 너무 쉽게 허락하자, 성준은 진작 밀어붙이지 못했던 것이 좀 후회가 되었다. 하지만 그런 생각도 잠시, 재빨리 자리를 털고 일어났다.

"가게?"

"응. 허락도 떨어졌는데, 여기서 뭐해."

"하! 이거 진짜 웃기는 놈일세."

어이가 없다는 듯이 웃는 해중에게 손을 흔들며, 성준은 재빨리 현관으로 향했다. 해주를 만날 생각에 마음이 다급했다.

"야! 그래도 결혼 전에 임신시키면, 죽여버린다."

해중의 말에 대답 대신 옅은 미소를 보인 성준은 그의 집에서 나오며 해주에게 전화를 걸었다. 해중과 담판을 짓기로 하고, 해주는 이미 자신의 집에 보낸 후였다. 성준은 집으로 가는 발걸음이 그 어느 때보다 가벼웠다.

하늘에서는 올겨울 첫눈이 바람 한 점 없이 그림처럼 내리고 있었다. 해주는 신부대기실 창가를 통해, 하염없이 내리는 함박눈을 말없이 바라보았다. 꼭 하늘에서 자신과 성준의 결혼식을 축하하는 꽃가루를 뿌려주는 것 같았다.

"우리 해주 잘 살려나 보네. 왜, 결혼할 때 비 오면 잘 산다잖아."

"이거 눈인데?"

"눈이나, 비나!"

장난스럽게 대답하는 자신의 말에 발끈하는 이정의 모습에 해주는 크게 소리 내어 웃었다. 물밀듯이 몰려오는 사람들과 끝없이 사진을 찍느라 정신이 없었는데, 이제야 좀 살 것 같았다.

"서영이는?"

해맑게 웃던 해주는 걱정스러운 얼굴로 이정을 향해 물었다. 잠시 화장실을 다녀오겠다던 서영이 오지 않아 걱정이 되었지만, 그 이유를 알 것도 같았다.

"우형 씨가 찾아본다고 갔어."

"그래?"

"응. 가만, 우리 해주 좀 보자. 아까는 사람들 때문에 제대로 못 봤으니까."

제 앞에 서 자신을 바라보는 이정의 눈가가 촉촉이 젖어 있었다.

"와, 우리 해주 정말 예쁘다. 요 말괄량이도 드레스 입혀놓으니까, 천상 여자네."

"나, 원래 여자였거든?"

흐르는 눈물을 연신 닦아내는 이정의 모습에 해주도 눈물이 났다. 어디 멀리 떠나는 것도 아닌데, 왜 이렇게 아침부터 눈물이 나는지 알 수가 없었다. 기다리고 기다리던 결혼식 날 이게 무슨 청승인지.

"해주야."

"이정아."

사람들에게 인사를 하던 성준은 해주를 보고 싶은 마음을 참지 못하고 신부대기실에 왔다, 이정과 껴안고 울고 있는 모습에 입구에

서서 들어가지도 못하고 있었다. 뭐가 그리 서러운지 두 사람을 눈물을 멈출 생각을 하지 않았다.

"나 참."

이러지도 저러지도 못하고 있던 성준은 옆에서 들리는 한숨 소리에 고개를 돌렸다. 진혁이 잔뜩 인상을 쓰고 곁에 서 있었다. 망설이는 자신과 달리 성큼성큼 안으로 들어가 이정을 끌고 나오는 모습에 성준은 낮은 기침을 했다.

"미안하다, 들어가봐."

어깨를 두들기며 말하는 진혁의 말에 고개를 끄덕인 성준은 신부대기실 문을 닫고 안으로 들어갔다.

"자기야."

눈물을 닦으며 애써 웃으며 자신을 부르는 해주의 모습에 성준의 얼굴에 미소가 번졌다. 머리를 곱게 올리고 면사포를 쓰고 있는 해주는 숨을 쉴 수 없을 정도로 아름다웠다. 성준은 한동안 해주를 넋을 넣고 바라보았다.

"이리 와, 거기 서서 뭐해."

옆자리를 손으로 톡톡 치며 말하는 해주의 모습에 성준은 정신을 차리고 그녀의 옆으로 가 앉았다.

"너무 예쁘다, 내 신부."

해주의 옆에 앉아, 그녀의 손목 위에 부드럽게 키스하며 성준은 진심으로 말했다. 아름다울 것이라 생각했지만, 오늘 해주의 모습은 자신의 상상했던 그 이상이었다.

"드디어 결혼식이네."

"응. 나, 너무 좋아. 너무 행복하다, 해주야."

"나도 그래."

고개를 주억거리며 대답하는 해주의 봉긋한 이마에 성준은 참지 못하고, 다시 살며시 키스했다. 정말이지 해주가 너무 예뻐서 미칠 것만 같았다. 온 세상에 이 여자가 자신의 여자라고 알릴 수 있는 날이 와서 뛸 듯이 기뻤다.

"성준아. 아니, 성준 씨. 우리 정말 행복하게 살자."

"당연하지. 해주야, 내 신부. 행복하게 해줄게. 널 위해서라면 뭐든지 할게."

성준은 가슴이 벅차오르는 이 심정을 말로 다 표현할 수 없는 것이 안타까웠다. 해주를 향한 제 마음을 감히 단어로 표현할 수 없는 것들이었다.

"신랑, 신부님. 입장하실 시간이에요."

노크 소리와 함께 들려오는 말에 성준은 자리에서 일어나 해주에게 손을 내밀었다. 성준에게 눈을 맞추며 해주가 미소 지으며 그의 손을 잡았다. 두 사람의 사랑은 이제부터가 시작이었다.

하늘은 더없이 푸르고 구름 한 점이 없었다. 바람 한 점 없이 맑은 이런 날 여행이라도 떠나면 참 좋겠지만, 작은 악마에게 해주를 빼앗긴 성준은 잔뜩 심술이 난 상태였다. 세상 그 무엇과도 바꿀 수 없고, 눈에 넣어도 아프지 않은 아들이기는 하지만, 해주를 온전히 차지한 저 작은 악마에게 성준은 요즘 불만이 이만저만 많은 것이 아니었다. 해주 또한 아들에게만 신경을 쓰고, 자신은 보이지도 않는지 찬밥이 된 지 이미 오래였다.

"야 이 나쁜 녀석아. 엄마는 아빠 거란 말이야."

침대에서 곤히 잠든 아들의 볼을 살짝 두들기며 성준은 입을 한 뼘이나 내밀고 어린아이처럼 투정을 부리듯 말했다. 이제 겨우 돌이 지난 아들에게 질투나 하고 있다니, 어쩌다 지성준의 신세가 이렇게 되어버렸는지 하늘이 다 원망스러웠다.

"뭐해? 얼른 나와서 밥 먹어."

잔뜩 심술이 난 자신의 마음을 아는지 모르는지 해주가 천진난만한 얼굴로 목소리를 한톤 낮춰 하는 말에 성준은 낮은 한숨을 몰아쉬었다. 이 천금 같은 날, 또 아들에게 아내를 온전히 빼앗길 생각을 하니, 아쉬움에 밥맛도 없었다.

"밥맛 없어."

"밥을 맛으로 먹어? 그냥 먹는 거지. 얼른 나와. 영훈이 깨면 당신이 책임질 거야?"

해주의 으름장에 성준은 재빨리 아이 방에서 나와 주방으로 향했다. 아들이 잠들어 있는 이 작은 휴식까지 빼앗기고 싶은 마음은 조금도 없었다.

"얼굴이 왜 그래? 나한테 뭐 불만 있어?"

도대체 나이를 어디로 먹은 것인지, 아이를 낳은 후에도 해주의 아름다운 외모는 변함이 없었다. 임신기간 쪘던 살도 아이를 낳기 무섭게 빼더니, 결혼 전과는 비교도 할 수 없을 만큼 아름다워졌다. 그런 아내를 곁에 두고도 매일 밤을 독수공방해야 하는 그 슬픔을 알기나 하는 것일까.

"당신 눈에 내가 보이긴 해?"

"보이니까 이렇게 밥 차려 대령했지."

"웃기지 마. 당신한테는 영훈이만 보이잖아."

아내보다 나이가 어리다는 것이 신경이 쓰여 늘 더 어른스럽고 기댈 수 있는 사람으로 보이고 싶어 노력하던 그였지만, 요즘은 슬슬 불만이 머리끝까지 차오른 상태라 심술이 제어가 되지 않았다. 점점 아들보다 더 어린아이가 되어버리는 느낌이었다.

"무슨 말이 그래? 아들은 아들이고 남편은 남편이지."

입을 내밀고 어린아이처럼 투정을 부리는 성준의 모습에 해주는 나오려는 웃음을 간신히 참아내고 있었다. 그가 왜 이렇게 심술이 났는지 잘 알지만, 엄마의 껌딱지가 된 아들 때문에 어쩔 도리가 없었다.

"말이라도 그렇게 해주니, 황송하네요. 나, 가."

"그것만 먹고 가게?"

"응, 생각 없어."

심술이 나도 단단히 난 모양인지 몇 숟가락 뜨기도 전에 집을 나서는 남편을 배웅하는 해주의 얼굴에 근심이 드리워졌다. 상을 치우며 해주는 곰곰이 생각에 잠겼다.

결혼한 지 얼마 되지 않아, 기적처럼 아이가 생겼다. 아이가 생겼다는 사실이 너무 기뻤지만, 임신기간 내내 입덧이 너무 심해 제대로 된 신혼을 즐기지도 못했다. 성준은 임신기간 동안 자신이 여왕이라도 된 것처럼 살뜰히 챙겨주었다. 아무리 늦은 새벽이라 해도 먹고 싶은 것이 있다고 하면, 어떻게든 구해다 주는 정성을 보였다. 그것은 아이를 낳은 후에도 변하지 않았다.

지금도 저렇게 심술을 부리고는 있지만, 성준은 아들에게 정말 좋은 아빠였다. 다만, 오로지 엄마밖에 모르는 아들 때문에 요즘 남편에게 통 신경 쓰지 못한 것은 사실이었다. 뿐인가, 작은 부스럭거림에도 잠에서 깨는 예민한 성격의 아들 때문에 밤에도 함께 자지 못하고 각방을 쓰고 있었다. 그러니, 남편으로서는 불만이 쌓일 수밖에 없을 것이다.

"하여튼 이 집 남자들, 사람 머리 아프게 하는데 뭐가 있단 말이지."

성준이 아무것도 도와주지 않으면서 저렇게 심술을 부리면 미워라도 하겠지만, 그는 더없이 좋은 남편의 아빠였다. 일을 마치고 늦은 시간에 돌아와서 집안일도 잘 도와주었고, 휴일이면 자신이 조금이라도 더 잘 수 있도록 아이를 혼자서 보려고 노력하는 편이었다. 다만, 문제가 있다면 유별난 아들 때문에 밤에는 함께 할 수 없다는 것이 문제였다.

작년 남편의 생일에도 초보 엄마로 정신이 없어 까맣게 잊고 지나갔다. 그럼에도 불만 한 번 없던 그가 이렇게 심술이 난 것이라면 그동안 쌓인 것들이 폭발한 모양이었다.

"이걸 어떻게 풀어준담."

설거지를 하며 어떻게 해야 남편의 화를 조금이라도 풀어줄까 곰곰이 생각하던 해주는 방에서 울리는 우렁찬 울음소리에 서둘러 아이 방으로 달려 들어갔다.

"아이고, 우리 아들 깼어요?"

"엄마, 엄마."

언제 울었냐는 듯이 자신을 보자마자 엄마를 열창하는 아들의 모습에 성준으로 가득했던 해주의 머릿속이 어느새 하얗게 비워졌다. 그리고 아이를 안고 이유식을 챙겨주기 위해 서둘러 주방으로 향했다. 아무리 남편을 사랑한다고 해도 어쩔 수 없는 한 아이의 엄마인 해주의 머릿속에는 온통 아들 생각뿐이었다.

"우리 매형님께서 어찌 이리 한숨만 쉬고 계실까?"

바쁜 시간이 지나고 잠시 숨을 돌리기 위해 이층 테라스로 올라와 냉커피로 속을 달래던 성준은 인기척에 고개를 돌렸다. 주방도 바쁜 업무가 어느 정도 정리가 되었는지, 해진이가 얼음물을 들고 곁으로 다가왔다. 오븐 열기 때문인지 얼굴이 빨갛게 달아올라 있었다.

"한숨은 무슨. 수고했다."

"수고한 지 알면 월급이나 좀 더 올려주고."

"이거 왜 이러실까. 최고로 대우해주고 있는데, 영 만족을 못 하는 거야?"

"킥킥, 내가 욕심이 좀 많지."

장난스럽게 이야기하는 해진의 모습에 성준도 낮게 웃음을 터트렸다. 해진이야 이쪽에서 워낙 소문이 난 파티쉐이기 때문에 스카우트 제의가 들어오는 곳이 많았다. 그래서 작년에는 해진을 좀 더 나은 곳으로 보내줘야 하는 것인지 고민을 많이 했었다. 하지만 심각하게 고민하고 있는 자신과 달리 해진은 그 어느 곳에도 갈 마음이 없다고 했다.

이곳 단에서 자유롭게 굽고 싶은 빵을 굽고 새로 들어온 아이들을 가르치는 재미가 있다며, 다른 곳으로 보낼 생각은 말라며 엄포를 놓았다. 속으로 어떤 생각을 하고 있는지 성준으로서는 알 도리가 없지만, 어쨌든 그렇게 말해주는 해진에게 진심으로 고마웠다. 성준의 입장에서도 해진은 가족이고 친구이기 전에 절대 놓치고 싶지 않은 파티쉐였다.

"근데 우리 조카님 신상 사진은 없어? 요즘 통 우리 조카님을 못 봐서 말이지."

"없긴 왜 없어. 아! 동영상도 있어. 이제 말도 얼마나 잘하는지 알아?"

"말이라고 해봐야 단어 몇 개겠지."

아침 내내 아들 때문에 심술을 냈던 것은 잊기라도 했는지, 해진의 말에 아들바보 모드로 돌입한 성준은 이틀 전, 음악 소리에 맞춰 엉덩이를 흔들며 춤추는 동영상을 틀었다. 벌써 수십 번은 보았는데도 이렇게 입이 귀에 걸리니, 아들에게만 신경 쓴다고 아내에게만 심술부릴 입장도 아니었다. 아들바보인 것은 아내나, 자신이나 별 차이가 없었다.

"아주 그냥 꽉 깨물고 싶네. 아무리 생각해도 우리 조카는 날 닮았단 말이지."

"뭔 헛소리야? 내 아들이 어떻게 널 닮아? 당연히 날 닮았지."

"널 닮았는데 이렇게 잘생길 리가 없잖아. 날 닮아서 이목구비 뚜렷한 것 봐봐."

"하! 헛소리 집어 치우시지?"

사진 한 장을 두고 실랑이를 벌이는 두 사람을 바라보는 해주는 어이가 없어 고개를 절레절레 저었다. 어쩜 저렇게 말도 안 되는 것으로 한참을 싸우고 있단 말인가.

"아주 놀고들 계세요. 해진이 너는 무슨 헛소리야? 영훈이야, 당연히 네 매형을 닮았지, 어떻게 널 닮니?"

"어? 해주야! 영훈이는?"

"내 조카는 어디에 있어?"

자신을 보기 무섭게 동시에 아들을 찾는 두 남자를 보며, 해주
는 웃을 수밖에 없었다. 영훈이 바보로 돌입한 이 두 남자를 어쩌
면 좋을까. 아들에게만 신경 쓴다고 아침 내내 입을 내밀더니, 또
안 보이니 걱정이 되는 모양이었다.

"어머님이랑 있어."

"당신 없으면 떼 많이 쓰잖아. 안 울어?"

"예린이가 있어서 그런지 잘 노네? 이제 곧 어린이집도 가려면
어차피 나하고 떨어지는 연습 좀 해야 해."

현재 회사 휴직 상태이기는 하지만, 3개월 후면 출근을 해야 하
는 해주는 슬슬 아들과 떨어지는 연습을 해야겠다고 생각하고 있
었다.

"나 네 매형이랑 데이트하려고 왔는데, 좀 빌려간다."

"마음대로 하십시오."

"데이트?"

"응. 아직 점심 전이지? 나가자, 신랑."

"좋지."

어머님 집에 있다는 아들이 걱정이 되기도 했지만, 오랜만에 맛
보는 이 자유를 성준은 만끽하고 싶었다. 집에는 아이 보기 달인인
형수님과 어머니가 있으니, 걱정을 조금 덜어내고 이 시간을 즐겨
도 괜찮지 않을까 싶었다.

"오늘은 제 차로 모시지요, 신랑님."

"됐네요. 당신이나 가는 동안 좀 쉬어. 여태 애한테 시달리다 왔

을 거 아니야."

"그럼 나는 거부 안 하지요."

아내는 워낙 힘든 것을 내색하는 편이 아니었다. 밤에 아이 방에서 자는 이유도 아들이 예민한 탓도 있지만, 자꾸만 아들이 깨는 탓에 자신까지 잠을 못 잘까 걱정이 되어 그러는 것을 모르지 않았다. 그런 아내에게 괜히 아침부터 심술을 부려 신경을 쓰게 만든 것 같아, 성준은 미안한 마음이 들었다.

"근데 어디 가고 싶은데 있어?"

"호텔 예약해뒀어."

"호텔?"

아내의 호텔이라는 말에 성준의 두 눈이 반짝반짝 빛이 났다. 사실 그의 심술의 원인은 바로 해주를 안지 못해서 부리는 심술이라고 해도 과언이 아니었다. 결혼하고 얼마 되지 않아 임신을 했고, 모유수유를 하고 예민한 아들 덕에 각방까지 써야 했다. 아내를 안은 것이 언제인지 이제는 기억을 더듬어야 할 정도였다. 30대 혈기 왕성한 나이에 아름다운 아내를 곁에 두고도 안을 수 없으니, 안달이 나는 것도 이상할 것이 없었다. 그런 자신의 마음을 해주는 단번에 간파한 모양이었다.

"무섭게 그렇게 눈까지 반짝일 필요는 없잖아? 레스토랑이랑 룸 같이 예약해뒀어. 밥 먹고 올라가서 좀 쉬다 오자."

"어쩜 이렇게 예쁜 짓만 골라 하는지."

"원래 얼굴 예쁜 애들은 예쁜 행동만 해."

새침하게 이야기하는 아내가 너무 예뻐 볼에 살짝 뽀뽀한 성준은 속도를 높였다. 마음 같아서는 밥도 생략하고 바로 룸으로 올라가고 싶었지만, 아내도 아이를 돌보느라 밥을 제대로 챙겨 먹지 못했을 것이 불 보듯 뻔했다. 맛있는 것이라도 먹여야 마음이 놓일 것 같아, 일단은 급한 마음을 달래보기로 했다.

"아, 얼마 만에 밥을 이렇게 여유롭게 먹는지 모르겠다."

스테이크를 썰어 입 안에 넣고 오물거리며 행복에 겨운 얼굴로 이야기하는 아내의 모습에 성준은 갑자기 미안한 생각이 들었다. 정말 활동적인 사람인데, 요즘은 아이에게 시달리느라 그 좋아하는 친구들도 제대로 만나지 못하고 있었다.

"영훈이가 당신이랑 떨어져 지내는 연습이 좀 되면, 내가 가끔 애 볼 테니까, 친구들도 만나고 그래."

"정말?"

"그럼. 요즘 너무 애 때문에 집에만 있고, 안 답답해?"

"답답이야 하지. 그래도 귀한 내 새끼랑 같이 있는 건데, 뭐 어때. 당신이랑 꼭 닮은 아들이 자라는 모습을 보는 것만으로도 나 충분히 행복해."

"그렇게 말해줘서 고마워."

어쩌면 말하는 것도 저렇게 예쁠 수가 있는지, 아내는 어느 한 부분도 예쁘지 않은 곳이 없었다. 결혼 전에 말괄량이 같던 그 모습은 다 어디로 사라졌는지, 한 아이의 엄마가 된 해주는 상상도 할 수 없을 만큼 성숙해져 있었다.

결혼 전, 통통 튀던 모습도 아주 예뻤지만, 지금의 성숙한 모습은 거기에 비할 수 없을 만큼 아름다웠다. 이런 여자가 자신의 아내라는 것에 성준을 매일 하늘에 감사하며 살고 있었다.

"제발 참아줘, 응?"

엘리베이터에 사람이 없자, 느끼한 눈빛을 보내며 다가오는 남편을 향해 해주는 입을 가리며 손사래를 쳤다. 밥을 먹고 난 후라 당장 안기고 싶지 않았다. 방으로 들어가 간단히 샤워라도 하고 여유 있게 안기고 싶었다. 하지만 남편의 눈빛을 보아하니, 방으로 들어가기 무섭게 달려들 것만 같았다.

"지금까지도 겨우 참았는데?"

"가서 같이 여유롭게 욕조에 몸도 담그고 이야기도 나누면서 천천히 하자. 급할 거 없잖아."

"일단 한 번 안고 씻는 것도 나쁘지 않을 것 같은데? 난 매우 급하거든."

이글이글 타오르는 눈빛으로 엘리베이터가 멈추기 무섭게 룸으로 돌진하는 남편을 보며, 해주는 두 손을 들고 말았다. 솔직히 남편 이상으로 그녀도 성준을 원했다. 다만, 오랜만에 안기는 만큼 샤워를 하고 깔끔한 모습으로 안기고 싶을 뿐이었다. 하지만 샤워는 포기해야 할 것 같았다.

"정말 그리웠어."

예상과 다르지 않게 룸 안으로 들어오기 무섭게 돌진해오는 남편의 모습에 해주는 저도 모르게 눈을 감아버렸다. 달콤하게 혀를 감아오는 그 부드러움에 다리에 스르르 힘이 풀렸다. 성급하게 티셔츠 안으로 손을 밀어 넣는 그의 손길을 느끼며, 해주도 급하게 그의 바지 벨트를 풀었다. 누가 뭐랄 것도 없이 깊게 키스를 나누며 서로의 옷을 벗기기에 바쁘던 두 사람의 움직임이 시끄럽게 울리는 휴대폰 벨소리에 굳은 듯이 멈추었다. 연애할 때라면 전화쯤이야 가볍게 무시하겠지만, 혹시나 아이 때문에 온 전화가 아닐까 하는 걱정에 무시할 수가 없었다.

잠시 어떻게 해야 할까 걱정을 하던 해주와 달리 눈 깜짝할 사이에 그녀의 가방에서 휴대폰을 꺼낸 남편은 이미 전화를 받고 있었다.

"아니요, 밥은 다 먹었어요. 금방 갈게요."

"왜? 애한테 무슨 일 있데?"

금방 가겠다고 말하며 전화를 끊는 남편의 모습에 해주의 얼굴에 근심이 드리워졌다. 아이에게 무슨 일이 생긴 것은 아닐까 싶어 손이 덜덜 떨렸다.

"그런 것은 아니고, 우리 영훈이 당신 찾으며 30분째 대성통곡을 하고 있데. 울음을 안 멈춰서 걱정되어서 전화하셨나 봐."

"내가 못 살아."

두 사람 다 빛에 속도로 옷을 입고 호텔을 뛰쳐나가 엘리베이터에 올랐다. 호텔을 나오는 내내 대화 한마디 없던 두 사람은 지하주차장으로 내려가는 엘리베이터 안에서 눈이 마주치기 무섭게 웃음을 터트렸다.

"아들이 운다니까 엄청 걱정되나 봐?"

"당연하지, 누구 아들인데."

서로를 안고 싶다는 욕망보다는 아이에 대한 걱정이 큰 두 사람은 서둘러 차를 출발시켰다. 영원히 서로를 사랑하는 연인이자, 친구로 살아갈 것을 약속했지만, 어쨌든 지금은 한 아이의 부모가 되어 있는 두 사람은 서로를 안지 못해도 충분히 행복했다. 서로를 반반 닮은 눈에 넣어도 아프지 않은 아들이 있고, 사랑하는 마음은 더 커져 있었다.

함께 하는 것만으로도 충분했다. 이보다 더 행복할 수 없을 만큼.

– fin –

여름의 절정에서 완결이 났었던 글이 겨울의 절정이 되어서야 세상에 빛을 보게 되었습니다. 오랫동안 품고 있던 글을 세상에 내보내는 기분이 설레고 떨리네요.

세 친구의 이야기를 오랫동안 생각하고 있었습니다. 그 첫 번째 이야기를 쓰고 두 번째 이야기가 완결이 난 후에야 이 글을 수정하면서 기분이 참 묘했습니다. 글 중간 중간에 등장하는 친구들이 왠지 제 오랜 친구들을 만나는 것처럼 반가웠거든요. 비록 이야기 속에서 제가 만들어낸 사람이지만, 저는 글 속의 세 친구의 우정이 참으로 부러웠습니다. 세상은 나를 믿어주는 친구가 한 명 있는 것만으로도 충분히 성공했다고 할 수 있으니까요.

통통 튀는 해주와 오로지 한 여자만 바라보는 성준의 지고지순한 사랑 이야기를 쓰는 내내 저는 참 행복했습니다. 사랑에 빠지는 것은 10초면 충분하다고 하지요. 해주와 성준의 사랑이 그러했듯이 저는 그 찰나의 순간을 믿습니다. 그 찰나의 시간들이 모이고 모여 인생이 되는 것이겠지요.

이 글을 쓰면서 가장 좋았던 점은 좋아하는 커피를 맘껏 마셨던 것입니다. 이곳저곳 핸드드립을 하는 커피점을 찾아다니며 다양한 커피를 마시는 즐거움도 저에게는 참으로 컸습니다. 늘 느끼는 사실이지만 새로운 글을 접할 때마다 간접적으로 접하는 직업들이 저는 참 즐겁습니다. 이 모두가 글을 쓰기 때문에 누릴 수 있는 특권이겠지요.

참 오랜만에 독자님들을 만나게 되었습니다. 그동안 저에게 많은 일들이 있었고 그 일들이 저를 성숙하게 만들어 주었습니다. 오랜 세월은 아니지만 그동안 살아온 시간과 앞으로 살아갈 날들의 경험을 모두 글로 풀어낼 수 있었으면 좋겠습니다. 그 모든 것들이 독자님들이 절 기억하고 찾아주었기에 가능한 일이겠지요.

글을 쓰지 않는 동안은 참 이상하게도 가슴 한 구석에 구멍이 뚫린 듯한 기분이 든 답니다. 그 허전함이 이렇게 모니터 앞에 서면 거짓말처럼 가득 차오른답니다. 그래서 지금 이 순간에도 저는 참 행복합니다. 이런 제 마음이 글 속에 녹아들어 독자님들에게도 전해졌으면 참으로 좋겠습니다.

오랜 시간 함께 한다는 것은 참으로 좋은 일 같습니다. 오랜만에 연락을 해도 늘 연락을 해왔던 사람처럼 편안했던 편집장님께

진심으로 감사의 마음을 전하고 싶습니다. 그 편안함 덕분에 힘들었던 수정을 잘 견뎌낼 수 있었던 것 같습니다. 오랜 연인에서 이젠 인생의 동반자가 된 제 삶에서 절대 **빼어놓**을 수 없는 소중한 서군과 사랑하는 우리 아이에게 사랑과 감사의 마음을 전합니다.

늘 제가 멈추지 않고 글을 쓸 수 있도록 힘을 주는 독자님께도 진심으로 감사합니다.

돌아오는 봄을 기다리며 신경희.